# 暴风雨前

李劼人 著

泰山出版社·济南·

图书在版编目（CIP）数据

暴风雨前 / 李劼人著. -- 济南 ：泰山出版社，
2024．9. --（中国近现代名家中长篇小说精选）.
ISBN 978-7-5519-0873-3

Ⅰ．Ⅰ246.5

中国国家版本馆CIP数据核字第202474V8R2号

BAOFENG YUQIAN

**暴风雨前**

**责任编辑**　王艳艳　刘紫滕
**装帧设计**　路渊源

**出版发行**　泰山出版社
　　　社　　　址　济南市泺源大街2号　邮编　250014
　　　电　话　综　合　部（0531）82023579　82022566
　　　　　　　出版业务部（0531）82025510　82020455
　　　网　　　址　www.tscbs.com
　　　电子信箱　tscbs@sohu.com
**印　　刷**　山东通达印刷有限公司
**成品尺寸**　165 mm×240 mm　16开
**印　　张**　18.5
**字　　数**　295千字
**版　　次**　2024年9月第1版
**印　　次**　2024年9月第1次印刷
**标准书号**　ISBN 978-7-5519-0873-3
**定　　价**　49.00元

# 凡 例

一、本书收录了作者的经典中长篇小说，主要展现了作者的思想情感、审美旨趣与价值观念，以及当时的时代风貌等。

二、将作品改为简体横排，以符合现代阅读习惯。原文存在标点不明、段落不分等不便于阅读之处，编者酌情予以调整。

三、作品尽量依照原作，保持原作风格及其时代韵味，同时根据需要，对原文进行了适当的删减和订正。

四、对有些当时惯用的文字，如"的""地""得""作""做""哪""那""化钱""记帐"等，仍多遵照旧用。

# 前　记

　　《死水微澜》写成于一九三五年七月。从今天算上去，已二十年了。

　　我出生于一八九一年。当一九一一年，我尚是一个旧制中学未毕业的学生时，曾参加过四川保路同志会运动；一九一五年八月到一九一九年七月，又曾在成都当过报馆主笔和编辑；与社会接触面较宽，对于当前社会生活以及它的激动和变革，不免有些研究、观察，甚至预测它未来的动向。虽然后来转业教书、办工厂，但对社会的认识，多少有了一点基础，尽管这基础还很薄弱。

　　因此，从一九二五年起，一面教书，一面仍旧写一些短篇小说时，便起了一个念头，打算把几十年来所生活过，所切感过，所体验过，在我看来意义非常重大，当得起历史转捩点的这一段社会现象，用几部有连续性的长篇小说，一段落一段落地把它反映出来。

　　直到一九三五年，决意离开重庆一家私营修船厂，回住成都之前，把这计划写信告知当时在上海中华书局编译所负责任的舒新城先生，问他能不能接收出版给稿费。他回信说，可以。我才专力从事于写作。

　　我那时的计划，是以一九一一年即辛亥年的革命为中点，此之前分为三小段，此之后也分为三小段。预先布局出的，是此前的三小段，同时把名字也拟定了，即《死水微澜》《暴风雨前》《大波》。

　　《死水微澜》的时代为一八九四年到一九〇一年，即甲午年中国和日本第一次战争以后，到《辛丑条约》订定时的这一段时间。

内容以成都城外一个小乡镇为主要背景，具体写出那时内地社会上两种恶势力（教民与袍哥）的相激相荡。这两种恶势力的消长，又系于国际形势的变化，而帝国主义侵略的手段是那样厉害。

《暴风雨前》的时代为一九〇一年到一九〇九年，即辛丑条约订定，民智渐开，改良主义的维新运动已在内地勃兴，到己酉年，一部分知识分子不再容忍腐败官僚压制的这一段时间。背景是成都。主要内容是写一个半官半绅家庭和几个当时所谓志士的形成和变化。（其中，一九〇七年，即丁未年，成都逮捕革命党人，是真事。虽然有案可据，但也加了工，艺术化了的。）

《大波》是专写一九一一年，即辛亥年，四川争路事件。这是晚近中国历史上一个规模相当大的民众运动，因它而引起了武昌起义，各省独立，结束了清朝二百六十七年（一六四四年顺治元年甲申至一九一一年宣统三年辛亥）专制统治。但这运动的构成，是非常复杂的，就是当时参加这运动的人，也往往蔽于它那光怪陆离的外貌，而不容易说明它的本质。我有意要把这一个运动分析综合，形象化地具体写出。但在三部小说中，偏以《大波》写得顶糟。预定分四册写完，恰第四册才开始，而一九三七年七月七日对日抗战的大事发生，第四册便中断了。从此，在思想上也背上了一个包袱，十几年来，随时在想，如何能有一个机会将《大波》重新写过，以赎前愆。

一九五四年五月，作家出版社给了我这个机会，叫我把《大波》大大修改一下重印。我考虑之后，仍然主张《大波》必须重写，而且要另起炉灶地重写。又考虑到这三部小说是有连续性的，重写《大波》，还应该把前两部中的典型人物统一下来，贯串下来，表现方面就更宽一些，也更具体些，才又建议作家出版社，还是先从《死水微澜》《暴风雨前》依次重印的好。及得允诺，从一九五四年十一月起，才着手修改。

《死水微澜》修改得少一些；《暴风雨前》更动较大，抽去几章，补写几章，另外修改的也有四分之一；《大波》哩，或者今年八月以后可以开笔。

至于一九一一年以后，更有意义的几个段落，当然也想写出。但现在说来似乎早了点，且等《大波》写完后再作计划好了。

李劼人

一九五五年六月十二日于成都菱窠

# 目 录

# 第一部分　新潮和旧浪

## 一

太平的成都城，老实说来，从李短褡褡、蓝大顺造反，以及石达开被土司所卖，捆绑在绿呢四人官轿中，抬到科甲巷口四大监门前杀头以后，就是庚子年八国联军进北京，第二年余蛮子在川北起事，其耸动人心的程度，恐怕都不及这次事变的大吧？

全城二十几将近三十万人，谁不知道北门外的红灯教闹得多凶！

就连极其不爱管闲事，从早起来，只知道打扫、挑水、上街买小东西的暑袜街郝公馆的打杂老龙，也不免时时刻刻在厨房中说到这件事。

他拿手背把野草般的胡子顺着右边一抹道："……你们看嘛！七七四十九天，道法一练成，八九万人，轰一声就杀进城来！那时……"

正在切肉丝预备上饭的厨子骆师，又看了他一眼道："那时又咋个呢？"

"咋个？……"他两眼一瞪，伸出右手，仿佛就是一把削铁如泥的钢刀，连连做着杀人的姿势道："那就大开红山，砍瓜切菜般杀将起来！先杀洋人，后杀官，杀到收租吃饭的绅粮！……"

骆师哈哈一笑道："都杀完，只剩下你一个倒瓜不精的现世宝！"

他颇为庄严地摇了摇头道："莫乱说！剩下的人多哩！都是穷人。穷人便翻了身了。……大师兄身登九五！二师兄官封一字平肩王！穷人们都做官！……"

骆师把站在旁边听得入神的小跟班高升了一眼道："小高，别的穷人们都要做官了。我哩，不消说是光禄寺大夫，老龙哩，不消说是道台是见缸倒。你呢？像你这个标致小伙子……依我的意思，封你去当太监。……哈哈！……"

高升红着脸，把眼睛一眨道："你老子才当太监！"

骆师笑道："太监果然不好，连那话儿都要脱了。这样好了，封你当相公，前后都有好处，对不对？"

"你爷爷才是相公！你龟儿，老不正经，总爱跟人家开玩笑！你看，老子总有一天端菜时，整你龟儿一个冤枉，你才晓得老子的厉害哩！"

老龙并不管他们说笑，依然正正经经地在说："……岂止大师兄的法力高，能够呼风唤雨，撒豆成兵！就是廖观音也了得！……"

高升忙说："着！不错！我也听说来，有个廖观音。说是生得很好看，果真的吗？"

胡子又是那么一抹，并把眼睛一鼓道："你晓得，怎么会叫廖观音呢？就是说生得活像观音菩萨一样！……我不是说她生得好，我只说她的法力。她会画符。有一个人从几丈高的崖上滚下来，把脑壳跌破了，脑髓都流了出来。几个人把他抬到廖观音跟前，哪个敢相信这人还救得活？你看她不慌不忙，端一碗清水，画一道符，含水一口，向那人喷去，只说了声：呀呀呸！那人立刻就好了，跳起来，一趟子就跑了几里路。你看，这法力该大呀！"

伺候姨太太的李嫂，提着小木桶进来取热水，向高升道："老爷在会客，大高二爷又有事，你却虱在这里不出去！"

骆师道："还舍得出去？遭老龙的廖观音迷得连春秀都不摆在心上了！"

李嫂一面舀热水，一面说道："龙大爷又在讲说红灯教吗？我问你，红灯教到底啥时候才进城来？"

"七七四十九天，道法一练成，就要杀进城来了！"

"你听见哪个说的，这样真确？"

"你到街上去听听看，哪一条街，哪一家茶铺里，不是这么在说？我还诳了你吗？告诉你，我正巴不得他们早点进城！红灯教法力无边，一杀进城，就是我们穷人翻身的日子！你不要把龙大爷看走眼了，以后还不是要做几天官的！"

李嫂哈哈大笑，笑得连瓢都拿不起了："你不要做梦！就作兴纱帽满天飞，也飞不到你瓜娃子头上来呀！"

骆师把切的东西在案头上全预备好了，拿抹布揩着手道："你不要这样说，他现在不已是道台了吗？"

"见缸倒是不是？……如今是倒抬，再一升，怕不是喊踩左踩右的顺抬啦！……哈哈！说得真笑人！"

老龙依然马着脸，将他两人瞅着道："别个是正经话，你们总不信，到那一天，你们看，做官的总不止我一个人！"

骆师也正正经经地说道："我倒告诉你一句好话！厨房里头，没有外人，听凭你打胡乱说几句，不要紧。若在外头，也这样说，你紧防着些，老爷晓得，不把你饭碗砸了，你来问我！李大娘，大家看点情面，莫把他这些瓜话传到上头去啦！"

"这还待你说？哪个不晓得龙大爷是倒瓜不精的，若把他的浑话传了上去，不就造了孽了？不过，人多嘴杂，像他这样见人就信口开河，难免不有讨好的人，当作奇闻故事，拿到上头去讲的。"

骆师道："你指的是不是那个人？"

"倒不一定指她。公馆大了，就难说话，谁信得过谁？就像春秀，不是我指门路，她能投到这地方来吗？你们看见的，来时是啥子鬼相，现在是啥样子。偏偏恩将仇报，专门尖嘴磨舌说我的坏话。看来，现在世道真坏了，当不得好人！我倒望红灯教杀进城来，把这一起忘恩负义的东西，千刀万剐地整到注！"

春秀的声音早在过道门口喊了起来："李大娘！姨太太问你提的热水，提到哪儿去了！……也是啦！一进厨房，就是半天！……

人家等着你在！"

她旋走旋答应"就来"，走到厨房门口，仍不免要站住把春秀咒骂几句，才噔噔噔地飞走了去。

## 二

郝公馆的厨房里，谈的是红灯教，郝公馆的客厅里，不也正谈的红灯教吗？

郝达三同他的儿子又三在客厅里所会的客，并不是寻常来往的熟客，而是一个初来乍见的少年。看样子，不过二十五六岁，比又三只大得五岁的光景。他的装束很是别致：一件新缝的竹青洋缎夹袍子，衣领有一寸多高，袖口小到三寸，腰身不过五寸，紧紧地绷在身上；袍子上罩了件青条纹呢的短背心，也带了条高领，而且是对襟的。更惹人眼睛的，第一是夹袍下面露了对青洋缎的散脚裤管，第二是裤管下面更露出一双黑牛皮的朝元鞋。

裤管而不用带子扎住，任其散在脚胫上，毫无收束，已觉得不顺眼睛；至以牛皮做成朝元鞋子，又是一层薄皮底，公然穿出来拜客，更是见所未见。

加上一颗光头，而发辫又结得甚紧，又没有蓄刘海，鼻梁上架了副时兴的鸽蛋式钢边近视眼镜。设若不因葛寰中大为夸奖了几次，说是一个了不得的新人物，学通中外，才贯古今，我们实应该刮目相视的话，郝达三真会将他看成一个不知礼节的浮薄少年，而将拿起官场架子来对不住他了。

郝达三却是那么恭敬地，捧着银白铜水烟袋，慢慢地一袋一袋抽着，凝精聚神听他满口打着不甚懂的新名词，畅论东洋日本之何以一战胜中国，再战胜俄罗斯。"一言以蔽之，日本之能以区区三岛，勃然而兴，而今竟能称霸东亚，并非有特别手段，不过能够维新，能够把数百千年来的腐败刮清，而一意维新。你老先生是晓得的，像伊藤博文、大隈重信这般人，谁不是维新之杰？我们老大帝国，若果要图强称霸，那没有别的方法，只有以维新为目的，只有以力学日本维新为目的！……"

说到慷慨激昂之际，真有以铁如意击碎唾壶之概，而右手的三个指头把一张紫檀炕几拍得啪啪啪地响。

郝达三定睛看着他那一张赤褐色的圆脸，颇觉有点茫然，大似初读"四书"的小学生听老师按着朱注讲"譬如北辰，众星拱之"的光景。直把一根纸捻吹完，才放下烟袋说道："先生所论，陈义颇高。大概中国欲求富强，只有学日本的吧？"

"是啦！是啦！鄙人宗旨，正是如此。日本与我们同文同种，而在明治维新以前，其腐败也同，其闭关自守也同，其顽固也同，一旦取法泰西，努力维新，而居然达其目的。又是我们的东邻，我们只要学它，将它效法泰西，所以富强的手段，一齐搬过来；它怎样做，我们也怎样做。它维新二十年，就达到目的，我们既有成法可循，当然用不着那么久的时间，多则五年，少则三载，岂不也就富强起来了？"

说完，把头不住地点着，并且脸上摆出了一副有十分把握的神气。郝达三正在寻思他的话，打算把懂得的抓住一些，以作回答之资。他又将微微弓下的腰肢直挺起来，打起调子说道："现在已是时候！朝廷吃了几次大亏，晓得守旧不可，要不为印度、波兰之续，只好变法，只好推行新政。朝廷提倡于上，同胞响应于下，我们这老大帝国，决然是有救的。不过民智不开，腐败依然，老先生，这发聋振聩的责任，便在我辈志士的肩头上了。"

于是又浩然长叹了两声。大概像是口说干了，端起盖碗茶，也不谦让，便长伸着嘴皮，尽量嘘了几口。

郝达三只好点了几个头，含糊说道："尊论甚是。"一面拿眼去看坐在下面方凳上的儿子，脸上也是木木然的，似乎又懂，似乎又不懂。

少年尊客又说道："即如目前的红灯教……"

这是当前极重要的时事，自然一听就令厅内的两个主人，厅外的两个仆人，全感生了兴会，眼睛全向着他。

"……邪教罢咧！有何理由可说？然而为时不久，聚众至于几万人，这可见一班愚民迷信尚深。迷信者，维新之大障碍物也。譬如欲登喜马拉雅，而冰原阻于前，我辈志士，安能彷徨于此冰原之前，而不设法逾越之乎？"

他把两个主人轮番看着，好像要他们设一个什么方法似的。郝达三只好把水烟袋重新抱在手上，高升赶紧将一根点燃的纸捻拿进来，双手递与主人。顺带把那尊客瞥了一眼，只见他很得意地把坐在炕上的上半截身子，不住地左右摇摆。

郝又三看了他父亲一眼，迟迟疑疑地问道："喜马拉雅，这是啥东西？"

那少年哈哈大笑道："世兄大概新书看得很少。……这是山的名字。倒没有关系，我只是借来做个比喻。……我的宗旨，只是说，愚民还如此地迷信红灯教，我们应该想个啥方法，才能把迷信破除。迷信不破除，维新是不能的，即如日本……"

他自然想举一个日本已经行过的有力证据。似乎一时想不起，两眼瞪着，竟自说不下去，仿佛他那沛然莫御的语流也着喜马拉雅短住了。

郝达三觉得再让他说下去，新名词必然更多，明明好懂的话，一定说来越发弄不清楚了。遂赶快说道："红灯教的声势，现在好像越闹越大了，到处都听人在说。新制军岑大人接事已这么久，还不见有何举动，也未免怪了！……"

话头又着尊客抢了过去："方今官吏，通通是老腐败！……"

高升进来，悄悄在主人耳边问道："要开早饭了。太太问，留不留客？"

主人那一只耳朵恰恰听见："官吏通是老腐败！"觉得这骂连自己也有份，便不高兴了。向高升摇了摇头，而对于尊客的高论，也不如前此之专注。

尊客又旁若无人地把"官吏腐败论""破除迷信必须启发民智论"两篇大文，套着新民先生的笔调，加入更多的新名词，洋洋洒洒发挥了半点多钟，才向又三说道："敝合行社新书报很多。大家又都是志士。世兄若有加入之目的，敝社同鄙人欢迎之至！"

郝达三拱拱手道："犬子资质愚鲁，旧学还用过一点功，新学简直同兄弟一样，什么都不懂，将来还要多承教诲！"

尊客略略谦了两句，便起身告辞。主人按着老规矩，只送至二门，叫又三代送到大门。

到倒座厅吃饭之际，太太问道："是哪个浑娃娃，坐了这半天？光听见大声武气地说麻了，说了些啥子？"

郝达三举眼把坐在旁边的十八岁的大小姐香芸瞥了一下，才笑道："就是葛寰中恭维得天上有、地下无的那个苏星煌！……"

太太便"哦"了一声，赶快问："人还好吗？"

郝达三正问他的儿子："他那些长篇大论，你觉得怎样？"

又三赶快把饭碗放下道："大概有些道理，就只不大听得十分懂。"复笑了笑道："新名词太多了些。"

郝达三道："学问怕还不坏，你看他，日本人他也晓得，外国地方他也晓得，一开口就长江大河般滔滔不绝，笔下一定流利，就只火气太盛了。"

三老爷尊三笑道："光看那一身打扮就新极了。"

他嫂嫂说道："正是呀，我听高贵说，穿了双皮鞋。牛皮那样硬的，咋个好做鞋子穿？"

大小姐笑道："妈也张巴！高贵他们在下雨天穿的钉靴，不是生黄牛皮做的吗？"

她哥哥道："我仔细看过他那鞋子，虽是皮的，却像很软，连脚指头的扭动都看得清楚，一定不是这里做的。"

他妈问道："你看他样子咋样，还秀不秀气？可惜我不晓得就

是他，光听说一个姓苏的……"

大小姐道："妈也是啦！这样留心人家做啥子？"

姨太太坐在她的对面，忍不住向她抿嘴一笑道："太太咋个不留心人家呢，你想想看？"

大家微微一笑。她三叔还补了一句道："大侄女真可谓聪明一世，懵懂一时！"

香芸才会出意来，这个姓苏的，原来与自己有切身的利害。遂本能地羞得红着脸，低着头，赶快把饭吃完。不及像往常比着筷子一一叫了慢请，还等着大丫头春兰递漱口折盂，递洋葛洗脸巾，只是几步抢进房去。本应该就回到自己房间坐马桶去了的，但她心里好像有点怔忡，又车转身，躲在湘妃色夹布门帘之后，要听他们的议论。偏偏大家又谈到别项事情上去了，没半句话提到姓苏的，直至吃完饭，大家散了出去。

## 三

郝又三果然加入了文明合行社，并由他父亲捐助了五十两银子。而第一件使郝家人耳目一新的，便是常由郝又三从社中带一些见所未见、闻所未闻的《申报》《沪报》回来。

据他说，都是上海印的，每天有那么大几张。真果是前两三年葛寰中曾说的又像《辕门抄》，又像《京报》，可是又有文章，又有时务策论，又有诗词，还有说各省事情的，尤稀奇的是那许多卖各种东西的招贴。

郝达三躺在鸦片烟盘子侧，把所有的《申报》《沪报》仔细看了一遍后，批评道："这东西倒还有点意思，一纸在手，而国家之事尽来眼底，苏星煌等的学问，大概都是从此中来的吧？"

他兄弟尊三所称怪的，便是："字这样小，又这样多，一天这么几张，刻字匠可真了不起，这么大一块板子，咋个刻得赢啰！"

于是大家便好奇地研讨起来。

大小姐香芸首先有点恍然道："我想这板子好像是多少块拼起来的。你们看，这个卖花露水的招贴，今天在这儿，明天在那儿……"

郝尊三接着把膝盖一拍道："大侄女真聪明，一定是这样的！并且这个字是倒的，恐怕连每个字都是活动的，你们信吗？"

郝达三连连点着头道："是啦！是啦！我想起了，以前不是有所谓聚珍板吗？字就是一颗一颗的，要印啥子时，将它捡出来排起。书可以这样印，报自然也是这样印出的……"

这算是郝家的人对于新事物第一次用脑的结果。由郝又三向社中朋友谈起，都一致恭维他们的脑筋真灵敏。又听说先启其机的，是他的令妹香芸女士，苏星煌遂庄严地向郝又三提说，何不请她加入社来，共同学问？"现在是维新时候，一切都应该与以前不同。以前那些腐败思想，比如说女子无才便是德，女子只宜谨守闺阃等等腐败话，都该同迷信一样，破除一个干净。"

又一位社友也是主张维新到将男女界限打破的，首先赞同道："苏君的话，极合鄙人宗旨。鄙人向来主张男女平权，男子做得的事，女子都可以做。你们要晓得，中国四万万同胞，而女的就占二万万。若其把女的算开，中国岂不就去了一半？这如何使得！所以鄙人在家里也常向家母作狮子吼，说：你们仍然在家里做一些烧锅煮饭的腐败事，而不出来维新，中国还有救吗？"

又一位社友也插言道："何况当今世界正是女权鼎盛之时，英吉利一位女主，我们中国一位女主！……"

大家的意思好像立逼郝又三就要答应，而他的令妹似乎立刻就可加入的一样。郝又三推在他父母身上，说要等他父母做主。

在吃早饭时，郝又三刚打算把社友们的言谈徐徐引出，恰大家又说起红灯教的话来。

这时，红灯教的声势似乎更大了，连距城六七里的地方都有人在设坛传教了。这是郝家的佃客邱福兴由北门进城来说的。

郝家一家人自然在吃饭时也就谈到这上面来。

太太先笑道："这简直成了那年北京闹拳匪的样子，随便啥子人，一开口就是红灯教。就像邱大爷，今天二十句话里，就有十八句说的是红灯教。并且你们听，只要有客来，说不上几句，讲红灯教的话就来了。"

姨太太也笑道："太太还说的是客哩，其实我们家里人，就随时在说。"

三老爷因为是管家的，照规矩，一家之中，除了上人们，其余男女底下人的行动言语，似乎管家的都有无限责任。登时就将近视眼撑得大大的，向姨太太追问道："是哪些人在说？"

郝达三道："倒用不着追问！"

他兄弟将筷子举起在空中连画了几个圈道："不然，天下事多半是口招风，好话说不应，坏话每每十验八九，这是顶靠得住的。……刘姨太太到底听见哪个在说？"

十二岁的二小姐香荃，等不得她奶奶说，便插嘴道："李嫂说的，老龙随时在厨房里说麻了。"

姨太太把她女儿着道："教不改吗？大人说话，总爱插嘴，又没有问你……"

郝尊三拦住道："这倒是该说的，让她说。"

姨太太摇摇头道："三叔没要惯失她！……我听见说，老龙一个人就像疯了的一样，一天到黑，口里都在说只等红灯教进城，穷人就要翻身了……"

郝尊三不等说完，便吵了起来道："这东西存的啥子心？还使用得吗？等吃了饭，送他到保甲局去！"

太太连连点头道："像这样忘恩负义的底下人，真使用不得了！"

郝又三才想说几句什么话，他父亲已经向他三叔说了起来："老三还是这样火气重，三十六七岁的人了！……"

三老爷把他的哥看了一眼，意思很觉不平。

"……小人们都是蜂虿有毒的，送保甲局的话，且不忙说，并且不忙开销他……"

太太也不平道："你这才大量哩！底下人毫无忌惮地闹到要翻身，要造反了，还叫不忙开销，这叫啥子规矩？"

"……太太也同老三一样了，你到底还比他大七八岁啰！你难道没有听见说过，庚子年北京乱事，多少官宦人家都是吃了小人的大亏吗？目前的红灯教诚然不能成什么事，但是谁保得定不闹到像北京拳匪那样。底下人懂得啥，一到乱世，就是他们的世界了。我们今日惩办几个底下人不要紧，既把他们整不死，仇却结下了，万一大乱起来，你能保他们不来寻仇报复吗？太太，你看是不是？就要整顿规矩，也得等这阵风吹过了才好啦！……"

姨太太同大少爷是以他这话为然的。三老爷同太太却以为他过于姑息养奸了。

"……我并不是就纵容不管，你们还不明白我的意思。我比你们到底多吃几年饭，于利害上，确乎比你们看得明白些。我的意思，只在防患未然，老龙虽不必送保甲局，虽不必开销，但管却是要管的。先就不准他上街，再次把他叫来，好好地拿利害晓谕他，这才是办法呀！"

大少爷点头道："爹爹的话，我很赞成……"

他大妹妹扑哧一笑："又是新名词。哥哥记性真好，才看了几天的新书。"

大家都笑了起来。

郝又三看着他大妹妹道："你别说我，只要你同他们在一块，还不是几天工夫就满口新名词了。"

香芸笑道："我怎么会同他们在一块呢？"

她哥哥道："苏星煌几个人正想欢迎你也加入文明合行社哩。"

郝尊三首先说道："这如何使得！男女不分的成啥名堂！"

郝达三道："事情未尝不可，不过目前还说不上。"

太太问又三道："那个姓苏的，家里是做啥的？还有钱吗？"

她儿子道："听说好像是做官的，在眉州住家。有钱没钱，却不晓得。"

他母亲道："下回你探探他，父母还在不在？有几弟兄？几姊妹？有好多田地？好多房屋？听说，人倒发扬，是个近视眼。就不晓得性情咋样，该没有怪脾气吧？"

姨太太笑嘻嘻地举眼把大小姐看着。大小姐红着脸，掉过头去，向着在旁边伺候的两个丫头道："刚才老爷、三老爷他们说老龙的话，你们又赶快传出去嘛！"

春兰笑道："我们再不敢哩！太太晓得的。"

太太道："春兰好！不声不响地，服侍我这么多年，硬没有搬过啥子是非。只有春秀这东西，口尖舌长，随时都听见她在叽里呱啦的，真要不得！"

姨太太也道："这丫头我真使用伤了！一天到黑，口都挂在她身上，就说是条牛啦，三年也教乖了，硬是那么教不改！"

四

一定是老龙运气如此，该他吃不成郝公馆的饭了，局面才这样急转直下。

郝家的早饭才吃完，忽听见街上人声嘈杂，又夹着关铺板的声音，好像放火炮一样。看门头老张喘吁吁地趱进院坝，大声说道："红灯教扑进城来了！满街的人乱跑！请老爷示下，公馆大门关不关？"

太太先就乱了起来道："红灯教扑城了？……是啥样子？……骇死人啦！……老爷！老爷！……"

郝达三已经从鸦片烟铺上跳了起来，隔窗子骂道："关大门！赶快去关！混账东西！真真老糊涂了！这样的事，还要进来请示！"

姨太太、大小姐也从各人房间里奔了进来，浓厚的脂粉遮不住脸上的慌张，眼睛都睁得大大的，连说："咋个搞哩？红灯教来了！"

三老爷也把账簿算盘丢下，跑来，两弟兄对相着，一句话说不出来。

太太道："三弟，你想个办法嘛！难道要我们背起包袱逃难，像戏上唱蒋世龙抢伞那样吗？那才苦啰！"

姨太太蹙起用细桴炭涂得乌黑的一双眉头道："苦不要紧，只怕乱杀起来，逃不脱，才焦人哩！大小姐，你是放了脚的，倒还跑得动。"

"姨奶奶，你不要这样说，我两条腿已经软得像棉花一样，站都站不稳，还说跑。若果杀起来，死了倒好。"

她父亲看着她，正想说什么，二小姐同春秀从后面飞跑进来道："爹爹！三叔！你们看，老龙逃跑了！"

他忙问道："逃到哪里去了？我正想找他哩！"

春秀接着说："不晓得逃到哪里去了。骆师说的，他听见三老爷要送他到保甲局，他就骂了一阵。张大爷进来请老爷的示时，他就逃跑了，铺盖都没拿。"

太太慌了道："这杂种，该不得把红灯教引来呀！"

三老爷跌脚叹道："我真不该说那句话，使他怀了恨，哥哥见解真要高些！"

姨太太立刻追问是谁把话传出去的。没一个人开口。太太说："一定是春秀说的！"春秀却说是二小姐说的。"老龙正担水到小花园去渗鱼池，二小姐指着他说：'老龙，你莫疯疯傻傻地瞎说八道，三老爷说过了，要把你送到保甲局去关起来。'"

香荃争着辩道："是春秀先说！"

姨太太大怒道："不管是哪个先说，若果红灯教来了，我先把你两个整死！我的命真不好，生一个不高超的东西，使一个丫头也是坏虫！……"

郝达三把手乱摇道："不骂了！不骂了！这不是骂人的时候，

打主意要紧！又三呢？为啥不见这娃儿？"

太太登时就哭了起来道："我的天！这才要我的命呀！我刚刚打发他看叶家姑太太去了！"

老爷满头是汗道："这才糟糕！你这一哭，把我的心更哭乱了！"

三老爷道："又三并不是十几岁不知世事的小娃儿，有啥子事，他还不会见机而作吗？嫂嫂不要过于着急，我叫高贵出去打听一下。"

太太擤着鼻涕道："兵荒马乱的，叫他到哪里去打听？"

老爷点头道："打听是应该的，倒不一定打听又三。街上情形，也应该晓得，关着大门，也不是事呀！"

但高贵躲在茅房里，着三老爷连连地喊，才喊了出来。吩咐他到街上去看看，他说肚子痛，走不得。三老爷生了气道："你平日那么溜刷的哩，有了事，就这样胆小！难道红灯教就在门口等着你，一出去，就会砍你的脑壳？"

高贵不敢说什么，却依然呆站在那里。

郝尊三朝左右一看，平日倘在轿厅上说话，高升那孩子总在旁边，看门老张也一定要在二门上把头一探一探的，厨子骆师有时也要出来听几句，三个抬轿子的大班，更不必说了。而此刻半个人影都没有，他更其生了气，便使出他平日顶能生效的杀着来道："不去吗？好！都跟我放下来！我去！我肯信红灯教就在门口！"而此刻也失了效，躲着的依然躲着，不动弹的还是不动弹。他如何不感到侮辱？登时一掌把高贵攘开，挺起胸脯，硬像要抢出去。但是忽又车过身来，把高贵肩头抓住，向外面直推道："要躲，却不行！养兵千日，用在一时，当真要我亲自出马吗？……"

大门的门扉上被人打得嘭嘭嘭的。高贵本能地叫了起来："哎哟！红灯教来了！"要跑，却被脸色全变的三老爷抓得死紧。

打门的声音更大而急了，擂鼓似的，大约全公馆都听见了。

郝达三把一根银裹肚、玉石嘴的毛篸竹烟枪倒提在手上，跟跟跄跄从轿厅的耳门钻了出来，橘青着一张脸问道："是啥子人在打门？"

香芸也慌慌张张地跟了出来，手上拿了柄风快的剪刀。

她父亲把烟枪一挥，顿着两脚道："叫你就在里头，你跟来做啥！柔筋脆骨的，还抵得住吗？"

大小姐正要答应时，大门上又嘭嘭嘭地打了起来，并有一个熟悉的声音在大喊："老张！……张老汉！……开门！……"

"是哥哥的声气。"

她父亲点点头道："是他。"跟着就朝外面奔了去。

她三叔同高贵也齐说了声："是大少爷。"都大着胆子一直跟到大门边。

郝达三向门缝中问道："是又三吗？"

"是我！"

"你一个人吗？"

"不止，还有葛世伯。"

高贵已抢上前去拔门闩，老张也拿着钥匙，气喘吁吁地从门房中出来。

郝达三还在问："街上平静吗？"

大门已被高贵和老张拔了开来。又三站在前面，葛寰中穿了身便衣，带着一乘三丁拐拱竿轿子，三个轿夫，和一个跟班，在街侧站着。

街面上攘往熙来，还是行人不断，还是那样若无事然。

郝达三在极度刺激之后，觉得眼睛格外发亮，当前世界似乎有点异样。一把将儿子抓住，眼睛痒痒的。

葛寰中赶上前来说道："达三哥，里面谈吧，今天的事情真笑话！"

太太同一家人都赶了出来，在二门上碰着。也不回避了，抓住

儿子，又哭又笑道："你也回来啦！真造孽！莫骇着哪里吗？"

老张又来请示大门还关不关。

葛寰中已走到客厅门前，便代主人答道："外面平平静静的，铺子都全开了，还关门做啥？去叫我的大班把轿子提进来等着！"

他走进客厅，把瓜皮小帽揭下，哈哈一笑道："太笑话了！达三哥，你们倒受了一场虚惊，我可是亲眼看见的……"

他原来吃了早饭，正要到机器局去——机器局的差事，他已当了一年多了。——轿子刚走到南纱帽街口，满街的人猛地飞跑起来，都在喊：红灯教来了！两边铺子，也抢着上铺板，关门。轿夫便想把轿子抬转去，算他到过上海，又在机器局里听见过试枪，看见过打靶，有点胆气。遂叫把轿子提在街边，心里寻思：若果红灯教大队扑城，官场中断无不晓得之理，并且至少也有点喊杀声同洋枪声，怎么毫无所闻呢？想来一定是地皮风，这一晌，谣言本来不少，人心也很浮动。所以他站在那里，并不害怕，恰这时碰着郝又三跑了来，几乎连厚底夫子鞋都跑掉了。

郝达三才笑着举手让道："请坐下说吧！"又回头向窗外一看，隔着五色磨花玻璃，只见好些人影，便喊道："都忘记了！叶子烟呢？鸦片烟盘子呢？春茶呢？"

又三也才伸手将他父亲挟在胁下的毛竹烟枪接去，放在炕床上。

葛寰中又哈哈大笑道："达三哥要与红灯教决一死战吗？果然变作执枪之士了！"

郝达三也笑道："门打得那么凶，又无后门可逃，拼一拼倒是有的，却不晓得如何会抓了根烟枪。"

他的太太也笑道："葛二哥，你倒不要见笑，在屋里坐着，光听见红灯教扑进了城，又说满街人跑，铺子也全关了，真不晓得是啥光景。又三又出去了，活活地没把人焦死、骇死！葛二哥，你想啦，我们自小以来，哪里过过兵荒马乱的日子？从前听老人们摆谈长毛事情，还不大相信是真的哩！"

鸦片烟盘子摆了出来，大家围坐在炕床前。

郝又三说起街上一乱，轿夫不抬了，只好下轿来混着大家跑时，厚底子鞋确实不方便。

葛寰中遂说："你已经在讲新学了，为何还不穿薄底皮鞋？并且依然宽袍大袖这一身，也不相称呀！"

他又掉向郝达三说道："苏星煌你是见过的了，你大令爱的事如何？"

郝太太说道："葛二哥，我正要问你，苏家到底有好多钱？人口多不多？因为我名下只有这一个女，我总不愿意嫁一个不如我们的人家。子弟哩，我没见过，听说品貌说不上，一双近视眼，不过还有点气概。"

葛寰中道："像有三四弟兄吧？他行三。钱哩，怕不多，大概饭是有吃的。我们所取，倒不在乎家务，只看子弟如何。子弟是没有弹驳的，学问人品，件件都好。达三嫂，你老嫂子只管相信我，我是不乱夸奖人的。"

郝太太却摇着头道："没有钱，总不好。学问人品，在我们这些人家，倒不在乎，顶多不过做个官。光是做官，没有钱，还是不好的呀！又还有哥嫂，更不好了。"

郝达三道："妇女的想头，是不同的。寰中，我们改日再谈这件事吧。"

葛寰中道："不过，事不宜迟。我听说他已上书学台，请求派遣出洋，事情一定成就，等到他走了，这事就不好说了。"

郝太太还要说她的意见时，恰葛寰中在路上派去打听消息的大班转来了一个，大家便转到客厅门前来，听他细说红灯教扑城的始末。

## 五

原来那天所谓红灯教扑城,才是这么一回事。

上午十点钟的时候,东门城门洞正值轿子、挑子、驮米的牛马、载人运物的叽咕车、小菜担子、鸡鸭担子、大粪担子,以及拿有东西的行人、空手行人,内自城隍庙,外至大桥,摩肩接踵,万声吆喝着挤进挤出之际,忽然有二十几个并不很壮的乡下小伙子,发辫盘在头上,穿着短衣,蹬着草鞋,人人都是铁青一张脸,眼睛好像是空而无神的,挥着拳头,在人丛中攘着闹着:"要命的让开!……红灯教来了!……我们是先锋!……"

城门洞有二丈多厚,一丈多高,恰似一个传声的半圆筒,二十几人的声音在中间一吼,真有点威风!一班正在进出的人,心上本已有了个绿脸红发、锯齿獠牙的红灯教的幻影,这一来,如何不令他们心惊胆战,尽其力之所至,将轿子、担子、车子,一齐丢下,并不敢向有吼声之处看一个仔细,便四面八方一跑,还一齐如此地呐喊"快逃呀!红灯教杀来了!"呢。

城门边卡子房的总爷,正挺着胖肚皮,站在画有一只黄老虎的木档子侧首看街。听见城门洞一乱,回头就向房里一钻,据他说,是去找家伙。几个丘八也听见喊声了,乱糟糟地来找他时,他正拿着丈把长一匹青布在缠肚皮,一面大喊:"快拿家伙去抵住!快去关城门!"

总爷打扮好了,从墙上把绿壳腰刀取下,从鞘内好容易把那柄快要生锈的刀拔出,督着一众丘八把兵器架上的羊角叉、朴刀、矛子,拿在手上,猛喊一声,冲出来时,街上的人跑得差不多光了,铺子也关完了。城门洞丢了一地东西,大家放下家伙,搬开了一些,赶快把两扇瓮城门关上,举眼四面一找,不见半个红灯教。总爷同他的丘八才放了心,算把他们的职务做完了。

那二十来个赤手空拳的红灯教,业已一口气混着满街逃命的人跑到城守衙门侧科甲巷，趁几家来不及关门的刀剪铺，抢将进去，把一些悬在货架上很难卖出的腰刀宝剑，以及一些尚未出锋的杀牛刀，抢在手上，没头苍蝇般直向制台衙门奔来。

一自这般红灯教拿了家伙之后，在街上才分出了谁是拼命的，谁是逃命的。并且两者也才截然分开，逃命的分在街的两边跑，拼命的结作一团在街中间跑，并一路大喊：“赶快关铺子！……我们是红灯教！……杀啰！……杀啰！……”果然，硬把一路上的官轿、差役、壮勇，以及拿洋枪的亲兵，都骇得老远地回头便跑，生怕着红灯教看见了。

快要到院门口了，正碰着王藩台从制台衙门议了事出来，前面的执事已经跑了，旗、锣、伞、扇、官衔牌丢了一街。王藩台胆子真大，竟敢端坐在绿呢大轿内，挥着马蹄袖，叫亲兵们开枪打！

却也得亏亲兵们听话，登时就把后膛枪的弹药装上。——说来也是奇迹，大宪的亲兵居然会把弹药带在身边。——疯狂的红灯教扑来，相距只三四十步了，脸是那么样地青，眼睛是那么样地空而无神，口是大张着，满头是汗，刀剑握在手上，不大习惯的样子。

枪响了——噼里啪啦！——还有一阵青烟。

王藩台眼见打了胜仗，才打道回到制台衙门，面禀一切。而岑制台的马队、步队也执着犀利的洋枪，蜂拥而出。

红灯教着打死了好几个，带伤的路人也有一些。

登时，制台衙门前便热闹起来。全城的文武官员都来递手本，道贺，压惊。成都、华阳两县奉宪谕叫大家安定，依旧开铺子营业。而人民之来院门口、走马街一带看打死的红灯教，及互相传递消息的，真是不能计数。葛寰中的大班自然也在其中。

葛寰中便也赶快叫跟班将轿箱取来，换穿了公服大帽，向郝达三道：“你是闲散人员，叫高贵拿手本去号房挂个号好了。我有差事的，却不能不亲自去坐坐官厅。”

# 六

盛极一时的红灯教，却经不住官军的一打。大概也因王藩台的那一场恶战，才把大家的勇气提起了。半月之后，不但省城的红灯教烟消火灭，并且连石板滩的那个顶负盛名的廖观音，也着生擒活捉地锁押了进城。

看杀廖观音，是成都人生活史上一桩大事。

本来光是一个女犯人，已经足以轰动全城，何况又有观音之称。所以大家一说起来，似乎口里都是香的，甜的。大家先就拟定罪名，既然是谋反叛逆，照大清律例，应该活剐。再照世俗相传的活剐办法：女犯人应该脱得精赤条条，一丝不挂，反剪着手，跨坐在一头毛驴背上；然后以破锣破鼓，押送到东门外莲花池，绑在一座高台的独木桩上；先割掉两只奶子，然后照额头一刀，将头皮割破剥下，盖住两眼，然后从两膀两腿一块一块的肉割，割到九十九刀，才当心一刀致死。

大家很热烈地希望能够来这样一个活剐。一多半的人只想看一个体面少女，精赤条条，一丝不挂地，在光天化日之下游行。一小半的人却想看一个体面少女，婉转哀号，着那九十九刀割得血淋淋的，似乎心里才觉"大清律例"之可怖。

文明合行社的志士们，在这空气里，自然也在各抒己见了。

一个姓尤的志士先说起这事，不禁愤然作色道："这是野蛮行为，一个人如此活活剐死，文明国家是办不到的。就说谋反叛逆吧，顶多把脑壳砍了罢咧！"

另一个志士道："如此刑法，施之于一个男子，也还罢了，却施之一个女人，真太失了国家的资格，无怪外国人动辄骂我们野蛮，真个野蛮已极！"

一个性情较为和平的田志士，有三十岁的光景，在社中算是年龄最大的一人，徐徐地说道："剐哩，或许要剐的，活剐却未见得。

何以呢？廖家是有钱的大族，难道他们不会用钱把监斩官同刽子手等买通，或在撕衣上绑之前，先把她毒死，或是临剐之际，先把心点了？如此，则国家大法虽施行了，而受刑者也就受苦甚少……"

那姓尤的是个火气很重的人，登时就跳了起来道："田老兄，你这话真是油滑之至，算不得新派。我们讲新学的，根本就该反对剐人这办法……"

苏星煌同着郝又三刚走了进来，手上各抱了一大叠新书，才从二酉山房和华洋书报流通处买来的。

他遂问姓尤的在讨论什么大事，这样火辣辣的。

众人把话说了之后，他摇了摇头道："田伯行脑筋腐败，所以他还想到维持国家大法。要同他谈道理，只好等他再读十年新书，把腐败脑筋先开通了再说下文。尤铁民光是反对剐人，也还有二分腐败……"

尤铁民又跳了起来道："你说我腐败！"

"……着什么急？把我的话听完了再吵，好不好？……你为啥带二分腐败呢？你要反对，就不该只反对剐人。剐人，诚然是野蛮行为，杀人，把一个人的脑壳，生生地一刀砍下来，难道又文明吗？我们要讲新学，就应该新到底。杀人，我一样反对。现在文明国家已经在讲论废止死刑了，拿日本来说，判处死刑，已是一件不容易的事，并且死刑之中，也只有绞死，而无斩首。我们中国要维新，如何还能容留斩首这个刑法，斩首且不可，更何论乎剐人？你光反对剐人，可见你的脑筋，充其量比田老兄的脑筋新八分，是不是还有二分腐败呢？"众人都笑了起来。尤铁民不笑，低着头像是在沉思什么的样子。

田老兄看见郝又三穿了双崭新的黑牛皮朝元鞋，正在问他向何处买的、几两银子时，尤铁民猛唤了苏星煌一声道："老苏！我研究了一下，你的脑筋虽然新些，到底同我们差不多，还算不得十分新！"

苏星煌把眼镜一摸，带着笑问道："铁民君一定有极新的议

论，鄙人愿请教益。"

"新哩，倒不算十分新，只是我们平日还难得研究到此。我们现在就拿廖观音来说，姑无论其遭剐死，遭杀死，遭绞死，我们得先研究她为啥子该死？她到底犯了啥子罪，该处以死刑？……"

苏星煌点着头道："这有理由。郝老弟，你想想看，廖观音犯的啥子罪？"

郝又三很难得经他们考问过来，平日自己本不大开口的，自然很觉惶惑，不晓得他们出问题的用意。

那一个主张剐男子不剐女人的周宏道却代为答道："这有啥值得研究！因为她谋反叛逆，所以该死！"

苏星煌摇头笑道："如此浅薄，这绝非铁民君发问的意思。"

尤铁民也得意地笑道："不错！老苏毕竟不同点！我的意思，是要问廖观音谋反，是对谁谋反？叛逆，又叛的是谁？我们现在口口声声自称为中国人，而当主人公的何尝是我们四万万同胞，乃是很少数的几个满洲贵族，尤其是满洲人中的爱新觉罗氏与那拉氏。我们试从《尼布楚条约》算起，我们国家哪回失败，不失败在满洲贵族的手上？就以庚子年而论，引进义和团的是啥子人？主张打使馆的是啥子人？弄到八国联军入京，议和赔款四万万两，却又出在啥子人的身上？本来非我族类，其心必异，满洲贵族有何爱乎我们四万万黄帝子孙！把种弄灭了，本不是他们的种；把国弄亡了，本不是他们的国！所以爱新觉罗氏与那拉氏才乐得如此胡闹！掌握我们国家大权的，才是这样的东西，我请问你们，对这样的东西谋反叛逆，算不算革命伟人？恐怕研究起来，其功还远在讲新政的康有为、梁启超之上吧？你们讲新学的，五体投地地恭维康有为、梁启超，如今还要搭上一个孙文，都是了不起的人，为啥子廖观音就该死呢？……"

他说得异常慷慨激昂，挺着胸脯，直着项脖，仿佛自己竟长高了一头，而诸人皆小了好些。

田老兄把脑袋在空气中连画了两个圈道："此《管蔡论》所谓周之顽民，殷之忠臣也！"

苏星煌一掌掴在他的肩头上道："不要这样酸腐，我们要研究正经题目哩！……"

一个底下人跑得满头大汗地进来道："各位先生不去看剐人吗？……真热闹！……人山人海的！"

几位志士全像上了弹簧一样，齐跳了起来。

苏星煌道："野蛮！野蛮！如何忍看！"

尤铁民道："却不可不看，一则看看这千古难逢的野蛮刑法，将来好做我们攻击满朝的资料。二则也练练胆，我们将来说不定也要做点流血的举动哩。"

周宏道道："我赞成尤铁兄的话。"

田老兄道："我倒只想看看廖观音的肉身，她的血我却不想看。"

郝又三不说什么，而他的意见倒和田老兄的一样。

都是年轻好动的人，而合行社又正在余庆桥的街口，出门只半条街就是院门口。于是不再研究，跟着那底下人就奔了去。

半边街上，行人已经不少了。才出街口，距西辕门还有二十来丈远近，只见高高低低一派人头，全在微微的太阳光下，且前且却地蠢动。几个少年一投进人海，就如浪花碰在岩石上一般，立刻就分散了。并且随着人浪，一会涌向左，一会涌向右，愈到前面，挤得愈没有空隙。正挤得不了之际，忽然人丛中发出一派喊声。大约是说绑出来了！绑出来了！又因往莲花池是要打从东辕门而出，于是停脚在西辕门外的人，便舍命地绕过照壁，向东头挤。早已站在东头的，又偏不肯让。两股人潮，便如此地在照壁背后与东辕门之间相激相荡起来。

郝又三亏得穿了双十分合脚的薄底皮鞋，在人浪中，居然站得很稳。又亏得具了副有进无退的精神，居然被他出了一身大汗，挤到距离辕门不过一两丈远处。略略把脚尖跷起，从前面密密层层的

若干耳朵颈项的空隙间，可以把辕门内情形看了个大概。

辕门内，在两只双斗桅杆与两座大石狮的空地上，全站着四川总督部堂的亲兵。红羽毛号褂，青绒云头宽边，两腿侧垂着两片战裙，也是红羽毛而当中是用青绒挖的一个大古老钱；一色的青裤子，青布长勒战靴；头上是青纱缠的大包头，手上拿着洋枪，腰间悬着长刀。看守在辕门侧的，是四五个不拿武器只拿一根皮鞭的武官。

看的人如此多，如此拥挤，而辕门外皮鞭所及之地，却没一个人挨近去。马叉也不过几根徒具形式的木头，并无亲兵等人把守，却也没有人敢去翻越。

一派过山号的声音，呜嘟嘟地从衙门里吹了起来。辕门外的看众便也一齐喊道："绑出来了！"

郝又三更其把脚尖踮了起来，眼睛更其大睁着，两只膀膊更其用力地将左右挤来的人撑住，而心房更其勃张，头上的汗更其珍珠般朝下滴着。

呜嘟嘟的过山号一直吹了出来，吹到石狮子两边，就站住了。

接着便是一伙戈什哈同几个穿短衣戴大帽的刽子手拥了一个女人出来。

那女人果然赤着上身，露出半段粉白的肉，胖胖的，两只大奶子挺在胸前。两手反剪着，两膀上的绳子一直勒在肉里。头发一齐拢在脑顶上，挽了一个大髻。

那女人刚一露面，辕门外的观众更其大喊起来。

郝又三以为将要推上毛驴去了——虽然辕门里并不见有毛驴——却见戈什哈与亲兵们拉了一个大圈子，从人的腿缝中，瞥见廖观音跪了下来。

看的人又都大喊道："啊！原来就杀在这里了！……还是砍脑壳啦！……不错！戴领爷在那里！……你看！……刀……"

郝又三简直把眼睛闭得紧紧的。只恨耳朵还明明白白听见观众在呼喊，大概那颗远看来仿佛不错的少女的头，已着戴领爷的刀锋切落在地上了。

亏得人众挤得甚紧，郝又三两腿只管软，还不曾倒下去。

七

郝又三回家之后，在床上直睡了三天。他母亲也坐在床边上，不住口地抱怨了他三天。而话哩，老是那么几句："这样血淋淋的事，也要去看，真不把自己看贵重了！你又是娇生惯养的公子哥儿，就是看武打戏，我还不大放得下心，为啥子去看杀人？骇病了吗？造孽哟！半夜三更都在呻唤……"

他父亲只是说："年轻人胆气不足，还不宜看这等凶事哩！"

叶家姑太太也回来看他，自然也有一番话说，不过结论却与她哥哥嫂嫂不同。她的意思，以后有杀人机会，又三还应该去看，多看两回，自然而然就看惯了，就不怕了。她以为又三将来做官，难免不遇着青衣案、红衣案，要坐堂上绑的时候，如其不先把胆子练大点，到那时候怎么办呢？

她的女儿文婉，比郝大小姐小一岁，身体却要胖大些，圆脸大鼻子，很像她舅母，只是眼睛小，耳朵小。却是极爱打扮，一天要洗三次脸，搽三次脂粉，涂三次红嘴皮。性情也很爽快，说话大声，又爱说笑。同她香芸表姐比起，好像是极不同的两个人，但两个人却说得拢。彼此一遇着，总是一步不离，无论昼夜，且无论有事无事，总在一处，总在咬着耳朵说些不使别人听得见的话。

她的母亲早就有意思将她说给郝又三的，她哥哥、嫂嫂没有话说，只她三弟说了一句："人家说的，掉换亲，不吉利；彼此都该慎重一点的好。"其实，是郝又三不大愿意。他也说不出是什么道理，只是见了别的年轻姑娘，乃至看见一个寻常样子的少妇，都感觉得脸会烧，心会跳，眼睛会不自然地偷着瞧看，多见几面，还会想到不好的方面去。独于他这表妹，从小一块儿长大，见了面，总生不出异样的感觉来。所以，一听见父母谈说到与叶家开亲的话，

他就有点不自在。但是不好说，只是转弯抹角示意给三叔，请他出来设法阻拦，而又要使叶家姑妈和自己的父母不疑到是他不愿意。

但他在叶表妹跟前，依然是亲亲热热，有说有笑。因此，叶文婉问到他："你这么大了，为啥子看杀人，会骇病了？该不是爱上了廖观音，看她遭杀，杀得你心痛？"

他也才这样笑着答道："你才晓得吗？因为她很像一个人，所以才杀得我心痛！"

她眼睛眯得更其成了一条缝道："像一个人？自然跟你很亲切的，自然不会像到舅母她们老人家。难道说，像大表姐吗？那倒是个美人！"

香芸呸了她一口道："你才是个美人哩！妖妖娆娆的，活是一尊观音菩萨，所以哥哥才心痛死了！"

"老实像哪个？你说！"

郝又三笑了起来道："你这个人好老实！逗你的话，你就信真了。告诉你，廖观音啥子人都不像，只像她自己。我并不是爱她，只是看见好好一个活人，又是年纪轻轻一个女子，如何会一下就死了，并且脑壳一下就离开了身子。我的心的确是痛的！我把那时的情形细细摆给你听，看你受得了受不了？"

他大妹妹把耳朵掩住道："请你不要摆了。你头次说了后，我一夜都没睡好。"

叶大小姐道："我已经听过了，果然很惨，叫我们去看，也一定会骇病的。不过……"

春兰进来说："苏三少爷来了，老爷刚走，三老爷陪着在，问少爷出不出去？"

他赶快把鞋后跟拔起来就走，才出房门，就听见叶表妹问他大妹妹道："就是他吗？……"

苏星煌把他仔细看了一番道："你那天大概看得太逼真了，所以你的刺激受得特别大些。我幸而眼睛差一点，可是也难过了几天。"

郝又三笑道："那天仅仅是看砍头，已那么不容易受，若真个看活剐，我一定会骇死了。岑制台这个人，看来，毕竟还有点恻隐心的。"

"到底还是野蛮举动！我那天很有些感触：第一层，如尤铁民所说，廖观音这些人实在不应该杀，实在是值得崇拜的伟人。第二层，我翻了翻法学书，像中国所说的谋反叛逆杀无赦的罪人，在文明国便叫作国事犯，很少有处死刑的；逃到外国，还照例得受保护；而我们简直不懂，名曰举行新政，其实大家都是糊糊涂涂地在搞。第三层，那天看杀人的不下千人，你只听听那片欢呼的声音，好像是在看好戏一样，有几个人如你我难过到不忍看，不忍言，甚至病倒了的？一班人如此凉薄残忍，所以官吏也才敢于做出这样的野蛮行为，而大家也才毫不见怪。自那天以来，差不多天天都同铁民、宏道几个人在研究。觉得要救国家，要使中国根本维新，跻于富强，只在国内看些翻译书，实在不够得很，我们总得到外国去实实在在学点真实本事才对。我们三个人约定了，打算到日本去留学。我本来在学台那里上过一次书，请他设法选派学生出洋，听说已得首肯。如今我们再热热烈烈地上一次书，并找人从旁吹嘘吹嘘，我想一定可以成功。我们已经是三个人，田伯行自以为岁数大了，不去，只不知你的意下如何？如其有意，只需加一个名字，那是很易为力的。"

郝尊三在旁边咂着杂拌烟道："日本国倒听熟了，离中国有好远？"

苏星煌看着他道："尊三先生没有看过地图吗？"

郝又三道："舍下还没有那东西哩！……你们大概几时可以走？"

"这可说不定，只看学台那里的消息。不过我已决定了，他那里就不行，我也要设法走的。只不晓得一年到底要用几百两银子？若由我自己筹措，恐怕行期至早都在明年春上了。你哩，到底愿不

愿与我们一道走？"

郝又三道："这却要与家严商量了才能定。"

郝尊三又插嘴道："要是不远的路程，我倒想去走走。"

苏星煌道："尊三先生也有意留学吗？真可谓老当益壮了！"

"我不是想去留啥子学，因我听说日本者乃从前蓬莱岛也，其中必有仙人，我想去访一访道。"

苏星煌只好看着郝又三一笑。

待郝又三送了客进来，叶大小姐的声气已在堂屋里闹麻了。她的话是："……那脸上颜色真说不出来，又黄又黑的；顶不好看是那副眼镜，为啥子一天到晚都撑在鼻梁上，见了人也不取下来？"

郝又三走去笑着问道："大表妹在批评哪个？"

"就是你的好朋友，说不定还是你家娇客哩！"

叶姑太太叱了她一声道："婉儿！你就是一张口乱说！哪里像个女娃子！"

郝太太问她儿子："苏星煌要到日本国去留学吗？……既这样，你大妹妹的事情就不必提了……"

香芸一声不响，起身向房间里就走。叶文婉笑着跟了去，还一面在说："就再留学，还是一个偷鸡贼相。叫我来，先就看不起那副尊范。说些话，人家也不懂。"

八

苏星煌的留学事件，在他本人与朋友中间，似乎还没有在郝家讨论得那么热闹。

第一，是葛寰中来商量他与大小姐的婚姻大事。依葛寰中的主张，苏星煌是个了不起的少年，有志向，有才能，又有学问。现在官场中许多有见解的上宪，说到这个人，已经是刮目相看了。他上学台的那封信，洋洋数千言，几乎句句可诵，风闻岑大帅看见，也颇叹赏。以官费派遣留学，简直是手到擒拿。一旦留学回来，立刻就可置身青云，扶摇直上，干大事，垂大名，将来的希望，岂是说得完的？如此一个少年，安能把他忽视了。所以，最宜在他留学之前，便把大小姐说给他，把婚姻定妥，将来大小姐既可稳稳地做个夫人，而丈人也未必没有好处。他说完之后，还加以一声感叹道："唉唉！可惜我的女儿太小，大哥的女儿又新嫁了，不然，我倒要把他抓住的！"

但是郝太太顾虑很多，先前顾虑的是弟兄多，没有许大家当。现在顾虑的，倒是他本人留学了。

她说："他既是要走，并且是漂洋过海，谁能保得定他就太平无事？行船走水八分险，我至今还记得，我八姨妈的兄弟秦老二，那年就了泸州的馆，大家劝他起旱坐轿去，他不肯，偏要坐船，说坐船要舒服些。在东门外包了一只大半头船，正是涨水天，择了日子，他早晨敬了祖人下船。哪晓得船一开出去，在九眼桥就把船打破淹死了，船夫子跑回来报信，敬祖人的蜡烛才点了一半。你们看，这还是东门外的小河啦！大前年孙二表嫂从湖北回来，也说水路险极了，走一天，怕一天，她在万县就起旱走了。所以，才有这句话：行船走水八分险！如今倒要漂洋过海，还了得，这简直是拿性命在打漂漂了，我女儿难道没有人要了，定要放给这样一个人？"

葛寰中笑道："达三嫂真是没有出过门的人。你可晓得，现在从宜昌以下，就是洋船、火轮船了？坐在上面，多太平，多舒服！我是坐过来的，该不是诳话吧？"

叶姑太太从旁杀了出来道："葛二哥，你倒不要那样说。火轮船也有失事的时候呀！我院子外面住了一个卖珠花的广婆子，她就亲眼看见一只火轮船在南京吗，或是在啥子地方，遭火烧了个干干净净，几百个客人，不是烧死，就是淹死，没有跑脱一个！……"

三老爷又从而做证道："这倒是真的，火轮船未必可靠，上回《申报》上，不是载过一只啥子国的海船，在啥子口外遭风吹沉了吗？"

郝太太又说："是嘛！人家早说过，长江里头，无风三尺浪。海比江宽，大风大浪，更不必说了。你们想，船在浪里打滚，是多险的事，就不淹死，也晕死了。"

郝达三道："葛二哥谈的正经话，就遭你们行船走水，风啦浪的打岔了。太太，我们好生来商量一下，大女儿的事情，在我看来，是可以放的，你到底是啥意思？"

"我没有啥子意思。我名下只有这个女儿，想好好生生嫁个人家。像苏星煌，照你们说得那么好，放也放得，不过他不走就好啦。既要出洋，我问你，把大女放给他，只是说妥了，下了定，就完了吗？还是过了门完事呢？我想，两者都不好。一则，苏家不在这里，他又走得远远的，简直是个没脚蟹，就不说路上出事，设或他不回来呢？我女儿怎么得了！况且人一到了外国，变不变心，也难说，李鸿章的儿子，不是一到日本国就招了驸马吗？设或他也去招了驸马，才没把我呕死哩！所以，我一听见他要出洋，我心里就动了，我好好一个女儿，为啥子要害她一辈子呢？"

郝达三也觉得他太太所顾虑的不错，便也不好坚执己见了。倒是葛寰中还解释了一番，不过到底不敢担硬保。于是大小姐与苏星煌的婚姻，便只做了家庭中的谈资，使得大小姐很不好过。她母亲便时常送她到叶家、孙家几家至亲处去排遣。

第二，便因苏星煌之出洋留学而商量到郝又三同不同去。

葛寰中又是一个极口赞成的人，他说："这是再好没有的事！如今办理新政，顶吃亏的，就是没有人才。比如我们机器局，这也是新政之一了。除了几个从外面找来的熟手外，本地方真找不出一个人。据人说起来，就这几个熟手也很不行，声光电化这些格致学问，他们都不懂。他们在上海，也只能学得一点知其然而不知其所以然的手艺，至于深点的道理，就非到外国去学不可了。其余的新政，都如此。所以一班上宪只管奉旨催办新政，而总办不出什么好的，就由于没有人才。如其此刻跑到外洋去学一些，以后回来，真就是了不得的人了，将来的功名无限，好处也说不完！"

郝太太又是顶反对的，她的理由，除了漂洋过海生死太没有把握之外，还说："学手艺，我先看不上，说通天，总是一个匠人。说到功名，做官罢咧！好处，不过是做大点的官！葛二哥，我们这种人家，做官有啥稀奇？我们的亲友，哪家没有几个官？我们郝家，从祖老太爷下来，不是知府，就是知县，达三本身也是个同知啦！我们所缺欠的，并不是官，只是人丁。人丁太不发了！何苦还把一个独生儿子弄去漂洋过海，吃了千辛万苦回来，终不过做个官。与其这样劳神，不如挪万把银子，跟他捐个候补道，只要他福命好，得几趟阔差事，署几趟缺，搞干下子，还不是可以做到督抚？出洋留学回来，总没有这样快！"

葛寰中深不以她的话为然，郝达三也不满意。两个人总说又三该去留学。"将来做官，断乎不像现在了。现在，只要你会请安，会应酬，会办一点例行公事，就可称为能员，就可循资上进。将来，是讲究真本事的，没有真本事，不说做官不行，无论做啥，都不行。即如眼前要仿照湖北办新政，把保甲局废了，改办警察，困难立刻就出来了。候补人员这么多，办保甲，好像大家都会，因为并没有什么事做，只坐着拱竿大轿，带着兵丁，一天在街上跑两趟就完事。一旦要办警察，这是新政了，从外国学来的，你就得知道方法才敢去接这差事。如今不是还在物色人吗。光说这一件，就可推想日后的官，断非捐班做得了的！……"

太太的话，却终说不通，到最后，她竟自说："又三是我们郝家的人种，我不要他离开我，比不得他是有弟兄的。"

葛寰中知道话已不能再说，只好向郝氏弟兄开个玩笑道："我们达三哥哩，又太不争气，不多生一个儿子。尊三哩，又安心当个老童子，三十几岁了，不娶亲。你们郝家的人丁，怎么会发？尊三，我劝你破了戒吧！"

郝尊三笑了笑，把他嫂嫂望着。

他嫂嫂却说道："葛二哥，只要你劝得他转。他们学道的人，真把子孙看得轻，我平日也就那么样地在说。"

于是郝又三出洋的事也就打消了。他自己倒也不觉得这是可以惋惜的，反而是苏星煌、周宏道、尤铁民几个准予派遣，每年以三百两银子到日本去留学的朋友，深为他扼腕。他们在走之前，还随时撺掇他说："男子志在四方，根本就该足迹半天下！何况你已是二十多岁成年的人，难道还舍不得父母？只要你肯走，父母哪能拉得住你。你也是治过新学的，总可以把那腐败的孝顺思想撵出脑筋的啦！中国瓜分之祸，已如此其亟，我辈有血性的少年，岂能还埋头乡里，不求点学问，把国家救一救吗？出洋原本是辛苦事，可是我们今日不吃苦，将来瓜分之后，那日子更难过哩！如其你把父母说得回心转意，答应拿钱送你去，自然好；如其真不答应，你也可以偷出来，跟着我们走。我们既是同心好友，大家把官费匀点出来，也够你留学了！"

他还是不能决定。有时也觉得留学的好处多些；不过想到一旦离家远行，又有点依依。一直到次年夏初，几个朋友已在望江楼踏上东下重庆的船，他到望江楼送行，在葛寮中特为行人而设的饯别筵上，才这么向行人们说道："你们先走一步，且等你们做了开路先锋，把路上情形、海外情形告诉了我之后，我再来！"

## 九

朋友真对得住他，八个月之后，他居然从学台衙门接到苏星煌托转的一封长信，将沿途情形，很详细地告诉他：坐木船直到宜昌，虽不免凶滩恶水之惧，然而巫峡、夔门，亦自雄奇可喜。宜昌便有轮舶，以机器行船，驰走如飞。船大如山，居处其中，不知在水上也。上海洋场十里，崇楼杰阁，排云而立。自来火光彻霄汉，几疑不在人间。洋人甚多，大都雄伟绝伦，精力弥满，即其妇孺，亦勃勃有英气，今而后知东亚病夫之消，为不虚矣。海行稍有风浪，然不如乡人所揣想之甚。三日夜抵长崎，改乘火轮车而至日本之首都东京。日本虽后起强国，而首都繁华，转不如上海远甚，屋宇结构，极似中国，唯甚精洁。人民亦多中国古风俗……

又告诉他在日本起居生活的情形，以及他们如何补习日文。并告诉他初到日本，并不难处，因为可以笔谈，而日本人对中国人亦甚敬重。他们已经截发改装，而蓄发不改装的中国人也有，并不甚被歧视轻侮。所以他的结论，仍是老调子："诚以同文同种，弥觉相亲，固异泰西哲人，动诮我为野蛮也。"末后还是劝他去。

但是他更不能走了。这因为他母亲于他送别朋友之后，看出他颇有点郁郁，生恐他生心飞走了，便与他父亲商量，给他一条绊脚索，将他拴住。一面也因人丁太不发了，要他及时多传几个种。遂在这年二月，不管他意见如何，竟自同叶家姑太太打了亲家，把叶文婉硬变作自己的媳妇。

虽然是至亲开亲，而规矩仍半点不能错。依然由男家先请出孙二表嫂的堂兄孙大胡子——因为他原配健在，子女满堂，是个全福人。——来做媒人，先向女家求了八字，交给算命先生合一合。由算命先生取银一两，出了张夫荣妻贵、大吉大利的凭证。然后看人，下定。女家却自动免去相郎一节。这是头年十月的事。大家便忙着准备。因为说通了，不能像平常婚嫁，下定后还要等三年五载，方始嫁娶之故。然而女家还是照规矩推托了三次：第一次是姑娘还小，第二次是妆奁办不及，第三次是母女难舍。

婚期择定了，请媒人报期。报期之后，商讨嫁妆，既是至亲，也就免去世俗所必有的争论吵骂。婚期前两天过礼，男家将新房腾出，女家置办的新木器先就送到，安好。而木匠师傅于安新床时，照规矩要说一段四言八句的喜话，也照规矩要得男家一个大喜封。过礼这一天，男家就有贺喜的客人，男女老少，到处都是。而大门门楣上已经扎上一道大红硬彩。凡有天光处，都搭上粉红布的天花幔子。四周屋檐下，全是大红绣五彩花的软彩。堂屋门前，两重堂

幛，也是大红绣五彩花和盘金线的。由于男家不主张铺排，只用了三十二张抬盒，装着龙凤喜饼，点心盐茶，凤冠霞帔，花红果子，另外一担封泥老酒与生鸡生鹅。用全堂执事，加入郝家三代人的官衔牌，两个大管家戴着喜帽，穿着青缎马褂，抓地虎绿梁靴子，捧着装了十封名称各别的大红全束的卤漆描金拜匣，押送到女家。女家妆奁不多，单、夹、皮、棉，四季衣服，四铺四盖，瓷器锡器，金珠首饰，连同桌上床上的小摆设，却也装够四十张抬盒，抬了回来，谓之回礼。

婚日头一晚，男家顶热闹了，谓之花宵。全院灯火齐明，先由父母穿着公服，敬了祖宗，再由新郎冠戴上女家制送的冬帽靴子，穿上父母赐给的崭新花衣，蓝宁绸开襟袍，红青缎大褂，敬了祖宗，拜了父母，家里人互相贺了喜后，新郎便直挺挺跪在当地猩猩红毡上，由送花红的亲友，亲来将金花簪在帽上，红绸斜结在肩胛边，口里说着有韵的颂词，而院坝内便燃放火炮一串。花红多的，一直要闹到二更以后，方才主客入席，吃夜宵。

那夜，新郎就安睡在新床上。

迎娶吉时择在平明。密不通风的花轿早打来了，先由一对全福男女用红纸捻照了轿，而后新郎敬了祖人，发轿。于是鼓乐大震，仍像过礼一天，导锣虎威，旗帜伞扇，一直簇拥到女家。女家则照规矩要将大门闭着，待男家将门包送够，才重门洞启，将人夫放入。新娘亦必照规矩啼哭着坐在堂中椅上，待长亲上头，戴凤冠，穿霞帔——多半在头两天就开了脸的了。开脸者，由有经验的长亲，用丝线将脸上项上的寒毛，以及只留一线有如新月一样的眉毛以外的眉毛——绞拔干净，表示此后才是开辟了的妇人的脸。而授与男女所应该知道的性知识，也就在这个时候。——而后由同胞的或同堂的弟兄抱持上轿，而后迎亲的男女客先走，而后新娘在轿内哭着，鼓乐在轿外奏着，一直抬到男家。照例先搁在门口，等厨子杀一只公鸡，将热血从花轿四周洒一遍，意思是退恶煞，而习俗就叫这为回车马。

此刻，新郎例必藏在新房中。花轿则捧放在堂上，抽去轿杠。全院之中，静寂无哗。堂屋正中连二大方桌上，明晃晃地点着一对龙凤彩烛。每一边各站立一个八九岁的男孩，又每一边各站立一个亲友中有文采的少年姑且降格而充任的礼生。

礼生便一递一声，打着调子，唱出"伏以"以下，自行新编的华丽颂词。"一请新贵人出洞房！……一请新娘子降彩舆！……"唱至三请，新郎才缓步走出，面向堂外站在左边，新娘则由两位全福女亲挽下花轿，也是面向堂外站在右边。礼生赞了"先拜天地"，阶下细乐齐鸣。一直奏到"后拜祖宗，夫妻交拜；童子秉烛，引入洞房"。

继着这一幕而来的是撒帐，也是一个重要节目。

当一对新人刚刚并排坐在新床床边之上，而撒帐的——大概也由亲戚中有文采的少年充当——随即捧着一个盛有五色花生、白合、榛子、枣子的漆盒，唱着："喜洋洋，笑洋洋，手捧喜果进洞房，一把撒新郎……"也是自行新编的颂词，不过中间可以杂一些文雅戏谑，总以必须惹得洞房内外旁观男女哈哈大笑为旨归。

其后，新郎从靴靿中抽出红纸裹的筷子，将掩在新娘凤冠上的绣花红绸盖头挑起，搭在床檐上。设若郝又三与叶文婉还不相识的话，只有在这时节乘势一瞥，算是新郎始辨新娘妍媸的第一眼，而新郎之是否满意新娘，也在这一眼之下定了。但新娘还仍低眉垂目不能看新郎哩。

郝又三吃了交杯茶，合卺酒，趁小孩们打闹着爬上新床去抢离娘粑与红蛋时，便溜了出来，躲到三叔房里，一个人抱着昏晕的头脑，正自诧异：这样便算有了一个老婆，岂非怪事？而今夜还要向着这位熟识的新人，去做丈夫应做的事，不是更奇怪吗？

一个代理父亲责任，来授他性知识的老长亲，恰寻了来。

这是一位有风趣的老人，脸上摆着欢乐笑容，一开口便道：

"男女居室，人之大伦。老侄台，我想你们光绪年间生的人，哪里会像我们从前那等蠢法，连门路都探不着？既然你令尊大人托着，没奈何，且向老侄台秽言一二，若说错了，不要怪我，我这平生不二色的教师，本来就瘟……"

老长亲只管自谦，但他那朦胧的性知识之得以启发，而大彻大悟于男女性器官的部位，以及二五构精之所以然，却是全赖老长亲的一席之谈。老长亲说得兴会淋漓，而他也飞红着脸，听得很专心。不幸的，就是言谈未终，而贺客已陆续盈门。窗子外的洋琴台上，业已五音并奏，几个瞎子喧嚣着大唱起来。

新郎于每一个贺客之来，无论男女长幼，他总得去磕头。这已经够劳顿了。但还不行哩，客齐之后，还要来一个正经大拜。

所谓正经大拜者，如此：先由父母敬了祖宗。新娘已换穿了寻常公服，只头上仍戴着珍珠流苏，由伴娘搀出，与新郎并拜祖宗。照例是三跪九叩首的大礼。新娘因为缠脚之故，可以得人原谅，默许其一跪下去，就俯伏着不必动弹，而新郎则不能不站起来又跪下去，站起来又跪下去。

拜罢祖宗，又拜父母。照规矩，父母得坐在中间两把虎皮交椅上，静受新人大礼。不过当父母的，总不免要抬抬屁股，拱拱手，而后向着跪在红毡上的新人，致其照例的训词。

而后分着上下手，先拜自己家里人，次拜至亲，次拜远戚，再次拜朋友，连一个三岁小孩，都须拜到，并且动辄是一起一跪、不连叩的四礼，直至一班底下人来叩喜时，才罢。一次大拜，足足闹了三个钟头。郝又三感觉得腰肢都将近断了，两条腿好像缚了铅块似的，然而还不得休息，要安席了。正中三桌最为紧要，款待的是送亲的，吃酒的，当媒人的，当舅子的，虽然内里女客，由主妇举筷安杯，外边男客，由主人举筷安杯，但新郎却须随在父亲身后周旋，而洋琴台上也正奏打着极热闹的《将军令》《大小宴》。

十三个冷荤碟子吃后，上到头一样大菜，新郎须逐席去致谢劝酒，又要作许多揖，作许多周旋；而狡猾的年轻客人，还一定要拉着灌酒，若不稍稍吃点，客人是可以发气的。

到第三道大菜，送亲的，吃酒的，以及当舅子的，照规矩得起身告辞。于是由新郎陪到堂屋里稍坐一下，新房里稍坐一下，男的则由主人带着新郎，恭送到轿厅，轿外一揖，轿内一揖，轿子临走，又是一揖。女的则在堂屋跟前上轿，由女主人应酬。

要走的客，都须这样跑进跑出，一个一个地恭送如仪。

一直到夜晚。新娘是穿着新衣，戴着珠冠，直挺挺坐在床跟前一张交椅上，也不说，也不笑，也不吃，也不喝，也不走，也不动；有客进来，伴娘打个招呼，站起来低头一福，照规矩是不准举眼乱看。虽然叶文婉是那样爽快的人，这里又是熟识地方，虽然郝香芸、香荃要时时来陪伴她，要故意同她说话取笑，虽然姨太太来问了她几次吃点什么，喝点什么，虽然春兰传达太太的话，叫她随便一点；但是规矩如此，你能错一点吗？自己的母亲是如此教，送亲吃酒的女长亲是如此教，乃至临时雇用的伴娘也如此教。

而新郎则劳顿到骨髓都感觉了疲乏。

但是还要闹房哩。幸而父母十分体谅儿媳，事前早就分头托人向一班调皮少年说了多少好话，母亲又赶快去教了新媳妇一番应付方法，所以仅被闹了两个多钟头，而且也比较文雅。跟着又吃夜宵。

到此，新娘卸了妆，换了便服，才由大姑小姑同几个年轻女客陪伴着，在新房里吃了一点饮食。但是照规矩只能吃个半饱。

到此，新郎也才脱了公服靴子，换了便服，由父母带着，吃点饮食。自然也是不准吃饱，并不准喝酒。

街上已打三更了，三老爷督着底下人同临时雇用来帮忙的，将四处灯火灭了，人声尚未大静。留宿的男女客安排着听新房，都不肯睡，便点着洋灯打起纸牌来。

新郎累得差不多睁不开眼。母亲向他说："进新房去睡得了！"到他要走时，又特意在他耳边悄悄说道："今天是好日子，一定要圆

房的。你表妹不好意思，须得将就下子，不准耍怪脾气啦！"

他进新房时，玻璃挂灯已灭，只柜桌上一盏缠着红纸花的锡灯盏，盛着满盏菜油，点的不是灯草，而是一根红头绳。新娘已经不见，有流苏的淡青湖绉罩子，低低垂着；踏脚凳上，端端正正摆了双才在流行的水绿缎子加红须的文明鞋。

他在房里去了几步，一个年轻伴娘悄悄递了件东西给他，并向他微微一笑道："姑少爷请安息了，明早再来叩喜。"

他茫然将她看着，她已溜了出去，把房门翻手带上了。

他把接在手上的东西一看，是一块洁白的绸手巾，心中已自恍然。再看一看罩子，纹风不动地垂着，而窗子外面却已听见一些轻微的鼻息声，同脚步声。

老长亲淋漓尽致的言语又涌上脑际，心里微微有点跳，脸上也微微有点烧，寻思："一句话没有说，一眼没看清楚，就这样在众人窥视之下，去做男女居室的大事吗？文明呢？野蛮呢？若叫苏星煌他们来批评……"

十

郝又三娶了亲后，虽不十分感觉夫妇间有好大的乐趣，但有一个年轻女人朝夕陪在身边，而所谈说的多不是平常自己想得到的话，却也与平常起居有点两样。不过他心里有时总不免要怀疑唐人诗"水晶帘下看梳头"，龚定庵诗"甘隶妆台伺眼波"，到底有什么了不起的意味，而值得如此吟咏？

几个少年未婚的亲戚朋友，偶尔问到他新婚之乐如何，他也说不出个所以然，只是笑道："有个女人伴睡，睡得不很安稳罢了！"

他有时也在枕上问他的少奶奶——这是他对叶文婉的官称。——"你嫁给我后，觉得有哪些地方与前不同？除了我们中间这个事外。"他的少奶奶也是摇头笑道："并不觉得有啥子大不同的地方，只不过把称呼改了，有点不方便。这件事自然大不同，却也没好大的趣味！……"

两夫妇虽然都感不出什么大趣味，毕竟母亲的愿却偿了，仅只十个月，家里居然添了个结实的男孩子的哭声。

但是半年以来，家庭中不安的景象，却并不因孩子的哭声而有什么变化。

本来是平静的家庭，何致有不安的景象呢？父亲则说是家运走到翻山地步，母亲则归罪于媳妇的命不好，自她过门以来，便闹出这许多事故。

所谓许多的事者，第一是大小姐香芸的病。

大小姐本是个极爱玩笑的人，与嫂嫂又是向来说得拢的。却不知怎样，在嫂嫂过门两个月后，一天一天地便打不起精神。又时常闹睡不得，闹头痛，闹心烦，而饮食也不好。大家问她哪些不舒服，她又说不出来，或是不肯说。性情也不大好了，爱生气，爱哭，同嫂嫂也不相亲近了。请医生来看，只是说肝热重。后来春兰告诉太太，才晓得大小姐的月经已有几个月不调了。告诉医生，医生说："是啦！就因为血不养肝，所以这样烦躁。法宜生血滋阴……"只管吃药，反而有时起不得床。

第二是春秀与高升的偕逃。

春秀本来是顾家失落的女儿，被下莲池伍太婆捡得，作为自己的外孙女卖给郝家的。来了五年，整十七岁了。诚如李嫂所言，来时简直是个一事不知，只晓得打瞌睡的乡下女娃子，后来被姨太太调教出来，竟自很细致了，又会做细活路，又精灵，又会打扮，模样长得比春兰还好看，身材也长得高高大大的。春兰有点嫉妒她，常常有意无意地向太太说她爱搬是非，爱听墙根儿，爱在少爷房间里钻。尤其令太太生气的，就是说她有时睡下了，忽然溜出房门，到太太房门外来看什么。所以太太总在骂她不是个好东西，叫姨太太结实管严点。却不料她什么时候会与高升爱起来。吴嫂猜是就在娶少奶奶的那一晚，她们半夜来听新房时，恍惚看见一对男女在新

房窗根下搂着亲嘴，不过那时年轻男女也多，或者不是他两个，也说不定。

高升是高贵的远房侄儿，也来郝家好几年了，今年恰满十九岁，生得清秀文雅，是老爷喜欢的一个小跟班。据老爷推测，断不是高升先下手去勾引春秀，因为他还胆小。偕逃的主意，也一定是春秀打的，所以春秀卷走了一些东西，而他却一样没拿。

姨太太平时只管骂春秀，但春秀一走，却很感不方便。又因二小姐香荃向自己说，春秀时常抱怨春兰在太太跟前说她的坏话，吴嫂对她也不好，所以太太才那样恨得她牙痒痒的。虽然姨太太待她好，她却过不得这日子，也见不得三老爷那样待她，她不跑，只有死。于是姨太太一面恶狠狠地咒骂春秀没良心，一面话言里头也不免露了些春秀之走，是春兰她们逼走，有意与她为难的意思。

这已使好些人不自在了，再加以第三件：三老爷的作怪。

三老爷自幼读书不成，性情又不大好，十八岁上出去就小馆，当朱墨笔师爷，倒也可以自给。他的哥想到祖宗血食，兄弟到底算是一房人，不可绝后，于他二十五岁上，特地从广安州将他叫回来，打算分点产业给他，并给他安个家，他原也高兴。不想在家里住上三个月，那时姨太太进了门，正是太太吃醋最厉害之时，他忽向他哥表示，他要学道，赌咒不肯娶妻，也不要产业，也不想再出去就馆，他甘愿住在家里吃碗闲饭。

起初，他哥因他性情古怪，还怕他处不好，或是要与嫂嫂起什么冲突——是直到此时，他们叔嫂才初次见面。——却出他哥意料之外，他性情大变了，对什么人都好。他嫂嫂也喜欢，向郝达三说："三弟闲着不好，他又不是没本领的人，现在家里事又烦，曾管事又死了，我一个人管着，累不过来，不如交给他去管，我帮助他，叫他时常同我商量着办，不好吗？"

如此好事，郝达三自然喜欢，自然答应。并且太太因为一心一意给三老爷帮忙管家去了，也把吃醋的大事搁起，任凭老爷整月整月在姨太太房里，也不开一句口，老爷更其高兴了。有时还故意来温存一下，太太却说她已看开了，不争这些。只是一件，鸦片烟须在她的大床上烧，以便夜里大家围着说话，热闹些。

十四年光阴，是如此安安静静地过了，而如今三老爷不知碰着了什么鬼，竟自闹着要讨老婆，要安家，不学道了。

郝达三反而喜欢，说这一定是去年葛寰中一句话触了他的机，而现在看见接了侄媳妇不免有点动心。"本来也是道理！孤阴不长，独阳不生，三十八九岁的人，又未能绝欲出世，如何能耐寂寞？"

太太气愤愤地道："放屁的话！你自从讨了小后，我这么多年，不是守的活寡吗？不是也正从三十几岁，守到现在吗？我咋个就过了，并不作怪？"

老爷笑道："你是女人，所以不同。男子在四十上下，正是精力饱满之时，那是不好忍受的！"

"更是放屁的话！男女不是一样，有啥不同？"

老爷只好一笑，因他向来对于这些事，便不甚留心。

"老三这样胡闹，你到底打啥主意？"

"有啥主意？分一点产业给他，让他出去好好生生地安个家，同十四年前许过他的一样。"

太太大怒了，把老爷额头一指道："你两兄弟都是没良心的，只欺我一个人，我的命才不好哩！"

老爷停着正在烧泡子的烟签，惶惶然将她看着。

她流着眼泪道："不是吗？你第一个没良心！我本来有儿有女的，年纪也并不算大，你偏要闹着讨小。阻拦你哩，还说我不明道理，短了你的兴，只好让你讨。讨了小，就把我丢在脑后了，假故事的虚应酬也不来一下，把人气得啥样，还说我吃醋。后来，我也看开了，让你去迷，十几年啦，该没有同你争闹过？可是你也就乐得了！老三哩，现在也跟着来了。不想想十几年当中，我是咋样在待他！我半点没有把他见外，比待我嫡亲兄弟还好！你是看见的，

去年他呛咳到痰中带血，医生说肺燥，得吃点燕窝。每天一碗，哪天不是我亲自捡毛，亲自给他在灯罩子上煨？说句良心话，你的燕窝，我倒没有管过，让姨太太给你去胡弄。我这样劳神，就是亲姐姐也做不到呀！当嫂嫂的，哪点对不住他？他报答过我啥子？顶多就是给我分了点劳，管管家。其实，你问他，叫他摸着天良说，他懂得啥子叫家？咋个管法？哪一样不是我在背后指分他？顶小顶小一点事，都要我磨心。就像前回大娃子接亲，那是多大一件事，面子上是他在办，你是晓得的，要不是我，能够办得那么熨帖？有天晚上，你不是要找我说件啥子事？半夜三更了，该是你亲眼看见，我还在他那里商量过礼的事啦！外面哪个晓得这些，光说三老爷真能干，其实尽是我！我累得要死，面子拿给他占，我还对不住他吗？有良心的，就该想想，嫂嫂这样待得我好，这样想把我搡出来，也就算福气了，遇着真心人了！噫呃！不想我苦了十几年，费了十几年的心，才培养出一个豺狼，恩将仇报！稍为像个样儿，翅膀就硬了！像高升、春秀这般没良心的东西一样，就想把恩人丢下，飞了！各自顾各自地去了！……唉！都由于我的命不好，才遇合着你们这般人！……我还有啥想头？女儿哩，病恹恹的。还要我磨心。儿子哩，讨了老婆，好像同我也生分了，一天只看得见几面。媳妇哩，以前还好，如今也离皮离骨的，心上只有老公。你的姨太太同香荃，不说了，是你的人，你们又是一伙。底下人更靠不住，只有春兰稍好一点。算来，我这个太太，面子上好像在享福，其实孤家寡人，哪个拿良心在待我？我要是真正老了，灰得下心，倒不用说了，又不嘛！今年也才四十多岁，别的人看我，谁不说三十岁的光景！我自己也觉得，并不老，精精神神的，怎叫我糊涂得下去哩！……"

太太长哉其言的一篇冤单，把老爷几乎说得睡着了。有些话是平日听见过的，有些话是闻所未闻。但是总括起来，太太是伤心人，所得的安慰，实在太少。老三经她卵翼了十几年，一旦只顾自己去了，自然太不应该。于是"分点产业给他，让他出去好好生生地安个家"的话，也不好再说了。

但三老爷总是那样生事，也像一条牛，怪脾气一发了，很难安顿。叔嫂间，叽里咕噜，差不多日夜都在闹闲话，赌气。

有几天，三老爷竟自闹得跑到南门外二仙庵去住着，不回来。说是要与哥哥、嫂嫂断绝来往，他仍然要出去就馆，道是不学的了。

老爷叫大少爷去迎他回来，不回来，还向着大少爷把他的妈骂了一顿，说她不懂道理，太越出了叔嫂的分际，为啥子把他管得如此严法？

老爷亲自去接他，还是不回来，也向着老爷把他太太骂了一顿，说她只知有己，不知有人，把一个小叔子捏在手里，同捏鹌鹑一样。"我也是个男子汉啦！她到底算我啥子人？嫂嫂罢咧！就该管我一辈子？她总说给了我多少多少好处，好处在哪里？你去问她！她越这样糊涂，我越要造反！现在硬闹翻了！我也不怕啥子！哥哥，我算不算郝家一房人？我该不该讨个女人，安个家，把祖宗香烟接起来？"

末后，是太太亲自去接，才算把这个反叛抓了回来。

也不知经何人调处，把二十四岁的春兰拿给他做小老婆，他才喜喜欢欢地不闹分出去安家了。

老爷只管拍着腿骭自诩道："如何？我的算法何尝错来？三十八九岁的男子，怎么能甘寂寞？有个女人陪着，不就没事了？"

然而太太却伤了心，背着人总是唉声叹气，流眼抹泪地感慨天下男子总是没良心的。

新买的三个丫头——一个顶春兰的缺，叫春桃；一个顶春秀的缺，叫春英；一个给少奶奶使用的，叫春喜——背后问吴大娘、李大娘："太太比老爷的岁数还大吗？"

"哪里！比老爷小五六岁。"

"咋个头发都白了，牙齿也脱了，老成那个样子呢？"

"前几个月还多嫩面的！因为同三老爷、贾姨奶奶常常怄气，气老了的！可是，你们不准说啦！公馆里的啥子事，只准同我们谈，要是叫上人晓得一点风声，仔细你们的皮！走了的春秀，就是嘴不稳。要学贾姨奶奶才好啦！博得大家都喜欢，高枝儿也爬上去了，实惠也得着了，岂不好吗？"

十一

虽说是一个结实的孩子哭声，不能把家庭中的阴霾散开，毕竟也添了一点生气。

祖母第一个感生了极大的兴会，每逢有一点不高兴的事，就跑来看孩子，或大声喊何奶妈："把孙少爷给我抱来看看！"

大娘也爱，抱着他，就没命地亲。仔细地看他，说他像哪个，又不像妈，又不像爹，说不出像哪个。给他取出小名，叫"心儿"，说他是大家的心。

祖父也爱，二娘、姨婆都爱，外婆不消说了。

也因太爱了的缘故吧，各人都有如何才把他带得好的意见，如何才把他带得好的方法，何奶妈弄得无所适从。比如这个说："小娃娃命心儿没有长拢，半点寒都受不得的。何奶妈，快把和尚帽给他戴上。"戴上了，而那个却说："何奶妈也是啦！简直不当心！这么大天气，我们都戴不住帽子，却把这样厚的和尚帽给心官戴上，你怕把他捂不起病来吗？人家说的：亮头亮脚，权当吃药，这点都不晓得！"那么，揭了，而第三者的话与道理又出来了，总是何奶妈不对。

小孩子成了大家的小孩子，当奶妈的自然为难。儿子成了大家的儿子，当母亲的又何尝不为难呢？

奶妈为了难，只好向着少奶奶抱怨。母亲为了难，只好向着丈夫抱怨。

本来没有好多乐趣在中间做联锁的夫妇，假使风平浪静地下去，自然也可维持若干年，不致发生什么毛病的。如今在冷淡的男子耳边，时时吹来一种听了并不像音乐的怨声，或是说："儿子到底是你我的，还是别人的？为啥子我就没一点儿管理娃娃的权柄？别人放的屁都对，我就没有半句对的话。那么，为啥子又叫我妈妈？我这虚名头的妈妈，也实在不爱当得了！你做爹爹的，简直不说一句，到底存的啥子心呀？"

或是说："你不要装疯了，也睁起你那眼睛看看。现在你家的人对我，是啥样子？个个都在憎恨我似的，一天到黑，个个脸上都是凶神恶煞的。我到底做错了啥子事？这样地不拿笑脸给人看。我晓得我是多余的人，可是为啥子又要一次两次地找媒人说我过来呢？"

他自然不爱听，听了老觉心烦。先前还随便敷衍下子，后来不免生了气道："你一肚皮冤屈，又不去向别人闹，又不去寻死，光缠着我吵，我能替你去把人家捶一顿给你出气吗？尽说，尽说，不是空事？真讨厌！"

"啊！你才是这样的人呀！老婆受了哑气，向你诉诉苦，你不安慰几句，反这样触我！你怕我不会闹，不会寻死觅活吗？我不过是有家教的女子，不屑于这样放泼撒蛮罢了！"

两口子虽未大吵起来，但是在太为寻常的感情上却也足够加上一个负数的符号。

郝又三觉得家庭里实在有点不好安处，遂逐日跑往亲戚朋友处去找可以消遣的。于是他把输入四川不久的麻将牌学会了。并且肯看戏，尤其爱看永乐班。

他又想出洋。但可惜又错过了一个机会。葛寰中以候补县资格被派赴日本学习警察时，也曾来邀过他同去，恰是三叔在作怪，一家人正都闹得昏天黑地，母亲也正气得什么都灰了心，自己老婆又是个大肚皮，怎么能走？只好又是说说作罢。现在哩，更无从说起了！

一天，是五月天气，成都城内已很暖和了，软面夹衫已不甚穿得住。郝又三新剃了头，在街上走着，被微微太阳一烘，满头是

汗。汗沁在刮过的额头与两颊上，痛得仿佛绣花针在刺的一般。他走了一段路，正游移着看戏去呢，打麻将去呢？忽觉身后有个人很熟悉地在唤他："是又三老弟吗？"

赶上前来的原来是旧日讲新学的同志田伯行田老兄，不过变得太不同，首先是那一身衣服：蓝洋布长衫，红青宁绸对襟小袖马褂——以前叫作卧龙袋，或阿娘袋的。——马褂右袖口上织了一条金龙，马褂铜纽扣也是铸的盘龙纹，这两样已很别致了。马褂领口上还有两枚铜章，一边一个，是镂空的两个字，一个"高"，一个"等"，比新近才铸出的当二十铜圆还大点。长衫下面一双双梁密纳帮的青布靴，顶奇怪的，一条漂白布裤子的裤管不扎在靴靿内，而是笼在靴靿外。头上一顶新式的平顶铜盆草帽。

"噫！我几乎认不得你了，你的装束这样一变！"

"这是学堂里的官衣。……我们好久不见了，今天星期日，找个地方坐谈坐谈。"

若在以前，郝又三一定喊轿子坐了，一同到自己家里，或是在客厅内，或是在大花园的书斋内，叫底下人泡茶拿烟，促膝相对，在明窗净几之侧，花影鸟声之间，细谈衷曲的了。但是，现在家庭中已不复如此。书斋变作了三老爷贾姨奶奶的住房。老龙与高升走后，只添了一个打杂的，客厅光靠高贵一人打扫，已不如前之明净，而玻璃破碎了，字画的轴与边缘裂了，脱浆了，也没人有精神去料理。地板上铺的红呢毡，一脚踩去，便是扑扑的尘土。三老爷只是伺候贾姨奶奶和嫂嫂赌气去了，更无心情到花树雀鸟，任它死，任它萎。况且人的气象又不好。

他思索了一下，便道："找个茶铺去吃茶吧！"

茶铺，这倒是成都城内的特景。全城不知道有多少，平均下来，一条街总有一家。有大有小，小的多半在铺子上摆二十来张桌子；大的或在门道内，或在庙宇内，或在人家祠堂内，或在什么公所内，桌子总在四十张以上。

　　茶铺，在成都人的生活上具有三种作用：一种是各业交易的市场。货色并不必拿去，只买主卖主走到茶铺里，自有当经纪的来同你们做买卖，说行市；这是有一定的街道，一定的茶铺，差不多还有一定的时间。这种茶铺的数目并不太多。

　　一种是集会和评理的场所。不管是固定的神会、善会，或是几个人几十个人要商量什么好事或歹事的临时约会，大抵都约在一家茶铺里，可以彰明较著地讨论、商议，乃至争执；要说秘密话，只管用内行术语或者切口，也没人来过问。假使你与人有了口角是非，必要分个曲直，争个面子，而又不喜欢打官司，或是作为打官司的初步，那你尽可邀约些人，自然如韩信将兵，多多益善——你的对方自然也一样的。——相约到茶铺来。如其有一方势力大点，一方势力弱点，这理很好评，也很好解决，大家声势汹汹地吵一阵，由所谓中间人两面敷衍一阵，再把势弱的一方数说一阵，就算他的理输了。输了，也用不着赔礼道歉，只将两方几桌或十几桌的茶钱一并开销了事。如其两方势均力敌，而都不愿认输，则中间人便也不说话，让你们吵，吵到不能下台；让你们打，打的武器，先之以茶碗，继之以板凳，必待见了血，必待惊动了街坊怕打出人命，受拖累，而后街差啦，总爷啦，保正啦，才跑了来，才恨住吃亏的一方，先赔茶铺损失。这于是堂倌便忙了，架在楼上的破板凳，也赶快偷搬下来了，藏在柜房桶里的陈年破烂茶碗，也赶快偷拿出来了，如数照赔。所以差不多的茶铺，很高兴常有人来评理，可惜自从警察兴办以来，茶铺少了这项日常收入，而必要如此评理的，也大感动辄被挡往警察局去之寂寞无聊。这就是首任警察局总办周善培这人最初与人以不方便，而最初被骂为周秃子的第一件事。

　　另一种是普遍地作为中等以下人家的客厅或休息室。不过只限于男性使用，坤道人家也进了茶铺，那与钻烟馆的一样，必不是好货；除非只是去买开水端泡茶的，则不说了。下等人家无所谓会客与休息地方，需要茶铺，也不必说。中等人家，纵然有堂屋，堂

屋之中，有桌椅，或者竟有所谓客厅书房，家里也有茶壶茶碗，也有泡茶送茶的什么人；但是都习惯了，客来，顶多说几句话，假使认为是朋友，就必要约你去吃茶。这其间有三层好处。第一层，是可以提高嗓子，无拘无束地畅谈，不管你说的是家常话，要紧话，或是骂人，或是谈故事，你尽可不必顾忌旁人，旁人也断断不顾忌你。因此，一到茶铺门前，便只听见一派绝大的嗡嗡，而夹杂着堂倌高出一切的声音在大喊："茶来了！……开水来了！……茶钱给了！……多谢啦！……"第二层，无论春夏秋冬，假使你喜欢打赤膊，你只管脱光，比在人家里自由得多；假使你要剃头，或只是修脸打发辫，有的是待诏，哪怕你头屑四溅，短发乱飞，飞溅到别人茶碗里，通不妨事，因为"卫生"这个新名词虽已输入，大家也只是用作取笑的资料罢了；至于把袜子脱下，将脚伸去蹬在修脚匠的膝头上，这是桌子底下的事，更无碍矣。第三层，如其你无话可说，尽可做自己的事，无事可做，尽可抱着膝头去听隔座人谈论，较之无聊赖地呆坐家中，既可以消遣辰光，又可以听新闻，广见识，而所谓吃茶，只不过存名而已。

如此好场合，假使花钱多了，也没有人常来。而当日的价值：雨前毛尖每碗制钱三文，春茶雀舌每碗制钱四文，还可以搭用毛钱。并且没有时间限制，先吃两道，可以将茶碗移在桌子中间，向堂倌招呼一声："留着！"隔一二小时，你仍可去吃。只要你灌得，一壶水两壶水满可以的，并且是道道圆。

不过，茶铺都不很干净。不大的黑油面红油脚的高桌子，大都有一层垢腻，桌栓上全是抱膝人踏上去的泥污，坐的是窄而轻的高脚板凳。地上千层泥高高低低；头上梁桁间，免不了既有灰尘，又有蛛网。茶碗哩，一百个之中，或许有十个是完整的，其余都是千巴万补的碎瓷。而补碗匠的手艺也真高，他能用多种花色不同的破茶碗，并合拢来，不走圆与大的样子，还包你不漏。也有茶船，黄铜皮捶的，又薄又脏。

　　总而言之，坐茶铺，是成都人若干年来就形成了的一种生活方式。

　　田老兄看了他一眼道："你也进茶铺了！别人穿了这一身，似乎就有点顾虑，我可不妨。我们到龙池轩去好了。"

　　青石桥距他们相会之处，本不甚远。

　　田老兄争着要给茶钱，争至几乎用武，这也是一种坐茶铺的必要举动。

　　而后对坐着，田老兄略略问了他一会近况，便原原本本说起他的事来。他本来是个寒士，自从身入黉门之后，原希望一帆风顺，得中举人，将来至不济也可有个小官做做，却因时不来，运不来，一连几科乡试，都不曾侥幸。无意间相与了尤铁民，才由他引进合行社，看了些新书新报，也才恍然大悟出科举制度以八股取士之误尽苍生。那年苏星煌等之去日本，他何尝不可以去，所谓年纪已大者，托词也，其实，只因父母俱存，兄弟无恙，稚子绕膝，娇妻在堂，而资以为生者，除了以坐宅佃人，年取租金六十两外，便全赖自己一张口：教书；一支笔：考月课。如其他走了，则一家人将何以为生呢？所以心里痒痒地看着别人雄飞，自己依然雌伏着教私馆，难过可以不必说，而顶糟糕的，就是盱衡宇内，国事日非，科举有罢免之势，士人鲜进身之阶，自己多得了一点知识，就不能不有远虑了。恰好胡雨岚翰林承命，废尊经书院，改办全省有一无二的高等学堂，先办优级理科师范一班，自己也就不得不去奋起一试了。幸而有了合行社的根底，又得力自己平日肯留心，熟悉一些天下国家大事，居然一击而中，还考得高高地跨入了新学之门。三年卒业，便可出而办学堂，育英才，救国家，吃饱饭矣！

　　他既说得如此扬扬得意，而又有十分把握的样子，郝又三当然要恭维他一番，祝贺他一番，而感叹说："同讲新学的一班人，像你们都算理着正路了！独有我一个，要留学，要读书，本都可以的，偏偏一误再误，近一年来，甚至连新书报都没有看了！真令人

惭愧！如其我也是寒士，或者也会像老兄一样有点长进吧！"

田老兄拍拍他的膀子道："不要颓丧，还来得及啦！你到底年轻得多，也聪明，高等学堂下半年要招考普通师范班与正科普通班，你如其有志，包你一考就上！"

郝又三笑着摇头道："未必，未必！你是没有丢过书本的，我从娶妻之后，几乎没有摸过笔，考学堂的文章，又不晓得要咋个做法。"

田老兄笑得露出一口黄牙道："容易，容易！你我交情非外，我告诉你一个秘诀，包你名列前茅。……不管啥子题，你只顾说下些大话，搬用些新名词，总之，要做得蓬勃，打着《新民丛报》的调子，开头给他一个：登喜马拉雅最高之顶，蒿目而东望曰：呜呼！噫嘻！悲哉！中间再来几句复笔，比如说：不幸而生于东亚！不幸而生于东亚之中国！不幸而生于东亚今日之中国！不幸而生于东亚今日之中国之啥子！再随便引几句英儒某某有言曰，法儒某某有言曰，哪怕你就不通，就狗屁胡说，也够把看卷子的先生们麻着了！……"

"老兄，谁又能如你的记性呢？啥子苏格拉底，福禄特尔……我都说不来了……记得多么熟，摇笔即来。我顶不行了，要叫我引点啥子外国儒者，我真想不出来！倒是引点'四书''五经'的话头，我还背得，到底在书房里遭胡老师打过手心来的！"

"哈哈，老弟，你简直成了食古不化的书呆子了！方今之世，何世耶？人方除旧布新之是务，子乃抱残守缺而自封，生存竞争，子其劣败乎？……"

"开水！"一把滚烫的铜壶，从肩头上伸了过来。这好像在他句子末尾，来了一个"康马"似的。

"……我再告诉你秘诀啦！老弟，你我交情不同了！……引外国人说话，是再容易没有了。日本人呢，给他一个啥子太郎，啥子二郎；俄罗斯人呢，给他一个啥子拉夫，啥子斯基……总之，外国儒者，全在你肚皮里，要捏造好多，就捏造好多。啥子名言伟论，了不得的大道理，乃至狗屁不通的孩子话，婆娘话，全由你的喜欢，要咋个写，就咋个写，或者一时想不起，就把'四书''五经'的话搬来，改头换面，颠之倒之，似乎有点通，也就行了。总之，是外国儒者说的，就麻得住人。看卷子的先生，谁又是学通中外的通儒呢？风气如此，他敢证明你是捏造的吗？他能不提防别人讥诮他太俭陋了吗？他即或不相信，也只好昧着良心加上几个圈而大批曰：该生宏博如此，具见素养。……你不要笑，古之人有用以麻住奸雄者，孔北海是也，古之人有用以麻住试官者，苏东坡是也，今之人仿行之而著效者，田老兄、郝老弟是也！……"

两个人说笑了好一会，田老兄看了看太阳影子，便有意走了。临行，始述说他进了学堂，既不能教书，又不能考月课，只好在房租上加了几两银子，其余就靠典当着来养家，目下太窘了一点，可不可以通融几两，日后必还。

郝又三于这些地方倒很慷慨，先把荷包里打牌赢来的十块四川省造盘龙纹的崭新银圆，数给了他。说明下星期日，再亲自送二十八两八钱到他府上，凑足五十元。并详细问他学堂情形，以及准备些什么书看。他是决计投考高等学堂的正科普通班。

## 十二

郝又三之得以考进高等学堂，可以说全是他大妹妹的力量，不然，还不知耽搁多久，才能实现哩。这由于父亲太不起劲了。

郝达三之所以不起劲，第一，因他对于儿女的事，向来就不甚留心，他自己是从舒服中长养起来，二十岁当大少爷，三十岁当大老爷，现年五十以上，自是老太爷了。自己本不知道如何为人，对于儿女，自然只好听其自然。第二，因他是个安命者，平生除了鸦片烟外，别的事总是懒懒地。假使没有一个唧筒在旁边打气，他是一切全无兴会，所以一自葛寰中走后，他连大门都少出了。第三，因为近来家中景象不好，逐外寡欢，他有时仔细推究起来，原因就在他三十几岁上，忽然不安本分，讨了个姨太太，伏了这个恶因，

所以今日得此恶果。如此看来，动不如静，多一事真不如少一事！再一推究，恶因固不可种，善因又何尝可种呢？种了因，必收果，因果循环，自然就有事了，欲图清净，最好无为。

母亲哩，不必说了，性情越发古怪，除了孙儿之外，同什么人都不对，终日都在发气骂人，一切正经事，通不能与她商量。而自己的老婆，也是那样冷冷淡淡的。

只好同大妹妹谈谈，大妹妹虽是那样容易感触，一说起来总是长篇大论地抱怨这个，抱怨那个，牵枝带叶的话又多，但到底还明白，到底有主张，她说："我们的这个家，真是在走下坡路了，男不成男，女不成女！你看，爹爹哩，只有姨奶奶同二妹妹，近来连吃饭都打算分开了。姨奶奶是啥子好人？以前妈妈在做主，不敢做啥子，如今，娘老子也来往起来了，姨表兄弟也来往起来了，还说出话来一个月要回两次娘家，这成啥子名堂！三叔更不必说，口口声声，他是一房人。妈妈以前那样待他好，如今仇伤孽对的，见了面眼睛都红了。倒是让他搬出去各自安个家，还好些。嫂嫂也奇怪，从前同我们那样好法，人又爽快，如今也变得一句话都说不拢了。上人们是这样，底下人更不必说。首先是高贵，我真见不得那样子，一天到晚，秋风黑脸地好像谁得罪了他似的。并且同三叔打作一气，时常都在大花园里，我倒疑心他同春兰有点不甚干净吧，若果如此，三叔倒该得报应！李嫂、吴嫂，更是两个斗鸡公，没一天不啄两嘴。这都是败家景象，我每每想起来，真伤心！我又是女儿，多少话不好说，又不能打自己的主意。哥哥，你是男子家，却不能尽这样糊糊涂涂地过下去。我看你前一响，一天到晚都在外面跑，又没做啥子正经事，不看戏，就打牌。说你哩，未必肯听。我也晓得全是家境把你搞成那样的。你以前读书讲新学时，是咋样有志气！……如今想到进学堂，再好没有了！你也不必再跟爹爹、妈妈商量，要考时，对直去考就是了。他们现在各有各的心事，哪还管到我们。哥哥，现在全家之中，只有我们两个还能说点正经话，也只有我们两个还有点人心！你只管去读书，我望你多少有点成就，也把我们这个家声振一振。要用钱哩，我去向妈妈要。嫂嫂跟前的话，你自己去说吧！……"

因此，他考上高等学堂，在那天收拾行李入堂之时，向全家人告辞之后，特别向香芸作了两个揖道："大妹妹，我的正经事是你促成的，你的正经事，我总在心。你好生保重，不要尽害病。星期六回来，我们再谈。"

香芸只是红着脸，笑了笑。爹爹、妈妈、姨奶奶、少奶奶、二妹妹，一直送到轿厅上，贾姨奶奶也从大花园里赶出来相送。轿子抬出大门，才见三叔提了只很肥的烧鸭子回来，也说了两句"不要用功太过，好生保养！"的客气话。高贵押着书箱、被盖卷，跟在轿子后面走。

高等学堂是就尊经书院旧址改办的。地点在南门文庙西街之西的石牛寺。迎面全是菜圃，一片青绿，百丈之远，即是整齐而崔巍的城墙。大门很气派，还是原来书院大门。高等学堂的匾额是新的，而一副丈把长、朱漆黑字的木门榜，却还是第一批尊经高材生，湘潭王壬秋高足弟子之一，华阳名士，西蜀诗人，少有美人之称，曾为王家世妹垂青过的范于宾范二老师的手笔。字有巴斗大，气魄很是磅礴，文则是集的《文选》句："考四海而为嶲，纬群龙之所经。"

进门，一条丈把宽的甬道，通过二门、三门、两重敞厅，一直达到建筑颇为雄伟的尊经阁下。两畔松柏花树，都已成荫了。

宿舍分为东南西北四斋，以及总理所住的竹林深院，多是书院旧有的。宿舍之南，便是新建的讲堂，全是玻璃窗。中间三行砖砌的房屋，是自习室。这与尊经阁后一座砖砌的礼堂，讲堂之南一座砖砌的理化室，算是最新的洋式建筑。当时看起来，不知是如何地新奇美好，其实，与木柱泥壁的讲堂一样，既不合格，又不中用。

不过，就是这样，连同一些新的组织，什么传事啦，外稽查

啦，内稽查啦，斋务啦，教务啦，监学啦，总理啦，业已把一个未曾经见的郝又三弄昏了。得亏田老兄早已进堂，引着他走了一大转，说了一大堆，他才逐渐明白；又把所有的规则看了一遍，课目抄了一遍，始大恍然于学堂之为学堂，原是另外一个世界，而且是崭新的！

他于学堂生活，起初很感觉不便。早晨正好睡时，一遍铃声摇过，就须起来，第二道铃声，就须穿戴齐楚，站在寝室门外，凭监学点名。点名之后，监学先生必有一番言论：要如何守规则，如何对师长有礼，如何用功，国家今日之何以办学堂，诸君将来应该如何当主人翁，以及某人犯了规，要受如何的处罚，某人做差了什么事，要如何改过。监学先生老是那样唠唠叨叨的。其后，到盥漱处洗脸刷牙，进自习室，七点半钟，又摇铃进食堂。

食堂却是别致。每一张方桌，只坐六人，空出下方，摆一只小木饭甑，一把锡茶壶。桌上铺着白洋布，每人面前一张白饭巾，早饭是四样素菜，午晚两餐是三荤一素。大锅菜，不怎么好，但是很洁净，同学们吃得很香甜，监学先生一道吃，也吃得很多。

摇铃上课，摇铃下课，课毕自习，无故不在监学处请准，是不得进寝室的，这样读书，真是新奇。

入夜摇铃进寝室，不一会儿，又摇铃点名，不惮烦的监学先生如吴翘胡子，或不免又有一番话说。

铃声又响了，灭灯，即使一点儿瞌睡没有，也得睡在床上，并且不准说话。少年人睡不着，是该长谈的，然而监学先生的百步灯光，随时在窗子外面晃，必待大家硬打了鼾声，他才走，有时半夜还见有灯光。

学堂内的起居如此受束缚，而出入更不容易。只要出大门，必先到监学处请假，请准了，将名牌连同假条拿到内稽查处挂上，方能出门。并且请的几点钟，必得按时而归。逾了限，要记过，要扣分，多么不方便。

还有，平常的行动也动辄要受监学先生的干涉：说话大声了，不对；走路不是端端正正一步一步地走，不对；与同学们开开玩笑，不对；顺口吐把口水，不对；衣纽没有扣上，不对；见了教习、监学没有规规矩矩站在旁边打招呼让行，更不对。不对，小则面斥，重则记过，还要在品行分数上打折扣。

所以郝又三在前三个月每逢星期六下午回家，一说起学堂生活，老是摇着头道："真像坐监狱！"而二十几岁、身为人父的人，偏也同小孩子一样，爱玩耍，爱调皮起来。

课程他也感觉了一种极新颖的味道。经学国文、中国历史、地理不说了，那是亲切有味的。外国历史、地理，也只稀奇古怪的名字难记，却也一说之后，懂得是什么。物理、化学，就不大容易了。名字已非常见，作用变化更不明所以，教习又是日本人，黑板上画一些，口里总不外乎"辩答马子""幼儿改哟""毛儿改哟"，不知说些什么，而孔翻译则总说不清楚，总不能使听的人十分懂得，但是拿课本照着写下，记牢，就得了，用不着费什么心思。体操说不上好大意义，活动筋骨而已。幸而器械操如翻杠架，跳木马，不必要人人学，不学也可以。唯有算术，可就劳神了。加法好懂，减法好懂，乘法已莫名其所以了，而除法则何以知其为商数？加减乘除尚未弄清楚，而用天地元黄代着的天圆地方又来了。先生是无师自通，学生是有师难通，然而其令人出汗，还不如英文之甚。

大家都如此说，英文是必学的，英文是学堂中主要功课。因为许多学问，都须将英文学好了，能够直接看外国书，你才懂得，也才有用处。再伸言之，英文者，万学之母，富国强兵之所由也。你要不要救中国？要救中国，赶快学英文，赶快把英文学好。英文如此重要，所以由上海特聘来的王英文，月薪竟是三百两，高于国文先生月薪之五倍。

虽然，英文，天书也，不知人世间尚有如此古怪之文字！光是

二十六个字母，直读了三天，一直记不清哪个字母该怎样读法。郝又三求教于田老兄，始得了一个秘诀，在第一个字母之下音了一个"爱"字，音不逼真，便又在"爱"字旁边添一个"口"字，好容易把二十六个字母音注清楚，以备次日上堂请正，却不料王英文又在黑板之上教起大草来。

一月以后，拼音差不多了，便一句一句地大读："这是一狗！……那有二猫！……我名约翰！……他有十一岁！……"

读了这些，又读："一年有十二月……一月！……二月！……七天为一周……星期一！……星期二！……"

他每每读到头昏，总必丢下"华英初阶"，捧着头寻思："像这样读法，若要读到看外国书，真不知要到何年何月！"同时又怀疑："英文也不过别一国的文字语言罢咧！如何就说得那样了不得！兴国之道，必有所自，未必便在语言上！何以定要人人来读一些猫呀狗的？"然而英文是主要功课，只好再读，再加音注。

星期六回家，父母老婆自然要问问学堂中的情形，听见管得严，大家好像很赞同似的。说到功课之苦，父亲只是一句："要学那么多吗？"

母亲或是说："亏你学！学不了的，就丢些，不要太拼命了！"

少奶奶则说："太苦了！请几天假回来休息休息！"

大小姐却劝他耐磨下去："你说的，那姓田的比你岁数大，比你笨，还上了路，可见凡事只要专心，不耐烦是不行的。"

## 十三

住到第二学期，功课已学得不少，但郝又三依然是那样感觉朦胧。只是起居上渐已习惯，不像头一学期逐处都感不便，并且能在自习室中避开监学，同好些人偷偷看起《民报》来。自己也在二酉山房定了一份《国粹学报》。

《民报》的力量，如此其大！它把好些同学都鼓荡起来！有几个人竟不知不觉地加入了同盟会，而"革命""排满"的名词，自然就流传于口齿之间。

郝又三虽没有革命的意识，但见解却渐渐宽广了，对于不知其所以然的功课，也渐能领会出许多道理，认为纵与救亡图存无大关系，而于人的知识上倒也有益。比如说，大家要破除迷信，势不能不非议鬼神，而以为是宗教家的虚构。但是有人问你，真个没有鬼神，何以雷会打死人呢？这下，倘若你照旧做上千万言的无神论，纵就征引若干古先圣王之言，像王充《论衡》的《非雷》篇，但终于抵不过把阴阳两电，摩擦发声，以及金属、湿气可以传电，因而触死人畜的道理浅浅一说，不但雷打死人不算什么怪事，并连雷的本质也可以解说清楚。哪里有什么雷神这个东西？像这等，到底比起光读些死文章便有用得多。

不过一转想，人亦何必要这些琐琐碎碎、不中大用的知识呢？当今之世，何世耶？岂非列强环伺于外，异族统治乎内，在朝则亲贵荒嬉，政以贿成，在野则官吏昏庸，民生疾苦，国势之危，方正危如累卵之世乎？今日之事，救国为尚；救国之道，要不如以激烈手段革命排满为最简捷了！革命排满，重在实行，说得出口，便应做得出手。那又何必要大家在书本去求那些与救国之道并无直接关系的知识呢？

然而别的志士却不如此想，他们说，救国正待知识充分。假使全国同胞都有了知识，都有了充分知识，则我们革命排满，也就用不着冒生命危险了，只需一场演说，一篇文章，把人民登时唤醒，当兵的不当了，纳税的不纳了，看你爱新觉罗氏有何办法？恰那时从日本学了八个月的速成师范先生们也纷纷回来，大声疾呼，逢人便是一篇"启发民智论，日本维新发端在于教育说"，并且有章程，有讲义。这样内外一夹攻，于是办学堂就成了钱塘的秋潮，举凡书院、庙宇、公所、祠堂、废了的衙署、私人的公馆，都在门口挂出一道粉底黑字吊脚牌，标着各种各级的学堂名称。

其时，又涌起一个学说："普鲁士之能战胜法兰西，俾斯麦以为功在小学。日本效法德意志，广办小学，所以维新以来，一战胜中国，再战胜俄罗斯，称霸东亚，跻于列强。故吉田松阴，尊为哲人。我国取法日本，一意维新，若不广办小学，岂非舍本而逐末乎？……"

于是办小学堂又成了秋潮的潮头，连高等学堂的几个还未卒业的优级师范班学生，也共同开办了一所小学堂。

田老兄看得眼热，也来邀约郝又三办小学。他的理由，除了打官话的启发民智之外，因为"你我弟兄，交情不同"，还布露了一点私衷："我们将来毕业之后，免不得还是办学。不如趁着现在机会，也办一个学堂，先出个名。名之所在，利即随之。老实说，近年来，我因为苦读之故，不能挣钱，家已屡空，而债台又复高筑，若不及早设法月间弄几个钱，还有一年的书，真不晓得如何读法了！"

但郝又三却无此念头，并认为办学也是大事，安可作为弋取名利之资。因为不好坚拒，便说，先写封信去问问苏星煌诸人的意思。那时，邮政局刚刚开办，据说寄一封信到日本，只花三分钱，大家有点诧异天地间寄信，哪有如此方便而便宜的，正想试试。

一月之后，苏星煌的回信居然来到。他是主张办小学的，并主张办义务小学。

田老兄又来同他商量，他的意思，办小学并不是什么难事，只需佃一所房子，置备些桌凳同两块黑板，再一块招牌，学堂便成功了。花钱并不多，大家凑几文，再找人捐几文，经费就不成问题。课程哩，更容易，先尽自己能够教的担任了，不能的，再找人，就找同学，尽一半义务，六元钱一个月，满可以找人。只需找个有点名望的人出来当监督，学堂就有声名了。还有一种好处，这不是为田老兄说法，而专方便于郝又三，乃是办有小学堂的学生，可以受学堂优待，授课时请假，不打缺席，无课时更可自由出入，不必请假，也不扣分；只要在小学堂里设一张铺，更可请外宿假，而不为监学留难不准。

　　只这一点自由，才使郝又三动了办学堂之念，但他到底谨慎，一方面同田老兄商量着，一方面还先去参观了一下同学已经开办的那个小学。

　　去时，恰在课毕之后，读走学的学生全走了，只几个住堂的在讲堂上自习，由一个先生督着。其余几位当先生的同学，正聚集在一间房间里，桌上放了一大堆切碎的卤牛肉，几只大茶杯里，盛着醇香扑鼻的大曲酒，一面吃喝，一面高声谈论着天下国家大事以及革命计划。

　　郝又三既非同盟会会员，也不是有革命性的同学，但大家并不避忌他。一个微醺的矮子，一把抓住他叫道："小郝，我们将来革命起事时，你来当个啥子呢？"

　　别一个也有点酒意了，笑道："他能当啥子，斯斯文文的，只好来跟我写檄文。若把成都打下了，封你做成都府知府。"

　　郝又三是懂得这般人的脾气的，便也毫不客气，把一只酒杯抓起，喝了一口，又拈了块牛肉，放在口里嚼着道："你们没小觑了人，我还不是三年不鸣，一鸣惊人的？你们起事，我顶大也可当名马前走卒啦！"

　　矮子跳了起来，把右手大拇指跷得高高地道："壮哉！……长厚者亦为之，天下事可知矣！……革命万岁！马前走卒万岁！……"

　　郝又三道："别太叫唤凶了，不怕街上人听见吗？"

　　大家都大声喊道："足见你太无胆量！你不晓得我们当革命党的，全是不怕死的豪杰吗？我们正有满腔热血，没处洒哩！……"

　　空气中还挥舞着几只黄而细弱，而指甲长得很长的手。

　　郝又三走到街上，只耳朵里还留了些"革命，革命！流血，流血！"的呼声，而打算参观的，仅仅看了一张课表，而矮子只告诉他风琴是必须买一架。

　　至于监督找什么人？田老兄举出了一个，是华阳县举人姓林的，

刚由日本调查学务回来，捐了个内阁中书，知道他的人还多——一个什么府中学堂，正要找他去当监督。

于是两个人便走到东丁字街来拜访林举人。

林举人靸着一双见所未见的草拖鞋，走到客厅。长袍子上披了件阔袖雨衣，一条油松大发辫拖在背后，两只手插在荷包里。向二人微微把腰一躬，问了二人姓名，便长谈起他在日本的所见所闻。两个人只是恭恭敬敬地听着。听他说到日本学堂："光是大门就不同，水磨青砖的柱头，六方木条签栏，漆成青灰色。我回来，也看了些学堂。没一处大门像这样的。大门尚修得不合格，内容之腐败，就可想而知了。我们若是要办学堂，大门是顶要紧的！……至于日本学生，那真整齐之至，四川的学生，哪里够得上资格。我光说这一件。有一次，我去参观一个学堂，一堂学生坐得规规矩矩的，一点声音没有，教习在讲台上说了声'彭赛儿！'学生便一齐将铅笔取出。你们看，这样的举动，我们四川的学生行吗？所以我们要办学堂，第一就要注重整齐！……"

郝又三问他在日本看见苏星煌等人没有，说是看见了，已进了第一高等学堂。只是很务外，凡是开会演说，总有他们。说着连连摇头，意思是很不以为然的。

田老兄说到办小学堂，打算"借重大名"，当任监督的话。林举人连连摇手道："办小学没意思，我也不是办小学的人。现在几个府中学堂都在找我当监督，当个中学堂监督，庶几还不辱没；至于小学，请另自找人好了。"

两个人还请求了一会，仍然不行。

末后，是田老兄出的主意，何必另找外人，不如就找郝老伯，既是要他出钱。"老伯虽说不内行，但他只担任一个虚名，我们两个轮班当监学。此外只请一个稽查，找两个同学当教习住堂，哪一个不愿意外宿自由点？如此，夜里也就有人照管了，你我就不住堂也可以。"

## 十四

御河边的广智小学的监督，果然是由郝达三担任了。

这虽是田老兄提议的，但也得力于姨太太的主张。

姨太太之所以主张老爷出来办学，自然不是为的利，也不是为的名，只是从旁的地方听说来，办学的人都须把鸦片烟瘾戒除干净。姨太太志在要老爷戒烟，所以有此主张。而老爷也听见官场消息：禁烟是势在必行的新政，先从官场禁起，自道台以下，都要一一调验；倘若三个月不将嗜好戒绝，参革之后，还有后罪哩。他的鸦片烟已经有二十六年的历史，要他一旦戒绝，岂是容易下决心的？他的意思，官可以不要，而鸦片烟则不能骤戒。虽然听说此次禁烟，不但禁吸，并且还要禁种、禁运，但他已有打算，准备先拨几千两银子及时买些生坭，藏在家里，以为百年大计。可是姨太太不答应，她说："你的身体全是鸦片烟吃坏的。我跟了你这么多年，难道还不清楚？近四五年来，一天不如一天。论岁数，你不过五十多岁，并不算老。别的人还能生男育女，你看你成了啥样子！鸦片烟简直就是你的命，除了烟，啥子都没有了。以前大家都在吃，不说了，如今既然有圣旨叫戒烟，就正好趁此戒了，不是好事吗？为啥子还流连不舍地要干那犯法的事？我先告诉你，你要是不听劝，安心去干那犯法的事，我有本事喊人告发你。这并不是我绝情寡义，实在是为了你的好，爱惜你，望你多活几年！……"

老爷只管说戒，说慢慢戒，说把分量一天一天减少，说叫人把五糖膏熬好，搭着烧，却因官场调验，已证实了只及于实缺州县以及有差事的。并且听说调验也不过虚应故事。于是老爷本已减到一天只烧二钱熟烟，而搭烧两次五糖膏的了，却渐渐又打算恢复原状。姨太太同他争吵了两次，太太因为自己的病，无所可否，只偶

尔说说：老爷又无所事事，没有混日子的，一定要他戒绝，恐怕会弄出病来，不好。

郝又三回来说起创办小学堂，恰给了姨太太作文章的题目。她遂昼夜怂恿郝达三出来做这件事，理由自然多而正大，而郝达三不胜耳根之不清净，只好答应了。

郝又三采取了林举人的心得，在所佃得的房子之外，临街加了一道青砖柱、青灰木条签栏的大门。砖柱上挂着粉底黑字的学堂招牌，迎面看起来，果然新极了。

石印的招生广告，在腊月间就遍街张贴。田老兄、郝又三虽然在年假期中，有空闲办事，但许多琐事，到底外行。得亏姨太太将她的姨表哥吴金廷推荐来，说明白月薪十二元，未开学前办庶务，开学后兼稽查。人是三十六七岁，相当精明，又爱跑跳，说话也清楚有趣，本是一家绸缎铺的伙计，不知为了什么，赋闲了一年。

办学堂在当时成了风气，送孩子进学堂读书，也渐渐成了风气。并且越是没有钱的人，越是一班所谓下等人，越肯把子弟送来。所以广智小学在开学一天，竟招了五十几个孩子，大的分为甲班，小的分为乙班，一多半就是穷人的子弟。

开学那天，一位监督，两位监学，一位稽查，另有两位教习，都各各穿起公服——监督是加捐的四品亮蓝顶戴，加捐的赏戴蓝翎，朝珠补服，花衣马蹄袖；稽查本没有功名，也混戴了一枚金顶，也是官靴袍褂；两位监学与两位教习，却穿的高等学堂官衣，蓝布长衫，绣龙袖的青宁绸小袖马褂，下面是青布靴，头上是青呢操帽。上午十点钟时，一班嘈杂的小孩，都一齐到了学堂。七高八低，穿着五颜六色的衣裳，有梳了发辫的，有扎着刷把头的，也有才留着马桶盖的，可都收拾得干干净净，就是穷人子弟，也还没有十分褴褛的样子。

　　堂屋中间，平常人家供天地君亲师木榜的所在，贴了一整张朱红笺，写着饭碗大一行字：至圣先师孔子神位。吴金廷本来还在孔子位下竖了一个纸牌位，写着当今皇上万岁万岁万万岁。却被一位教习先生看见，把它撤去了。为这件事，监督还与那位先生略略争了几句："我们到底是臣民，难道不该给皇上磕几个头吗？""啥子皇上，他配！……"被两位监学斯劝着，万岁牌依然撤去。

　　孔子位前点着一对大蜡烛，监督、监学、教习先把礼节商量了下子，先由监督拈香，就中位，两位监学在左，两位教习在右，后面排列学生，由稽查权充礼生，向先师孔子行了三跪九叩首大礼，再由学生向监督等人行一跪三叩首礼，监督等人还半礼，后由监学、教习向监督行一跪一叩首礼，监督还礼。

　　行礼如仪之后，便按课表所列开课。

　　监督换了便服，坐在监督室里吃水烟；稽查就回到原是门房，现改为稽查室的房间里，造学生名册，守着一具座钟，照田老兄所嘱咐，到五十分便摇下课铃。因为学堂地方不大，连街上叫卖零食的声音都能传到讲堂，所以就不照高等学堂办法，不必叫小工拿着铃子摇一周，只由稽查站到院坝中，摇几下就行了。

　　郝又三也担任了两门功课：一门英文，一门算术。

　　田老兄说："你教史地不好吗？这是你顶感兴趣的，何苦要教你所不长的呢？"

　　他道："你知其一，而不知其二。英文算术，虽非我之所长，而二者我却是用过功夫来的。我相信，用过功的，必有心得，此其一；还有，教而后知困，困而学之，此之谓教学相长，假使我不教它，便会因为其难，因为不再勉强，那，我对于这二门就永无进步了。所以我必要教这二门，我是有理由的。"

## 第二部分　下莲池畔

### 一

　　广智小学堂有一个小学生，以年纪而论，虽则十二岁，但身材却是高高大大的，本应分在甲班，但因认字不多，小字也写得不好，据说，只读了一年私塾，连《大学》《中庸》尚未读过，只好归到乙班。孩子极顽皮，在讲堂上总不能规规矩矩地坐，不是在偷偷地撕前排同学的头发，就是拿手肘在击同坐孩子的膀膊。不到一周，就为教习先生们注了意，时常在纠正他，在教训他。尤令郝又三注意的，倒是这孩子尽管比别的孩子烦，但记性极好，对于英文，一连二十六个字母，三天工夫，他就纵横错乱地记得极清楚，并且念得也不费力，字母之下也不音注中国字，大草也一学便会；算学更了不得，加减乘除的符号，以及亚剌伯字，先生曾以两天工夫学会的，他居然一说便能。

　　郝又三看他的姓名，叫伍安生，介绍来进学堂的是吴金廷。再留心看这孩子，面目也还清秀，性情也还天真，就只太烦了。

　　在课堂之外，他老是在跳、叫，又爱欺负同学。

　　教体操和音乐的先生，夸奖他举动敏捷，声音清朗。教历史与国文的田老兄，却大不满意他，说他不但烦，并且奇蠢，书是讲不得的，缀句是不通的，字是乱写的。他每每说到伍安生，必皱着眉头道："可恨不是私馆，不作兴打人，不然，我真要扎实揍他几顿了。这孩子简直是条蠢猪，将来是一点出息没有的。"

　　郝又三首先反对他的说法："你不能光拿你教的东西作标准，就全称否定了。这孩子不长于此，却偏偏长于彼，对于英文、算术，真比别一般孩子都行啦！"

体操教习又从而附和之道："不错，伍安生这孩子，真行，柔软操不说了，还会拿鼎哩！"

田老兄道："国文不好，总不对；历史弄不清楚，也不对；凭他别的再好，这两者差了便是根本问题。"

伍安生本人并不知道先生们对他的爱憎，依然是那样烦。有一次，监督在吃了早饭后，无可遣兴，特别到学堂来看看，恰巧他在院坝里同别一个孩子不知争一件什么东西，他刚一拳头把那孩子打哭了，就着监督看见，怒吼道："把那野蛮娃娃抓来！岂有此理！在文明地方敢如此行凶！"

监督发了雷霆，自然全校都震动了。监学在堂的恰是田老兄，便赶快叫小二将伍安生拉进监督室。

监督与监学商量，不守规则的学生，而且有野蛮行动，应该如何办理。

田老兄说："我从前教私馆时候，一根板子管了几十个学生，没一个敢烦。就是十七八岁的，只要犯了事，有理三扁担，无理扁担三。如今学堂里不打人，真不对！像这等浑娃娃，不用板子，怎么管得好！"

郝达三道："为啥子不拿板子打人呢？你先生的说法，我是赞成的，俗话说的，黄荆条下出好人。圣人书上也说过'扑作教刑'，可见教书是该打人的！"

田老兄道："风气如此，学堂里不作兴打人，我们怎好立异呢？"

"那么，这娃娃如何处理？"

"我看，记过太轻了，这是害群之马，把他斥退了吧！"

吴金廷已经把郝又三找了来，向他连连作揖道："大先生，这事要求你做主，千祈向老太爷说个情，从轻发落。这娃儿是我一个朋友的儿子，家境不好，读书一切都是我在帮忙。娃儿本来烦点，只求学堂交给我，我会好好管他的。学堂里不好打人，我领他回去，教他妈打他。就是他的妈，也会感激你大先生的。"

郝又三走过现是讲堂的大厅，已见内院里全是学生，都向着监督室在看。而伍安生则站在房门口哭。他走进房间，正见他父亲气哼哼地说道："好好，斥退他！"

他假装不知何事，从头问了一遍，便笑道："打捶角逆，本是娃娃们的天性，也值得生气认真吗？我们办学堂，本就在纠正他们的不良习惯，而使他们慢慢向学读书，若是斥退了事，也近于不教而诛了。这样吧，记他一个大过，待我领去切实教训他，再叫吴稽查告诉他家庭，打他几下好了。"

也不管他父亲与田老兄愿不愿意，遂将伍安生叫进去，给监督、监学各磕一个头服理。然后把他一直领到自己寝室里，叫他把眼泪抹干。先切实说了他一阵，不该打捶，不该骂人，不该在讲堂上顽皮，惹先生讨厌，然后问他改不改。

末了问他道："你家里也很穷吧？"

伍安生大撑着眼睛，把他看着，点了点头。

跟着又说道："也不很穷，妈妈的朋友多，都在帮她。"

"妈妈有朋友？男朋友吗？"

"男朋友！哪家的妈妈没有男朋友？"他说得理直气壮。

郝又三不禁愕然，低低说道："妈妈有男朋友，这话不能向别的人说，尤其是别的先生们。他们晓得了，更要斥退你，不许你在这里读书的。同学们晓得了，也要笑你的。"

那孩子虽是点了头，但脸上却摆出了一副不很了然的神气。

不错，伍安生正是下莲池伍太婆的孙儿。本来叫作安娃子的，因为要进广智小学，吴金廷才给他改成这个名字。

伍太婆在下莲池半瓦半草房子的社会中，资格也算老了。算来，从丈夫死后，不知依赖什么，居然能够从抚育儿子之时起，就是此地的居民。

儿子像野草似的，也不知依赖什么，居然从极厉害的流行天花症中逃将出来，带着一脸大黑麻子，一长就长到二十五岁。

二十五岁，不是正好传种的年龄？虽然伍平还一直在游手好闲，他母亲同一班长辈熟人也从未想到叫他去寻找一个职业，或是强勉他操练一点吃饭的本事，但是偏有人出来提说他应该讨一个老婆。

幼年丧父的单传儿子，及时讨一个老婆传种，把祖宗的香烟接起，这是我们旧中国人生哲学之一，任凭你有多大本事，搬出多少道理，休想把它动摇分毫。大众既在维护这哲学，伍太婆当然没甚说的，伍平哩，正当巴不得有女人的时候，哪里肯出头反对？

假使伍太婆是中等以上的人家，或是稍有几文钱的家当，讨个媳妇，必非一件容易事。讲究门户，讲究陪奁，挑选人才啦，顾虑牵绊啦，一定也会迟延许久的。她现在一切都是起码，所以就很容易地把龙王庙一个卖烧腊的王大爷的女儿四姑说合了。

据说，王大爷本是郫县一个小小的粮户，因为家运不好，打官司，死人，家当打光，婆娘儿子死光，无计奈何，才落魄在省城挑着担子卖烧腊。而一个大成人的女儿累在身边，不但不能帮助他，反时时刻刻使他深感麻烦。

所麻烦的，并非因他女儿一天到晚喜欢在邻居家走动，并同着一伙所谓不甚正经的妇女们打得火热之故，而是女儿脾气不好，动辄就抱怨吃得不好，穿得不好。父亲倘若说起以前如何如何，"如其家运好点，四姑儿，你还不是穿一身换一套，吃这样吃那样的。"她更气大了，必狠声狠气地说："是我带累得你家运不好吗？那，你为啥子不在我小时把我整死呢？若说不忍心，把我卖给人家当丫头，我也得条生路，你也得几两银子使啦！"父亲若再说两句，包管到打二更做了夜生意回来，还见不着她脸上一点儿笑容。

不过，有时也很孝顺，整半天的和颜悦色，给父亲补这样、洗那样，等他回来，做饭炒菜，收拾东西，并且嘘寒问暖。

但这日子太少，尤其到近来，好像秋霖不断时的晴天。这使得王大爷很久很久，便没有像从前一样笑过了。

冬月半间，一位认识的人，来向他提说四姑儿的婚事。这算是第三回了。在前，他还有点舍不得把女儿就嫁出去，觉得还不到时候，一小半又因为太没钱置备妆奁。但自第二回把媒人送出之后，看女儿一顿无谓的生气，心中已经有点恍然于"女大当嫁"，再加以近顷的麻烦，于是经人一说，仅仅知道下莲池的伍太婆家里有几文钱，一个儿子是个精壮小伙子，便也不再打听，虽然两家居住得并不很远，而连世俗的相郎规矩也忽略了，竟自满口答应，只是附带一句："你晓得我是没有钱办陪奁的，大家诸事从简好了。"

倒是伍太婆还精细得多，不肯偏听媒人的话，还是按着老规矩，在第三天上，不声不响地一直溜到王家。明明是趁着王大爷出门做生意去了，偏说是来找他的。一进门，就把王四姑儿盯着，上下前后地尽看。她也假装不晓得是一回什么事，仍就做她的事。不过举动之间，终免不了有点忸怩，这在伍太婆眼里，偏偏认为是并不曾下流过的姑娘才能如此哩。

腊月十八，王四姑儿就简简单单地着一乘红布花轿抬过下莲池，做了伍家的媳妇。

新婚的少年夫妇，除非有特殊情况，未有不热恋到不知天有好高，地有好厚。何况王四姑儿模样并不错，身材是那样地高，腿骭是那样地长；脚虽缠得不很小，却不讨厌；眼眶虽不很大，而一双眼珠却是滴溜转的。大毛病只在眉梢有点高吊，颧骨有点突出。不过女人毕竟有女人的妩媚，这是"自然"给予她们的一种战胜男子的法宝，在青春时期，它可以将她们的缺憾美化起来，使她们变得恰合其适地好。

在半瓦半草房子的社会中，像王四姑儿，本底子已算是顶苏气、顶出色的人。加之是新嫁娘，乌黑的头发抹着浸过玫瑰花的菜油，脑后梳了个红纂心、绿腰线、又圆、又大的纂纂，插了根镀银挖耳，戴两朵本城染房街出产的时兴刮绒花；额前打着流行的短刘海，粉是抹得雪白，胭脂是涂得鲜红；穿一身新衣裤，以及自己连夜赶制的平底、扳尖、满帮扎花的新鞋，自然更觉整齐了！

伍平之所以迷迷糊糊，终日守在老婆跟前；到夜，老早就催着睡觉；天亮，必待老娘把饭做好，喊好几次才爬得起来者，良有以也！

丈夫诚然是个麻面孔，而且是一张浅酱色的面皮。人又粗糙，性子又是直戇戇的。但他毕竟是个精力弥满得好像皮肤都要冰裂了似的强壮小伙子。王四姑儿在新婚当中，倒也并不讨厌他，有时背着人还不免自动地去摸他一把，逗他一下；而早晨起来，总要对着那面凹凸不平、断不会将人形照得平整而酷肖的土玻璃镜，着意地打扮一番。

伍太婆之为儿子娶妻，意识里根本就无所谓为接祖宗香烟。她只是想得一个人用，想多一个人浆洗缝补，做鞋做袜，帮着挣钱。自己以为老了，看见一般有媳妇的，都能抄着袖管，光是抽叶子烟、烤烘笼，萧萧闲闲地当婆婆，自己也打算享享如此清福。当她借口找王大爷去看人时，所欣喜的也就是那个发育完全的结实身子，同一双粗枝大叶的手。及至把自己一点辛苦积来的钱取出，将媳妇讨进门，几天上，便知道自己做错了。

原来，女人是儿子的老婆，并非是自己的媳妇，不但不能帮忙，反而添了忙累，就在新年当中，也忙了个不能休息。

前些时，又何尝不加以原谅？说是新娘子自然贪玩贪耍，或许再过几天，就会活动了，就会见事做事了。

谁知快要过元宵了，小两口子依然同半月以前一样的颠颠倒倒，迷迷糊糊，懒懒散散。同时更察觉儿子对自己一天比一天冷淡，一天比一天不听话。讨一个媳妇，连儿子都出嫁了，这如何不使做母亲的格外生气？

一天，太阳都很高了，当母亲的把饭煮好，菜炒好，领来洗浆的衣服也洗好晾起了，正在搓洗新娘子头夜换下的衣裤。听一听，房间里还睡得没一点动静，业已一肚皮不高兴，偏偏朱家姆姆叼着

一根长的叶子烟杆，牵着第二个孙儿，悠悠然打从门前而过。因就站立在揉搓衣裳的门板跟前，笑问道："伍太婆，你真累得呀！新年八节，也一天做到晚，没见你歇过气！"

伍太婆伸起腰来，恶意地撑着眼睛道："朱家姆，我们生成的苦命，还说啥呢？活到老，累到老，哪天累死，哪天下台！"

叶子烟两吧，朱家姆故意把房里一睃道："你的新媳妇呢？年纪轻轻的，正好做事，咋个不帮你做做？"

"哼！帮我？"她伸手从木盆中把一条水红布裤子提了起来一扬道："请你看看，连胯裆底下的东西还要我替她洗哩！"

"哈哈！像你这样当老人婆的，真贤惠啊！是我嘛，那倒不行！当真天翻地覆了，媳妇的脏裤子，还要老人婆替洗？你为啥不喊她做呢？"

"要你喊得动啦！一天到晚失魂落魄的，连指头都不想动得，只是打打扮扮地迷男人！你看，啥时候了，哪家没吃过早饭，快的要烧晌午火了，两个杂种还在床上挺尸哩，你说嘛！"

朱家姆大摇其头道："这还要得吗？你也该把你当老人婆的身份拿出来呀！像这样子，太不成名堂了！伍太婆，你要晓得，下莲池有媳妇的不少，你不要把榜样太立坏了，会招大家怪的！"

朱家姆虽是萧然而去，但她所放的一把火，却在伍太婆心中熊熊地烧了起来，越想越是生气。"真值不得！这么累了，还落不到一点好处！"遂猛地把湿淋淋的衣裤向木盆里一丢，回头奔进房来。儿子刚起来了，站在当地穿衣服，打呵欠。媳妇尚无声响，蓝麻布印白花的罩子仍低低垂着。

她遂在一张旧的黑漆方桌上，猛拍了一巴掌，把桌上放的东西全都震跳起来，并大声喊道："妈哟！老娘累了大半天，还没人起来！老娘该变牛吗？"

儿子着眼睛，似乎有点不好意思，一溜烟就出去了。罩子仍是低低垂着，床上还是没有动静。

她实在忍不住了。便奔过去，把帐门撩起。顶刺眼的，是被盖齐颈，枕头上一颗乱发蓬松、脸朝里摆着的头，仍然摆得稳稳当当，纹风不动。一阵脂粉的香与汗气直向鼻孔里扑进来。

她抓住被盖的一角，霍地往上一揭，便端端正正，露出一个精赤条条的妖精。她眼睛都气花了。但是不等她开口，那妖精已猛然坐起，照肩头就给她一掌。本是半跪在床边上的，遂随手滚下地来。而床上已经大吵起来："老不要脸的！白日青光来看媳妇的活把戏吗？亏你是老人婆！若是老人公呢？我也十八九岁的人了，没见过这样不要脸的老人婆！"

## 二

婆媳吵嘴，夫妇口角，弟兄打架，乃至为了一点极不要紧的小事，比如彼此小孩抢夺一块瓦片，而引起众邻居之拼命大喊大吵，气势汹汹到不可开交的事情，这在下莲池的社会里，真是平常到不可再平常，并且是难得无日无有。

然则伍家婆媳之吵骂，又何足道，而她们门前为什么会拥挤了那么多的人呢？这正是下莲池社会的一般生活：各人只管有各人正经事待做，但是只要一听见某家出了一桩豆大的事，大家总必赶快把手上的事丢下，呼朋唤友，一齐跑来，一以表示他们被发缨冠的热忱，一以满足他们探奇好异的心理。何况伍家新媳妇过门还不到一月，就同老人婆如此吵起，已经是好戏文，加以彼此口头吵出来的又都是超越寻常的言语，简直把新媳妇半个多月的性生活，巨细不遗地全盘暴露出来的言语。

岂不比当人家新婚之夕，在窗子外面去听房时还有趣味吗？固无怪乎拥在门前的一班姑姑、嫂嫂们，个个都在脸上摆出了一副衷心欢乐的笑容；而少年男子也合不拢口地连向女人们挤眼睛，歪嘴。

吵得太凶时，是放火的朱家姆挺身出来，两边劝解，而后张嫂嫂也才挤进来帮腔。

朱家姆是老年人，劝解当中，微微有点偏向当老人婆的。老是这样劝伍大嫂："泰山之高，也压不下公婆。你是媳妇，说完一本《千字文》，总是小辈子，又是才过门的新媳妇，咋好不让她一步呢？你就让她多说两句，人家也不会笑你。懂理的只有凑合你伍大嫂是孝顺媳妇咧！你听听我的劝，不要说了，让她气平下去，给她磕个头，赔个礼，不是啥子都好了？"

张嫂嫂是年轻人，才二十五岁，嫁了六年，生了三个小孩子，头上也有老人婆的。便多少要同情于当媳妇的一些，她劝伍太婆的话，则是"你也是啦！才过门的新媳妇，懂得啥子？就说昏天黑地地贪要，不做事，也是当新人的本等呀！你做老人的，还该望他们小夫妇老是这样恩恩爱爱的方对哟！大家都当过新媳妇，大家都昏过来，新婚新婚，越昏越好。你做老人的，凡事担待一些，不就算了吗？要教哩，好好地教，何犯着去揭铺盖。人就说昏，也是要脸的。年轻人自然气性大点，让她吵两句，不就完了？知道的，谁不说你当老人婆的大量，能容人，尽斗着吵些丑话做啥子？"

厮劝的结果，婆婆是那样生气，说是遇着了忤逆媳妇，宁可搬出去讨口叫化。媳妇也是那样生气，说是遇着不贤惠的老人婆，这日子还过得出吗？事情下不了台，大众只好依据下莲池社会不成文的宪法，将伍平找来，把一切罪过统给他背在背上。逼着他向母亲磕头认错，向老婆作揖认错。然后张嫂嫂把伍大嫂估拉到自己家去，朱家姆就陪着伍太婆，悄悄地数说媳妇如何如何不对，一方面教导伍平该如何孝顺妈，该如何制伏老婆。

自然，第二天还有点余波，到第三天，两婆媳才说了话。据说，是伍太婆先开的腔，先向媳妇打招呼。朱家姆听见，便叹了口气道："糟了！伍太婆从此只有受气的了！"这是根据的婆婆经，凡婆媳口角赌气，谁先打招呼，谁就心输气馁，从此投降，再也抬不起头。

婆婆经的话果然验了。事隔一月，伍家两婆媳不知为一件什么事又吵了一架。虽然也和头次一样地凶，但不经人劝，伍太婆自己先就收了口，溜出房门，而伍大嫂则一直骂到天黑。

这一次，还不止光骂老人婆，连丈夫也一齐骂在里头，意思说他袒护了母亲，没出息的人才会欺老婆。伍平很想申辩几句，却没有插嘴的空隙。

从此，伍家这一家，全被伍大嫂征服了。中间只有一次，伍太婆实在受不住她的骂，被一班打抱不平的姆姆们撺掇起来，跑去投诉王大爷，意思要她的父亲来责备她一顿。

伍太婆把痛苦说后，又加了一句："若果脾气真改不了，只好请你领了回来。"

王大爷惊诧得撑起眉头说道："领回来？领回来养老女子吗？那，我又何必嫁她哩！嫁出门的女，泼出门的水，我倒不爱管这些闲事，我才清净了大半年！"

伍太婆一定要他去管教一番，唠唠叨叨说了好一会。王大爷焦躁起来，大声喊道："亲家母，你我并非外人，说句开心见肠的话，你娶了我的四姑儿，只算你运气不好，遭着了！如今是你家的人，打由你，骂由你，处死也由你，我没半句话说。还要我出头管教，那却不行！我会管教，早管好了，也不会嫁到你家去了后才管教！"

亲家如此推卸，儿子不争气，媳妇脾气是那样火爆爆的，这有什么办法？伍太婆仔细想了想，这一定是命中注定，以前的妄想，只好一齐收拾起来，将就她，让她，权当她是老人婆，但求耳根清净，过点太平日子。

伍大嫂确也有她的本事，她能够做细活路，能够扎花、打络、纳纱、刺绣，手脚又快，又做得好。在华兴街荷包铺里领些眼镜盒子、槟榔荷包、表袋、钱褡裢之类的东西来做，半天工夫的进项，每每比起伍太婆累七八天而后获得的还多一些。有此本事，又安能不令伍太婆高兴？又安能不令她逢人便夸："我们的王女，虽说脾气大点，到底手脚能干麻利，我看，有许多奶奶，恐怕还有点赶不

上哩！"

并且，自伍大嫂挣钱以来，一家人吃得也好。四十八个大钱一斤的黄牛肉，是整罐整罐地煨；六十个钱一整只的烟熏鸭子，是整只整只地砍。差不多隔不上四天，总要见点荤菜，也总要喝点酒。当时的封泥老酒，虽说七个钱四两，但是老双称，有时一家人喝半斤，便全醉了。这日子多好过！算是到九月底，伍大嫂要生安娃子了，这生活才有了变动。

三

伍平自从讨了老婆，一直是很驯谨的，成日守在家里，任凭老婆如何指挥，总是喜笑颜开地做事。有时事做差些儿，遭老婆狗血淋头地大骂一顿，也老是这样说："做过就是了！闹啥子？"人家或是讥笑他："伍平是耳朵耙！平日打三个擒五个，啥都不怕，歪得像一只老虎，如今武松进门，就皈依佛法了。伍平，你还敢出来惹点事不？你还敢疯子样跳进跳出不？"他也只是笑。

他的母亲虽不满意儿子完全投到媳妇怀里，对自己再不像以前恳切，可是儿子变驯了，只要不惹他，在家里总柔顺得像一条狗；也不到外面去惹是生非，少了多少挂虑。旧日几个坏朋友，虽仍常来走动，但总敌不过媳妇的威力，只要媳妇说一句："不准走！"任凭朋友如何撺掇，也绝不走。就打发他到华兴街荷包铺去收款子，也规规矩矩地有一个交一个，间或花三个钱喝碗茶，一个钱买包水烟，也得把用账报清。家里粗事，以及上街买东买西，也不必要母亲动手动脚，几乎全是他一个人包办了，伍太婆对于这些，又觉得媳妇讨得不错。

但是，到八月间，他老婆身孕越大，伍平的旧毛病就渐渐发作起来，有时半天半天地在外面游荡。不过经他老婆一责备，还肯认错道："我本想就回来的，就是那些龟杂种，一碰见了，总要拖住吃茶，喝酒，烧鸦片烟，硬不丢手！入他妈，明天不出去了，别跟老子尽吵！"

安娃子太太平平出了世，伍大嫂专心在孩子身上，活路不能做，日常进项减少得多，不但不能像以前那样吃喝得好，甚至连正经的两餐，也有点拮据起来。四十天的月子，全靠平日一点小积蓄，以及王大爷时常从担子上匀些猪的里物送来。月母子所必需吃的鸡，仅仅吃了两只。

满月之后，伍大嫂就开始抱怨起来，说丈夫太没出息了，只会学鸡婆，成日地抱在家里，当真是鸡婆，也好啦，一天一个蛋，也值得上三个钱。一个男子家什么都不会做，也不想做，只晓得吃现成，穿现成，要婆娘供养，也太没出息了。

虽是抱怨话，却比平日的骂刻毒得多。平日挨了骂，伍平还得意扬扬地向人说："打是心疼骂是爱！今天又遭老婆骂了一顿来！"但现在却觉得这些话真有点像有药的毒箭，一直穿到心头，颇颇有点受不住。于是便发了毛，起两眼吼道："入你的蛮娘！你敢骂老子没出息？"

他老婆仍旧奶着孩子，若无其事地昂起头道："不骂，难道你就有出息吗？好！有出息的人，缸里没米了，去拿一斗米回来看看。"

"你谅的了老子没本事拿米回来？"

她点着头冷笑了声："谅的了！"

他真气透了，而她还摆着满脸看不起人的神气，翘着嘴皮，一句赶一句道："自己没出息，连饭都抓不到口，为啥子要讨老婆？当真就忍不住了！讨了老婆，供不起，还要生娃娃，倒不如正正经经当乌龟好了！"

他向桌上一捶道："你在挖苦哪个？"

她也站了起来，大声叫道："你少装些疯！老实告诉你，我现在领了娃娃，累不得了，活路是做不成的。靠你妈一个人洗洗缝缝，养不起一家人。你到底是个男子家，就该供养一家人，总不能抄着手，眼睁睁看着我们饿死了事。只要你有钱拿回来，不管你偷

也好，盗也好，我不说一句话，我甘愿挨打挨骂，服侍你。还想像以前一样，安安逸逸靠我供养，那，我打开窗子说亮话，我就偷汉子，也不拿现成饭你吃的！"

他虽然气到肚子要炸了，却一句骂不出，只是冷笑道："往常为啥子不要我出去？只要你出一次门，就骂你荒唐。"

"这才放屁哩！要不是出去荒唐，哪个管你？若果一出去就能拿一吊钱回来，我巴不得你时时刻刻在外头哩！你默倒我不要你出去，是爱看你那麻皮脸吗？"

麻皮脸！这真触犯了伍平的忌讳。他劈脸就给她一掌，她一躲，打在肩头上。不等他再举手，她已把孩子向床上一丢，大喊着："你打我！……打死人啦！打死人啦！"扑到男人身边，抱着他两膀又揪又咬。

伍太婆刚刚买菜回来，便赶上前拉喊道："咋个打起来了？快丢开！快丢开！"孩子也在床上大哭。

伍大嫂放松了手，伍平才得了机会，左手揪住她头发，将她的头直按下去，右拳抡起，方在她后臀上捶了一下，早被邻居们拥来拉住道："打不得！打不得！"

结果，伍平顶吃亏了，两膀上着揪了几伤，着咬了几伤，项脖上又着抓了两伤。母亲说他不该行凶，设或打伤那里，回了奶，小孩子怎样喂养。邻居婶婶、嫂嫂们也说他不对："男子家有拳头打好汉，没拳头打婆娘！"有道理的话，为什么不好生说？

伍大嫂更不必说了，哭是哭，骂是骂，咒是咒，她不想活了，她要当尼姑，她要偷汉子。披头散发的，没一点女人的风韵。

大家叫伍平认个错，他不肯，说婆娘太横了，不可再长她的志气。于是冲了出去，无踪无影地直过了三天，才溜回来。

母亲到底是母亲，见他回来，好像把前几天的事通忘记了，问他吃了饭不曾，赶快烧火炒饭给他吃。又问他几天来在哪里过活，又说两口子吵嘴打架是常事，不犯着动辄就冲走，一走就是几天，也不怕大家操心。

老婆却不同，一看见他进门，翻身就倒在床上，毫不理会。直等他伏在床边上，说了多少没骨头的软话，赌了多少伤心咒，强迫着亲热了一番，方坐了起来，方露出笑容，然而还结结实实数落了一番。

要是别的女人，或者伍平是有钱的，两口子定可办到和好如初。而在现状下的伍平夫妇，尚不容易说到这句哩！

因此，不到十天，两口子又吵起来。这一次，虽未动手打架，而意态则比前回严重得多。伍大嫂的话更明白了：做丈夫的硬要找钱养家，不然，宁可闭着眼睛当乌龟，那就可以吃老婆的饭。如其要冲走，就永远别回来，她并不稀罕这样丈夫。她哩，根本就不愿拿针尖刺钱吃饭的，"嫁汉嫁汉，穿衣吃饭！"嫁了汉子还要靠自己做针线，那她不如不嫁了，还少些累赘。

伍太婆虽然不平，虽然心里如此着想："儿子是我的独子，我已把他养到这么大了，你不养他，我还是会养的，你不可怜他，我要可怜。"但口里不敢说，一则，自从媳妇进门，事情已明明白白摆在跟前，绝不是光靠自己一个人洗洗缝缝支持得了，大半年比较舒服的日子，全是从媳妇十根指头上来的；今后添了一个孩子，担子更重，无论如何，更是要靠她了。再则，男子汉活到二十几岁，娶妻生子了，找钱养家，又是天经地义，媳妇现正逼他，自己有何本领再好姑息？从旁一边人的口里听来，好像媳妇吵闹得总在理些。

伍家便如此时而吵闹，时而和好，时而又在吃肉喝酒，有说有笑，时而一整天不烧火，由伍太婆出去借十几文钱，买几个黑面锅块，一壶开水，就充了饥，解了渴。如此生活，在下莲池社会里，倒是正规的，并没人稀奇。

一直过到第三年五月端阳，要不是有打教堂一件事，恐怕伍家家乘就永远这样一治一乱地下去了。

四

端阳节是三大节气之一，万万不可胡乱过去。即如伍家之穷，也与其他穷人一样，在五月初二，就打起主意：把伍大嫂首饰中剩下的唯一银器，一根又长又厚又宽，铸着浮雕的张生跳粉墙的银簪子，拿去当了，包了四合糯米的粽子，买了十二个盐鸭蛋，十二个白鸡蛋。到初五一早起来，将一绺菖蒲，一绺艾叶，竖立在门前；点燃香烛，敬了祖宗，一家人喜喜欢欢地磕了头，又互相拜了节，坐在桌上，各人吃了粽子、蛋、白煮的大蒜，又各喝了杯雄黄烧酒。伍太婆将酒脚子在安娃子额头上画了一个"王"字，两耳门上也涂抹了一些，说是可以避瘟。伍大嫂在好多日前，已抽空给他做了一个小艾虎，和一件小小的香荷包；伍平又当天在药铺里要了一包奉送买主的衣香，装在香荷包里，统给他带在衣襟的纽门上。

一家人吃饱之后，无所事事，都穿着干净衣裳，坐在门前看天。

晶明的太阳，时时刻刻从淡薄的云片中射下，射在已有大半池的水面上，更觉得晶光照眼。池西水浅处，一团团新荷已经长伸出水面，半展开它那颜色鲜嫩的小伞。池边几株臃肿不中绳墨的老麻柳的密叶间，正放出一派催眠的懒蝉声音。

池南的城墙，带着它整齐的雉堞，画在天际云幕上，谁说不像一条锯子齿？

伍平把新梳的一条粗发辫，盘在新剃了发的顶际，捧着一根汗渍染黄的老竹子水烟袋，嘘了两袋，忽然心里一动，想着江南馆今天的戏，必有一本杨素兰唱的《雄黄阵》。站起来，伸手向他老婆道："今天过节，拿几个茶钱，我好出去。"

今天过节，这题目多正大！伍大嫂居然不像平日，居然从挑花肚兜中，数了十几个钱给他。

伍平高高兴兴，披着蓝土布汗衣，走到街上，出门拜节的官轿，正络绎不绝地冲过去、冲过来。跟班们戴着红缨凉帽，穿着蓝麻布长衫，手上执着香牛皮护书，跟在轿子后面，得意扬扬地飞跑。

家里稍有一点钱的小孩们，都穿着各种颜色的接绸衫，湖绉套裤，云头鞋；捏着有字有画的折扇；胸襟上各挂着许多香囊玩意儿。还有较小的孩子，背上背着一只绸子壳做的撮箕，中间绽着很精致的五毒。女孩们都梳着丫髻，簪着鲜红的石榴花，打扮得花花绿绿的，坐在门前买零碎东西吃。

满街上差不多除了大喊"善人老爷，锅巴剩饭！"的讨口子外，就是穷人也都穿得干干净净，齐齐整整。

快要到江南馆街口了，忽听见街上人声嘈杂。全在说："四圣祠的教堂遭打了！要发洋财的赶快去！"朝东跑的人确乎不少。

伍平也本能地一掉头就朝东跑了去。

还未跑到庆云庵，已看见好些着古怪家具的，着大包袱的，楞眉吊眼，气势汹汹地走来。

伍平赶快把有力的长腿一紧，挤进了人丛。已听见一片人声从教堂的围墙里一直响到外面，不知喊些什么。凡是可以出入之处，统着人塞紧了，比戏台口的阵仗还大。稍为矮一点的墙头上，许多人在朝上爬。

他也想照样做，只是没一点空隙，他便循着墙根走去。走到一座人塔下面，塔顶上正有一个人，着一个大包袱，不知道如何下来；若干的手争着伸过去，若干的声音也争着在喊，那包袱偏偏从层层人头上一直滚将下来。

他恰好伸手接着，来不及审视里面的东西，斜刺里便是一溜。

一路上都有人向他喊说："恭喜！恭喜！发了洋财了！"有几个甚至说："沿山打猎，见者有份，没说头，分点来！"一直跑过红石柱，才没人说了。

伍大嫂还带着安娃子坐在门跟前。他把包袱向地上一顿，伸起腰来，哈哈一笑道："喂！今天运气好，发了洋财了！"

伍大嫂大张着口。他母亲从房里奔出来问道："说的啥子呢？"

伍平一面蹲下去解包袱，一面述说来由。左邻右舍的人都闻声而来，甚至有不及看包袱里东西，闷着头就朝四圣祠那方跑了的。

包袱一开，先滚出来了几只空玻璃瓶。再看，一口绿色皮匣，五六只暗白色印蓝花的厚瓷盘。皮匣很精致，沿边全是银白铜包了的，看样子，中间一定是什么好宝贝。只是匣子关闭得很严密，不知道如何开法，抱起来一摇，并无响声，却是沉甸甸的。

伍大嫂说："咋个开呢？若是打不开，才枉然了！"

伍平揩着额上的汗，重新把发辫盘了一次，将蓝布汗衣脱了，光着粗糙而黄的上身道："我有法子，拿菜刀把皮盖砍破它！"

一个看热闹的老头子道："使不得！洋鬼子的东西。都是有消息的，说不定中间还藏有暗器。强勉打开，定会伤人，总要把消息找着才对！"

伍平不敢动手，大家也不敢动手。然而大家的心却与天气一样，偏是滚热地要想知道中间到底藏的什么好宝贝。

有一位婶婶插嘴道："你们为啥不去找魏三爷？他是走过广，见过世面的。啥机关，啥消息，他不懂得？"

不错，何以会把魏三爷忘记了？立刻就有两个大孩子，不待人家指挥，便飞跑去了。还一路大喊着：魏伯伯！魏爷爷！

魏三爷虽有五十三四岁，还是红光满脸，一身肥肉。披着一件大袖无领的旧官纱汗衣，里边衬了件水竹节串成的背心。左手搓着两个大铁球，右手挥着柄大纸壳扇，扇上是自己手笔大挥的四个字：清风徐来。

他来了，众人一面让路给他，一面纷纷说道："三爷！……怕有消息子？……这是教堂里洋鬼子的东西！……快来看！……"

魏三爷笑眯眯地站着，半闭着他那双水泡眼，先听伍平把皮匣的来历说了。然后才撩起裤管，蹲了下去，把皮匣四面一审视道："有啥消息！不过是几道暗锁。要是不锁上，倒容易打开，只怕锁上了，又没有钥匙。……管他的，试试看！"

把铁球和纸扇放下，两手在银白铜边缘上一阵摩挲，众人尚未看清楚是如何的，铛的一响，皮匣盖便訇然自己翻开。

众人欢呼一声，一齐争着勾下头去。匣子内面才是一些刀，一些叉，一些长柄羹匙，全都嵌放在红绒格子里，牢牢实实的。

大家都认不出是做什么用的，但本能地知道并不是什么好宝贝。魏三爷哈哈笑了起来道："啥子好东西！原来是洋人吃饭的家伙！"

伍太婆惶惶然问道："是银子打的吧，亮晶晶的？"

魏三爷站了起来道："还不是铁的，顶多镀了一层银子！若是银子打成，咋个割得动肉呢？"

伍平生了气，跳起来，抓了只瓷盘向池水里一撩道："背他妈的茓时！老子空欢喜了一场，说是发了洋财，才是这些不值钱的东西！"

他妈忙拦住他道："你疯了吗？到底也算是意外财喜啦！瓶子盘子都可装东西，刀子这些总可以卖几个钱喽！"她遂弓下腰去，把皮匣、瓶子、盘子，收拾在包袱里，叫媳妇帮着捧了进去。

看的人都大为扫兴，各自议论着散开了。

后来跑往四圣祠去的一班邻居，都打着空手回来。说整个教堂都打扫得干干净净，连楼板、地板、窗子，都撬光了，只空落落剩了些砖墙砖壁。

大家说起为什么打教堂，没一个人知道。只晓得端阳节日东校场的点将台上正在撒李子时，忽然一个地皮风扯了来，说教堂里正在杀娃娃，杀得精叫唤的。这一下，这在平日对于教堂和洋人的不了然，以及对于教民倚仗洋势的宿恨上，斗添了一种不平的义气。于是一人号召，万人景从，本意只是去探听一个虚实，好与洋人评个道理。不想一进大门，只看见一个身穿中国长袍、高高大大的洋人，站在一处高台阶上，冲着众人，用中国话叫道："你们这些人跑进来，要行凶吗？出去！都出去！"从那洋人身后，又走出一个穿洋衣服的胖子洋人，手上拿着一根长皮鞭，横眉吊眼地把鞭

子在众人头上挥得呼呼乱响，一面也用中国话叫着："滚出去！滚出去！"才有几个人说："怎么！不讲理吗？"那鞭子已结结实实打在头上。在前面的朝后退，在后面的却不让，反而大喊起来："他杂种打人！……不讲理！……我们捶他！"上百人的声音，真威武！两个洋人才慌了，急忙退进门去，訇一声把门关得死紧。大众更生了气："你杂种打了人就躲了吗？老子们偏要找你杂种出来！"门推不开，就有人翻窗子，找不到洋人出气，就有人找东西出气。一动手，没有人统率，那就乱了。

但在第三天，风声就不好了，全城都在传说："洋人全在制台衙门里守着，要制台赔款办人，若其不然，洋兵就要开来。制台同将军也奉了圣旨，叫从严办理。看来，总有些人的脑壳要搬家的。"

一连三四天，茶铺里所讲论的，全是一府两县的差人，各大宪衙门的亲兵，和各卡子房的总爷带着粮子上的丘八们，到处在清查，在抓人。"某人家里搜出一本洋书，全家男子通通锁走了，家里也扫了个精光。……某人本是好人，还有一个亲戚在盐道衙门里当师爷，被人寄了一口箱子，搜出来了，尽是洋人的衣裳，这下毁了，连一个大成人的姑娘遭几个丘八糟蹋得不成名堂。……某人不是吗？只那天在门口捡了一块呢垫子，也遭逮去了……"都说得有凭有据。

风声一传到下莲池，伍太婆一家都愁着了。首先是伍大嫂深深抱怨伍平："你那天拿东西回来，对直就到房里，不要等邻居们看见，不是好好一回事。偏那样炮里炮毛地在门跟前当着众人解包袱，生怕别人不晓得一样。"

伍平皱着眉头道："你这时节才说，那时递个点子给我也好啦！"

"我哪没递点子！又咳嗽，又向你歪嘴，你把个龟脑壳死死地勾着，睬都不睬！"

伍太婆叹道："又不是金珠宝贝值钱的东西，为这些刀子又子，遭了拖累，才不值哩！那天真不该拿回来，真不该弄得大家都晓得！"

她媳妇又道："我不是说过，留着是祸害。倒是那天当着众人丢在池塘里还干净些！"

伍平着他母亲道："就是她嘛！我才丢一个盘子，她就挡着。……专爱小便宜！"

他母亲把手一拍道："莫光怪我！你们既都是未来先知，为啥子第二天不丢呢？"

伍平站了起来道："我这时就拿去丢！"

他老婆道："背着大家丢，哪个看得见？并且也丢迟了！……"

魏三爷挥着他那清风徐来的纸壳扇，同往日一样，阴悄悄地站在门口。手上铁球搓得滴儿滴儿地响。微笑着问道："要丢啥子东西吗？"

## 五

魏三爷在下莲池社会中，不但是顶有钱的，住着宽大瓦房，穿绸胯缎，天天都是肥腯大肉，而且势力也大；不仅因他一个胞侄在雅州巡防营里当管带，还由于他本人又烧过袍哥，又认识华阳县衙门里快班上有名的白大爷。他能够抬举人，也能够害人，下莲池的居民，谁不尊敬他，又谁不害怕他？

他平日也肯到伍家走动，还顶爱与伍大嫂说笑。说了几回，要收她做干女，伍太婆没说的，伍平也不敢说什么，倒是伍大嫂本人不肯，说是讨厌他。

此刻着他悄悄走来这么一问，全家都不免有点心跳，没一个人说话。

他一直走进门来，也不等人让他，就自己向一条板凳上坐下。伸手将站在当地的安娃子牵了过去道："这娃儿真乖！再难得看见他到处烦。……越长越像妈了！也好！不要像老子，像老子就太丑了！……咋个今天不喊魏爷爷呢？快喊！喊了，下回有糖吃！"

随又抬头看着伍平道："你们要丢啥东西？为啥又不说呢？……哦！你们打算把那天从教堂里拿回的东西丢了，是不是？也对！这几天风声确不大好，到处都在清查，清查得很细密。天涯石一带，几乎是挨门挨户地在搜。我从华阳县衙门听说来，上头吃得很紧，恐怕全城都要搜……"

伍太婆插嘴道："我们这里该不搜吧？"

魏三爷接过伍平递来的竹水烟袋，把纸捻一挥道："上、中、下，三个莲池边，官府是早在心上的，认为是个坏地方，岂有不搜之理？要是一府两县的差人来搜，还好办点，为啥呢？我有熟人，多少还可说点人情，叫他们让一手。怕的就是粮子上的人，个个都是野的，丝毫不听上服；要是我侄儿在此，也好啦，却又不在，远水难救近火。倘若一下把赃物搜了出来……哼！……"

伍家的人，除了安娃子外，个个都大睁着眼睛，把他相着，要听他的下文，他却吹燃纸捻，慢慢地嘘起烟来。

伍平待他吹烟蒂时问道："要抓人走吗？"

"何消说呢？起码一千头刑，问了口供，立刻拿站笼装起来！女的也躲不脱！"

伍大嫂伸过脸去问道："女的也要遭抓吗？"

魏三爷马起脸说道："为啥不呢？教案，骇人啦！你默倒是平常的青衣案、红衣案吗？我从华阳县衙门听来，上头的意思，是要照大逆不道的罪名办的。查出首要，男的凌迟碎剐，女的割乳砍头；父母、兄弟、姊妹、儿女，分别丢站笼，处绞，永远监禁；近支亲族，充军黑龙江；左邻右舍，各打三千板，逐出境外。……这是首要，若是只搜出赃物，不论是在教堂里抢的，在路上捡的，男的，依律处死，女的，打二千皮鞭，发官媒价卖……"

伍太婆舌头一伸道："好凶呀！"

伍大嫂稍为有点慌张道："三伯伯，你的话，到底是真的呢？还是故意说来骇人的？"

魏三爷将竹水烟袋仍然递还给伍平，抓起扇子挥了几挥，左手的铁球也重新滴儿起来。他把伍大嫂瞅着道："我为啥要骇你？我和你有啥怨仇吗？你只去府街上打听一下，两县卡房里现关了多少女的，还有当过师奶奶的哩！哪个不安排着去跟人做小老婆！……"

他站了起来，要走的样子。

伍太婆一把将他拉住道："三爷，你就不打救我们一下吗？你给我们打个主意呀！做做好事，报在你儿女身上！"

魏三爷哈哈一笑道："伍太婆，你倒会挖苦人！你不晓得魏老三平生干过多少伤天害理的事，老婆一直到死，连屁都没有放过半个吗？"

伍大嫂把他的扇子抢了过去道："三伯伯，少做点过场呀！人家多么着急的，你难道看得过吗？"

他笑着伸手把她脸巴子一拧道："你也有着急求人的时候呀！平日那么傲头傲脑的哩！"

伍太婆道："三爷，只求你搭个手，她是有良心的。"

她媳妇红着脸道："不说那些。三伯伯，我只问你，我们把东西一齐丢了，好不好？"

魏三爷笑着点点头道："丢哩，倒是对的。只问你，咋个丢法？"

"趁没人看见，丢在池塘里。"伍平这样回答。

"池塘有好深，难道捞不起来？邻居们只要出头说一句：禀大老爷，池塘里东西，是我们亲眼看见伍平拿回来的。那么，还不是同放在家里一样？"

伍大嫂拍手道："是呀！我也是这个意思，所以我说丢迟了。"

"你既晓得，那么，咋个办呢？"

"我们就是要求你打个主意呀！"

魏三爷从她手上把扇子接了过去，眯着水泡眼，将她瞅了半会

儿，才道："这样好了，把东西全交给我，我自有地方安顿，断不会遭搜出来。等风声松了，事情平息之后，你们还要哩，再拿回来，不要，我帮你们卖，多多少少也捡几两银子使用，你们看对不对？"

三个人一齐说："咋个不对呢？难为你费心劳神，真叫我们感恩不浅！三爷，三伯伯，你今天真做了好事！"

伍大嫂又拉过安娃子，叫他给魏三爷磕头道："跟魏爷爷道个谢，魏爷爷把你一家人都打救了！"

魏三爷提着包袱要走时，又嘱咐了几句："切记不要说东西交给我了。你们口头不稳，我不害怕，吃亏的还是你们。"

隔不两天，成都、华阳两县衙门口的站笼里，果然站死了几个人。大家传说，就是这回抢教堂的人犯。伍家几位邻居，都跑来向他们说消息，意思是为他们的好，却把他们骇慌了。朱姆姆吧着叶子烟说："看来，人总要安分守己。要发财哩，命中注定，就睡在床上，银子也会变成白老鼠跑来的。古人说过，横财不发命穷人，像我们这种命，有碗稀饭吃，已经够了，哪能乱想发财？伍太婆，不怕你们怪我，你们那天拿东西回来时，我就向何家婶婶说，这些东西乱拿得吗？怕有祸害在后头哟！果然，这几天，哪个不替你们捏一把汗。虽说东西丢了，无赃不是贼，可是你们伍大哥着一个大包袱跑十几条街，哪个没看见呢？我们邻居为好，就不说啥子，你们能够保得别的人不说吗？若是官府晓得了，把大家抓去一审，我倒说句天理良心话，就是邻居，人家又得过你们啥子好处？哪个甘愿拼着皮肉之苦，来卫护你们呢？伍太婆，伍大嫂，依我的愚见，你们倒要早点想方子的好喽！不要大祸临头时，带累别人！"

张嫂嫂更其胆小了，她道："别的都不怕，男人家还有点斤两，受点刑，还熬得住。我只想到我们女人家，细皮嫩肉的，拉去吊起打皮鞭，打得血淋淋的。还有啥子夹棍抬盒，听说把指头，把腿骭都夹得扁。我的妈，那么样的痛法，倒是死了还好。"

又一个女人说道："你说得松活！要你死得下哩！像这么样的

大案子，官府不把你结结实实地整到注，肯让你死吗？"

伍大嫂道："我也是这么说了。死倒不要紧，就是刑法难受。我小时在新都县衙门里看审奸情案。一个好端端的女人，打得血骨淋当的，真骇得人肉战……"

伍太婆插嘴道："亏你还在说这些风凉话，我们的事情，你也不想想，咋个办呢？难道等人家来抓去受刑吗？"

伍大嫂蹙起双眉道："我想得出啥子呢？命真不好，冤冤枉枉遭这些横事！我硬想拖起安娃子逃跑了吧！"

朱姆姆连连点头道："这倒不错，怕他天大的祸事，伸起腿给他妈的一逃，你来抓我个屁！"

伍太婆道："我倒没有主意，去和魏三爷商量一下看。"

大家都说，这话很对，魏三爷是下莲池社会里的总军师。

伍太婆抓了一把扇子，就走了。大家要听下文，都不肯就走。

有一顿饭工夫，伍太婆同着魏三爷一齐走了来。他一到门前，也不招呼众人，便大声说道："这阴地上还凉快，有风，拖条板凳出来，我不进去了。"

他又拿眼睛把屋里一看道："伍平呢，哪里去了？"

伍大嫂正敲着火镰火石，将纸捻点燃，便一面捧着竹水烟袋出来递与他，一面愁眉不展地答道："这几天失魂落魄地，成天都在外头跑。"

魏三爷抽着水烟，伍太婆遂向众人道："三爷的意思，我们可以不跑……"

他点了点头，接着说："包袱回来的是伍平，别人认得的也是他，只要他躲开了，你们女的有啥相干呢？第一，没有赃；第二，没有主犯。就是别人多嘴，出头告发，你们只朝伍平身上一推，还怕说不脱吗？"

朱姆姆首先说好道："这主意不错，伍平该赶快躲开。躲到哪里呢？城里有地方吗？"

伍大嫂道："他有朋友的。在他朋友家躲几天就是了。"

魏三爷笑着，吹出一缕青烟道："他有啥砍头沥血的好朋友？要是一缉捕起来，怕没有人捆他出来讨赏哩！城里，总之是躲不住的……"

伍太婆翻着白眼，迟迟疑疑地道："城外又哪里好呢？又没有亲戚，又没有熟人。"

魏三爷道："我想，不如躲远点的好。我倒有个妥当地方，却需要与伍平当面商量，看他愿不愿意。"

伍家婆媳一齐问是什么地方。他只摇摇头道："先不忙说，我想，于伍平还有点好处，一个月还可挣二两四钱银子。只是远一点，有几站路，一两年中未见得能回来一次，就看伍大嫂舍得不？"

她极其洒脱地启颜一笑道："这是好事呀！我正想他能够挣钱哩！筋强力壮的男人家，顿在家里，连饭都吃不饱，有啥好处？我娃娃也有了，况又是躲祸，我有啥舍不得？只怕是三伯伯故意说来逗人耍的。"

魏三爷眯着眼睛一笑道："你既舍得，伍太婆是当母亲的，更不必说了。事情就这样办，我总之量力帮忙。我要回去吃午饭了，伍平回来，叫他来我那里，我再仔仔细细同他讲吧。"

## 六

伍平便是这样到雅州巡防营吃了粮。走时，是魏三爷给了他一封信，叫去找他的侄子魏管带。又给了他两吊钱，做盘费，说明合银一两六钱五分，等把教堂里拿来的东西卖后，在里面扣除，多余的交给他家做家缴。

其实，在伍平好几个月后能够托人带钱回家之前，他家里比他未走时，还过活得宽舒，米是一斗两斗地买，油是一斤两斤地称，依然同他老婆能做细活路时一样，吃得也很舒服。而教堂里拿回来的东西，依然还在魏三爷家里，并未卖脱，而他老婆虽然也做细活路，却并不像以前之努力，只算是遮手混光阴而已。这是如何的呢？只因伍大嫂在他走后三天，便拜给魏三爷做了他第十七名干女，而规规矩矩受了干爹的接济供养了。

伍大嫂再添补点做细活路的工钱，她婆婆再添补点洗浆和当人贩子的外水，竟自能将以前当去的东西取出，卖去的东西买回，差不多大半年过得很平静、很安适。

只是伍大嫂不甚高兴，每每无中生有地会叹气。问她哩，说是想伍平。"不晓得他人好不好？粮子上多苦，不晓得他受得住受不住？"而她的婆婆却深晓得她叹气的真因："魏三爷再说人好，再说花钱，到底五十多岁的人，年纪轻轻的，陪着这样一个人，自然是不高兴的了。伍平哩，到底是精壮小伙子，她自然要想他了。"这是伍大嫂一次回龙王庙去看她父亲时，张嫂嫂来家闲坐，谈到伍大嫂近来总是不高兴的样子，叫伍太婆好生当心，而伍太婆如此这般向她剖析的话。

张嫂嫂是同道人，自然明白伍太婆的话。她遂代打了一个主意，叫伍太婆另自给她媳妇找个年轻男子，魏三爷哩，也不丢他。伍太婆虑着干爹要吃醋，一则魏三爷的势力那么大，不免有惹不起之感，再则她媳妇又是有良心的，不见得肯背地欺负人；还有，就是她媳妇的性情，是不听人劝的，无论什么事，她自己不转弯，你无论如何把她说不动。虽是如此，但在有意无意之间，却也把张嫂嫂的话，给她媳妇说到了。

恰这时魏三爷害了大病，倒床不起，他的内侄儿吴金廷来看他，在病榻之前，与伍大嫂认识了，渐渐就相熟起来，渐渐两个人就有说有笑成了朋友。及至魏三爷寿终正寝，无所顾忌，吴金廷居然就继承他姑夫遗志，同伍大嫂打了干亲家，两个人十分亲密，十分爱好起来。

吴金廷在半边街一家绸缎铺当伙计，家里还有一个母亲，要靠他供养，一个月仅仅二两银子的工钱，如何能够支持一个母亲，

一个野老婆的费用？光是伍大嫂这里，每月就得二两银子，前半年，仗恃自己有点积蓄，又得了姑夫一点点遗产，变卖了来，尚可支持。可是这些一干净，便只好借贷，只好在生意上做点手脚，不但弄来拮据不堪，并且因为耽搁既大，账目又不清楚，掌柜不高兴了，逢人就说："吴金廷这个子弟，有了外务，靠不住了！"在吃年饭时，宣布明年铺子上的伙计们谁留谁去，而吴金廷自然在去之一伙中。

初初失业，尚不觉得可怕，并乐得萧萧闲闲地成天陪着伍大嫂说笑，摆龙门阵，帮着做事，帮着带安娃子。伍大嫂对他也好，头一个月并不开口问他要钱。倒是伍太婆，一见了面，总在说穷，总在诉苦；说得他很不好意思成天守着吃现成饭，但又舍不得把伍大嫂丢了。

恰这时，他有一个朋友，是个温江县的小粮户，叫牛老三的，有二十岁光景，同他到伍大嫂家耍了两次。外州县的小粮户一多半就是不知天高、不知地厚，有钱就花的四浑头子。有人说是吴金廷故意把牛老三拉来垫背的，但他自己一直没有说过这种话，也似乎初意并不如此。所以牛老三在什么时候同伍大嫂有了勾扯，他似乎不知道；牛老三与伍大嫂热得比火还烫，日夜不离地守在一处，他似乎不知道；牛老三给伍大嫂买这样，买那样，伍大嫂时常对牛老三动手动脚地不客气，他似乎也不知道。他只是忙得很，忙着在外面找事，隔三四天才能到伍大嫂家来一次，混着大家吃喝说笑，而伍大嫂对他还是像从前一样好。三个人如此糊糊涂涂，直混了将近一年，伍大嫂不知如何另外同一个开油米钱铺的掌柜何胖子有了交情，十分爱好何胖子，把他们两个丢冷下来，牛老三是一气而去，赌咒不再回头，吴金廷这才开心见肠地告诉伍大嫂："我是顶喜欢你的，我又没有讨老婆。在未遇见你以前，我是个守本分的老实人，没有想到平生会同女人打堆。既遇着了你，我真高兴了，一直没有想过第二个女人。我是只想同你相处一辈子，永远不分离，但恨我太没有本事供养你。我也不忍使你跟着我受苦受难。所以才咬着牙巴，甘愿让别人挤进来，但又丢不下你，只好跑到一边去哭。如今，你是另有了心上人，正在吃迷魂汤之时，还想你分点心到我，你自然做不出来。你就不冷淡我，我也不想来打扰你了，一则太没有意思，再则我也难过。我现在当真要找事情做去了，说不定多少日子不来看你。只是我到底忘不了你，你啥时候想到我，还要我转来的话，给我一声信，我总会来的。我现在只求菩萨保佑我，能够找个好一点的事情，积得到几个钱，能够供养得起你，那就好了。"

但伍大嫂并不领受他的善意，两眼瞪着他道："我这个人，我自己晓得，是个见异思迁的。你不要痴心等我了，没有好处给你，你快学牛老三吧。凭良心说，成都省里像我这样的人也多，你去找别个好了！"

倒是伍太婆还很应酬他，说他是情长人，望他不要怄气，得便时仍来走走。

过了一年，何胖子倒是见异思迁了，觉得伍大嫂已是二十五六岁的女人，彼此处久了，趣味便一天比一天减少。于是另外包了个年轻女人，直把伍大嫂气得大病了一场。

这时，伍平已升到什长，饷银多关了一两，但是随着永宁道赵尔丰开进大小凉山打彝人去了，反而没有钱带回来。她的父亲王大爷是前年死的，更无亲人。伍太婆只好劝她不要再想何胖子，依然把吴金廷找回来。"他到底是情长的男子，他就没有钱养活得起我们，他总会打主意的，总不会看着我们饿饭！"

她照着那面凹凸不平的土玻璃手镜道："妈，你倒会想，晓得他现在对我是咋样的啦！"

伍太婆露出缺了齿的牙龈一笑道："你不要这样乱猜，我前个月还碰见他，他现在宏顺永铺上当伙计，事情还好……"

"他还没讨老婆吗？"镜子仍在她手上。

"并没有。所以我说他是情长的人，见了我，还在问你。我说你病了，他急得啥样，要来看你，又怕你讨厌他……"

伍大嫂把镜子放下，叹了一口气道："我现在哪里还像从前！鬼相了！还有脸见他？他还能像从前一样吗？"

"……你莫灰心，你已经在复原了。你不要管，等我去招呼他来。"

吴金廷果然一招呼就来了。两个人年多不见面，久违之后，自有许多话说。伍大嫂还不免有点脸红，还不免有点内疚，倒是吴金廷依然如故，还是那样温温存存，还是那样缠缠绵绵，赶着伍太婆喊妈妈，赶着安娃子喊儿子，随在伍大嫂的屁股背后，一步不离。

伍大嫂自己说她瘦了，他则说："瘦了眼睛显得更大些，鼻梁更高些，比胖的时候更为好看。"

她自己说老了，他更其否认。"你是自己疑心，我告诉你，你照着镜子看看，有鱼尾没有？有皱纹没有？我觉得比一年前还嫩面些。只一点，眼膛下多了几点雀斑，但是不要紧，粉搽厚点，丝毫看不见的。"

伍大嫂在失意之后，得了这样一种安慰，不由大为感叹说："吴哥，我到现在，才晓得你真是好人！我凭天良说，从今以后，我算是你一个人的人，就是安娃子的老子回来，我也不丢你的。但我也晓得，你手头并不宽裕，你月间工钱，只够你一家人缴用，哪里还供养得起我。我哩，活路是做伤了心的，指头锥破了，不够吃几天安逸饭。况且世道又变了，以前多讲究表袋子、扇插子、荷包、眼镜盒，这些东西，又不作兴了，就想领点细活路来做，也没有买主。没计奈何，我想来，只好还是做这个下流事。不过我先赌咒，任凭我再遇合着啥子王孙公子。我也只是拿身体给他，随便他们咋个去糟蹋，我只要得钱来吃饭，供养老的小的，我不抱怨一句，若要买得我的心，那却不能，吴哥，我的心，是交给你的了！……"

她说得动情已极，两眼里全是泪珠。吴金廷还要安慰她一下，她伸手将他拦住道："你不要向我说啥子，你的意思，我全晓得。我再说几句真心话，吴哥，你比方就是我的亲丈夫，亲老子，我只听你一个人的话。如其你安心要我受苦，不愿意别个来糟蹋我，那，你只管说，我一定听你的话，我一定不背着你再像以前同牛老三他们那样偷偷摸摸地欺负你……"

吴金廷也非常感激，更其喜欢她起来。除了偶尔给她邀约一个有钱的同事，或小掌柜，去与她打交情外，自己还是想方设法一个月要供给她一些钱。

安娃子逐渐大了，对吴金廷仍然叫他干爹。对那些时来时去的男子，只晓得是他妈妈的男朋友。妈妈与男朋友起居说笑，自幼就看惯了，本不足怪，何况一般邻居们的年轻妈妈，又哪个没有几个男朋友呢？所以更觉得是理所当然。

安娃子之长起来，也和他父亲一样，野草般的全凭自然。只是他运气好，有了吴金廷这样一个干老子，留了他的心。说小孩子就这样一技不学地下去，实在不对，不但害了他一辈子，而且伍大嫂已是转眼就快三十岁的人，伍平一直没有音信，晓得是如何的。再过十多年，伍大嫂真个老了，丑了，没有人来打交情，自己又无好大本事供养她，那时若安娃子还没有本事找钱，她以后的日子才叫苦哩。

伍大嫂才同了意，叫安娃子到左近一家私馆去发蒙读书。而吴金廷恰又为账目不清，着宏顺永开消出来。

不过他这一次失了业，确乎不甚恐慌。第一，伍大嫂那里，时而总有朋友来往，虽然有些人来过几次，就不来了，讨厌她那么冷冷淡淡，动辄发脾气；却也有眷恋着她肯率真，而不走的；她的生活，因此并不要他全部供给。第二，他的姨表妹郝家姨太太，现在自由自在起来，常常回去看他的姨妈，同他碰过几回头，两个人很说得拢，十两八两的常常借给他；并说，一定托郝达三给他找个大点的事，总比当一辈子伙计，替别人打一辈子算盘的有出息些。所

以他确乎萧然自得来往于他姨妈与伍大嫂两家，闲了一年，反而长得白胖起来。

郝又三不好再问询伍安生，遂在下午放了学后，来找吴金廷。

他正拿着鞋刷子在刷他那双青绒朝元鞋，五丝缎的马褂也穿在身上，像是要上街的样子。

郝又三问道："有事吗？"

"没有啥子事，就是到伍家去找伍安生的阿婆同他母亲，叫她们把那娃儿好生管教管教，免得再惹老太爷生气。今天却是太仰仗大先生的鼎力了。不然的话，斥退了，真会把他妈气死，我也对不起人啦！"

郝又三没有话说，却又不即走开。

吴金廷一切收拾好了，看了他几眼，心里好像想起了什么似的。忽然说道："大先生要是没有事，我们一同去走一走，好吗？大先生能够亲自去说一说，更有力量，也叫她们亲自给大先生道个劳，才对呀！……并不远，八九条街，就在下莲池。"

郝又三犹自迟疑道："别的人晓得了，怕不便吧？"

吴金廷拊着他耳朵说道："先生到学生家走动，算一回啥子事，只要我们自己不说，哪个晓得呢？伍家也是好人家，只是穷一点，常要朋友帮助的。"

## 七

郝又三从伍家回到广智小学，心里好像有了件什么事情没有办清楚似的。自己仔细想了想，断定是只为的伍家房子太糟，引起了心里的不快。可是到次日上课，看见伍安生，似乎亲切了些。站在讲台上，总要多看他一两眼，教他算术时，又生恐他不懂得，总要特为走到他桌子跟前来问他几句。

伍安生依然是那样烦，依然是那样跳闹。田老兄对他，更加憎恶，教训起别的孩子来，伍安生就是一个至恶的榜样，好像儒家口里的桀纣。而郝又三每次听见他毒骂到伍安生，心里总觉得他太过分了，总不免要在背后同他争执几句。田老兄每每笑他是姑息养奸，他说："我是教过书的，大娃娃小娃娃在我手上读过的有三四十个，所以我研究娃娃们的性质，比你明白。娃娃们好比一块顽铁，全靠先生们怎样炼法，炼得好，可以炼成一把风快的宝剑，不好，依然是块顽铁。而炼的方法，就在管得严，教得严。以前私馆好教得多，因为作兴打人，再顽劣不堪的娃娃，只要几顿板子，任凭啥子顽铁，总可打成一个器皿。而现在，像伍家这娃娃……"

郝又三笑道："你是讲新学的，为啥总是想着你的老法门在？"

"老弟，你不知道。讲新学，不过同从前做八股、今日做策论一样，口头说说，笔下写写罢了。真正做起事来，新学只好做面子，实际还是离不得旧法门的。离开了，不但事情做不动，并且还有损无益。就说伍家这娃娃，恶劣至此，你用新法去姑容他，将来必然没有啥子好结果的。你不信，你只管看，设若能够结实打几顿……"

郝又三摇头道："我始终不赞成你的话。"

"那，你是别有见解了。"

"自然，我认为小孩子越烦，越不守规则，只要没有多大坏处，将来才是有出息的。你一味管得严，打得凶，只算把他的天机汩没了，并没有啥子好处。"

"哈哈！这是我们高等学堂池永先生的牙慧！……或者伍安生那娃娃，与你格外有啥子因缘也说不定……"

郝又三自然要否认，不过心里又承认了他的话。因为在学堂没人时，一见着吴金廷，总爱同他谈伍家的事。吴金廷邀他再去玩玩，他又不肯，说房子太不好了。伍大嫂这个人虽还明白，虽还说得来，只是地方太坏，人又杂，我们常常去，被人看见了，不好。

有一次，吴金廷忽说："大先生，伍家要搬家了。"

他笑道："想她们也住不惯那烂房子的缘故吧？"

"那倒不是，因为警察局要收那片官地回去，修啥子教练所，

暴风雨前

勒令她们搬家，她们正舍不得搬。晓得大先生认识总局里的葛委员，正想托大先生去说一说，看可以不搬么。就搬，或者多赏几两银子。"

他把新剃的头皮，搔了两搔道："葛世伯才回来，才奉了札子，未必有好大的力量，我看，去托他是枉然的事。"

"她们又穷，那怎么办呢？"

郝又三道："我们去同她们商量下子，或者我们私人帮助点，倒可以的。"

吴金廷大为高兴，连忙又打拱、又鞠躬地恭维了他一阵，说他是大善人，是大义士。到课毕之后，叫伍安生请假先回去，说郝先生要来同阿婆、妈妈说话，把房子打扫打扫。然后才陪着郝又三悄悄溜到下莲池来。

已是上灯时候，家家都关了门，各人有各人的要紧事。他们进了门，伍大嫂已着意打扮了一番，含笑迎着，问了好。伍太婆叫孙儿去泡茶。吴金廷赶快将门口的竹帘放下。大家说起搬家，伍太婆就大为感叹说："郝少爷，你看周道台这个人，真是没道理，一办警察局，就专找我们穷人为难。哪个不晓得上、中、下，三个莲池边，自古以来，就该我们穷人住的？我在这里住了几十年了，啥子事不晓得？记得从前中莲池李狗屎家失火，延烧出来，烧了一百多家穷人。奎制台亲自来救火，拜了又拜，把大红顶子都丢在火里，才把火头压住。到第二天，看见我们穷人烧得可怜，自己捐俸，每家赏三两银子，重修草房，还把李狗屎院墙外的地方，画一大片拿给大家，这才是爱百姓的好官呀！哪像周秃子现在，红不说，白不说，也不管人家住了多久，房子修成多少钱，也不管人家有没有钱搬家，挪到哪里，只一张告示贴出来，要地方，限你半个月就搬。我就不信，九里三分的大城里，别处便没有空地，偏偏下莲池才有！……"

伍大嫂拦住她道："妈也是啦！尽说这些抱怨话做啥子？我们横竖要搬的，这地方我也住伤心了，搬了倒好。"

"王女，你倒说得好，光说搬家，哪儿来的钱呢？看郝少爷能够帮我们去说一说吗？"

吴金廷道："说是不行的，大先生也很愿意你们搬个家。他说过几次，本想要常常来看看你们，就嫌你们地方太不好了。大先生是个极慷慨的热肠人，他已答应给你们帮忙，你们只需好生谢谢他就是了。"说时，他遂向伍大嫂挤了挤眼睛。

伍大嫂忙站起来，向郝又三深深一福道："大少爷这样做，真就是我们的大恩人了！"

郝又三才要回她一个揖的，吴金廷已过来将伍大嫂拉到他跟前道："这样的恩人，光是拜一拜，不够得很，你应该乖乖地跟大先生香一个才对呀！"

伍大嫂笑了笑，果然就偏过头来。郝又三通红着脸，向旁边一躲道："你不要听吴先生胡说，我……我……"

伍太婆笑道："郝少爷脸嫩得很，没有出来玩过的。这样好了，郝少爷就在这里消个夜，随便喝一杯淡酒，见见我们的心。"

郝又三自然不肯，他说了多少道理，必须立刻就走。伍大嫂自然不答应他走，也说了多少道理，必须他喝杯酒再走。吴金廷自然要帮着奉劝，奉留。结果，伍太婆带着孙儿去打酒、买菜，伍大嫂便将房里收拾起来，口里一面说太脏了，以后若得搬个像样的地方，定要打整得干干净净，好请大少爷常常来耍。一面又向郝又三做眉做眼地调笑着问他少奶奶可好吗？"不消说，是一品人才了！像大少爷这样人品，少奶奶要是配不上的话，真就可惜了！我们哩，残花败柳，倒也不敢乱想啥子，只要大少爷不讨厌，常来走动下子，也就洪福齐天了。"

郝又三始终是通红着脸，只是笑；有时又偷着看看她。打算走，又鼓不起走的勇气，不走，似乎又太不成话，自己是什么样人，岂能没志气地胡闹？

几样现成烧腊菜摆在方桌上，因为待贵客，不好打土老酒，而

打了几两大曲酒。伍太婆照规矩带着孙儿在门口把守，让媳妇有说有笑地好自由自在陪客。

这样吃酒，郝又三是平生第一次，得亏吴金廷在旁边谈说帮忙，方未觉得十分窘。一杯酒干后，看见伍大嫂脸上也微红起来，眼睛似乎更溜刷了，他渐渐也有了话说，问她的家世，问她的岁数。家世哩，丈夫是个当什长的，快要当哨长了，岁数哩，才二十六岁——因为有个十二岁的儿子做证，不好太说少了。——娘家也是个有根有底人家，如今败了，丈夫又没有钱带回来，只好找朋友帮忙。虽然交接过几个朋友，却从没有碰见一个像他大少爷这样的慷慨人，只要她搬了家，她就不再交接别的朋友了。意思是说，要与大少爷打个永久的朋友，只看大少爷愿不愿意。

加以吴金廷的说词，郝又三想着自己老婆那样又死板、又冷淡无味，遂也动了心，姑且嫖一下试试，看这个女人又是啥子味道，只要别的人不晓得，也没有好大的障碍。再一横心，就遭人晓得，又怕啥子？嫖个把女人，也是男子家的本等，又不是偷别人的老婆，说这上损阴德伤品行！并且听母亲讲过，爹爹少年时还不是荒唐过来？

于是伍大嫂伸手来取他酒杯去斟酒时，他公然把她的手腕捉住，轻轻地捏了一捏。

吴金廷凑着他耳朵说道："今夜我一个人回学堂去，就说你回府去了，好不好？"

他看着吴金廷笑道："使不得吧？学堂里晓得了，那才糟哩！"

"学堂里么，包你没一个人晓得。我自然不说了，伍安生是同他阿婆一道睡的，不晓得这些事。并且他妈陪朋友睡觉，又是看惯了的，你听他向谁说过啥子来？"

郝又三把安在旁边的那张二号架子床一看，真不及他房间里的床好，不过还打整得干净。蓝麻布印白花的罩子，像是新洗过的，比头回看见就算漂亮了；白布挑青线花的卧单，也是新洗过的，还看得见折叠痕迹，印花洋布枕帕也是新的，红印花洋布被盖，叠成三叠水摆在床里边，却看不出脏与干净来。

伍大嫂把他肩头一拍道："你真细致，看到床上去了！大少爷，你倒别疑心，爱干净倒不只你们做官为宦的，我平日就顶嫌脏了。我们家里人就都犯了这个毛病，所以人家挖苦我们是穷干净哩。起初安娃子回来说大少爷要来，我想着你头一回掸了椅子才坐的光景，就晓得你的脾气了，赶快把房间里打整了一个通堂，又把床上盖的铺的全换了。只是粗布东西，自然赶不上你们少奶奶床上的，你要嫌弃，那也没法，只好不留你了。"

吴金廷拍手大笑道："真会体贴呀！光这一点，就看得出伍大嫂是个多情多义的人，大先生却不要辜负了她！"

安娃子猛地掀开帘子进来道："阿婆叫你们躲一躲，有两个警察副爷对直向我们这里走了来！"

吴金廷登时站起，将郝又三一把拉到后间。那是伍太婆住宿的地方，就很不像样子。隔壁是灶房，有道便门通出去，吴金廷是熟悉的。

郝又三骇得心里只是跳，忙悄悄问吴金廷："有啥子事吗？该不要紧吗？"

吴金廷正要说时，只听见一阵皮鞋声，很有力地踏进门来，同时一个沉着而气派的声音说道："你们到底几时才搬？……再三天就满期了！……"

伍太婆的声音："副爷，我们跟着就搬，已经在看房子，看好房子就搬。"

"那不行！我们周大人要地方要得紧，晓得你们房子在啥时候看好呢？一年看不好，不是一年不搬了？我们局长已吩咐下来，到期的早晨，你们不搬，不要紧，我们雇人来拆房子就是了！"

伍大嫂有点不自在的声气："你们周大人，你们局长，做官的人也该通点人情啦！我们又是穷人家，光说看房子搬家，好容易的

事！你们要地方，那就请你们帮忙代找一个房子，好不好？"

"你这婆娘好横啦！"声气是那样的威猛，"你敢说我们不对吗？"

接着是另一个气派声气："同她说啥子。拉她到局上去！"

伍大嫂的声气更高了："拉我到局上？我犯了啥子法？你说，你说！"

伍太婆是在软求："副爷，别同她生气，她年轻，我们一定搬！……"

同时是她媳妇在喊："动辄拉上局去，我还怕吗？光说搬家，总还没有到期嘛！你们局长也只说到期拆房子，你们就更歪了！"

"你这婆娘，嘴不要硬！你的行为，我们早已摸清楚了，不讲人情，监视户的牌子已给你钉在门上，新化街已叫你搬去了！你还要歪的话，现摆着三份杯筷，明明有闹官儿藏在里面，就搜出来，一齐拉上局去！……"

吴金廷赶忙拉着郝又三，跨进灶房，打开便门奔出。天色很黑，伸手辨不出五指，两个人乱走有十多丈远，还听见草房里在吵闹。

## 八

次日下午，郝又三在高等学堂下了课，回到广智小学时，吴金廷已经在学堂门外等他。

吴金廷很慌张地告诉他，伍大嫂的房子已找着了，在南打金街一个小门道内。房子很不错，是将就外厢房拦出的一个独院。只是押金太贵，要二十两银子，今明天便须交押。问他能不能帮忙，借二十两给她。她一定写纸认息，待她丈夫回来，本利奉还。这件事是比较容易使郝又三立刻就答应了。还有一件，是昨夜那么一吵，人虽未搜着，但形迹显然，警察不认输，硬要把监视户牌子钉在伍大嫂门上，任凭她搬到何处，都要钉的。这须请他去找葛寰中，向东分局的局长打个招呼，才可以把这事压下去。

郝又三愤然道："真可恶！……就让他钉上不好吗？"

吴金廷把脚一踢道："大先生，你真是公子哥儿，太不懂世情了！你可晓得，监视户牌子一钉，就表明这是一家娼户，讨口叫化，只要有钱，都可以进去嫖的。我还听说，天涯石北面，正在修一条街，叫新化街，一修好，就要把全城的监视户一齐迁去。分成等级，定出价钱，还要把各人的相片挂在门口，嫖客高兴要嫖哪个，就嫖哪个。你想，伍大嫂能受得住这种罪吗？所以，她昨夜闹过，直哭了一夜，口口声声说，只要监视户牌子一钉上，她立刻自尽。她妈今天一早就跑来找我，也是说得要哭了，请你此刻务必跑一趟，若是迟到明天，怕就来不及了。大先生，你和伍大嫂虽然还没有打过交情，难道你愿意看着她受逼而死吗？"

郝又三皱起眉头道："葛世伯是我的长上，这种话，我怎好向他开口呢？"

"这容易，你就说伍家是你学生的家庭，因为搬房子，与警察起了点口角，就招警察诬陷。这不是很好说的话，堂堂皇皇的，有啥不好开口？"

他还在迟疑不决。

吴金廷又在他耳朵说道："你肯借押金给她们，她们已经把你感激得同亲人一样，若再帮了这个大忙，伍大嫂的命就算你救了，她这个人，也就是你的人了。你看，将来你到她那里去时，她若果不挖出心肝来待你，你吐我吴金廷十把口水，我揩都不揩。"

这几句话投进了他的心眼，令他想起昨夜伍大嫂的手同眉眼来，不过口里仍然说："倒不为这个！……走一趟没多大关系，只怕葛世伯未必答应……"

他坐着轿子，一直来到北纱帽街葛公馆。

葛寰中已蓄了两撇漆黑的仁丹胡子，精神奕奕地穿了件日本和服，陪他坐在内书房新买的洋式椅子上。照规矩，不等客开口，就滔滔不绝地讲了一大篇日本，日本的天气，日本的风景，日本

的人物，以及日本人的起居。说着，还一定要把和服一指道："老侄台，你看，光说这件衣服，多体面，多舒服！我常说，天下衣服只有两种，穿着又方便，看起来又不碍眼，就是一种老实宽大，一种老实窄小。窄小的比如是西洋服，不但窄小，而且甚短，穿起来却有精神，又好做事。宽大的比如日本和服，做事虽不大方便，却是好看而又舒适。只有我们中国衣服，是倒大不小，既不方便，又不好看。在国内还不觉得，在外国一比起来，真就品斯下矣！所以我常同苏星煌、尤铁民、周宏道等讲到这上头，我们都有一致的主张，主张中国服制，实在有改变的必要……"

这些话，在郝又三算是听过三次了，知道只要一答言，下文更长了。接着一定是政体的改革，他不赞成流血革命，恐怕酿成法兰西大革命的恐怖时代，他曾经亲自同同盟会的大革命家孙逸仙辩论过。又不赞成君主立宪，觉得也有毛病，因为民智未开，宪法必难推行，他也曾经亲自同主张君主立宪的大家梁启超辩论过。他赞成的是什么呢？却始终没有说出。接着就批评苏星煌加入立宪党之不对，尤铁民加入同盟会之不对，周宏道之不加入哪一方也不对，一直要把听的人听得倦不能支，而要说的话一直没时候说出来。

郝又三等他在怀里摸出纸卷烟盒，擦洋火吸烟之时，赶快说了一句："听说警察局有调查娼妓，改名监视户的办法……"

他也是那样有劲地说道："不错！周观察的这办法，是采自日本吉原办法，而加以变通。周观察之修新化街，即是要做成成都的吉原，凡是娼妓全指定住在这一区里，以色艺高低，勒为甲乙丙三等，嫖资每等不同。而在这街修成以前，暂时在各家娼妇门口，钉一个监视户牌子，以别良莠。这本是警政中的一种良法，日本曾经办过。并且凡为娼妓，便须受警察保护，不许流氓痞子骚扰，一则娼妓操业虽贱，到底也是同胞，也是一种行业，在日本并不怎样贱视之的。比如日本艺妓，只是歌舞侑酒，很不容易与人伴宿，犹之上海的书寓。不过上海书寓，只在歌场卖唱，不足以登大雅之堂。

而日本则公宴大会，以及邀请外交人员，各国使臣，都可以叫艺妓侑酒，好像我国唐、宋时代的官妓一样，这办法多文明！而此间一班老腐败偏偏要大肆讥评，说这办法不对，有伤风化。老侄台，你看民智不开化至此，事情如何办得通？你们开办小学，真是当今要紧之举！"

他一连吹了几口浓烟，不等郝又三开口，又说了起来："最可笑是周观察公馆门口，有一晚上，不晓得被什么人钉了一块大木牌，写着'总监视户'几个字，这自然是顽固派干的把戏。周观察却一笑置之，依然提起精神，办他认为应该办的事。如今已着手的有乞丐工厂，有劝工局，有商会，有新化街。将着手的有巡警教练所，有劝业会，有劝业场，有电灯公司，有文明旅馆，有悦来茶园，有济良所。提倡的有聚丰园、一枝香等新式的中西大餐馆。都是文明之邦应该办的新政，各省已有举办的，何尝稀奇？而顽固派则件件反对，件件都不以为然；他们讥评周观察，说他将来的德政，不外乎娼、厂、唱、场。老侄台，你说可不可笑？"

郝又三不能不把自己要说的话闷住，而恭维两句道："这真可谓民难与图始了！"

"不是吗？所以我曾向周观察进言，顽固派的反对，用不着去管。并且现在欧风美雨，相逼而来，已不是闭关自守时代，他们反对也只好在背地里说说，若果出头反对，就赏他一个阻挠新政的罪名。这在日本维新之初，还不是一样的？本来，人民习于偷惰，一则又皆积重难返。比如日本维新三十年了，光拿推行阳历一件事来说，就没有办到全国一致，至今日本奉行阴历的还很多，在农家尤甚。我们……"

张禄来回说："吴表少爷来请安，老爷会不会？"

葛寰中闷了一下，才说："请在花厅里！"

郝又三连忙说出他的来意，极力保证伍家穷虽穷，的确是好人。男人现在宁远府的巡防粮子上当哨长，听说快要升哨官了，儿

子又在进学堂，如何能不要面子、甘居下流呢？并假借父亲的意思，说："老人家听见学生来说，很有点不自在，才叫小侄来奉求世伯，看如何能使清白人家，不为警兵挟嫌诬陷？听说他们明天就要钉牌子了，这事还求世伯快点办！"

葛寰中笑道："要说警兵挟嫌诬陷，却说不通。警兵都是受过训练的，决不敢无故生风。不过她儿子既在读书，为你们学堂体面计，倒可以加以回护。我这面的事，容易办。你说他们明天就要钉牌子，这倒是恐吓话，不足为凭。因为他们必须先由分局报到正局，再报到总局，某街某户确系暗娼，再由总局派人调查，如果不虚，才由总局发与牌子。我只吩咐局里一声，如东正局有这项公事报来，把它压住就是了。倒是你却须向伍家招呼一下，最好不要再干这种事，如果情不得已，非干不可的话，必须千万秘密，假使走漏风声，遭人抓住凭证，闹到局上，那么，不到新化街，就只好到济良所了。"

郝又三如愿而去之后，他复在灯光之下，写了一篇长信，然后才站起来。

他府上派头并未日本化，所以张禄依旧掌了一盏点牛油烛的明角风灯，赶在前头照着，虽然路是熟悉的，明角灯也并不甚亮。

刚到花厅门口，何喜已将悬着的红呢夹板门帘打起。花厅内面，洋灯光下，瑟瑟缩缩在炕床左侧第三把高椅上坐着的那位年纪已在二十以上的吴表少爷，赶快站起。恰一个打着油松大辫的年轻跟班，从旁抢了过来，逼身打了个漂亮千子道："敝上有一封要紧信，叫家人送来，请葛大老爷的回示！"

葛寰中带着笑微微哈了一个腰，把信接过，就着明角灯光，把信笺抽出看了道："冯二爷，我不写回信了，回去给你们贵上请安，说这件事，我已向周大人说过，可以的。叫那个人明天到总局来会我好了。"

冯二爷逼着两手，应了几声是，向后退了两步，葛寰中这才收敛笑容，跨进花厅。

吴表少爷迎着就是一个大揖，上齐眉，下齐膝，两手合捧的拳头落下来，还在胸口上顿了一下。这样作揖，成都人讥之为挖锄头，不消说，这个人必是来自田间的了。脚上一双青布老家公鞋，身上一件豆沙湖绉、倒长不短的棉袍子，上面一件青洋缎、又宽又大、一望而知是借来的马褂，头上倒是一顶新的、本城福兴街卖的平顶青缎瓜皮小帽，当中一枚白果大的粉红料子帽顶。黄油油一张瘦脸，一双又狡猾又自卑的眼睛，毛茸茸一条发辫，怯生生一种态度。葛寰中随便把手举了举，心里自然而然就起了一个比较：郝又三也是二十几岁的少年，何以便那等雍容华贵？足见"物有几等，人有几品"的口头语，真有道理啊！

让他炕上坐，生死不肯，自己把茶碗估着端在旁边茶几上。

葛寰中先就皱着眉头道："现在找事真不容易啦！局上出了个司事缺，拿荐书来的就是二三十人，来头都大，又都是熟人，你说怎么办呢？……"

吴表少爷虽然混沌，却也知道葛表叔这几句话是有意思的，并且决不是在请教他自己要如何办，他只好默然。

"你的事我自然在心，不过你一点功名没有，官场中如何能够为力？现在世道，不要功名也可以，却须住过学堂，你呢？"

吴表少爷老实不客气地挺着胸脯说道："学堂我也住过，在我们场上邓老师馆里，住过五年，作过文章来的，表叔。"

葛寰中哈哈一笑，又把纸卷烟盒从怀中摸了出来，向空中喊了一声："火来！"

何喜赶快从花厅外跑进来，把旁边明角灯的罩子揭开，将牛油烛一直伸到主人嘴边来待着。这却令吴表少爷大为诧异，明明火就在身边，何以定要将底下人老远喊来递火？

葛寰中把纸烟放在右手的食指与中指之间夹着，半闭着眼睛，嘘了两口道："我之所谓学堂，并不是你说的那样学堂，像你这年

纪，应该住高等学堂了，但是你怎么能呢？"

又沉默了几分钟。

"我看，这样好了，目前陆军弁弁学堂正在招考，像你这汉仗，还去得。一年多毕业出来，大小也有个事情，可以得碗饭吃。"

"陆军弁弁学堂是啥子学堂？"

"是武学堂。现在文武都是一样，没有什么分别。你回去同你舅舅商量下子，如其以为可以，那，你明天上午到我这里来拿荐信好了。"

"总求表叔做主就是了，舅舅还有啥子话说。"他又站起来，恭恭敬敬作了一个挖锄头式的大揖。

九

吴表少爷，这是在葛公馆里的称呼，在他舅舅家，因为没有用下人，舅舅与舅母是老实不客气地叫他作吴鸿，只他那小表弟尊称他为吴表哥。

吴鸿把他葛表叔的言语一一告诉了他舅舅王中立之后，他舅母是个四十几岁、极爱要舌头的妇人，先就开了口了："进武学堂？那是吃粮当兵了，这咋使得？好铁不打钉，好人不当兵，你葛表叔咋个连这点儿见识也没有？"

王中立道："进武学堂不见得是当兵，想必也和以前武科场一样，出来就有个武功名的。"

他的奶奶把手一拍道："武功名，我也晓得啦，出来当武官。武官是啥高贵的？文官开个嘴，武官跑断腿。也有你那葛表叔啰，做着那么大的官，一个穷亲戚隔几百里远巴巴地跑来找他，求个事情吃饭。二十几岁的小伙子，又读过书的，哪里不好安个事，却把人支去进啥子武学堂受苦！"

吴鸿道："武学堂苦吗？"

王奶奶肯定地道："咋个不苦呢？武学堂自然要练武了，我从

106

前看过我们哥哥练武，那是多苦的事，三更半夜爬起来，练把式，举石磴，打沙包！……"

她丈夫插嘴说道："武学堂不见得像那样练武。"

王奶奶瞪起两眼道："你晓得？你百门都晓得！我说的话，你总要驳我！你这样能干，咋个五十多岁了，还只在教私馆呢？老没出息的东西！"

吴鸿只在舅舅家来住了几天，想着自己家乡男女对待的状况，生恐他舅舅一巴掌向他舅母打去，必会累他来劝半天的了。

王中立却出乎他意料以外，依然是那么笑嘻嘻地、还带着安慰的口气说道："你又生气了，说得不对，说过就是啦。"

王奶奶还是不放松地说道："你为啥子要说呢？都像你那屁股嘴，晓得的也说，不晓得的也说。说得不对，说过就是，像你那没骨头的人才这样哩！"

王中立还是无所事事地、悠悠然站了起来，把方桌上水烟袋抓到手上，走往堂屋外面阶檐边吃水烟去了。

王奶奶还批评了他两句不对，才回头问吴鸿道："你葛家表叔招呼你进去见过你表婶没有？"

"没有，两回都是在花厅上见的。"

"啧啧啧！这真是官场里富贵眼睛，穷亲戚就是这样看待法，无怪要叫你去考武学堂！我想你妈守了十多年的寡，就只你这一根苗，何犯着去干那些没出息的苦事。你依我说，明早去见你葛表叔，就说，请他在别处给你找个小事，不要去进武学堂。你到底也是他一门亲戚，撩着他不丢手，怕他当真就不管你了？"

王奶奶还说了许多话，她唯一的理由，就是有了好亲戚，便不该再去受苦，所谓找事做者，只是拿现成钱，吃现成饭而已。

她的儿子回来了，是个十五六岁，面孔俊俏得很像一个女孩子的青年。从堂屋里射出的神灯光中，一见他父亲在堂屋外面，登时就把满脸的笑容收了；侧着身子，正想从他父亲背后的黑影

里溜进来。

王中立见了儿子，却也将面孔板起，翘着几根虾米胡须，严肃地唤着他道："站住！我问你的话！……一天到晚，在外面胡闹些啥？饭也不回来吃？……简直看不见人影！"

儿子名字叫念玉，因为自幼生得很白净，他父亲偶尔读到《韩文》，有这么一句："玉雪可念。"才给了他这个佳名。当下就弹着手，低着头，呆立在那里。

父亲仍是那么严肃地说道："年也快过完了，打啥子主意呢？还像去年一样，游手好闲地又混一年？……依我的主意……"

王奶奶走到堂屋门口大声说道："你又高兴了！儿子走了一天，饿到现在才回来，你等他吃饱了再骂，好不好？"

王中立掉头把她看了一眼道："我每回教训他，你总要来卫护。那么，我不说了，让他去鬼混！我看咋了哟！长了这么大，书也没读成，送去学生意哩，你又不肯！"

"放你的屁！我护了他啥子？啊！是你的儿子，你该把他整死！难道不是我的儿子吗？你不说，那就好，不要你说。我喜欢他，我会说他，我会供养他。稀奇你这个老子！玉娃子进来！我做蛋炒饭你吃。造孽哟！跑了一天，是不是还没吃饭？"

王中立只是摇头，翻身进来，把水烟袋仍放在桌上，叹道："好好！你安心害他，我不管了，凭他去讨口叫化，没有我的相干！"

他遂扬长而去，找朋友到茶铺里谈天消遣去了。

王念玉登时就活泼了，向着吴鸿笑道："运气真不好，一进门，就碰见老头子，把我心都骇炸了！"

又奔到他母亲身边，把一个头埋在她怀里揉搓道："妈，我不吃饭，今天在街上碰见黄大哥才进城，陪他耍了半天，在他店子里吃的饭……"

他妈满脸是笑，一手摸着他那漆黑光滑的一条松三把发辫——这是他吴表哥顶欣羡的东西。——看着吴鸿道："大表哥，你看，还这样离不得妈的一个娃儿，他老子总默倒他成了大人。前几年逼着他读书，造孽哟，从早读到打更，醒炮一放就喊醒起来，就把他带进馆去，那时，已在顾家教书了。我又不得在身边，不晓得他咋个管法，书哩，没读几本，人却读得黄皮寡瘦的。大表哥，你想啦，我们只这个儿子，又是聪聪明明的，何犯着那样逼他读书。我们又不想他戴顶子做官，读些书来做啥子？就说做官找钱，也是命中注定，俗话说，命里有时终须有，命里无时没强求……”

王念玉直起腰来，弯着双黑白分明的豆角眼睛一笑道：“妈的话匣子又打开了。……不说这些，我跟你说，黄大哥明天要带我到青羊宫去看修马路，吃了早饭就走。我怕爹骂我又是整天不回来。妈，你向爹扯个谎，就叫我到草堂寺烧香，看浑圆师去了，不是有一天的耽搁吗？”

他妈也是笑嘻嘻地道：“你这娃儿自己就会扯谎了，还要我来帮忙？既到青羊宫，离草堂寺本来不远，去看看干爹倒是真的。你干爹只在拜年时看见过，快个半月了，没见他进城来，我也不得空去看他，他那病该没有犯呀。”

她儿子哈哈大笑道：“妈一说起浑圆师，就满脸是笑，又爱朝草堂寺跑，就不怕人家说闲话吗？”

“你个婊子养的龟杂种！说起你妈的怪话来了！你妈要偷和尚，连你老子还管不着哩！你个忘恩负义的东西，小的时候，不是得亏你干爹画的符水，你还活得起来吗？你干爹咋样个爱你，现在骨头长硬了，就翻脸不认人，连干爹也不喊了，连妈的怪话也要说了，真不是个好杂种！”

吴鸿插嘴问道：“玉表弟你刚才说到青羊宫去看修马路。啥东西叫马路？我同路去看一看，好不好？”

“很好！明儿吃了早饭，我们一路去。马路是从南门外王爷庙一直修到百花潭，是马拉车走的路。今年青羊宫改成了劝业会，都说是周秃子开办的，很热闹，啥子玩意儿都有。他们说比以前皇会

还办得热闹，并且要办一个多月。现在已经在修路，在搭篷，城里许多铺子都朝城外在搬，连卖彩票的铺子都搬去了，周秃子天天都要去。"

吴鸿道："周秃子是哪个？"

"噫！你连赫赫有名的周秃子都不晓得，真是苕果儿了！"

王奶奶骂了她儿子一句道："你大表哥才进城十几天，咋个会晓得呢？……周秃子，就是周道台，警察局总办，现在省城里顶不好惹的一员官，随便啥子事他都要管，连屙屎屙尿他都管到了，你在街上不是看见那些刷了石灰浆的茅房吗？都是才兴的，每间茅房，要多花一套本钱，做门扇，做门帘，早晨要挑粪的打扫得干干净净，掩上石灰，要打整得没一点儿臭气。天天叫警察去看，若是脏了，挑粪的同开粪塘的，都要遭罚。好倒是好，再不像从前茅房，屎尿差不多流到街上来了，也没人管。就只太歪了，不准人乱屙屎屙尿，几岁的小娃娃，要屙屎也得站在茅板上，大人屙尿更规定要屙在尿坑里，若不听话，警察兵就把你抓来跪在茅房门外，任凭大家笑你。"

吴鸿大为诧异道："这样歪吗？"

他表弟把一张薄薄的嘴唇向他一撇道："不信，你去试试看！多少穿得很阔气的人，还跪过来哩！"

"这才不方便啦！我们乡下，哪个管你这些。"

王奶奶道："我们这里，以前还不是多随便的，自从周秃子办了警察，才弄成这样。水也不准向街上乱泼，渣滓也不准乱倒，警察兵处处来管你。就像前个月一天夜里，隔壁张家门道里一个病人，病得多轧实的，喊了几个端公打大保符，才打到三更过，法事做了一半，警察兵就走上门来，不许打，说是扰了人家的瞌睡。张家不答应，还把主人家抓了一个到局上，罚了五块钱，第二天才放回来，这个就不对……"

她儿上抢着说道："这个，我倒说对。通夜的锣鼓家什吵得人硬睡不着！”

“你才怪哩！别人打保符做法事，是救命啦！你就连一点瞌睡都舍不得了！”

她儿子挥着他那又白又嫩的手道：“周秃子别的事我都不凑合，禁止端公、道士通夜念经，我是凑合的。还有，整招觉寺的方丈，搜出他偷的婆娘，罚他妈的千多亩田的那回事，我也凑合……”

独院门一响，王中立咳着嗽跨了进来，他儿子登时就钻进下手那间房里去了。吴鸿也站起来要进去时——他与他表弟同床。——王中立悄悄向他说道：“你明早还是到北纱帽街去拿荐信的好！”

# 第三部分　歧途上的羊

## 一

　　三月中的一天，是星期日，王奶奶与她儿子正在堂屋方桌上吃早饭，吴鸿穿着崭新一身戎服，推开独院门进来的时候。

　　王念玉端着饭碗，欢然地站起来道："大表哥，请吃饭！"

　　吴鸿把皮鞋后跟一并，站得端端正正，将右手举到军帽檐边一比。

　　连他舅母都笑了道："这里不是武学堂，也不是粮子上，不行这个礼了，来吃碗饭！"

　　他把军帽揭下，仰放在神桌上，一面解皮腰带，脱呢军服，一面说："添两碗也对，舅舅呢？"

　　"还不是吃了饭就到馆里去了。他是教私馆，没啥子星期的。……你现在该住惯了吧？操起来，还是那样苦吗？今天该可以多要一些时了？"

　　他自己盛了饭，夹着炒的黄豆芽，煎的蒜苗豆腐干，大口大口地扒着，咽了几口才道："操并不苦，比起我们在乡下干的事，还轻巧得多。就是讲堂上轧实一点，教官写了一黑板，立刻就要抄起来。他们使笔，总不大对，写的字，又有多少认不清楚，又不许问，除此之外，就只打裹腿有点麻烦。"说着，向王奶奶、王念玉将一只脚跷起，用筷子头一指道："这皮鞋也有点不合脚，穿起来开跑步，真有点累人！"

　　王奶奶道："都还好。光阴到底容易混，一年并不算久，住满了，就好了！"

　　王念玉道："你看见黄大哥没有？"

"看见的，我几乎忘记了。分手时，他向我说，叫你赶快到东大街客栈里去，他在那里等你……"

王奶奶的第三碗饭，不打算泡豌豆汤，却走往灶房里找米汤去了。吴鸿趁没人在，便伸手把他表弟的脸巴一摸，笑嘻嘻地道："你同老黄的事，我晓得了。你们要得真酽！我看老黄想起你来，真个比想婆娘还凶，你赶快去吧，怕他不正相思死了！……"

王念玉斜着眼睛一笑道："你莫乱说，我要不依你的……"

他母亲恰走出来。

王念玉道："大表哥，你今日咋个要呢？"

"我想把衣服换了，再去赶一回劝业会。"

王奶奶道："就穿你这一身去，不好吗？"

"不好，见了穿军服的，要行礼。并且不能随便乱走。"

王念玉道："我要找黄大哥去了，说不定也要到劝业会来的。"

吴鸿走进下手房间，把他寄存的衣包取出，从头至脚，换穿齐整。揣了值几百钱的当十铜圆和制钱在衣袋里，出来问他舅母还同去不同去。

王奶奶笑道："我哪里有这种福气，家里多少事啰！其实也没啥意思，虽说办得热闹，有钱才好啦。像我们没钱的赶一两回也够了！"

南打金街也是热闹街道，不过一到东大街，行人更多，铺面更整齐了。走到东大街长兴客栈门口，吴鸿心里一动，遂从堆集着棕箱竹箱的夹弄中，走了进去。到二门内柜房前问道："一个仁寿县姓黄的，住在哪一间？"

"内西一，黄掌柜出街去了吧？"

"我问的不是黄掌柜，是一个穿军装的……"

"那是黄掌柜的兄弟黄昌邦。……是的，像还在房间里没出去。"

吴鸿遂走进过厅，找着内西一房间，王念玉的声气已听见了：

"你咋个这么不行？起来，起来，这么好的天气，赶劝业会去不好？睡在床上，有啥意思啦！"

吴鸿把房门一推道："我也是这样说了，尽睡觉，有啥意思呢？"

王念玉站在窗子跟前，拿着一面时兴的怀镜照着，正自梳那前额上又光又平的刘海，便大笑道："才是你哟！跑来做啥子？"

吴鸿走到床前，只见黄昌邦还是一身军服，横着仰睡在那张单铺床上，半睁着眼睛，睡意好像还停留在眼皮上似的。便笑道："起先还是精神百倍的，咋个一下就搞成了这个样子？无怪我们玉兄弟说你不行啦！"

黄昌邦翻身起来笑道："老吴，莫乱散谈子。我不为别的，操了一个星期，一下休息起来，觉得骨头都软了，真想结结实实地睡他妈个整天才舒服！"

王念玉把梳子向桌上一丢道："现在讲的尚武精神，你又在进武学堂。讲起汉仗来，你比吴表哥还大块些，岁数也比他大些，真的咋个这样不行？走走走！七天才耍一天，难逢难遇，又有吴表哥在一道，赶劝业会去；吃了茶，请我吃馆子。"

黄昌邦向吴鸿道："你为啥子穿了便服？"

"便服不打眼，也舒服些。说老实话，我几个月来，遭这绳捆索绑的军装真拘束够了！"

王念玉道："我喜欢看黄哥穿军装，多威武！"

"我呢？穿便衣好些？穿军装好些？"

"你，便衣也是这样，军装也是这样，总脱不了苕果儿气！……也怪！黄哥也是外县人啦，不过在省城多住了一些时，咋个他的苕果儿气就脱尽了？"

"你总爱说我苕果儿气，我自己实在不觉得哪些地方带苕果儿气。说起来，我们邛州还不是个大地方？苏气人，局面人，也不少啦，我在州城里也住过来。"

"先说一件，你自己想想，苔不苔？头发剃到了老顶，又不打披毛，又不打围辫……"

黄昌邦业已把衣裤整理好了，打断他们的话道："要走就走，莫尽着说空话了。"

锁了房门，将钥匙交到柜房。三个人就一路谈说，一路让着行人、轿子，将东大街走完，向南走过锦江桥、粪草湖、烟袋巷、指挥街。

三月的天气，虽没有太阳，已是很暖和了。走了这么长一段路，三个人都出了汗。王念玉一身夹衣，罩了件葱白竹布衫子，热得把一件浅蓝巴缎背心脱来挟在手臂上。而顶吃亏的是一双新的下路苏缎鞋，是黄昌邦前星期才送他的，又尖、又窄、又是单层皮底，配着漂白竹布绷得没一条皱痕的豆角袜子，好看确实好看，只是走到瘟祖庙，脚已痛得不能走了。

黄昌邦站着道："小王走不得了，我们坐轿子吧！"

戏台坝子当中放有十几乘专门下乡的鸭篷轿子，一班穿得相当褴褛的流差轿夫站在街侧，见着过路的，必这样打着招呼："轿子嘛！青羊宫！"而一班安心赶青羊宫的男子，既已步行到此，不管身边有多少钱，也不肯坐轿的了。

吴鸿便问："到青羊宫，好多钱？"

五六个轿夫赶着答应："六十个！"

黄昌邦竖起四根指头道："这么多，四十个！"

结果讲成四十八个钱一乘，黄昌邦叫提两乘过来。

王念玉道："你不坐吗？"

他把衣服一指道："我敢坐吗？遭总办、会办们看见了，要关禁闭室、吃盐水饭的。"

吴鸿道："我听说东洋车特许坐的，我陪你走出城坐东洋车去，让玉兄弟一个人坐轿好了。"

一巷子又叫金子街，本来就很窄，加以赶青羊宫的人和轿子，简直把街面挤得满满的。耳里只听见轿夫一路喊着："撞背啦！得罪，得罪！"这是所谓过街轿子和轿铺里的轿子，大都是平民坐的，轿夫应得如此谦逊。如其喊的是"空手！……闯着！……"那便是蓝布裹竿、前后风檐、玻窗蓝呢官轿了，因为坐在轿内的起码也是略有身份的士绅，以及闲散官员们，轿夫就用不着再客气。要是轿夫更其无礼，更其威武，更其命令式地喊着"边上！……站开！……"则至少也是较有地位的官绅们的拱竿三人轿了。

一到南门城门洞，更挤了。把十来条街的人和轿子——各种轿子，从有官衔轿灯的四人大轿，直至两人抬的对班打抢轿子。——一齐聚集在三丈多宽的一条出路上，城墙上只管钉着警察局新制的木牌告，叫出城靠右手走，但在上午，大抵是出城的多，所以整个城门洞中，无分左右，轿子与人全是争道而出。

挤出了大城门洞，又挤出了瓮城门洞，这才分了几道，在几个道口上，都站有警察在指挥。轿子与步行的向靠城墙一边新辟的路上走；步行或要骑马的则过大桥，另向一条较为幽静而尘土极大的小路走；坐马车的则由一条极窄极滥的街道，叫柳阴街的这方走。

黄昌邦站在分道口上，向吴鸿提议去坐马车。吴鸿说太贵了，包一辆要八角，单坐一位，要二角。与其拿钱去坐马车，不如拿在会上去吃。坐东洋车哩，只需三十个钱。本来也只二里多路，并不算远。

于是两个人遂也向靠着城墙这面，随着人轿，绕到柳阴街的那一端。一到这里，眼界猛地就开阔了。右手这面，是巍峨而整齐的城墙，壁立着好像天然的削壁。城根下面，本是官地，而由苦人们把它辟为菜圃，并在上面建起一家家的茅草房子。因为办劝业会，要多辟道路，遂由警察总局的命令，生辣辣地在菜圃当中踏出了一条丈把宽的土路来。土质既松，又经过几天太阳，晒成了干灰，脚踏上去，差不多像踩着软毡。所以不到十步，随你什么鞋子，全变成了灰鞋了。轿夫们的草鞋大都有点弹性，他们一走过，总要扬起一团团的灰球，被轻风一扬，简直变成了一道灰幕。顶高时，可以刺到俯在雉堞间向城外闲眺的人们的鼻孔，而后慢慢澄淀下来，染在路旁的竹木菜蔬之上。所以这一路的青青植物叶上，都像薄薄地蒙了一层轻霜似的者，此之故也。

当时仿制的木轮裹铁皮轴下并无弹簧的东洋车，也就在这条灰路上走。

吴鸿坐在东洋车上，向左看去，隔着一条水沟，便是那新修的马路。也有丈把宽，小鹅卵石与河沙铺的路面，比较平坦清洁。好多辆一匹马拉的黑皮四轮车，在路上飞跑，车里坐的男女们，没一个不穿得好，不打扮得好，光看那种气派，就是非凡的人啦。

这自然要引起吴鸿的欣羡，寻思："他妈的，哪一天我们也来这么样阔一下！"

马路之左，是一条不很大的河流，有人以为那便是锦江。又有人考出来是晚唐年间西川节度使高骈扩展成都城墙时的外江，又名沱江，又名流江那条水。原本一条主流，几百年前尚可以行大船的，但是越到后来，卵石越多，河床越高，水流也就越清浅了。

河水清浅，鹅卵石滩处，仅仅淹过脚背。但河里仍有载人往青羊宫去的小木船。

河岸上竹木翁翳。再看过去，平畴青绿，辽远处一片森林，郁郁苍苍，整整齐齐，那是武侯祠的丛林。

距劝业会小半里远处，从大路上望去，首先到眼的是左边俯临河水的百花潭的小水榭。就从那里起，只见逐处都是篾篷，很宽广的一片田野，全变成了临时街道。赶会的人一列一列的，男的沿旧大道的男宾入口，女的随着新辟的女宾入口，好像蚂蚁投穴一样，都投进了会场。

他们在下车处等有一刻钟的光景，始见王念玉的轿子抬到。三个人便挤进人群，走了好半会儿，才进了会场大门。

二

劝业会虽然是以前青羊宫神会的后身，但有大大不同的两点。第一点，是全省一百四十多州县，竟有八十几州县的劝工局将货品运来赛会。经沈道台和周道台的擘画，将二仙庵大门外的楠木林，用涂了绿色的木板，很整齐、很雅致地搭盖成一条弯环曲折的街道，你从入口进去，非将这八十几处小陈列店一一看完之后，找不着出口出来。而各个小陈列店确也有许多可以观赏的东西，吸引游人的眼睛。第二点，是容许女的前来了。若干多的大家闺秀，小家碧玉，在前绝对不许抛头露面的，而在劝业会上，竟可以得到警察和巡兵的弹压保护，而大胆地游玩观赏，并且只在进会场处分了一下男女，一到会场中，便不分了。

这种男女不分、可以同乐的情形，不但使吴鸿、黄昌邦等感觉了饱览成都妇女的美色——在他们眼睛中，成都妇女，只要年轻，只要打扮起来，几乎无一个不美，无一个不比他们故乡的女人加十倍的美。——并且使许多笼鸟般的妇女，也得此机会，将抑郁的胸臆略微开舒。如郝香芸大小姐就是其中之一。

郝香芸、香荃是同着她们的哥哥郝又三坐轿到柳阴街口，包了一辆马车坐来的。他们随着人群，将楠木林中劝工局陈列店游览了后，顺路越过墙缺，来到青羊宫这面。走过八卦亭前卖细工竹器地方，大小姐忽然想起前六年，自己才十五六岁时，也是赶青羊宫，曾被几个流痞凌辱的事情。当日公共地方，那么不容许年轻妇女出来，而今哩，举眼一望，随处都是年轻妇女，也随处都有年轻男子追随着在，可是像从前那种视眈眈而欲逐逐的情形，却没有了。

大小姐遂向她哥哥说起这事。

郝又三笑道："可见世道变得多了！大家的眼界也放开了！我早已对妈妈说过，淑行学堂你是可以进去的，妈妈偏不肯，只答应再过年把，叫二妹妹去投考。她说，你岁数大了，一个人在街上走路不方便。大概她脑筋里至今还想着六年前在这里的光景吧？"

大小姐道："也说不定。我们那时的胆子，真个也太小了，见着痞子，就骇得不得了。如今纵然遇着痞子，就我一个人，未见得便会骇得那样。"

他们说话之际，三个少年恰挨身走过，都回过头把大小姐看了两眼。

二小姐发育得早些，快有她姐姐高了，便把大小姐衣角扯了一下道："姐姐，有人在看你。"

大小姐回眸一笑道："出来了，还怕人家看吗？"

她的哥哥道："你的思想也变了。真的，现在讲男女平等，男的可以看女的，你们又何尝不可看男的呢？"

香荃道："你讲男女平等，为啥子嫂嫂要来，你又不要她来呢？"

"那又不同了，嫂嫂当了母亲的人，应该在家里尽她的责任，不比你们当姑娘的可以自由自便。"

他们又游过二仙庵来，感得有点累了，遂一同走到一家考究的花外楼大茶馆中。虽也是篾篷搭就，但楼板离地有三尺多高，顶上幔着白布，外面临着花圃，茶桌上也铺着白台布，一色的大餐椅子。向左是女宾坐的，凭中悬了一条低低的白纱幔，但家属男女，也可同坐一处，这是会场中的一个特点。更方便的就是有洗脸巾，热热的，又有干净的吸福烟的精白铜水烟袋，有瓜子，有点心，堂倌也很周到。就只茶钱很贵，起码一角钱一碗，不过细瓷的茶碗茶船，都很讲究。

郝又三坐下，洗了脸，靠在椅背上，很舒适地向着他大妹妹道："休息一会，我们去吃馆子，你赞成吃聚丰园吗，还是一枝香？"

二小姐低低说道："那三个人也来了。"

郝又三注意一看，就是在青羊宫挨身走过的那三个。一个穿黄呢军装的，黑油油一张脸，又高又大，很粗气的。一个穿了身便衣，土头土脑的。一个顶年轻，俊俏的脸蛋上有红有白，模样儿很

不错。果然也走进茶馆，坐在他们的邻桌上。

那个穿便衣的少年顶讨厌了，一坐下来，便一双眼死盯着大小姐。一面又与同行的人低低地在说着什么话，自然是在议论她了。穿军装的和那年轻大小子有时也看她几眼。

二小姐有点愤然，向她姐姐说道："那是啥子人，看得真讨厌！哥哥，叫他们走开些，好不好？"

大小姐设若还是六年前的郝香芸，必也同她妹妹一样的见解，不然，也会红着脸，羞得很不好意思地低下头去了。现在，她不但神色自若，反而有点高兴样子。先把那三人看了一遍，才拍着她妹妹的肩头道："你这才小家子气哩！别人又没走到我们桌子边来，就像哥哥说的一样，许你也那样看他们就是啦！"

郝又三只管在笑，只管在点头，心里到底有点不自在；有时回过头去，把那穿便衣的恨一眼。

二小姐道："样子那样土苔，就晓得看女人。"

大小姐笑道："你这话才怪哩！样子土苔，就不算人吗？"

花丛人堆中，忽然走出几个人来，距离茶馆约莫十来丈远，二小姐已看清楚了，站起来指着一个穿长袍马褂的人道："那不是葛世伯吗？有世伯母，还有世妹哩。"

郝又三也站了起来道："等我去打招呼。"

大小姐道："用不着去，他们会走过来的。"

葛寰中夫妇带着他们上十岁的小女孩，果然对着花外楼慢慢走来，一面谈说着。刚到相当远处，已听见郝又三兄妹打招呼的声气。便笑着点点头道："你们也来了？很好，很好！我们也来喝碗茶，都转累了！"

葛寰中一进茶馆，正含着笑向大小姐走来，邻桌上那个把大小姐看得不转眼的便衣男子，猛站起来，恭恭敬敬向他鞠了一躬，脸上很有点忸怩神气。

二小姐向她姐姐道："你看，他也认得葛世伯。等我去告葛世伯，他那样看女人。”

大小姐正要阻拦她，她已跑了过去，拉着葛寰中的手道："葛世伯，你问问他，为啥子尽看我们的姐姐？"

葛太太同她的女儿也走了进来，堂倌与打洗脸巾的，卖点心的，都知道葛寰中是个什么人，以及他的地位。不待呼唤，早已殷殷勤勤围了拢来。于是一角茶楼上，全是人，全是声气。及至葛寰中把身边的人与事一一应酬交代清楚，来问询二小姐说些什么时，二小姐不大高兴地哆着一张大口道："人都溜了，还说啥子！"

郝又三笑道："世伯刚才进来，那个向世伯鞠躬的，是什么人？"

葛寰中嘘着纸烟道："那是我的一个瓜葛亲戚，姓吴，一个极没出息的乡愚，你认识他吗？"

香荃道："就是他，从青羊宫起，他就看起姐姐，一直到这里；我们一进来，他也就跟了进来。我真想你骂他一顿，偏偏他又溜了。"

葛太太笑道："香荃才是火炮脾气哩。是不是因为他没有看你，只看香芸，才把你气成这样？"

都笑了起来。二小姐通红着脸，挽着葛世妹的手，到栏杆边看花去了。

大小姐道："妹妹就是这些不开展。我想，既出来了，还怕人家看吗？"

葛太太道："大小姐说得对。到了我们这年纪，想人家看，还不能哩。年轻姑娘，打扮出来，要不多收些眼睛回去，那才没趣啊！"

葛寰中拿指头把纸烟灰一弹道："日本女人……"

他太太忙止住他道："你的日本女人又来了。真是呀！随便说到啥子，总有你的日本。我们今天打个赌，赌你一天不要说日本，好不好？"

又都笑了起来。葛寰中笑道："好！我就不说日本！不过，我

还要说一句，像吴鸿这样看女人，在日本并不算一回什么事，只是在此地，风气刚开，却有点不对。"

他太太问道："你说这姓吴的是我们家瓜葛亲戚，我咋个不晓得呢？这娃儿看起来好土气！是哪里人？现在在做啥子？"

"现在在进将弁学堂，还不是我的一封荐书，才取进去的。说起亲戚，那就远啦，是么娘堂兄弟媳的娘家侄孙。"

"啊哟！你说到胡家那一支人马去了！多年没有来往的了，难怪我弄不清楚。"

"岂但你弄不清楚，我不是那年奉委到邛州查案，不期而遇，到羊场避雨，同场上一位年老乡约谈起，还是不晓得有吴家这门亲戚。那时，吴鸿的老子还在，倒是一个好人，种着十来亩田，安分守己的。因为就住在场外，还来看过我，一定要请我到他家里，我没有去，送了我一只烟熏鸡。那时，吴鸿不过十多岁，简直是一个啥都不懂的蠢虫……"

"如今又懂了啥吗？"他太太插嘴笑道，"光看那土头土脑的样子，就晓得是个乡坝老儿。"

葛寰中看着大小姐笑道："你伯母的话简直不对！他若啥都不懂，他又不会从青羊宫一直把你看到这里来了！……哈哈！……你们不晓得，乡坝老儿若开了眼，比你们城里娃儿们还精灵些，还会作怪些。"

大小姐红着脸笑道："世伯真爱说笑。你不要听二妹妹胡说，会场里这么多的年轻姑娘，他哪里就专在看我！"

葛寰中道："知好色，则慕少艾。像大侄女的模样，要说看了不跟着尽看的，那真是只有一事不知的浑蛋才行。吴鸿虽然蠢，虽然土气尚未大褪，虽然眼界还未大开的乡愚，到底是个能辨妍媸的少年。……像那般女人，他一定不追踪着看了……"

他手之所指，正是几个小家人户的妇女，头上包着已不时兴的青洋缎帽条，穿着滚了驼肩和腰袖的葱白竹布衫，银首饰，银手钏，脚是没有放的。一个个涂得一张雪白的脸，两颊胭脂死红地巴在粉上。有两个自己提着水烟袋，还有一个执着一根红甘蔗当手杖。正说说笑笑，一步三挪地，从楼外走过。

他还接着说道："岂不丑得可以？像这类丑女人，在日本……"

大小姐看了他一眼，他自己也警觉了，笑道："犯了禁，犯了禁！"

他的女儿本已吃了许多点心了，走过来叫道："爹爹，你说今天领我们吃馆子哩，咋个还不走呢？"

郝又三忙让道："世伯同世伯母只管请便。"

"说哪里话！我早就打算请你们来耍一天，我招待。偏令尊大人总提不起劲，我以为他把鸦片烟吃少了，精神更要好些，却不晓得反而衰老得多。令堂也是那样不好，瘦多了，我上前天见着，把我骇了一跳。倒是令叔，纳了宠后，心安理得，也发了体，听说要生娃娃了，是真的吗？"

郝又三摇了摇头。跟着便说道："世伯打算吃哪家馆子？"

"聚丰园吃大餐去，好吗？"

他太太道："吃大餐，你不要也去闹个笑话，招傅樵宝儿的《通俗报》登出来，才好看哩！"

葛寰中大笑道："我何至于有此！"

郝又三问是啥子笑话。

"你没有看《通俗报》吗？"

"我讨厌傅樵村这个人，太乱了一点，一个《通俗报》出版了两年，从没有继续出上三个月，隔不多久，又停版了。其实也没啥看头，只是一些诗钟灯谜，我真想劝他不要办了。"

"你却错了。傅樵村之为人，乱只管乱，其实未可厚非。第一，他舍得干；第二，他不怕人家非议；第三，他能得风气之先。你只看他桂王桥那个公馆门口，挂了多少招牌，办了多少事情，又是报馆，又是印刷所，又是图书社，又是代派省外书报的地方，

又是通俗讲演所，又是茶铺，他本人还在里面住家。通共只一正两厢，一个过厅的房子。叫别人来，简直是不可一朝居的，而他居然干得很有劲。其可钦佩处，在此，一班人诋毁他的，也在此。公心评论起来，他不要心心念念想做官，不要光拿这些事来做幌子，他一定是有成就的，像在……"

他又想说"像在日本"的了，却着郝香荃打断了，她急于要知道吃大餐闹的笑话。

她的葛世伯母叙说出来，才是前几天的事。有两个温江县乡坝老儿，是两亲家。听说劝业会办得比皇会还热闹，不觉动了心，两个人各揣了二百钱，就坐叽咕车赶到会场。游了半天，高兴得很，恰恰肚子饿了，便钻进聚丰园去。只说像乡场上的馆子，顶多吃二百钱就完了事的，不想一顿大餐连洋酒，吃下来一算，五块多钱。把两亲家骇坏了，先说堂倌欺负他们，后来竟大哭起来。闹到周道台晓得了，将两亲家喊去，数说了一顿，替他们给了钱，这场戏才下了台。

二小姐大笑道："我代那两亲家想来，倒也值得，哭一顿，遭人说一顿，到底玩了阔了。葛世伯，你请我们去，该不要我们哭吧？"

葛寰中笑着站了起来道："说不定哩！我身边还没有带上二百钱。不说别的，此地的茶钱就开不起了！"

大小姐赶紧把她那时兴的蓝白绒线编成的银圆包拿了出来。

"我是一句笑话，大侄女就信真了吗？不管它的，我们走吧，何喜他们自会来清账。"

堂倌等人又都笑容满脸地排在门口恭送，一班赶会的男女也都注意地看着他们，眼光灼灼地一直把他们送进花圃当中那一座非常大而又非常讲究的篾篷里去。

三

吴鸿向二仙庵里人丛中埋着头连连地趱走，王念玉跟在后面，不住地笑说："快点，快点，追兵来了！"

一直走到吕祖殿外卖玉器的地方，有一大群穿玉色竹布长衫的妇女挤在那里看玉器，吴鸿才不知不觉地住了脚步。

黄昌邦在他耳边悄悄说道："看这打扮，像是一群女学生。你看，都梳的辫子，穿的文明鞋。"

王念玉道："走吧，女学生更没啥看头！莫又像刚才一样，看出了亲戚，又变成掐了头的苍蝇了。"

黄昌邦道："只怪老吴色大胆小，又要看女人，又害怕。如其是我，既然表叔走来，又都在打招呼，好啦，都是熟人，作一个揖，便一块儿坐下了，这时岂不有说有笑了吗？真是没出息，遭那小女娃子一告，就骇跑了。"

吴鸿掉头把他两个一看道："你们光晓得说，你们却不晓得葛表叔是做官的，我进学堂，还在靠他。遭他说几句：这子弟太不老成了！不说当着那女的面上下不来，以后还能望他帮助吗？你们不要讥诮我胆小，告诉你们，在乡坝里头，我吴哥还是风流过来的哩。羊场一带的女娃子，只要我吴哥看得上……"

王念玉把他衣裳一扯道："不要冲壳子了，你看那边那个女人怎样？"

在对阶绸缎摊前一堆人中，果有一个女人，高高的身材，瘦瘦的面孔，额上打着流行的刘海，脂浓粉腻地涂了一脸，一对眼睛，却是滴溜转的。

吴鸿道："这女人倒好看，只是岁数大点，很有点不怕事的样子。"

王念玉道："你认得她吗？我倒认得！"

"你认得？"

"为啥子不认得，在我们对门独院里住了两个月左右的伍大嫂。"

"你有这么好个邻居，我为啥没看见呢？"

"你为啥看得见呢？你只星期日到我们家一次，急急忙忙坐一下就走了，她又难得出来。"

黄昌邦道："是做啥子的人？"

"连我也不晓得。只晓得是婆媳二人，一个小娃娃在进小学堂，就住宿在学堂里，也是星期日才回家一次。有个老表，常在她家里走动。"

吴鸿道："她认得你不？"

"认得吧！她看见过我好几次，还向我笑过。"

黄昌邦道："好呀！小王，当心点！遭这婆娘看上了，才不好哩！"

"看上了，好当我的妈。多一个人心疼，才好哩！"

吴鸿道："不说这些了，我们挤过去。"

及至他们挤了过去，伍大嫂已同吴金廷带着安生看傅樵村创办的幻灯片去了。

他们走过理化室，从卖书籍字画的地方绕了一个大圈子出来，一直没有找着伍大嫂。都走疲倦了，王念玉遂提说吃馆子去。

百十家酒菜馆全在花圃的旁边，此时正是顶热闹的时候。他们把几十家中下等的馆子走完了，全没座位，到处都在划拳赌酒，堂倌报着堂，忙极了。

王念玉看着几家陈设讲究的大酒馆，心羡得很，怂恿着黄昌邦进去。但他总推说大馆子中不免会碰见学堂里总办、会办等人，不好进去的。

吴鸿也知道黄昌邦的苦处，便提说今天不必吃馆子，不如在青羊宫那面，找一家面馆，随便吃点酒菜好了。

王念玉大怒道："放屁的话！来赶青羊宫，不吃馆子，有啥子

味道？我也晓得，你两个啬家子，只会白耍，就像起先一样，一角钱
一碗的茶，就开得心痛了。不是为看那个鬼女子，你们还未必肯哩！
如今没有那鬼女子了，光是我，你们自然舍不得。像你们这样朋友，
我不交了，算了吧！以后随便哪个约我出来耍，我吐他的口水！"

他一直朝花圃中跑了去。口头一面说："啥子都不吃了，还是
回家去吃开水泡饭的好。"

黄昌邦追在他后面，一路赔着不是道："兄弟不要生气！……
并不是我吝啬！……实在钱带少了！……"

两个都走得很快，吴鸿知道他们的戏，必不是三言两语就下得
了台的，便也不跟下去了。

他独自一个，回身走过青羊宫。一直寻到右手侧门墙边天申龙
面馆，很畅快地吃了二两大曲酒，一盘卤肉，一盘凉拌鸡丝，又两
碗清汤细面。既醉且饱，也不过才花了一百多钱。把钱开了出来，
看见游人都纷纷地向外面在走了。

他除了学堂里号声，同总办室外一具大挂钟，是不知道时刻
的。但他在乡间习惯了，只需看看天色，也就大致猜得出来是该做
什么的时候。

此刻是该赶着进城回学堂的时候。他也就不再打看女人的主
意，挺起胸脯，大踏步从花圃小径中斜插着向会场大门走去。

但他走到马群芳花圃的牡丹花丛外面，却不能不令他要止步，
要本能地隐蔽在一排冬青树枝里，要用眼睛去看王念玉所称谓的伍
大嫂同着花外楼茶馆中邻桌上的那个斯文少年站在一株牡丹前说话
的光景，要惊异地猜测这两个人的关系，乃至要打算听出他们说的
什么话。

他心里似乎又有点羡慕，又有点嫉妒，只觉得通身发烧，两只
手心里全是汗。

再拿眼睛一扫，所谓伍大嫂的身边，还有一个中年男子同一个
小学生，大概就是她的什么老表与娃儿了。

至于和斯文少年同桌吃茶的那个好看小姐，似乎也同葛表叔在花圃中，虽是隔着树叶花枝以及篾篷，看不清楚，但明明听见是她那极婉转、极娇嫩的声气在问："这盆醉杨妃，要好多钱呀？"

吴鸿两腿只是打战，心里连连祈祷：这时候顶好是忽然跑来一伙明火执仗的强盗，轰一下就将这两个女人一齐打抢走。旁的人只辨得喊救命，葛表叔更是趴在地上叩头如捣蒜；只有他一个人有这么大的本事：一个虎跳，扑上前去，只一拳，就将抢小姐的强盗打在地下，顺手掣出那强盗的腰刀。他有万夫不当之勇，直把一干强盗砍个精光，把伍大嫂也救了下来。他于是立刻就成了英雄，小姐感激万分，便由葛表叔做主，将小姐许配他为妻，而伍大嫂哩，便接过来做小老婆。

这是在羊场上，时常听说评书之后，结构而成的幻想。也每每在万事如意之后，幻想便退了位，依旧让那毫无把握的现实生活来烦扰他。他只好搓着湿淋淋的手掌，垂头丧气地走开，而脸上的红疙瘩，更其一颗一颗地鼓了起来。

寻思："小姐的身份太高，自己的前程，一如众同学所拟定的，做到管带，已算位极人臣了。以一个芝麻大的管带官儿，要想讨一个官家小姐做老婆，这不是黄鼠狼想吃天鹅肉吗？倒是那个伍大嫂，还相当。但已是别人的老婆了，娃儿已经那么大，有啥子想头？算了吧！还是回去讨个乡下婆娘罢了！"

四

郝又三虽是出钱给伍大嫂在南打金街佃了房子，但他自己因为在下莲池一度受了惊恐，又顾着自己的名声，从鼓不起再去看她的勇气。加以母亲时常在不好，而少奶奶又已怀身大肚，直至赶劝业会那天，才算无意间在马群芳的牡丹花前同她见了面。因为有妹妹与葛表叔在旁边，只好借着同吴金廷谈话，与她匆匆说了两句。

她也很谨慎地，先申谢了他的照顾，继后说道："房子还好，又干净，又清静，单门各户的，看哪天得空来吃杯茶。……明天，好不好？"

香荃在唤他，等不到决定应否，便走开了。心里头却很想明天去看看。

但在第二天上午，刚上了两堂课，忽见田老兄找了来，把他喊出自习室，在没有人听得见之处说道："又三，赶快去请一天假跟我走！"

"小学堂出了啥子事吗，你这样子？……"

"不是小学堂的事，尤铁民回来了！"

"他回来了，怪啦！一下就回来了，连个信都没有。他在哪里？"

"小声点，秘密，秘密！他这次回来，是有事的。……请假去吧！他正在小学堂等你！"

四五年不见面的好友，又新自海外归来，是如何吸引人？何况又该秘密。郝又三赶快到监学室去请假，偏偏室里坐着的恰又是那个固执不通的吴翘胡子，本来提着笔要填写假条了，却又搁下了笔道："今天不准假。你今年请假时候太多，几乎每天都在请，耽搁得不成名堂了！"

吴翘胡子是顶不容易说话的，可是也不能不试一试。"今年因为小学堂的事烦，担任的功课又多点，所以在那里费的时候要多些。"

"不行！学堂规则，不能因为你们几个人破坏得太多。准其你们在课毕之后，自由出入，以及在外面歇宿，已经是十分通融了。在上课时，还要任意请假，那不行！"说时，还一面摇头，表示出学堂规则就是条铁绳，而他们就是造这铁绳之人。

郝又三心里着急得很，出来向田老兄说他背了时，偏偏碰见了吴翘胡子。

田老兄眉头一皱道："说老实话，我们出入请假，本是给他们的面子，大家把学堂规则看重点。近年来，学堂规则已经成了具文

了，寝室点名，先就七零八落，食堂上闹菜打碗的事，随时都有，明白事理的，睁只眼闭只眼好了。他既不准你的假，这是他自损威严，不干你的事，而且也好，免得回来还要拿名牌销假打麻烦。我们走吧！"

郝又三心里到底还有点迟疑，但为了想见尤铁民的念头所鼓动，遂挟起书包，在上课铃叮当摇动之中，同着田老兄昂然直出。打从内稽查门口过时，那位白须拂胸的满洲旗籍举人文稽查正抹着肚子，坐在一把躺椅上。彼此打了一个招呼，文稽查似乎也习惯了，绝口不问他们有无假条。只是摆出满脸的笑容："小学堂的事忙吗？"

他们走到广智小学门前，两个人都很诧异，何以清清静静的，听不见一点嘈杂？及至走进二门，始见几十个大小孩子全站在大院坝中，尤铁民光着一颗剪了头发的西式脑袋，穿了身洋服，站在正中一张方凳上，正比着手势，在向孩子们大声讲说："我们才是中国的主人翁！主人翁就该过问我们自己的事，哪里有主人翁不管事，把自己的家务交给一班家奴，让他们去勾结成群结党的强盗来毁我们家的道理？……同胞们！现在，我们要拿出自己身份，先把家奴们撵了！再来抵御强盗！……"

郝又三赶上前去叫道："铁民吗？快下来，我们仔细谈一谈。你是几时到的？"

尤铁民张开两臂，哈哈大笑道："田伯行找你去了，娃娃们没有课上，闹得一团糟，你们的吴稽查管不住，我久不演说了，权且把他们喊来练习练习。你们看，对不对？……同胞们！你们要记住，我们不先排满，就不能革命！不革命，就不能救国！……救国！……排满！……把那班当我们家奴的满贼杀尽！……"

田老兄不等说完，就去把他拉了下来道："你胡说些啥子？我们都是安分守己的好百姓！"又鼓起眼睛向孩子们道："尤先生是疯子，他的疯话，你们出去不准乱说！"

尤铁民一面同郝又三向他们寝室里走，一面哈哈笑道："田老兄生成是这样婆婆妈妈的，旧也旧不到家，新也新不到家，胆子又小，顾忌又多！……"

田老兄在背后笑道："你不要议论我，你们只管讲排满，讲革命，但也应该秘密点，如其叫人晓得了，不遭殃吗？"

已进了房间，尤铁民便两手插在洋服裤袋里，两腿很有劲地分张着站在当地，昂起头，很轻蔑地笑道："你老兄谨慎有余，倒令人佩服。只是革命党都像你这样，那，还能在各处起事吗？那，还能鼓舞大众吗？我们在东京时，不用说了，随时随地都在演说。就我这次回来，一得便，总要演说一番的。你莫把这事看轻了，听说前年我们有个党人在涪州起事，不是只在河坝里一篇演说，喊拢了一百多个船夫子，只他自己有一支手枪，就扑进城去，革起命来？虽未成事，亦足自豪，而且也把腐败官吏骇了一跳！"

郝又三道："你们胆量真不小！无怪一班官吏说到你们，无不心惊胆战。你这次回来，大概也有什么举动吧？"

"老弟看得真准！我们回来，自然不是白跑的，我们是安排流血。至少也要轰轰烈烈地闹他一番，把民气鼓舞起来才对。"

郝又三很欣喜地道："你们一定带有手枪、炸弹回来了。"

"何消说呢？我们还运有好多支长枪到叙府、泸州去了，准备先在那面起事，跟着就在省里动手。一颗炸弹，把制台衙门炸平，省城就是我们的了。立刻建立起军政府来，招兵买马，延揽豪杰，浩浩荡荡，杀到重庆。重庆已有我们的人，里应外合，取之不费吹灰之力。这下，四川便落在我们掌中。四川居天下上游，大兵东下，天下响应，熊成基再起于湖北，黄克强再起于湖南，林氏弟兄崛起于福建，其他的豪杰纷起于广东，东南半壁，自非满人所有！"

郝又三搓着手道："你们起事时，我来一个，对吗？"

"有啥不对！只是你这样长袍短褂、文弱书生的样子，去丢炸弹，未免不称。你应该先把这身胡服换了，穿起我们这样衣服才对！"

田老兄嘻嘻笑道："我岁数大了点。流血的事，不大相宜。等你们起事得手之后，我来帮你们办文字上的事，写点啥子东西，我还是很行哩。"

郝又三道："我们成都学界中，颇有几个同盟会的人，你见过了没有？"

"昨天夜里见着了几个。不行，他们大都是章太炎、刘师培一派的党徒，只是做作文章、坐而论道的角色，并且又迂腐，又拘束。"

郝又三道："他们平日说起话来，都很激烈，怎么会说是迂腐拘束呢？"

"说得激烈，但是到要实行时，就不行啦！倒是你还对，看来斯斯文文的，说到丢炸弹，还敢说是来一个。倘若不行哩，就老实像田老兄，你们干，我不来，干成了，我来帮忙。"

田老兄哈哈大笑说："谬承夸奖。如此看来，我的事倒是稳当了。我还没问你，苏星煌呢？他现在还在东京吗？"

"还在东京。现在同我们不大合式，他是立宪党人。"

"周宏道呢？"说到苏星煌，郝又三自然而然便想及了他。

"哈哈！那是东瓜党，说不上啥子。不过人还活动，比田老兄就高明得多！"

大家一笑。田老兄指着他衣服道："这是日本缝的吗？"

"自然喽！现在穿西洋服，只有在日本穿，料子也好，缝工也好，上海就不行。说到这上头，中国真该革命，论起与西洋通商，上海比日本早得多，洋房子那么高大，大马路那么整齐，电气灯、自来水，样样比日本齐全，唯独穿洋服的，除了几个留学生，以及讲新学讲到底的人外，真没有几个。恶恶而不能去，善善而不能从，这就是劣性根。如何会养成这种劣性根？那便是专制政体的遗毒！……"

田老兄道："照你这样说法，周孝怀现在开办劝业场，提倡用洋货，不就是善善而从了吗？"

"周孝怀可就是前两年在成都开办警察的那个周善培？他还能开通风气。好！你们既说到此，趁我今天有半天空，正经话姑且留到后来说，我们先到劝业场去看看。听说悦来茶园有京班在唱戏，你们能不能陪我去听几场？"

田老兄道："自然要奉陪的，只是京戏我不大懂。"

郝又三道："这样好了，我们先去看劝业场，看后就在一家春吃饭。悦来茶园只能去看夜戏了。夜戏看完，铁民仍到这里来歇，我们再细谈细谈。"

他们走出来时，孩子们已下了课。看见尤铁民，都好奇地把他张望着。因为有田老兄在一道，没有敢走拢来。只微微听见有种声音在空气中波动："革命党！……革命党！……"

尤铁民看着田老兄道："我的革命种子已播散在你们的学堂中了，害怕不害怕？"

"你们起了事，连我也是革命党了，我还怕他们这些小东西革掉我的命吗？"

尤铁民的皮鞋在石板上走得橐橐橐的，右手的手杖和着步伐，一起一扬。田老兄在后面悄悄向郝又三笑道："你看他，简直就是个洋人，好有精神啦！"

尤铁民似乎听见了，腰肢伸得越直，胸脯挺得越高，腿打得越伸，脚步走得越快，手杖抑扬得也越急。两个人跟在他后面，几乎开着小跑，街上行人都要住了脚步，拿眼睛把他送得老远。有几个人竟自冲口而出："东洋人！……东洋人！……"

便是横冲直撞的拱竿三丁拐轿，从后面飞跑来的，也不喊"空手！……"而自然而然会打从他身边绕过；从前面冲来的，也不喊"对面！……"而会暂时让在旁边。

走到总府街劝业场前门，尤铁民才放缓了脚步。田老兄两人已是通身汗流，看他将呢帽子取下，鬓角短发上也一直在流汗。

田老兄道："走热了！"

"哪里的话！只微微出了点汗。穿洋服，根本就不热不冷，顶卫生了。所以我们都有这意思，革命之后，第一件要紧事就该变服，把那顶要不得的胡服丢了，全换洋装。"

田老兄道："成都裁缝就不会做洋装。人又这么多，不是把人苦死了？"

"这容易！一个电报打到日本，招几百名裁缝来，不就成了吗？"

劝业场门口，悬着"舆马不入场"的大木牌。砖修的门面，场门颇为宏大。场头楼上是一家为成都前所未有的茶铺。场内两边铺面的楼上也是铺面。成都的建筑，楼房本就不算正经房子，所以都修造得矮而黑暗，而劝业场的楼房，则高大轩朗，一样可以做生意，栏杆内的走廊，又相当宽，可以容得三人并行，这已是一奇。其次，成都铺面，除了杂货铺，例得把所有的商品陈列出来外，越是大商店，它的货物越是藏之深深。如像大绸缎铺，你只能看见装货物的推光黑漆大木柜，参茸局同金铺，更是铺面之上，只有几张铺设着有椅披垫的楠木椅子，同一列推光黑漆柜台了。而劝业场内的铺子，则大概由提倡者的指点，所有货品，全是五光十色地一一陈露在玻璃架内，或配颜配色地摆在最容易看见的地方，这又是一奇。成都商家最喜欢搞的是讨价还价，明明一件价值八角的货物，他有本事向你要上一元六角到二元，假使你是内行，尽可以还他五角，然后再一分一分地添，用下水磨工夫，一面吹毛求疵，一面开着玩笑，做出一种可要不可要的姿态，那，你于七角五至八角之间，定可以买成，不过花费的时间，至少须在一点钟以上。尤其对于表面只管好看，而大家还没有使用经验的洋货，更其容易上当，而使想买的人，不敢去问价钱。劝业场则因提倡者所定的规矩，凡百货物都须把价值估定标明，不能任意增减，这于买的人是何等方便，尤其是买洋货，这更是成都商场中奇之又奇的一件事。因此之故，劝业场自开场以来，无论何时，都是人多如鲫。而生意顶好的，据说，还是要数前场门楼上那所同春茶楼，以及茶楼下面那条宽广楼梯之侧的水饺子铺。

郝又三是来过多次的，便领着尤铁民、田老兄楼上楼下转了一周。每走到一家洋货铺，尤铁民必要站住脚，把陈列的东西一样一样地细看，还要打着倒像四川话不像四川话的口腔，一样一样地细问。铺家上的伙计徒弟们，首先被他那洋服所慑，心上早横梗了一个这是东洋人，继而听见他口腔不对，所答的话，又似乎不甚懂得，总要问问同行的人，于是更相信是非东洋人而何？既是东洋人，那就千万不可轻慢了。首先便把向来对待买主的那种毫无礼貌、毫不耐烦的样子，变得极其恭敬、极其殷勤起来；于每件货物看后，还必谦逊地说："这件东西还不是上货。"定要叫人爬高下低地，劳神费力将所谓上货取出，摊在尤铁民的眼底。

尤铁民总是大略看一看，批评一句"不好！"拖着手杖，昂然直出。而一班劳了大神、费了大力的伙计徒弟们，还要必恭且敬地送到门外。

他们转了一周，来到同春茶楼。以尤铁民在劝业场的身份，自然不能到两边普通座内去喝二十文制钱一碗的普通茶了。郝又三便伸手让他们到正中有炕床，有大餐桌，而桌上铺有台布、设有花瓶的特别座内。

堂倌泡上三茶壶，郝又三给了三角钱。田老兄大为吃惊道："不图成都茶钱，贵至于此！铁民，你可想及我们同堆吃茶，哪曾吃到四个小钱一碗，而劝业场一修，首尚浮华，你看应不应该？"

尤铁民正正经经地说道："应该！你不晓得，国家愈文明，生活程度愈高。我们在日本，一个鸡蛋就值一角钱，一小杯洋酒，值上四角，哪里像在中国，尤其在四川，几十文钱就可酒醉饭饱过上一天。在东京就不行，一个叫化子，不讨上五角钱，断断吃不饱一顿。"

田老兄摇摇头道:"成都要是文明到这步,那日子便不好过了!"

一个卖点心的端来一盘西式蛋糕,一盘西式杏仁饼,一筒五香瓜子。尤铁民不待人让,抓起刀叉,便切开来往口头递,一面点头说道:"洋点心做得还不错!成都到底是可爱地方,凡百文明,别处老学得不像的,成都人一学就像!"

点心茶瓜子一直吃到下午两点钟,方由郝又三付了钱,邀约着到一家春来。

五

郝又三站在悦来茶园门口,挽着尤铁民的膀膊道:"走!我们回小学堂去吧!"

尤铁民仍然掉头在问田老兄:"这地方从前是啥地方?好像是一所庙宇改修的。"

"就是老郎庙,从前戏子们做神会和断公道的地方。"

"那么,劝业场呢?"

"记不得了吗?就是普准堂庙子。"

"这却好。一方面破除迷信,一方面提倡新政,你们怎能说周孝怀的不对呢?"

这时,悦来茶园里的《大溪皇庄》正在开演,锣鼓声音一直传出到窄窄的巷口。他们对于京戏都不大感觉兴趣,高庆奎的《打棍出箱》一完,他们就先走了。回头一看,堂子里和楼上楼下一总不到二百人,正座上的人更其寥寥。

这时,华兴街的行人也不很多。看时候都还早,尤铁民提议到傅樵村家中去看看。

郝又三反对说:"别看时候还早,因为夜间太短,一晃就要打二更了。成都虽然已不关街栅,可是一打二更,大家也就关门闭户。这时去会人,谈不到几句话的。傅老樵那里也太烦,碧游宫似的,啥子人都有,说话也不大方便,还是到我们广智小学去。不消夜也可以，泡壶好茶，清清净净地好生谈一谈。今天闹了一整天，一直没同你细谈过。"

尤铁民也不坚执己见，跟着他们向劝业场后场门走去，但仍嗓子提得高高地说道："又三一定要同我细谈，莫非真要参加同盟会吗？"

田老兄拿手肘把他一触，并凑到耳朵边说："小声点，后面有人。"

原来是各岗位上换班下来的警察。有八九个人，拉成一条单行，身个儿差不多一样高大。黄斜纹布的制服、制裤、制帽，腰间一条皮带，右边带钩上挂一根黑漆警棍，都很整齐。脚下皮鞋踏着操场中走便步的步伐，在红砂石板上，敲出单纯而威武的声音。

擦身走过时，田老兄故意向尤铁民高声说："我们成都的警政，确实比中国任何地方都办得好！就在夜静更深，我们的警察上班下班，全是这样整齐严肃，一点也不苟且！东京也这样吗？"

"见你的鬼！"尤铁民笑道，"同我闹这些鬼名堂干什么！你以为他们听懂了我的话吗？程度还差得远哩！岂但比不上日本警察，我看，连上海、汉口的巡捕都不如。只是表面上还进步，对于维持街道治安，或者还不错！"

郝又三想及他在下莲池伍家所遭遇的那回事，以及伍太婆所抱怨的种种，不由摇了摇头道："也有些做得过火的地方。像我们上等人倒还不觉得什么，越是穷苦人，越觉得日子不好过，好像一行一动，都要受警察的干涉。周观察又是很风利的人，尤其对于下等人，一点也不通融。所以近几年，他只管做了些事，却也招了不少的怨，一班下等人都叫他周秃子，就是这个缘故。"

"怎么会叫秃子？当真是个秃子吗？"

"倒不是。还是有头发，只是少一点，稀一点。"

"那么，也不算是骂他的名词呀！"

田老兄道："你不懂成都人的风趣吗？比如说，他恨你这个

人，并不老老实实地骂你。他会说你的俏皮话，会造你的谣言，会跟你取个歪号来采儿你。这歪号，越是无中生有，才越觉得把你采儿够了，大家也才越高兴。这歪号于是乎就成了你生时的尊称、死后的谥法，一字之褒，一言之贬，虽有孝子贤孙，亦无能为力焉！"

尤铁民不由哈哈大笑起来。

其时，后场门外恰有几乘过街小轿在兜揽生意。田老兄认为比在轿铺里雇的轿子要便宜些，主张都坐轿走。

已经将近二更时候。劝业场里和后场门上一枚碗大的电灯虽照得通明，不过也只有劝业场才有电灯，全城街道，仍旧是一些点菜油壶的街灯，尚是周善培开办警察时，费了大劲才兴办起来，后来多少年了，大家还叫这为警察灯哩。警察灯的木桩排立得并不算密，月黑头，在各家铺店将檐灯收进以后，它的作用就只能做到使行人不再会摸着墙壁走，使行人听见迎面有脚步声或咳嗽声时，到底尚能辨别出一些人影。幸而有这样沉沉夜幕，尤铁民方同意了坐进那种四面被油黑篾笆遮蔽得极其严密的小轿，凭两名穿得破破烂烂、也不算精壮的轿夫，吃力地抬上肩头，随同前面同样两乘轿子，依靠每乘轿子前段轿竿上悬着的一只细篾编就、并不糊纸糊纱、中间插一支指头粗菜油烛的西瓜灯的微弱烛光，一直抬到御河边广智小学大门外。

住堂的小学生们都已自动地到另外一所独院的寝室去了。三个人穿过作为讲堂兼自习室的大厅，来到田老兄、郝又三的监学室——也是他们的寝室和交朋结友、议论天下大事的地方。小二舀洗脸水进来。郝又三吩咐拿瓷茶壶到街口茶铺去泡了一壶好茶，并倒了一锡壶鲜开水。

尤铁民揭去呢帽，脱下那件深灰粗哔叽上衣，正在取领带、硬领、撇针、袖扣等。

郝又三笑道："你夸奖西装好，据我看，穿着起来倒还有精神。只是啰啰唆唆地这么一大堆，一穿一脱，太不方便了。穿在身上，怕也不舒服吧？"

"舒服倒说不上。"尤铁民一面解半臂，一面挽衬衫袖说，"比起中国衣服来，却文明得多！"

田老兄皮笑肉不笑地说："文明不文明，其分野乃系诸衣裳？伟哉衣裳！其为用也，不亦巨且大乎！"

"你别说俏皮话。老实说吧，日本维新之后，若果不首先提倡改穿西装，仍旧穿它那跟中国道袍一样的和服，它现在能跻入文明之域，能称文明国的国民吗？"

田老兄倒了一杯热茶，旋喝，旋笑道："照你这样说，那太好啦。我们这老大帝国，百年不振，现在只要大家穿上了西装，也不必再讲变法了，也不必再讲经武了，岂不一下也就跻入文明之域，而你我便都成为文明人了吗？……啊！哈哈！……妙哉！……妙哉！"

"真是老腐败，老顽固！"尤铁民一面洗脸，一面说道，"你只是断章取义地胡闹！……西装容易穿的吗？……不先把你那条豚尾剪掉……你能穿吗？……你总晓得我们汉人光为了这条豚尾，就死过多少人。……现在，假使不以激烈手段出之……换言之，即使不排满，不革命的话……那拉氏和爱新觉罗氏能让你轻轻巧巧地就……剪去豚尾、抛去胡服吗？……想一想，你又怎能叫大家穿上西装？怎能使大家一下就文明得了？"

郝又三绞着洗脸巾，连连点头道："铁民的话有道理！中国古人革故鼎新，与民更始，以及汉儒所最主张的更正朔、易服色，全是这个意思。……铁民，我问你，中国人到日本去的，不是都要剪发改装吗？"

"倒不见得！那些到日本去考察什么的腐败官吏以及公使馆里的一般牢守陋习人员就不；甚至二四先生们，也大都只换一身学生装，而发辫却不剪，盘在脑顶上，拿帽子一盖就完了。"

"何谓'二四先生'？"田老兄好奇地问。

"你也有不懂的事情吗？……二四者，八也。这是指那般跑到

日本宏文师范，住上八个月，连东京的景致都没看交，便抱着一大捆汉文讲义，跑回国来，自诩中西学问备于一身的那般先生们。"

"哦！二四先生的来历，才是如此！我们高等学堂的师范速成班，也要一年才毕业，他们只需八个月，这才真正叫作速成。可惜我得风气之后，未曾赶上。"田老兄的确有点为自己惋惜的意思。

郝又三看了他一眼，遂把地球牌纸烟摸出一支，就菜油灯盏上咂燃，仍旧问尤铁民："你们革命党人总都剪了发改了装，像你这样了？"

"那也不尽然。不安排在国外跑的，也不改。因为到内地来活动，换一身衣服倒不难，难的是头发剪了，一时蓄不长，莫奈何只好带网子，不唯不方便，也容易惹人耳目。比如去年佘竟成到东京去见中山先生，他要剪发改装，我们因为他不久就要回来，尚劝他莫改哩。"

郝又三、田老兄都在问："佘竟成？……中山先生？……"

"又不晓得吗？"尤铁民左手执着一面怀镜，右手拿着一柄黑牛角洋式梳子，把纷披在额上的短发，向脑顶两边分梳着。说道："中山先生就是孙逸仙先生，就是革命巨子，就是同盟会主盟者，就是那拉氏上谕中所称的逆首孙文！中山是孙先生取的日本姓，以前为了躲避侦探耳目，偶一用之，现在已成为孙先生的别号，凡是盟员都这样称呼他。"

"哦！是了！"郝又三又问："那么，佘竟成呢？"

"此人吗？就是赫赫有名的佘英呀！"

田老兄笑道："莫那么张巴。佘竟成也罢，佘英也罢，我们简直就不晓得他是什么人。既不是你们孙中山那样一说便知的英雄豪杰，又不是通缉在案的江洋大盗，更不是公车上书、名载邸抄的乡进士之类，我们又怎么知道？"

尤铁民把梳子、怀镜向桌上一丢，瞪起两眼向他叫道："像你这样抱残守缺的人，真闭塞得可以！连坐镇泸州、声气通于上下游、官府缙绅们一向都奈何他不得的佘竟成佘大爷都不晓得吗？"

"这有啥稀奇！"田老兄还是悠悠然地笑道，"我一不是歪戴帽子斜穿衣的袍皮老儿，二不是谋反叛逆的革命党人，管你啥子蛇大爷、龙大爷，不晓得硬是不晓得。"他还借助一句言子，以补足他的意思："这就叫隔行如隔山。比如我说一个我们学堂里的出色分子，声望并不出于里门，你就未必晓得。"

"你们学堂现在还有这样的出色分子吗？我倒要听听。恐怕是你一家之言，未必够得上出色资格。要是够资格，我回来两天，未有不晓得的。"

田老兄倒游移起来，向郝又三眨了眨眼睛道："说起这人，或者他当真晓得。"

郝又三坐在一张小方凳上，摇摆着上身，仿佛正在作文章似的，从嘴里呼出的几缕淡淡的青烟中，望着他道："我不明白你说的是哪一个。"

"你怎么会说不明白？就是一向我们常在议论的那个人，你还很佩服他的口才哩！"

"啊！是他吗？那，铁民当然晓得。此人虽不算怎么当行出色，我知道他已经是同盟会分子。不错，倒是很活跃的。"他随即对尤铁民道："你一定晓得，就是张培爵张列五。"

尤铁民果然一个哈哈道："田老兄眼力到底有限！这人是同盟会盟员，昨天在第二小学和叙属中学同他谈过两次，并不见有出色地方。不过同那班书呆子比起来，活动些，机警些罢了。倒是黄树中还踏实。本来，负的责任也不同。"

"就是黄理君吗？他是华阳中学堂当理化翻译的啦！倒没有会过，只听见有人说起他是日本留学生。"郝又三又追问一句："他负的啥子责任？"

"这可不能告诉你了。假使你要入同盟会的话，倒是找黄树中妥当些。……其实，成都的革命党人，十之六七都在学界。吃亏

的，也由于在学界的党人太多了些。……我走时，中山先生曾向我们说过，四川地势好，居长江上流，物产丰富，人口众多，又是四塞之邦，进可以战，退可以守，作为革命根据地，是再好也没有的了。……他又说，四川有的是哥老会，也和三点会、天地会差不多远。说起它的历史根源，都是从明末顾亭林、黄梨洲、王船山一脉相传下来的排满复汉的秘密结社。在太平天国时，它虽没有起过作用，到底势力很大。假使我们能够多费点力，把佘竟成这样有志趣的袍哥，多多联络几个，我们一定可以起事的。……中山先生确也有本领。你们看，去年七月吧？由于黄树中、谢伟、杨兆蓉他们设法，把佘竟成弄到东京，同中山先生见面。中山先生仅把种族革命的宗旨，向他演说了一番，我看他并不见得很懂中山先生的话，但由于中山先生那种诚恳动人的风度，他，佘竟成毫不迟疑地就在东京入了盟，并且拍着胸膛说，不出期年，必使半个四川落入我们手中，事若不济，不惜以身相殉！……中山先生当时何等高兴。除了鼓励佘竟成之外，还再三嘱咐谢伟、熊克武他们要好好同他和衷共济。……中山先生又说，四川各地巡防粮子上的袍哥势力都不小，假使能够照联络佘竟成的办法，分头联络起来，我们更可以收事半功倍之效的。所以他同黄克强都极力主张四川学界的盟员们，都应该想方法参加到袍哥和兵营中去；据说，这在广东、广西、湖北、湖南、安徽、江苏等省，早已这样做了，而且是收了效的。……这些，都是去年的事，算到目前，快一年了，我这次回成都一考查，却使我大为慨然！……原来闹了快一年的热闹话，在成都这方面，却没有发生多大影响。你们看，学界里一班革命分子，还不是和前几年一样，读书的只顾读书，教书的只顾教书，不说没有什么动作，甚至薪水拿得多的人，害怕出钱，连开会都不到场了……"

尤铁民果真有点慨然样子，把一双手插在哔叽裤袋里，趿着郝又三新置顶下的陆军制革厂出售的黄牛皮拖鞋，在这间原不算大而空地已不很多的地板上，踢达踢达地踱起步来。

田老兄道："你是实行家，学界里的革命分子，大概议论家要多些。"

"啥子叫实行家？啥子叫议论家？全是口头禅！说到底，革命就是革命，革命党人只有一条路可走：革命！"尤铁民挺立在田老兄面前，更其庄严地说了下去："革命这件事，全要实行。不实行，就没有革命。怎能在实行之外，又分出一个议论家来了呢？……"

"并不是我一个人的私言啊！"

"就因为不是你田伯行一个人的私言，所以我才认了真。我的意思只是说，革命排满的目的，是专门和目前稳坐在朝廷上发号施令、卖国残民的那拉氏、爱新觉罗氏为敌对的。我们要救国，就不能不要他们滚开；甚至要报仇，就不能不斫下他们的脑壳。他们要卖国，要残民，当然只好专制到底，把我们当成叛逆，也要我们滚开，也要斫下我们的脑壳。这种性命相搏的大事，不要大家齐心流血，又怎么得行？流血，就须有行动，硬要到处起事，杀他一个百孔千疮，叫他无法收拾才可。何况当今民生疾苦已到忍无可忍，只需一人奋臂而起，一定可以做到万人景从。然而就有这样的人，口头只管在嚷革命呀，排满呀，自己却坐着不动，有的张张口，有的摇摇笔，便自命为是革命党的议论家。像这样的议论家，就有十万八万，能顶得上吴樾在北京车站上的一颗炸弹吗？虽然吴樾不是同盟会的人，也不是我们叫他去这样搞的，但你能说吴樾不是真正的革命家吗？你能说吴樾的那颗炸弹，不比开几十场讲演会和写几百篇文章的功效还大吗？"

田老兄笑着道："你的话固然有道理，不过也太偏激了些。你说开讲演会写文章便没有用吗？我举个例，就说又三吧，若非近几年来看了些《神州日报》《民报》，以及若干新书，懂得些革命道理，以他那娇生惯养、在米囤里喂大的公子哥儿，岂能毫不思索地向你说，丢炸弹他也要来一个？老弟，你莫把事情看单纯了。现在有好些士大夫以及一般黎民百姓——还不要说学界中人，其所

以公然晓得一点天下大势趋于革命，再也不像从前闹余蛮子和红灯教时候，一开口就骂人谋反叛逆，就讲天命攸归，就称食毛践土之恩者，岂不得亏了邹容所写的《革命军》，陈天华所写的《警世钟》，以及报章上那些鼓吹文字吗？"

郝又三也点着头说道："田伯行的话，未可厚非。所以许多人，自然连田伯行他这样的人也在内，的确是听见革命消息，不但不像前些年那么惊惶恐怖，甚至还欣焉色喜；想着革命党人，也不把他们当作红眉毛、绿眼睛的怪物看待缘故，正由于书报的传播。我也认为鼓吹革命，鼓吹排满，文章之功，是不可一笔抹杀的！"

尤铁民又踱起步来，一面沉思着道："一派腐论！……好！我就以你们为例。请你们分别回答我。……你们既然都懂得了革命真谛，为啥还只是站在一旁看神仙打仗？为啥你们不加入同盟会来革命呢？"

田老兄不假思索仍然那么笑嘻嘻地道："你问得真没道理。我不反对你们，岂不就等于赞成革命？既然赞成，就算是一条路上的朋友，那又何必一定要加入？我说，革命人人有份，只要大家有革命的头脑，便可以了，若一定要加入革命党才算革命，那，不特拘泥了形迹，反而令人感到有所为而为，岂是圣人成功不必自我的用意？"

尤铁民不作批评，只是掉向郝又三问道："你呢？"

"我吗？……"郝又三心思很乱，不知道怎么说才能把自己的真意表白得出。他还是诿口于他家庭之不容许呢？——本来他家庭确是他前进途中的一种阻碍。还是坦白地说出由于自己的苟安畏难？前一种说法，不能取信于人，后一种哩，似乎又不便出口。……到底怎么说呢？他不由作难到涨红了脸。

恰这时，低垂的白布门帘微微掀开了一角。吴金廷的脸露了一下，又没见了。

田老兄倒先开了口："是吴稽查吗？有啥子事情？"

"没有事。只是看看大先生在这里不在。"

　　郝又三如同得救似的，忙站起来说："吴稽查等我一下！……"

　　院坝里静悄悄的，黑魆魆的，仅从糊在方格窗子的白纸上映出一派朦胧灯光，仿佛看见吴金廷的身影站在作为讲堂的大厅门前。

　　郝又三悄声问道："找我吗？"

　　"二更打过一阵了，你还不去吗？"吴金廷的声音也很低，却听得出有点着急的样子。

　　郝又三才忽然记起有这么一回事。便问："伍家吗？"

　　"怎不是哩！你昨天在花会上亲口和人家约好了的！"

　　"是伍大嫂她约的，我并不曾决定答应。"

　　"人家却认定你答应了。今天一早，人家就欢欢喜喜地收拾了半天，并且煎了鱼，炖了鸡，头炮过后，就托人来请了。那时，你还没回来。我晓得人家着急，只好亲自跑去，代你安顿了一番，说你陪客走了，是远方回来的朋友，想必有番应酬。来，一定会来，或许要晏点儿。可是一直等到这时候，菜也冷了，酒也凉了，一家婆媳急得像热鏊上的蚂蚁，生怕你又放黄了。特特请我坐了轿子来催你。轿子现等在门外，我们就走，把你送到了，我再回来。"

　　"那咋可以！"又迟迟疑疑地作起难来。这难，比起刚才被尤铁民问到时，似乎还难些。在刚才，不过只是由于颜面难堪，不便把真实话说出罢了。而现在，则是情欲与理性的冲突。在情欲上，他是想立刻就走的。虽然伍大嫂还没有稳稳地钉在他心上，但他对于这种荒唐事，还是平生第一遭，到底是什么滋味，总想尝一尝才了然。平日没有机会，不用说了，现在是机会自己找上门来，难道竟让它溜走了不成？再一想到去了以后的情况，他的脸不由又发起烧来。但是理性却来把情欲挤走了，并且教训他："你朋友是什么样的人呀！无论从哪方面说，都比你行得多！人家正为了救国家，救人民，奔走革命，不惜牺牲流血，而你却当着你的朋友跟前溜走了，去干荒唐事情。不说这于私德有亏，即从平常道理上讲，你对得住对不住你的朋友？对得住对不住你的国家？天下兴亡，匹夫

有责，不就是田老兄刚才说的革命人人有份吗？你虽然比不上你的朋友，你到底也算有志趣的男儿汉！你的朋友那么向上，你却自待菲薄，甘心下流，这应该吗？何况你朋友提出的问题，你还没有回答，就想溜走了，去干荒唐事？不行！十二个不行！"

吴金廷看不见他的狼狈样子，更猜想不到他情欲与理性的交哄，还在催他走，并说出了许多非去不可的理由。又说："你既留朋友在此地过夜，监学室就只那两张窄得要命的单人行床，你不让一下，看你睡在哪里？不如借此为题，就说回家去歇，他们绝不会多心的。"

"更要不得！设或他们明早到我家里去找我，不是多余的事都惹出来了？我想，我今夜断不好走，我们还有要紧话没说完……"

"那么，"吴金廷知道强勉不成了，但仍然挽了一个回手，"明夜行不行呢？……迟早你总得定一个日子，人家盼了这么久要报答你的恩情。……人心是肉做的呀！定个日子，我也好安顿人家啊！"

"日子不能定。……劳烦你转去，代我给她们多多道几个谢，把我今夜不能走的情形说清楚一点，免得人家怄气。……你今夜也就不用回来，我好借你的现成床铺睡一夜。"

"你倒说得好！"吴金廷的声音好像又气又笑，"人家那里，又哪有多余的床铺呢？"

"算了吧！"郝又三心里安定了些，也有空余来取笑了，"你们是多年的同床亲家，伍安生早向我说过了，用不着假惺惺。总之，诸事代劳好了！"

"莫那么挖苦人！我们的账早勾销的了！……唉！也是你们缘法未到。莫多心，我今夜一定学关二爷秉烛待旦了。"

吴金廷已转了身，郝又三又叫住他，并大声吩咐道："学生们睡静了，过道上的灯灭了吧！还有，我们不曾消夜，叫小二到街口李抄手担子上，给我们端三个双碗抄手面来。"

# 六

郝又三回到监学室，心里很是得意。感到自己临崖勒马，本事不小。这一下，不但对得住尤铁民，也对得住国家，对得住人民；革命的重担，估量自己实在可以担当得起了。他满怀勇气，安排来回答尤铁民的问题。

尤铁民偏正跷起二郎腿，坐在那张唯一无二的笔杆高椅上，凝精聚神地说着另外一桩事。

田老兄也只淡淡地看他一眼，毫不注意到他脸上的神情，好像认定他仅是巡查了学生寝室去来。

郝又三不高兴了。但他却不愿打断尤铁民的话头并无缘无故把话拉回到刚才的问题上去。他只好沉默着听他们说。

"……这事，中山先生有点怀疑。我回来时，叫我顺便考查一下。假使所传是真，那倒再好也没有了。就地取材，当然强于千里转运，何况四川的路途真是困难，最方便的水道，在宜昌以上还是要依靠木船，又费时，又危险！"

田老兄仰面想了想道："这事，我也好像听见说过。只是年成太久了，我那时才八九岁，不甚记得真确。……又三，你可记得中国和法国在安南打仗是哪一年的事？"

"好像是光绪十一年吧？……等我想一想！唔！不错，我是癸未年生的，癸未是光绪九年。记得家严曾说，我三岁时，正值法国侵犯安南，第二年我国就和法国大军在安南的谅山打了起来。刘永福的黑旗兵屡战屡胜，打死了不少法国兵。鲍春霆也从他家乡夔府起复了，朝廷命他带领一支人马，就由四川、云南向安南赴援……"

尤铁民抢着问道："鲍超出兵，是不是取道叙府？是不是刚到叙府，中法就议和了？是不是鲍超大军就在叙府奉命遣散了的？"

一连串的问题，把郝又三问住了。他搔着头皮道："这却不甚知道，问家严一定清楚。他老人家常说，他之留心世事，看《盛世危言》，就是从那时开始。他说，我国那时只管有刘永福、冯子材在安南打了胜仗，就由于我国没有电报，军前捷报还是凭了八百里滚单，用驿站上的马跑送到京师。不想法国虽然远在海外，就因为有电报之故，消息极其灵通，趁着我国还未接到捷报，朝廷上下正自不知所措之际，就先行提出条件，强逼我们割地求和。他老人家说，打了胜仗，反而割地求和，当时不仅自己人愤慨得不得了，就是外国人也觉诧异，认为中国真是一个莫名其妙的弱国。从此就放心大胆欺负我们，不怕我们再敢还手了。"

"既然如此，你明天务必向老伯问个明白。别的不必再提，只问鲍超的大军，是不是在叙府遣散的。"

"这中间有啥子关系吗？"

"当然啰！……"

小二拿着提篮，提了三大斗碗抄手面进来。一面散竹筷，一面憨笑着说："李抄手生意真好！大簸筐冒冒一大堆面，再晏一下去，啥都没有了！吃不饱的话，只好去冒饭。两大乌盆的菜，也只剩得十来块帽结子、连肝肉了。"

都够了。面的分量不轻，汤味也好。

尤铁民问知这么大一斗碗面，算作一碗半，还是多少年前的老价钱：制钱十二文。不禁旋吃旋说道："成都的生活程度真低呀！……十二文小钱，就可捞饱一顿，而且还不坏！……"

田老兄接口说道："也不完全像这样低。……今天，我们三个人，一次茶……一块挂零；一次戏……一块五角；一顿酒饭差不多五块……杂七杂八算起来，又花了快八块钱。……要抵平常四口之家一个月的生活费用了……还低吗？……"

"这是我们上等阶级而且是偶尔一次的费用……怎么能拿来做一般人的标准？……如其一般人的生活程度……都能像我们今天这样，那才能算文明进步哩。"

田老兄先吃完了，把竹筷放下，还是老习惯，拿衣袖把嘴一揩。说道："依然是你那番道理：世道越文明，生活程度就应该越高。但是都像我们今天花费，一撒手便是十块八块，一般人又怎么生活得下去？"

郝又三也吃完了，接着说："我仔细想来，铁民的话确有至理存焉。因为生活程度低，大家便容易过活，费不了多大的事，衣食住行完全解决，因此大家便养成了一种懒惰行为和苟安心理。按照新学说的定义：生存竞争，才有进步，越进步，才越文明。若无竞争，大家懒得用脑筋，社会当然要退化了，古人说，宴安鸩毒，不就是这个道理吗？至于说到怎么生活得下去，这也容易解答。人不是低等动物，人的求生欲很强，并且能够用脑筋，果真到了生活程度飞涨，不容易苟且过活时候，大家绝不会束手待毙，一定要用脑筋，想方法。一个人想方法，或许想不出什么，若果大家都用脑筋的话——三个臭皮匠，抵一个诸葛亮，我想，一定可以想出些好方法。不仅使大家可以生活得下去，或许还是很进步的。这是新学说说的有需要才有发明，也是兵法所言'置之死地而后生'的道理。"

"着！不错！"尤铁民把右手大指拇向他一跷，又合起巴掌拍了两下道，"又三到底聪明，一言破的，实获我心！可惜你前几年为啥不肯同我一起到日本去？假使去了，你今天的造诣，一定比那班同乡们高得多！……"

郝又三不愿意勾起他那说不出口的宿憾，遂截住尤铁民的话头，问道："不扯这些空话了。我问你，鲍超是否在叙府遣散队伍一桩事，到底有啥关系？如其他的队伍真果在叙府遣散的呢？……"

"那就好啦！我们的目的，就在考查他的队伍遣散后，那么多军火到底存放在啥子地方。"

"哦！"郝又三完全懂得了尤铁民追问这件事的用意，"你们打算图谋那些军火吗？"

田老兄却笑道："他们倒是那么想。但我的见解却不同。"

"哈，哈！你的见解不见得高明吧？"

"你听啊！难道我的见解就丝毫不对吗！圣人还曾采于刍荛，你们再对，也绝非圣人，我田大用田伯行至低限度总比割马草、打柴火的贱役们高明些吧？"说得那样气势汹汹，表示他真正生了气。

尤铁民看了他一眼，把两手一摊道："好！我就听你说！"

"先请你算一算，从光绪十一年乙酉，到目前光绪三十三年丁未，是不是二十三个年头了？我们要晓得，以前鲍超在打长毛时候，用的是啥子兵器？不过是些刀啊，叉啊，长矛啊，梭镖啊。就说后来不同了，绿营都采用了火器，也只是在点火绳的明火枪外，添一些后膛枪罢咧！就说在光绪十一年，火器进了步，又因为要同外国人打仗，不能不改用一些新军火。但那时我们好像还没开办机器局，要用新军火，还不是只好拿钱向洋人买？你想，洋人又是啥子好人，卖给我们的军火，又哪能是什么最新发明的最犀利的东西？还不是他们藏在库里，已不中用的废物！所以，我推想那时鲍春霆的队伍中，能有一些单响毛瑟或是什么后膛来复枪，已经是了不起的事，而且我敢肯定说，为数也定不甚多。加以我们中国人向来不大会保存铁器的，我看过东校场绿营会操，刀叉矛头，十九生了锈不说了，就是一些单响后膛，也没一支不锈，甚至有些枪连准头都锈坏了。像这样，你想，那些旧家伙，再毫不经心地存放二十三个年头，不锈烂吗？还能使用吗？此其一！……"

尤铁民最初还有点听之渺渺的样子，但越到后来，就越认真，一双鹞子眼睛，定定地把田老兄瞪着。这更鼓起了田老兄说话的勇气。

"叙府是冲繁疲难地方，邻接滇、黔两省，同泸州一样，不但是土匪、游勇、盐枭、烟贩麇集之区，也是土匪、游勇、盐枭、烟贩最常生事之所。况又逼处于大小凉山的彝境，好多年来，彝乱就没有平息过。如其不是赵尔丰在永宁道任上一番屠杀洗剿，首先把下川南一带弄清静了，叙府地接马湖，又岂能无事？这样一个不安宁的外府，你以为清朝官吏果都是死人吗？当真就没有虑到大宗军火放存在那里是多么不妥当！何况军火存放，还关乎地方官的考成，叙府知府、宜宾县知县这两个正印官，就担不起那军火损失的干系。即使在鲍军遣散时，暂时把军火缴存在那里，我以为他们定会禀呈制帅，将其转运到省，或拨运给别的兵营去的，断不会听任大宗军火在那里存放二十三年之久的！此其二！"

郝又三半开玩笑地问："说得对！还有没有其三、其四呢？"

"何用其三、其四，就这二者还不够尤老铁他们去研究吗？……怎么样，尤老铁？鄙见到底如何？"

"所以中山先生才叫我要切实考查啊！……他们虽说得那么振振有词，到底漏洞很多。——田伯行所非难的那些，我们也大致想到了，只没有他剖解得这么周到。至于说二十几年前尚没有新式的犀利武器，却不然。我们在日本曾看见过中法之战时，淮军所用的武器，不但有今天还在用的九子枪，甚至有过山炮，有开花大炮；就是黑旗兵用的，也不尽如我们以前所闻的盾牌短刀，一样也有九子枪。……外国卖军火的商人，只要你是好买主，肯出大价，就是他们国内尚没有用过的顶新式的武器，也愿意卖的。这倒是我们中国人做不出的事情。……田伯行说得顶对的是：第一，这宗军火未必尚原封不动地存放在叙府；第二，纵有，也不免锈坏了，未必可用。……我最初还存了些妄想，以为中山先生不熟悉四川情事，这宗东西，只要我们设法多少弄到一些，我们的力量岂不就膨胀起来，要起事也容易了？"

郝又三道："你们革命党不是有很多武器吗？要图谋这些老古董做啥？你也说过，你们有手枪，有炸弹，又运有多少支长枪到泸州去了的。"

尤铁民起眼睛看了他一会，才笑道："又三真果是书生，我随便冲几句壳子，你便信以为真了。好在我们都是老朋友，你二位的旨趣虽与我们不同，毕竟是有志之士，也是新人物，倒不用相瞒。我老实告诉你们吧……革命潮流目前已经布满中国了，所有的革命党人虽不完全是同盟会的人，但说到实在力量，却都比四川的革命

党人大。……这也有原因，一则，由于各地交通便利，不有火车，便有轮船，我们运输兵器容易；二则，各地方的江湖豪侠，我们联络得早，也联络得宽；三则，若干地方的新军、防营和警察，我们都下过工夫，播过不少的革命种子；四则，各地方的党人徒众，在财力上都还富裕，并且舍得捐输，在南洋和美洲的华侨不必说了，那更是我们筹措款项的地方；五则，但凡通商口岸，都有有势力的东西洋人，其中不少是赞成我们的朋友。……尤其是日本人。……日本人和我们有同文、同种、同洲的关系，维新以前，国势岌危，人民疾苦，受欧风美雨的侵凌，和我们今天一样。他们现在却是东亚第一个开明的君主立宪国家，也是东亚新兴的第一个文明强国，所以对于我国的革命，他们朝野人士，不只是关心，在能够帮助的地方，还不惜以大力帮助。日本人亲身参加我们革命的，便不少，像宫崎寅藏这个人，你们总听说过吧？因此，我们在各地汇兑款项，密运军火，出版书报，开会讲演，日本官商绅士以及海陆兵官都给了我们不少方便。……但是这一些好处，在我们四川全说不上。只在最近一两年，才有了一些转变，头一件，我们已把佘竟成拉进来了。……你们当然晓得佘竟成这个人……”

田老兄点了点头道：“当然晓得！是泸州方面一个龙头大爷！”

“哪个告诉你的？”

“就是你呀！”田老兄哈哈大笑道，“可见你的脑筋有毛病，刚才说过的话，就忘记了。你不是还说他拍着胸膛，夸下海口，期年之间，便要如何如何吗？”

“啊！是的呀！佘竟成已经安排在今年动手起事了！……”

“人呢？”田老兄问。

“有的是。要多少，有多少。有他下川南一带的弟兄伙，有我们不怕流血牺牲的党人！”

“兵器呢？”田老兄又问。

“这就是症结了。可惜叙府的那宗军火，经你我一研究，又成了未知数了！"

郝又三说："纵然长枪是你冲的壳子，手枪、炸弹，总该有的。炸弹就很厉害呀！"

"炸弹果然厉害，一颗猛烈的炸弹，丢在人丛中，可以炸死几十百把人，甚至把一排房子炸平。不过这家伙，运起来和使起来都太危险。一不谨慎，不是受了潮，不中用，便是受了热，就自行爆炸。而且搬运和置放的时候，不能重一点，不然也会爆炸。我们四川交通这样不便利，路程又这样遥远，你能从宜昌用木船运上来吗？陆路没有火车，更不用说了。即使万分谨慎运了些来，但又能运多少？这家伙，假使要利用它来起事，却要一批一批地用啊！……至于手枪，倒容易运，不说几支，就运上百把支，也不难。但你们没使用过，不知道。我听日本人说来，那东西只能行刺，顶多只能巷战，绝不能用来打硬仗。射击力短，杀伤力小，子弹打完了，重上子弹不容易，价钱又贵，买一支德国自来得的钱，可以买几支日本三八式最新的步枪。所以我们不大肯要它。"

"如此说来，长枪是冲的壳子，手枪、炸弹也是壳子了！"郝又三很不愉快地说。

田老兄笑了起来道："又三之为人，洵可谓君子可以欺其方焉！"

"难道你早就知其然了？"

"虽不尽知，然以尤老铁的神情口吻测之，亦过半矣。"

郝又三又转向尤铁民说道："像你们这样赤手空拳地起事，不太危险吗？"

"当然危险！革命党人干的，没有不是最危险的事！……"

三更更锣已当当当地从街的那头响了起来。

尤铁民好像也疲倦了。从衬衣衣袋里摸出一只金壳小表来，看了眼道："快十二点钟了！果然是睡觉的时候！你们把我安置在哪里？我是不择床的，臭虫虱子我全不怕。成都天气确实好，这时节又温和，又还没有蚊子。"

郝又三说明他所让的床铺是如何干净，以安客人之心。并陪客人到茅房去走了一转。及至回来，田老兄已经解衣展被，准备高卧了。他们还谈了一会四川和各省的革命运动。郝又三问尤铁民在成都尚要住多久。

"大概不多几天，我便将往嘉定府、叙府、泸州一带去了。……泸州是顶重要的地方。除了去考查一下佘竟成的行动外，还将顺便到叙永厅去看看。……那里有个中学堂，从监督到学生，不少是我们的盟员。据说，比成都的通省师范、叙属中学、第二小学的情况还好些。……此外，听说还有一个有气魄的绅士，叫黄方，是日本留学生学警察的杨维的联襟。杨维写信给我，很夸奖他，要介绍他入盟。我去看看，到底是怎么样一个人。……完了后，大概一水之便，东下重庆，就出川了。"

"既你不安排再回成都，铁民，我以老朋友的资格，却要忠告你几句，并作为临别赠言。"田老兄已经睡下了，又坐了起来这样说，"首先，我觉得你们革命党人大都浮躁一点。本来目无余子，气吞全牛，是好的，干大事的人也应该有这种襟怀，这种抱负，与夫这种气概。不过，据你所言，干革命是极危险的事，革命党人又大都是优秀分子，设或由于言行上的不谨慎，被官府察觉，逮去牺牲了，甚至牵连到一大堆人，想来也是不合算的吧？我引两句古话：诸葛公一生谨慎；《三略》上也说，将谋欲密，将谋密则奸心闭。听起来好像没有什么精义，但仔细一想，却都是古人体会到家而又行之有效的经验之语。我希望你收敛锋芒，随时小心一点好不好？……"

"对！"尤铁民不愿意同他辩驳，一面理铺盖，一面顺口问道，"还有呢？"

"该忠告的自然尚多，不过夜深了，不便再说，只说一件吧。就是你那一身洋装，不管你夸得怎么好，也不管又三如何赞成，我总觉得四川地方，不比通商口岸，大家都没见惯，乍一看见你那身打扮，不免惊奇，本来不注意你的人，也不能不注意了；今天就是顶好的例子，我不细讲，你总明白。幸而成都是五方杂处之区，现在学堂里面又有不少日本人，大家把你当作了东洋人，所以还没多大妨碍。但你不久便要去嘉定府、泸州一带，甚至要到叙永厅。这些地方，我没有去过，我想，总不会比成都省会地方开通吧？倘若你还是这样洋歪歪地惹人注意的话……"

"这个，我倒要答复你了。"尤铁民已经睡到床上，"承你关照。其实，我早准备了一身中国衣服和一条假发辫了。莘友——就是杨维的号，他们已在信中说到，并说他们也改了装的。……睡觉吧！有话明天再讲！……又三，我把你的床铺占了，你又睡在哪里呢？"

"我叫吴稽查回家去歇一夜，我就睡他的床铺。……你们请睡吧，明早再谈。不过田伯行的话，确实要紧，铁民，我希望你不要以人废言！……"

## 七

把尤铁民送走，又写了一封请假的信，托田老兄顺带到高等学堂。而后郝又三才雇了轿子，回到暑袜街家里。

今天是大太阳，天气顿然有点燥热。已经过了一大早晨，快九点半钟的光景，公馆里才一递一递地在开早饭。

倒座厅里吃饭的人，今天更少了几个。老爷还没有起床，太太哩，还是那老脾气，只要老爷不在，她的饭便须分送到房间里，由大小姐陪着吃。三老爷和贾姨奶奶是早由太太主张分开了，一天两顿，都在大花园里吃；三老爷也高兴这么办，一则免得看嫂嫂的无中生有的怪嘴脸，二则可以捡自己和贾姨奶奶的口味吃私房菜。

但是今天早晨，倒座厅里并不因为人少而就寂寞，这由于两岁多的心官居然也跪在饭桌的一张大方凳上，面前摆了一碗白饭，也抓了双福建的卤漆竹筷，在学大人向菜碗里捡菜；筷子不听使，要捡的菜老在菜碗里跑，惹得大人们好笑。

郝又三端起春桃盛上来的饭碗，扒了几口之后，忽然感到小孩子闹得讨厌，不由冲向他少奶奶鼓起眼睛说道："为啥子把心儿也弄到桌上来，任他这样胡闹？你也太溺爱了吧！两三岁的娃儿，正该学规矩的时候……"

叶文婉把两眉一扬，大声道："怪我吗？……"

香荃抢着说："是我叫他上桌子来的！……咋个？……不该吗？爹爹妈妈都没说过不对哩！"

"不是该不该的话，"郝又三对于两个妹妹向来客气，连忙带着笑容说，"娃儿太小啦，把脾气搞坏了，后来就不好纠正……"

姨太太把话头接过去道："可不是吗？我也是这个意思。男娃娃本来就要烦些，更该从小就管严点。二女子不懂这道理，你越说，她反而越惯失，把个心儿惯失得连啥子人都不怕了。"

"偏要惯失！偏要惯失！心儿顶巴我了。你们不要，我要。等嫂嫂二的个娃娃下地后，把心儿拿给我做儿子，我带领他。"

众人都笑了，连在旁边伺候端菜添饭的春桃、春英都笑了起来。心官也含着一口饭在笑，因为看见大家在笑。

姨太太强勉敛起笑容道："越说越浑！越说越不要脸！……"

何奶妈站在心官背后，同时讨好地向叶文婉笑着说："少奶奶第二胎一定又是个小少爷。你看嘛，口招风，二小姐这么说，前天太太也是这么说。"

叶文婉又高兴又不好意思地说："讨厌！你敢打包本吗？"同时，把自己那怪难看的大肚皮瞟了一眼。

香荃正不服气地在向她奶奶吵："要个娃娃来当儿子，又是自己家里的侄儿，有啥不要脸？你默倒我也像那霸道人样，估买人家的坟地吗？那种人，才真叫不要脸哩！"她的嘴唇，翘得有寸把高。

"这是哪里的话？"郝又三的象牙筷子停在一只炒腰花的盘子中，张眼把香荃望着。

叶文婉道："你没去见过妈妈吗？……邱老二昨天夜里就赶进

城来了！……"

"邱老二？……他来做啥，正是农忙的时候？……唔！难道就是二妹说的……"

香荃点着头道："是呀！我们郝家的祖坟，差不多遭别人抢去了！……"

姨太太连忙接着说："哪有这样凶！只是有人说要买罢了！太太就为这事怄了口气，吵了半夜。"

"难怪大妹在堂屋阶檐上拦住我说，妈正吃稀饭，叫我吃了饭，停一回再去见她。原来就怕妈说起这事，又闹气裹食。"

叶文婉道："本来气人，明明晓得是我们的祭田，连着坟地在内的，为啥要估着叫人家卖呢？……"

"少奶奶！"姨太太连忙短住她的话，"让大少爷吃完了，再慢慢说。……也怪二女子口敞，早就教过多少回了，这些事，不要拿到饭桌上来说，现在又忘记了！"

叶文婉一下就不高兴了，觉得姨太太明明在指教她。

郝又三连扒了两口饭，一面嚼，一面敷衍道："姨奶奶怕我也会着气裹食吗？我不像妈妈的火炮性，不会的！"

姨太太也觉察到少奶奶多了心，但毫不在意地仍旧说了下去："我晓得大少爷脾气好，度量也大，随便谈谈不要紧。可是二女子这种敞口标，却不应该让她搞惯。万一后来在老爷、太太吃饭时，也这样不知高低，岂不要出事吗？太太不是时常讲过？柳家三祖老太爷就是在吃饭时，有人来告诉他盐号倒了灶，登时就得了膈食病，只管请医调治，到底就由这个病送终的。老爷也常教我们，在吃饭时，千记莫要摆谈什么不好的事。大少爷你总该记得吧？"

"娘，不说好了。"香荃依然噘着嘴说，"我以后留心就是啦！别东瓜藤，南瓜藤，越理越长！"

心官捏着筷子，张开大口，乌黑的一对眼睛望着他二娘叫道："藤藤！……藤藤！……哈哈哈！……"

大家又是一阵笑，桌子上的气氛才和缓了。结果，何奶妈把心官诓下桌子，喂了半碗白饭。

早饭后，不等妈妈招呼，郝又三已急忙叫高贵把邱老二招呼到客厅里谈了一会，打算把事情的原委先弄清楚。

原来郝家在新繁县境内斑竹园地方，有一十七亩六分两季田，是他祖父手上置的。田土中央有三亩不到一片比较高朗些的地基，在田地买卖时候，原是随田就佃的佃户屋基。因他祖父相信一位由浙江来川的有名堪舆家的话，说那屋基有一片牛眠佳壤，如其作为阴宅，把先人的尸骨葬下去，可保后代人六十年官禄不断。他祖父才辗转托人，费了大力，从一个姓顾的族中，把这十七亩六分田挖买过手；三亩不到的屋基，连同三间草房、几丛慈竹、十多株品碗粗的柏树楠树，照规矩不另作价，就随田上纸了。而后，他祖父便将寄殡在江南会地上的双亲灵柩移来，依照堪舆家用罗盘扣准的吉穴，下了半棺，用定烧的大青砖砌了一个合棺大椁，椁外又用红砂石砌成一道二尺来高的坟圈，再填入泥土，垒成一个很气派的大坟包。坟前峡石墓碑，是请当代理学名家、锦江书院山长李惺李五子号西沤先生题的字，篆的额。坟前石拜台外，只因限于体制，没有摆出石人石马。就这样，在周围几里，已经得了个郝家大坟包的小地名了。

祖父还在坟包的左边修了小小一所砖墙瓦顶的三合头院子。拢门门楣上悬一块小小的白地黑字匾，刻着"郝氏支祠"四个大字，据说，是请剑阁李榕李申夫写的。正房堂屋的神龛内，供着神主。也有一卷书式的雕花供案，也有雕花的大八仙桌，也有带脚踏的高背大椅。左右两间正房，都修造布置得不错。祖父的意思是：首先，他准备在休官之后，补行庐墓三年；其次，他和祖母死后归葬曾祖父母之侧时，子孙也一定要庐墓的；再其次，后代儿孙春秋祭扫来此，也才有个住居之所；最后遗言说，后代儿孙如其有读书种子，尽可不必做官，而到此地来埋头读书，一则地方幽静，不为外务所扰，二来居近陇亩，也可略知稼穑艰难。但是，祖父祖母归葬一层虽办到了，而庐墓一事，祖父没做到，父亲更没做到，原因是，与城市村镇弯远了些，起居饮食，啥都不方便；至于子孙来此读书，更其只是一句空话；仅只每年清明或冬至，来扫墓时，偶住一两夜罢了。正房之外的两厢，连同后侧的灶房、牛栏、猪圈，便完全交与佃客邱老二的父亲邱福兴一家去使用。

　　买这片田土的目的，既然只在那三亩不到的屋基上的风水，那一十七亩六分两季田的租谷，便由祖父严格规定，不许移作别用，只能用在坟墓祠堂和与死丧祭奠有关的大事上。因此，对于邱福兴来承佃时，仅只取了田押九七平纹银一百两，每年租谷则照旧纸所定，没有增减。祖父经常自诩为宽大待人，邱福兴所图的，倒不只是借了郝老太爷的官势，对于乡约地保少受一些麻烦，对于地方公益还能沾染些进来。以此，主客相处很好。几十年来，无论天年好歹，收成是否十足丰稔，总是在大春下熟后不久，邱福兴必就按照租约规定的石斗升合数字，又按照崇义桥大市上的新谷市价，折合成白花花、起蜂窝眼的老锭，以及一串串个挑个打、不扣底子的青铜钱，外带肥鸡几只、香谷米一袋、自己田埂上收获的黄豆、绿豆、白水豆、青皮豆、红饭豆、赤小豆、黑豆等，凑成一挑，以前自己担，后来叫儿子老大邱洪兴担，老大在癸巳年进城染了麻脚瘟死后，就叫老二邱二兴担着，恭恭敬敬给主人家送来。主人家有时也觉得福兴耍了些狡猾，每每折合租谷时，总是拣崇义桥大市新谷上得顶旺、谷价跌得顶低时，并未派人去叫他卖，他老是借口说祠堂里没有仓房，房子又过窄，连放囤子的地方都没有，鼠耗又凶，每每来不及请示，只好自行做主卖了；也晓得主人家这时节并不差银子用，但主人家尽可以把它放给门口那些老陕，按月使一分二厘的官息，也是划算的事。把主人家说得高兴，必要留他耍两天，主人家亲自陪吃一顿饭，敬三盅酒——也是祖父规定的仪注，说这样，才叫主客平等，表示主人是敬恭农事、不忘根本的用意。不过

也只陪一顿，并且庄重得使佃客们不能醉饱。倒是其余几顿，由高二爷作陪时，反无拘无束、快乐得多。临走，还要受主人家回敬一些礼物：两木匣淡香斋的十景点心，壶中春的如意油，老郎庙的阿魏丸，以及其他一些城内有、农村无、也得用、也不得用的东西。

邱福兴就是这样地好。所以自承佃以来，便不期然而然成为郝家所有田佃的表率。主人家常常拿他来做榜样责备那班太老实的田佃："你们都能像邱福兴一样有良心，不年年要求主人家让租，不年年拖欠租谷到小春收完了还交不清，我们当主人家的，又为啥定要和你们下不去呢？"自从三老爷代太太管家以来，差不多每年都要作一番类似的训词。又因为以前得力的曾管事死后，没再找人，佃客们更其顽皮，以致三老爷在类似的训词外，还不得不说些唬吓话："再照这样搞下去，我只好换佃了！"不然就是："官司有你们吃的，班房有你们坐的，莫仗恃我们郝家待人厚道，就越发不知好歹了！"

邱福兴也越发成为一众田佃们的眼中钉，而邱福兴便也越发把郝家贴得死紧，三节两生送礼之外，每逢郝家有事，只要打听到，还一定要赶进城来帮忙。例如郝又三娶亲时，他已六十八岁，两眼已经半盲了，犹特地跑来，给主人家叩喜、帮忙，累得连饭都没吃好一顿。

他的老二邱二兴就不同啦！也有心计，也会盘算，不过恰如他老子常骂他的话："你只会打小九九算盘，跟城里娃儿一样，别人抢了你一根树，你看不见，捡了你一苗草，倒看见了！"老头子确实有道理。就由于承佃郝家田地以后，运用得好，几十年来，居然自己花花搭搭地也置备了将近二十来亩地方，有水田，有坡地，并且都没有粮。这一层，不知道如何办到的，据他自己说，是沾了郝家的光。那儿子莫名个中玄妙，老以为真是他老子和他自己的功劳；又因为自己有了地方了，自己也雇用了长年了，对于佃做郝家的田地，就不很看重，时常抱怨老头子："我们按年把租子交清，不像他家那些佃客，也算对得住他郝家了。为啥还要三节两生去送礼？丢下自己活路去给他帮忙？老实的，他是主人家，有钱，我们就该舔他的肥屁股吗？……哼！有钱？那也全靠老子们变牛变马挣给他们的哟！喊声老子们不干了，叫他当主人家的去啃泥巴，吃老子们的球！"

但做着郝家的田地，有现成瓦房住，有空地放牛，有竹子斫来编东西，有茅草割来搭柴火，这些显而易见的小便宜，他邱二兴是察觉得到的；设若另换一个主人家，且不说要加押加租的话，就是当真退了佃，叫自己旋找地方盖房子住，他当然会不安逸，会反对。他的老子就利用了这一点，所以在听见顾天成正同家里人商量，要恃强来估买郝家地方时，由于自己眼睛几乎成了精光瞎，也老了，腰痛、腿软、气喘，行路吃力，因才鼓动起他到郝家来报信，要郝家早作准备，把这个烂心肺的顾天成短住。"那是一个天不怕、地不怕的大浑王，说得出来，做得出来的！"

郝又三要想急切在邱老二口中把事情原委弄清楚，到底是一件不很容易的事。

邱老二自以为比郝又三大到差不多十来岁，按照乡里规矩，他还大他一辈。——他老子邱福兴是郝老太爷手上招的佃客，算与郝老太爷同辈；现在的老爷太太喊他老子为邱大爷，称他为二哥，那，他是和老爷同辈了。岁数大，行辈大，虽然他口头还是官称大少爷，郝又三也喊着他邱二哥，并未曾喊过他邱二叔，但他心里却一直以邱二叔自居，而把郝又三当作一个不能与他平等的小辈；至低限度，也是一个不能在他跟前摆架子的小主人。因此，他对于老爷太太还相当恭敬谨饬，说起话来比较简单，虽然远不能如他老子那样有要领，有筋节，又会观望风色，又会随机应变。

对于大少爷，可就随便多了。

即如此刻，乍一走进客厅，同郝又三平等一揖之后，不必要郝又三再让，已一屁股坐到炕床的上手一方。因为感到炕床高矮的尺

码不对，除了靠手一面的炕几外，其余两方都是空落落的，于是就把右脚上的家公鞋脱下，摆在踏凳上，一只没穿布袜的光脚板，便弯上来蹬在炕床边；还把宽大的毛蓝布裤脚撩得高高的，露出一段毛腿，一面扒搔，一面就着炕几里他那时刻不离的叶子烟。

态度随便，当然说话也就随便。一随便，他那种不慌不忙地摆家常的本色便出现了。

郝又三也熟习他的脾气。在平时也能耐着性子同他瞎扯上半天，而不必要弄清他说的啥。此时，却不能不一面含着纸烟在旧地毡上打磨旋，一面随时截住他的话头，不要它泛滥得太没有边际。

郝又三蹙起眉头道："邱二哥我们长话短说吧。只请你告诉我，那个顾天成到底是个啥子样的人。他这样横行霸道，除了仗恃自己是奉教的资格外，还有啥？"

"他吗？哼！……"慢慢吧着叶子烟，又向瓷痰盂里吐了两把口水，半闭着被烧酒醉红了的眼睛，一吞一吐地道，"他就仗恃是奉洋教的！……新繁县衙门闯进闯出。……估买估卖，估吃霸赊，哪个敢惹？好歪哟！……老祠堂就在两路口，好大一族人！……都是有钱的绅粮！……顾天成早就是豪霸子了，后来又奉了洋教。……人家说，他那个妖妖精精的老婆，就是霸占来的……一个叫蔡大嫂的活人妻。……唉！说起这事，那就长啦！……"

"是啰！是啰！不要又扯宽了！只说那姓顾的，怎么会想到来买我们的地方？"

"你这个人真是性急，幸亏你没做县官问案子！……"又吐了两把口水，拿指头把叶子烟卷捏了几下，一双红眼睛瞅着郝又三道，"你不听他老婆的事吗？"

"以后慢慢听你摆。现在，只说顾天成怎么会想到来买我们的地方。"郝又三把纸烟蒂向痰盂一丢，站在他跟前说。

"还不是要从他这老婆说起？……你听啊！忙啥子？老爷的脾气比你好多了，太太也没这样催过我！……是啊！这事就是从他那老婆引起的。……他前头老婆早死了，这个老婆，是个活人妻，霸占来的。……妖妖精精的，他却害怕她。……她不准他再同钟幺嫂勾扯，两口子吵闹了几年。……你晓得钟幺嫂吗？"

"大概是他的野老婆吧？明白是这么一回事就行了，你说下去好啰！"

"你们读书的人真精灵，一说就明白了！……钟幺嫂也是一个轧实婆娘啊，硬不怕那顾三奶奶咋样燥皮，要她丢开顾三贡爷，可不行。……两口子，两个婆娘，就这么吵呀闹的，闹得二三十里地个个人都在笑！……到后来，钟幺嫂不晓得为了啥子缘故，忽然不闹了，愿意惊动邻里，同三贡爷订分离。……钱是不要的，要钱，就太下贱了。……钟幺嫂要的是地方。也不要三贡爷拿地方送给她。……她自己晓得她的命薄，不配当粮户。只要三贡爷招她做一个不要押金、不收租子的佃客……"

"所以那姓顾的才想到来买我家的地方，是不是呢？"

丘老二正在磕叶子烟锅巴，只点了点头。

郝又三想了一想，又把头皮搔了一下道："你还是没说明白。顾天成既是有钱人，又住在两路口，难道就没有田地佃给他那野老婆，还待旋买地方？"

"你倒说得对，顾三贡爷那么大一个绅粮，岂有没田没地，像光棍一样吗？……嘿，嘿！他的田地才多哩！告诉你，大少爷，光是新繁县就有六七十亩。还莫说郫县、成都、华阳几县的。……不过，在新繁县的，都在他庄子的周围，他的老婆三奶奶不肯拿出来，说，这么一下子，咋个能叫分离，反倒把野老婆弄成了一家人，更贴紧了！……外县的哩，钟幺嫂又不愿意，说，自小生在新繁县，死也要死在新繁县。"

"新繁县的田地也多呀，为啥单想到了我家的？莫非有人在外面造谣生事，说我家出了托约，在卖地方？"

"这倒没有。……"邱老二第二卷叶子烟又凑上烟斗，从郝又

三递过去的一支擦燃的洋火上，口水直淌地吧着说，"没有人造谣言。……是他幺伯……他亲房幺伯教他的……"

春英已来客厅门口催过郝又三两次，说太太收拾好了，老爷也起了床，服过艾罗补脑汁了，请他进去说话。他安心把事情完全弄清楚，不能不用尽方法，又经过好一会儿，才从邱二兴的扯不断、拉不伸的话言中，知道邱家有个长年叫赖阿九，和顾天成家的长年阿三是嫡亲老表。前天，赖阿九去崇义桥赶场，碰见阿三。闲谈中间，阿三告诉他，顾天成为了要安顿钟幺嫂，想起他幺伯顾辉堂有一块水田在斑竹园，打算拿自己郫县的一块田去和顾辉堂掉换。他特特叫阿三跟他同到大墙后街找他幺伯商量。据阿三说，他亲耳听见顾辉堂本来肯的，却因那地方分给幺伯的次子顾天相管业，不能不同顾天相打交涉，顾天相不知为了什么缘故，偏偏不答应，然后顾辉堂才告诉他，若果一定要在斑竹园一带找地方的话，也不难。他记得三十几年前，老大房有一块田土，就在那里，被几个不肖子孙贪图每亩多卖二两银子，不肯让给族中，竟自卖给了那时管理雷波厅正堂的郝家。好像记得纸上载明，将来业主有力，可以照价赎还，并非卖绝了的祖业。"你现在只管抱着银子向郝家去买。你是顾家老祠堂的子孙，照纸约赎还祖业，他敢不依？不依，就告他一状，你又是奉洋教的，还怕县官不断给你吗？"顾天成本是浑天黑地的豪霸子，当真就听进去了。阿三说："一回来，就向钟幺嫂说了一通。钟幺嫂那婆娘没话说。现刻正和三奶奶商量哩。"

郝又三道："顾天成既没有来找你们代话，也未曾托人来找我们。事情还在未定之天，你们忙些啥？"

邱二兴叼着叶子烟斗，结实瞪了他一眼道："就是我们那老头子嘛！……我本不想来的……他就是那么打叽喳：顾天成那浑王哟！是说得出来，做得出来的！……"

# 八

也可以算是一次家庭会议了。参加的人有老爷郝达三，有太太，有姨太太，有大少爷郝又三，有大小姐香芸，甚至有三老爷郝尊三。少奶奶叶文婉因为身孕大了，饭后例须在床上躺一躺；老爷讲究胎教，说这些惹是生非的事，容易令人动气，不宜使孕妇参与，以免影响胎儿。二小姐香荃还没有成年，不知世事，用不着参与；其实香荃本人贪着同春桃给心官赶做过端阳节的艾虎、香荷包，叫她来，她也坐不稳。贾姨奶奶即使不和少奶奶有同样情况，以她的身份，也不配参加。

会议地方是太太的卧房。在以前，一团和气时，本来就是全家人每天夜里聚在一处谈天说地的地方。

会议开始时，太太正同大小姐站在大方桌前，打开一具生牛皮做的枕箱，在清理文契。

太太字墨不深沉，但记性却好，每拿起一份契纸，不等大小姐把第一行"立杜卖文约人"的名字看清楚，她就认得是哪县哪乡哪个小地方的地契，是好多亩水田或是好多亩旱地，是祖父手上或是父亲手上哪年哪月用了好多银子买的。设如再盘问，她还可以说得出有没有老契和过关契，前几届的业主是谁。

姨太太虽也站在旁边，但仍保持着一定远的距离，仅只打眼角扫着，依然做出种不注意的样子；一面留神老爷吃到了几口鸦片烟。

三老爷身心安泰地坐在床前那张常设的藤心圈椅上，一面吧杂拌烟，一面看刚才送到的《成都日报》。——是官报书局新近办的、类似《京报》《辕门抄》的一种日报，用四号铅字印在半张连四纸上，但凡官绅人家都必须谨遵宪谕订一份。

郝又三掀门帘进去时，他妈正拿着一大叠折叠很整齐的契纸，摇了摇道："这不就是吗？……"

看见了他，便立刻抱怨起来："大家都等着你来商量。为啥叫

了两遍都不进来！……你看，顾家的卖契上，不是载得明明白白永远杜卖、阖族子孙绝无异言吗？……他婊子养的东西，怎敢嚼着舌头，说他顾家没有立过这样的契纸？"

郝达三已经在床边上坐了起来，笑道："太太真个安排同人家打官司吗？……又三，你问清楚了吧？照你看，会不会闹到打官司？"

郝又三在大立柜跟前一张四方凳上坐下，道："却要看邱老二说的那个顾天成到底只是在自己家里说说罢哩，还是当真要来找我们！"

郝尊三抬起头来道："谅他也不敢！黄桶也有两只耳朵呀！……"

"他怎么不敢呢？"他哥不让他说下去，"现在正在讲自治，讲平权，我们是绅界，人家也是绅界，走进自治公所，彼此一样；如其打官司的话，自然是到地方审判厅了，那地方……"

"当真就不到县衙门去了吗？"三老爷大睁起一双近视眼问。

太太回过头来道："是呀！我也说，现在做州县官的，当真就不问案子了吗？"

香芸走过来同她哥哥坐在一排，笑道："你们真是哟！哥哥来了，你们放着正经事不商量，又扯到那些无干得失的事情上面去了！……爹，你说怎么样？依我看来，邱二哥他们传的话，未必就真。首先，是人家姓顾的在家里头说的话，他们隔了那么远，怎么会弄得这样清楚？……"

她哥哥赶快说："邱老二不是说顾家一个长年向他们的长年叫什么赖阿九摆谈的吗？"

他妈立刻说道："他就没有这样说过，所以我说，邱老二的话没有说尽的，还有一多半在他肚皮里，自己才明白。"

"这不怪他，"老爷喝了春茶后，把水烟袋抱在手上，这样说，"他在我们跟前，难免有些拘束。又三，把他向你说的，尽量谈一谈吧！"郝又三把邱二兴所说的话，详细复述了一遍后，道：

"我也和妈妈的意思一样，邱老二的话，恐怕还是没有说完的。"

郝达三沉吟着道："顶要紧的，想来也就是这些了。"

"那么，我们该怎么办？就商量嘛！"大小姐到底性急些。

三老爷首先说："依我说，最好就给他一个不理睬。……横竖契纸在我们手上，凭他再是教民，再仗洋势，他总不能从我们手上把契纸抢走。抢走不了契纸，他就抢走不了地方。"

他嫂嫂赞同说："老三这话很对！……"

老爷笑了笑道："你们讲的全是老规矩！不晓得现在世道早变了，强权就是公理！姓顾的真个要抢地方的话，那倒不在乎你有没有契纸。我们现在只研究姓顾的到底有好大的势力？是不是一定要来抢夺我们这块地方？势力大，我们该怎样对付，势力不大，该怎样对付，这才是办法呀！怎说给他个不理睬呢？"

大小姐是支持她爹的："还是爹想得周到。"

"但是我们现在怎么晓得那姓顾的到底有多大的势力呢？"大少爷说，"照邱老二说起来，也只是个奉教的土粮户，在乡坝里头冲豪霸子罢咧，想来不见得就有好大的势力。……我对三叔的见解，倒不完全否定。因为别人尚在私自拟议中间，要不要来找我们，连别人都还未确定，我们怎能就无的放矢地乱起来？"

他妈也赞同："当真呀！如其人家真个不来惹我们，难道我们好找上门去问人家个岂有此理吗？"

他爹依然笑着道："你们真是可笑！一方面在怀疑邱老二的话没有说尽，一方面又完全相信了他的话。依我想来，那姓顾的如其只是在家里说说，而不会见诸行动，以邱福兴之老练，断不会这样惊惊张张地叫他儿子丢下活路跑来。并且……并且，但凡这些事，最好是化之于无形，也和办对外交涉一样，要制动于机先。如其等到人家已经决了计，或者动了手，再筹抵制，又没有及时把人家的底实摸够，只是胡乱吵一阵、闹一阵，安得而不失败？即使不失败，所劳的神，所费的力，也就大得多！我们中国对外交涉之所以

毫无办法、老是跟着人家屁股转的缘故，就在于此。……这道理，又三总该懂得。如其连这点都不懂，那又何必讲新学呢？"

父亲的见解，儿子有时是不以为然的，认为钻得太深，反而不合情理。不过目前，却承认父亲的脑筋到底精密。也笑道："那么，必须先把这姓顾的底实摸一个清楚方对。……但是怎样的摸法？……再叫邱老二来问一番吗？"

"何必多此一举！……你就没有想到亲自到斑竹园去问问邱福兴吗？……"

看见大家耸然欲动的样子，郝达三连忙接说下去道："不止此哩！我昨夜已经想来，化于无形，制于机先的办法，我们还应该设法到两路口去。能够找着那姓顾的当面谈谈顶好，不然，也该从旁吹点风声到他耳朵里，硬告诉他一些利害，使他明白事情不唯不那么容易做到，将来还不免有后患存焉！……姓顾的纵然再浑再横，我想利害总应该晓得。……这样，他总不会贸然生事了。"

在场的人果然都认为他的想法对。太太格外高兴说："老姜到底比新姜要辣些！……那么，叫大娃子去走一趟吧！顶好是明天同邱老二一道走，路上也有个伴。"

"又三不好去得，太露形迹了……"

太太又说："那么，老三去！"

三老爷摇摇头道："嫂嫂莫派我……我有好几年不到斑竹园了……我口齿又钝……恐怕……"

事实上他是因为贾姨奶奶快要足月，放心不下的缘故。

幸而他哥给他解了围："老三也不行，到底是郝家的人啊！可惜曾管事死了，要是他在……"

姨太太插口道："叫高贵去，可不可以？"

大小姐首先反对："那怎么行啰！叫他去帮忙办点红白喜事倒还可以。"

郝又三忽然想到一个人，说道："找吴金廷去，如何？"

太太同大小姐都说不好。姨太太当然不便开口。三老爷本想开口赞成，因见嫂嫂同大侄女说不好，便默然了。

郝达三想了一会儿道："如其找不到更妥当的人，吴金廷倒可以。只是他走后，小学堂的事，没妨碍吗？这有好几天耽搁的。"

"没妨碍。我们另自找人代一代。想来，至多不过一个星期吧？"

老爷放下水烟袋，又向烟盘旁边横身躺了下去，道："时间的多寡，倒不在我们，而在他的办事能力。你先去同他谈一谈，还看他敢不敢承应。要是敢的话，叫他下午来见我，我再同他斟酌办法。"

## 第四部分　暴风雨前

一

大家都不明白近几个月郝又三这个人为什么会变得这样沉默，这样索漠。凭你同他谈到什么要紧事，或是什么有趣的事，他老是毫不关心地听着，顶多笑一笑。

像斑竹园那件事，吴金廷前前后后跑了三趟，时间拖延到端阳节过了许久，由于一直没机会和顾天成见面，同邱福兴研究后，又不好无端地跑到两路口去找他，只凭赖阿九与阿三的不时传说，好像顾天成也有几分顾忌似的。不过，一天没打听到顾天成是不是另外找到了地方，或正在找地方，那么，他的妄念总还在他心头，这事情总不算清结。据吴金廷的建议，顾天成是听他老婆说话的，与其找到他本人，又不好开口，不如找到他老婆开导一番，再叫他老婆去说他，虽然多绕两个圈子，似乎既有把握，而面子上也冠冕堂皇一些。但又怎样去找他的老婆呢？别人都在思考，都在提意见，唯独他郝又三，若无其事地不作一点主张。其后，还是由于吴金廷打听出来，知道顾三奶奶有个娘家哥哥，在马裕隆洋广杂货铺当伙计，而郝家又历来是章洪源、正大裕、马裕隆这些洋广杂货铺的老主顾，不如把她哥哥叫来，以本号老主顾的资格，吩咐他去开导他的妹妹和他的妹夫；并吃住他，非叫他办好不可。算来，这条路子倒还简捷得多。大家听了，都以为是，问到他郝又三，他也仅只点头说好。及至顾三奶奶的娘家哥哥来回说，顾三贡爷早被他妹妹短住了；因他妹妹到底明白事理，知道这是他们幺伯顾辉堂所使的牵狮子咬笨狗的诡计，经她点明，顾三贡爷才恍然自己几乎上当；如今听见郝家已作准备，他更其不再来生事。这件使人烦心了这么久的事，一旦烟消火灭，大家是何等高兴。但是他郝又三，依然是漠不关心的样子。他大妹妹香芸首先察觉了他这种变化，私下问他为什么这样，他回答是："这些关乎一人一家的芝麻小事，也值得用心吗？"

又如像他的少奶奶叶文婉在大热天气里，忽然动了胎，很顺利地又给他郝家生了一个儿子。老爷太太喜欢得合不拢口。这不仅遂了祖母的心意，诚如何奶妈之言，应了口招风，而且也达到祖父的希冀，认定一代单传之后，必然会螽斯衍庆的。因此，这一次的红蛋，比起生心官时还多染了两百个。叶姑太太早已接了来家，不知受了亲家母多少拜，好像少奶奶之能生儿子，全是她妈的力量。上上下下都是喜。也独有他、郝又三，当父亲的人，仍然像平时一样。大家向他道喜，乃至他向父母磕头道喜，跟随父母向曾祖父母、祖父母的神主道喜时，虽也在笑，但只是一种虚应故事的笑。他大妹妹香芸又察觉了，问他为什么不像心官生时那样近乎忘形的高兴呢？他悄悄地说："像中国这样快被瓜分的国家，多生些亡国奴，有什么可喜的地方？并且我最近又看了一本新书，叫《人口论》，是一个英国人作的。据说，像我们中国这样国家，人口越多，地产越少，国家越贫越弱，争端越来越多；四万万之众，已经造乱有余，如今再添一个乱源，只有令人悲的！……"

他哥哥是她倾心拱服的一个人，他的话虽然使她不尽了解，想来一定有道理。所以她心里只管有点想不通，不明白她哥哥这种显然与前不同的思想究竟从何而来，但也不好追问。只是对她哥哥的言语态度更为留心，很想他能够有机会时自动地告诉她。

那时，已是暑假。高等学堂试验完毕，学生、教习都各自回家团聚。广智小学也试验完毕，学生、教习也同样都回家团聚去了。吴金廷不是教习，当然留了下来，同着小二看守那一大院空落落的房子。同时，吴金廷还有一种职务，就是兼办收发，分送一切公的私的文件信函。

一天，他特为给郝又三送了封信来，是从上海寄来的，常信，仅贴了三分钱的邮票。

因为托熟的缘故，郝又三到客厅来时，只穿了身白麻布汗衣裤，下面光脚趿一双皮拖鞋，发辫盘在头上也没放下，手里挥着一把广东来的蒲扇。一掀竹帘，就说"好热哟！"，一面让吴金廷宽去那件玉色麻布长衫，一面叫高贵打洗脸水，泡茶，端点心。

吴金廷连忙拦住说："不用茶点了。有冷茶，倒一碗给我吧！我只能坐几分钟，等姨太太手空了，谈两句话，就要走的。"

他一面把一封厚厚的洋纸信封的信，从衣袋搜出，递与郝又三。

一看笔迹，就知道是尤铁民写的，虽然信封左下方写的是名内详。

尤铁民的信，而且那么厚厚的一封，当然要紧了。他本不打算再同吴金廷周旋，却又不能立刻叫人家走，只好把信封摆在茶几上，不即去拆它。随口问道："你别处有事吗？"

"还不是伍家的事！……"吴金廷扇着黑纸折扇，好像不经意地也随口而答。

"哦！"本是他不应关心的事，反而举眼把吴金廷望着，意思是要他说下去。

"伍安生的妈病了，请王世仁医生看了两次，说是气血两亏，不但要好好保养，还要随时吃点滋补药。大先生，你想，她家是啥子样的景况。虽说伍平上月已经有信回来，说他们的粮子不久调到马边厅，以后可以陆续托人带点钱回家。但也只是信上说的话。钱哩，现在还没见面。而今，她家的房钱虽由大先生答应了，不用焦愁。可是日常家缴，就全靠伍安生他妈一双手做点细活路了。……不瞒你大先生说，现在针线活路，已经年不如一年，光靠做细活路，又哪能够啊？……从前没有搬家时，还有一些朋友长长短短帮点忙。大先生是晓得的，用不着瞒你。自从搬了家，不但地方不同了，并且警察局查得也严，不能再招揽人。……就是伍安生的妈，也万万不肯。她常说，她的贴心朋友，而今只有你大先生一个人，你既是把她从烂泥坑里提拔出来，只管没有贴身服侍过你，但要她背过你另找朋友，就银子堆成山，她也不干。所以，这几个月来，除了做点时有时无的细活路，向当铺当点东西外，不够的，全靠我一个人东拉西扯借些给她们。要是太太平平的，大家苦一点，倒还可以拖下去；拖到伍平能够经常有钱寄回，就算苦出头了。……唉！谁又料到好端端的一个人会害起病来！并且命穷人偏又害的是富贵病！事情做不得，还要吃滋补药。大先生，说老实话，这几天，真个把我整到注了！……"

郝又三在他说话时，已经站了起来，在客厅里兜着圈子。一面留神前后窗子外面，有没有人在偷听。——他深知他们郝家的习惯：不管上人下人，全是喜欢到窗跟下听人家说私话的。今天大约由于吴金廷不是稀客，或者也由于正是大家闭目养神时候吧？前面被太阳晒得火辣辣的大院坝中，后面浓荫四合的小花园内，居然不见一个人影。不等吴金廷说完，他已不能再冷静了。

"一句话说完，人病了，当然该调养。你斟酌一下，得好多钱才够？"

"够不够的话，就难说。只求有个十几二十元可以敷衍一时罢了！"

"十几二十元钱，也不算啥子难事！你怎么就说得那样了不起？"

"啊呀！大先生！哪能都像你们富贵人家子弟，一撒手几十元钱不算一回事！你想，我在小学堂，每月挣你们十二元钱，不必说我还有个家，有个老母亲要供养，就没的话，我自己也要用一些啰，每月又能挪出几元钱来借给人家？并且我除了这十二元的薪水外，又没有别的生发，学堂又不比绸缎铺，每天没有一定的出入款子，要通挪也没处通挪啊！"

"为啥不早来同我商量？我虽不算是富贵人家子弟，如像你所

恭维的。手边确乎也不算宽裕，不过十几二十圆的数目，倒还想得出办法。"

"大先生，你又没想到这是伍家的事情！"吴金廷狡猾地笑着说道："我姓吴的倒还和你拉得上关系，莫计奈何时，找你帮帮忙，是说得过去的。但是伍家的事情，却怎好动辄来累你呢？以前，你已经那么慷慨过了，说要酬报你，你又连一杯水酒也不肯打搅人家的。人家不是没有良心的人，不是不通情理的人，像这样没名没堂地尽使你的钱，叫人家怎么下得去呢？并且人家也想来，当面约了你，你不去，托我请你，你也回绝了。大约你一定听见了啥子坏话，疑心人家对你不起？不然，就是人家得罪了你，使你讨厌了？人家摸不清楚你的心意，也不敢再找你。一面还叫我千万不要向你提说，害怕你生了心，以为你会想到交情尚没拉成，就这样要求不厌，万一机缘成熟，真个拉上了交情，岂不成了个填不满的无底洞？这样一来，反而使她要报答你的心愿，倒永远虚悬了。她说过，她是不背来生债的。"

郝又三明明晓得这番话有一多半是靠不住的。最可靠的一层，也只是摸不够他的心意，怕碰钉子，不敢来找他罢了。不过听起来不唯不讨厌，还使人心里好像过不去似的，便也笑道："说那么多做啥哟！她们的心思，未免太曲折了！请你去跟她们说，我们既是朋友，就有有无相通、患难相助的义务，不多几元钱，是可以帮忙的。至于说到男女相好那一层……"

他本来想坚决地说："断乎不可！"甚至想说："叫她断了这个念头吧！我向来是行端表正的人，而且现在正在考虑革命大业，哪有闲情逸致来搞这种风流事！"可是到底咽住了，也学了一点官场中上司对下属的派头，即是凡事不下断语，仅只打了两个哈哈，叫人莫测深浅。

吴金廷走了。带走了他的十六块崭新的龙板银圆。遗留给他的，是一股又龌龊，又温馨，偶一回思，又使他惭愧，又使他脸红的感觉。

这感觉还颇有力量，牢牢地钉在脑子里，弄得他把尤铁民的信看了好几遍，方看清楚了它上面说的是什么。

信纸是一大叠，字却写得大，而又草得来龙蛇飞舞。原来尤铁民回到上海，已经一个多月。他正同上海的志士们在向各方运动，打算联合天主教、耶稣教共同组织一个万国青年会。总会设在上海，分会在内地各处，尤其在四川的嘉定、叙府、泸州沿江一带。他说："其用意只在掩人耳目，非为外国教士传教地也。设能为助，望出全力以助其成！"又告诉他，亲自在下川南考察之所得："豪杰之士，风起云涌，其势力远非蓉、渝两地可比。盖坐而言者少，起而行者多也！"又说："川中发难，必不在远，左券之操，将无疑义！"他的理由，是官吏昏庸，营伍腐败，人有思乱之心，官无防御之术，因而劝他赶快去找黄理君，及时参加同盟会，做一个革命健儿，流血救国，虽死犹荣！并告诉他，那个叙永大绅黄方，业经他的襟弟杨维介绍，参加了。"其人虽不如谢伟之干练，熊克武之沉着，仍不失为豪迈之士，敢作敢为。"并说，这个人就在前几月尚没有革命头脑，尚在想做官为宦，但是被杨维一说，他就一切不顾地加入了同盟会，像他郝又三，志趣见解，什么都比黄方为高的人，"当此潮流汹涌，更毋庸徘徊瞻顾"了！

这封信之对于郝又三，实在是一盏歧路上的明灯啊！

不过这明灯的作用，也仅只使他把刚才钉在脑子里的那种又醍醐又温馨的思绪，暂时化为乌有，还一直不能把他几个月来的种种顾虑，从他心头扫除溶解哩！

他的顾虑是，要革命就应当牺牲家庭。他家庭之于他，不能算是怎样温暖：父亲是平平常常的，母亲是颠颠倒倒的，老婆是冷冷淡淡的，儿子还小，姨太太和三叔那两支，更不必说，只有一个亲妹妹香芸，倒的确情投意合。但是除了香芸，要他任便丢一个，他仍然做不到。他曾仔细思量来，这倒不完全由于受了孔子教育，

本诸亲亲之谊的缘故，而实是出之孟子所讲的不忍人之心。既然不忍，就一个也丢不下，一个也割不开了。

他的顾虑是，要革命就应当奔走，四处奔走，尤铁民就是一个活鲜鲜的例。更从尤铁民口中听来，许多称为革命健儿的，大都今朝天南，明朝地北，又要跑得，又要饿得，又要吃苦，又要冒险。自己度量一下，有生以来所过的，都是太平安逸日子，已经养得筋柔骨脆，到底能不能吃苦？没把握；能不能冒险？更难想象。何况平生脚迹，没有出城走过百里，一旦要远出千里，而又举目无亲，不说叫自己拿脚跑，就是像清明冬至到斑竹园去扫墓，用轿子抬了去，而不带着高贵或别的下人伺候，自己简直就没抓拿了。由此推之，光是奔走，已经戛戛乎难，还要吃苦，还要冒险，那真太不容易！

他的顾虑是，要革命就应当耍手枪，丢炸弹。大丈夫流血牺牲，本无所谓，什么重于泰山、轻于鸿毛的道理，倒不在他心上，他只认为死哩，要死得轰轰烈烈，死得痛痛快快。比如去年吴樾那颗炸弹，虽未曾把奉旨出洋考察宪政的五大臣炸着，而炸死了本人，但是名垂千古，自不必说，就那样壮烈的死，也胜于害了痨病，缠绵床笫，求死不得者万倍。而可怕的，只在徒然喊着革命，赤手空拳，没有手枪，没有炸弹，一旦被人捉将官里去，非刑拷打，那样的罪，他怎么受得了？而手枪炸弹这种必要的革命武器，据尤铁民说来，四川的革命党似乎还没有啊！

那么，就学他同学当中那些挂名的革命党人吧！只管虽称志士，但读书的仍只顾读书，教书的仍只顾教书，顶多在茶余酒后发表一些血淋淋的言论，以表示愤慨。这不但为尤铁民所讥诮，为他本心所不屑，即尤铁民邀约他参加进来，怕也不会让他这样干下去吧？

三种顾虑和一种不可，要是尤铁民在跟前，是很可以商量一个结果的。尤铁民既然不在，同他通信商量吧？不特信上说不清楚，不特有许多话在口里说说还不要紧，写在纸上，便着了形迹，让别人看见，就会成为笑谈；而且尤铁民现在在哪里呢？不见得他回了东京，上海又没有他的通信地址。就写信也无法寄到他的手上。

除了尤铁民，在跟前的，似乎只有大妹妹香芸还可商量。不过香芸只管开通，也有脑筋，也有胆气，可是像这种革命大业，她未必比他懂，也未必肯赞成他干，不商量倒好，一商量反恐节外生枝。

田老兄呢？也不行。那是个彻头彻尾的自私自利者，但凡和他没有切身利害的事，他向来就不作主张，设若同他商量，只有招他笑话。

至于吴金廷，那简直是个市井之徒。他心心念念只想给他拉皮条，只想勾引他去做下流事，从中取利。

他甚至想到傅樵村，想到葛寰中，想到许多不伦不类的人。

几天当中，他好像关在笼子里的野兽一样，把一个公馆里可能散步的角落，都走遍了，而且到处都有他那地球牌的纸烟灰。幸而那几天，正值贾姨奶奶生娩，因为是头一胎，平日对于眠食起居，不像少奶奶那样会自己当心，太太虽也在作指导，禁不住三老爷的纵容和姑息，以致从阵痛到一个女婴生了下来，几乎闹了两昼夜；虽非难产，却很不顺遂。不管贾姨奶奶平日为人如何，到底是十多年的丫头，服侍过老爷太太，现在又正为郝家添人进口，说起来也算是郝家另一房的半个主人。所以，这两昼夜间，郝家上下也像遭了一回什么大故，虽未曾闹得人仰马翻，可也把全家人的耳目精神整个吸收到大花园那一只角上去了。因此，没有人来注意郝又三的不安。他的少奶奶尚颇为生气，误会他的不安，是为了春兰的缘故。

到了最后，郝又三方决了意，不管怎样且先找黄理君会谈一次再说。不料走到他寓所一问，黄理君又离开成都走了。到哪里去了？没有人知道。什么时候回来？也没有人知道。郝又三只好叹了口气，自己寻思："大概也由于缘法未到吧！……缘法未到，不唯下流事干不成，连上流事也干不成！……算了吧，也不下流，也不上流，依然还我的中庸之道好了！"

二

重阳前几天，葛寰中三十晋八的寿辰。不是整生，也同往年一样，只在自己公馆里请了四桌客，两桌男客，两桌女客，都是至亲同至好朋友。郝家一家人当然在内。闹到初更散席，女客先告辞走了，男客也走了不剩几人。郝达三要过烟瘾，葛家只有麻将牌，没有吸鸦片烟的家伙；又因葛寰中自从在警察局当了差事，为了自己的官声，也不好再让客人自带烟具到公馆里来开灯。郝达三在连打三次呵欠后，也便坐轿回家；只郝又三还留下，遂被葛寰中邀到小书房里，说是煮茗清谈。

葛寰中已是穿了身便衣，嘘着纸烟，躺坐在一张洋式靠椅上，慨然叹道："老侄，你看我到底不行啦！应酬一天，就深感疲倦了。说起来，才三十几岁，比你老太爷小，又没有你老太爷的嗜好，也没有姨太太，可是身体还是不结实！……"

话一开头，就说到日本：日本人的身体，日本人的清洁，日本人的学堂，日本人的柔术。因为没有太太在旁边阻拦，因为郝又三又能尖起耳朵领会他的意思，他于是就畅所欲言地谈了好一会，一直谈到目前的谣言，他的话头方转了一个大弯。

"目前谣言很多，你们在学堂念书的人，大概也听见了些吧？"

"哪一方面的谣言？"郝又三问。

"且说你们在学堂中听见的是哪一些？"

真就把郝又三问住了。他想不起平日在同学中间说过些什么，听过些什么，自己留心过的又是些什么。

葛寰中笑道："难道你们简直没听见说过有些州县有革命党在图谋不轨吗？"

他方才想起了开学之后，果曾从好些外县同学的口中，听说某些地方有人在招兵买马，某些地方有人在开坛设教。因为这些话早已听惯了，差不多每年暑假之后，同学们总要带一些这样新闻，互相炫耀。不过说上几个星期，也就烟消火灭，从无下文。……却没有想到革命党起事上面去。他几乎已把前几月尤铁民的来信忘记了。

"……啊！世伯所说的革命党起事谣言，果就是这些吗？"

"怎么不是呢？一班人脑筋不开通，明明是革命党人图谋不轨，一传说起来，仍当作是梁山泊、红灯教。老侄，你还不晓得，就是一班当父母大老爷的人，一百个中间，几乎九十九个的脑筋都是这样的。所以几年以来，只听见外省有革命党在闹事，我们四川好像一个革命党人都没有，原因就在这般做官人一直没弄清楚革命党和土匪的分别。"

"那么，四川的革命党人可真不少哩！"郝又三有意地装了一次傻。

"当然不会少的，办了这么几年学堂，又有这么多人到日本去留过学。"

"照世伯看来，好像学堂就是革命窝巢，日本留学生都是革命媒介物了。恐怕不尽然吧？"郝又三只能这样软软地反驳两句。

"学堂或者不完全是革命窝巢，我没有住过学堂，不如你清楚。日本，我是去过的，我却敢说，假使我不是官，而又再年轻十几岁，我也很可作一个革命媒介物的。老侄，你不知道，但凡一个聪明人，只要走到外国，把别人的国势和我们的国势拿来比一比，再和一班维新志士谈一谈，不知不觉你就会走上革命道路去。这本不稀奇。所稀奇的，反而是留学回来了，难道自己的国情，还不清楚吗？为什么还像在国外一样，高谈革命？谈谈革命，也不要紧，可不能去实行那破坏政治的事情呀！好在四川去日本留学的还不很多，回来的这些人，多半在学堂教书，我们也略略考查了一下，都还安分守己，没有什么越轨的行为，只管表面上看来，不免有些飞扬浮躁、目空一世的样子。"

"那么，现在到处闹事的革命党，不见得和日本留学生有什么相干了！"

"也难说啊！我刚才所说的日本留学生，是指官费和派送去日本的而言，并且也指回到成都的而言，一班私费去日本以及回来又散在外县各地的，那便不敢说了。不过据川南、川东好多州县的密禀说来，只是说地方不靖，土匪有随时窃发之虞，大家并未提到是革命党图谋不轨。只是我同督院上几位文案同寅私下谈论，恐怕是革命党而不见得全是土匪。到底是不是革命党，现刻还待调查哩。"

"若果调查确实，是革命党图谋起事，世伯看，四川有没有危险？"

葛寰中把烟蒂向痰盂内一丢，哈哈大笑道："你老侄学过地理，难道还不晓得四川形势吗？四川，恰如现在调任商务局总办周观察说的，是个死窝窝。我们不忙说革命党人本是一伙不知利害的青年小子，有多大本事，能够赤手空拳造得成反？即令他们有本事，广东那样的地方，交通又方便，又是华洋杂处之区，以他们的头子孙文、黄兴那等声势，回回起事，还要回回失败。他们真个要在这死窝窝里来造反，那只好白丢性命，白白给我们送些保案来，为升官起见，我倒欢迎之至，还有什么危险可言！可惜我们那些有地方之责的同寅们，还不知道破获革命党的劳绩比剿灭土匪大得多！……也幸而他们脑筋还没开通，不然的话，恐怕谣言还要多，革命党的声势还要大哩！"

郝又三带着三分希望说道："这回，怕不完全是谣言吧？"

葛寰中定睛看着他道："这回？……"

"是的，这样的话，我在学堂里已听见传说过几回了！……"

"你以为前几回算是谣言，这回定不是了？"

"正是这个意思，世伯你说呢？"

"我说，这一回仍是谣言，而且比往回的分量还不免重些。"

"这是怎么的？"郝又三大为不解地问。

"你又不明白吗？这是我们新官场的秘诀：不怕不升官，只怕地方安。地方安定无事，怎能显得出你是能员干员呢？……哈哈！

老侄，你老太爷宦情太淡，捐一个官，又舍不得把花样捐够，不说署不到缺，连差使都得不到一个，所以连累到你也成一个官场的门外汉了！……可是，也好，官场是最坏良心的地方。我哩，就由于良心坏不下去，所以到三十多岁了，还是故我依然，和我同时出仕的人，有好多已经过班知府，甚至有过班到道台的了！"

恰好他的太太由上房下来，才把他的慨叹打住。

又谈了一会儿家常，郝又三方告辞出来，坐上已经雇好了的轿子回家。

轿子才到大门外，高贵提着一只写有官衔的圆纱灯笼，从里面奔出，大声打着招呼道："是少爷回来了吗？我正待赶来接你哩！"

郝又三忙叫把轿子放下，走出来问道："接我？家里有啥子事吗？"

"太太中了痰，病重得很，已经人事不省了。"

他大骇一跳，一面叫高贵给轿夫添茶钱，一面就朝里跑。才跑进轿厅角门，就听见上房里大妹妹在喊："妈妈！……妈妈！……"声音是那样悲痛！他才跨上上房檐阶，大妹妹已哭了起来，并拼命喊道："妈妈不行了！……"接着，就是他的少奶奶的哭声，姨太太的哭声，业已坐草弥月的贾姨奶奶的哭声，他二妹妹的哭声，全震耳欲聋地闹了起来。

郝又三心里一酸，刚进堂屋，眼泪已经流下。由不得便哭着奔进房去，就习惯说来，他恰恰送了他母亲的终。

老爷也在哭，三老爷也在哭，吴嫂、李嫂、春桃、春英、春喜，都闻声相和地哭了起来。两岁多的孙少爷心官，看见大人们在哭，他也哭了，带心官的何奶妈也哭。全家人所不哭的，只有厨子骆师，看门头老张，大跟班高贵，一个打杂的，三个大班，一个才出世两个月的二孙少爷华官，同一个新雇来带华官的陈奶妈。

太太岁数虽只四十八岁，但在郝府却也要算老丧。棺木衣衾，因为太太连年多病，老爷早给她预备好了。所以在一场送终号哭之

后，大家就按部就班地办起大事来。

烧倒头钱纸，大门门神上斜着贴上白纸十字，门额上钉一块麻布门旗。房间里则点上几盏洋灯，把死人床上罩子下了。姨太太主张趁死人身体还柔和，先把寿衣给她穿上。大小姐哭得眼睛核桃大，却不肯，说她母亲手脚还是温和的，怕还没有断气，说不定尚会还阳。

开路查七的道士已喊了来。四整的建板也抬了来，端端正正摆在堂屋正中。建板是老爷一个同学卖给他的，据说本值纹银八百两，因为人情不同，折让到四百八十两。

据道士的查算，小殓宜在子时三刻，大殓在卯正。太太福气好，死的日子很干净，又不犯丧门煞，又不犯重丧，只大殓时要忌小人。

小殓既在子时三刻，此时已是九点多钟，却不能不穿死人。大小姐只管希望母亲是假死，但哭守了一点多钟，也只得依父亲、哥哥、嫂嫂之劝，帮着众人将寿衣整理出。待吴嫂打水把死人净了身，李嫂给死人梳了头，然后从最里面的白绸汗衣裤穿起，一直穿到顶外面的袍褂霞帔，一共算是十一件。然后用白大绸做的夹衾单包裹好，停在床前的木板上。大八折裙同凤头鞋也穿齐整了，只头上包着青纱帕，凤冠则放在头侧，预备小殓后再戴上。脸上搭着一张大红绣花绸手巾，尚是二十七年前太太妆奁里的东西。金簪子、金耳坠、金玉首饰，以及胸前挂的汉玉古式牙签牌子，手臂上一对金钏、一对玉钏，手指上一对玉戒指、一对宝石戒指，鞋尖上一对大珍珠，都是太太妆奁里的东西。姨太太本说留点起来，给大小姐将来作陪奁，大小姐不肯，说她母亲苦了一辈子，殉葬的东西不能不从丰。还打算把整个首饰匣放在棺材内去的，姨太太不敢说什么，老爷不便说什么，三老爷不想说什么，贾姨奶奶不配说什么，少奶奶不肯说什么，只有她哥哥才把她劝住了，说殉葬东西过丰是要不得的。

死人穿好之后，大小姐依然寸步不离地守着啼哭，不过却不是数数落落的号哭，而只是抽抽咽咽的隐泣。老爷很不放心，随时都要去唤她几声，又随时叫媳妇去陪她、劝她。其余的男男女女，则忙着买灯草来用新白布打包裹，预备塞尸首。

棺材底已是用松香漆灰响了堂，先铺了一层柴灰，再铺上棕垫，再铺上白布，再铺上新缝的绸褥，再安上万卷书的枕头。到了时候，道士便穿戴齐整，到房里死人脚下点起香烛，敲起法器，做起开路的法事。郝又三已由人把搭发辫的丝绦取去，换上三根火麻，随在道士身后磕头。

开路法事做完，烧了黄表，遂由底下人连木板将死人抬到堂屋里，移入棺内，对准了天线，用灯草包把全身塞得紧紧的。在死人右手边放了一根柳枝，左手边放了两枚馒头，这是道士吩咐的，说亡人走恶狗村过时，才有喂狗同打狗的东西。又特为敬送了郝太太一张盖有酆都县阴阳官印的路引，以便亡人好一路平安地到酆都去投到。而轿厅外面烧化的一乘纸扎的四人大轿，四个大班，两个跟班，两个老妈，两个丫头，也都由道士命了名，盖了印。

死人装好，盖上三条绸被，被上铺了一张北京友人送的黄绸石印陀罗经，已经满满地装了一棺。然后才幔上蓝绸天花，只剩左上方一角不钉严，等大殓盖棺材盖时，再钉。

这时，叶家姑太太，孙、袁两家表太太，柳家远房的舅太太以及几家亲戚，接了郝府报丧消息，都赶来送殓。照规矩，一进门，受了孝子、孝女、孝媳的磕头大礼后，便该扶着棺材，数数落落大哭一场，主人也照规矩要陪哭，要陪哭到客人被仆妇、丫头劝止之后，再来拉劝主人。主人中最难拉劝的，就是孝女。到小殓完毕，孝女不但声气业已哭哑，并且只是打干呕，叫心口痛，头痛，腰痛。

全家上下，除了两个孙少爷，按时由奶妈带领去睡了外，一切人都是忙碌的，精神的。孝女躺在躺椅上，陪着女亲，细说她母亲

的病情。三老爷与大少爷陪着男亲戚与道士们说鬼话。姨太太暂时当了家，带着少奶奶到处照料。老爷很伤心，虽未像孝子、孝女、孝媳那样哭法，却眉头是皱紧了，随时都在唉声叹气。他说："气接不起来，艾罗补脑汁不中用，还是把鸦片烟盘子摆出来。"

因为太太中痰，正由葛家应酬回来，应酬场中大家全没有吃饱。及至小殓之后，姨太太先就感到饿了，她遂来向老爷说："人是铁，饭是钢，伤心只管伤心，肚子还是该吃饱。一班送殓亲戚，熬更守夜的，也该吃点酒饭才对呀！"

到半夜一点钟，厨房果竟简简单单地备办了五桌消夜。四个干盘子，四样热菜，夜深了，不好去买老酒，便把太太所藏的允丰正酒开了一坛。

就是孝女，也被众人劝着，吃了一点菜，吃了一碗稀饭。亲戚与道士们，则一个个都吃得通红的脸，溜圆的肚子，而大大称赞主人厚道。

到五点钟，是大殓的时候。道士又穿上法衣，敲动法器，点起香烛，念经。漆匠把棺材盖与墙口上和了漆灰。于是一家人又全哭起来，都要扑去与死人作最后的诀别，连老爷、三老爷都跳起脚地号啕大哭，女的都像不要命似的，幸而亲戚多，底下人多，两个拉一个才拉住了。只听斧头两响，棺材合了缝，道士便告退了。

天明，全家人是疲倦到难堪，然而成服日子就在第三天，不能错，不能缓，也不能简单从事，这便待亲戚来帮助了。

刻印、分发成服报单；给全家人做孝衣，给亲友男女做孝衣，扯孝巾；叫彩行来扎灵堂，扎素彩，幔白布素天花；到包席馆包席；雇吹鼓手安迎门鼓吹；叫茶炊伺候茶酒；雇礼生叫礼；到文殊院请四十八众和尚来转咒。凡此种种，都须在这两天内准备清楚。

老爷在平日本就不爱管家事，何况现在是杕期生悼亡时节，只好将三老爷叫过来，说道："你管过家，当过账房，这些事，你内行些。你总之斟酌去办，有些地方，可以同又三兄妹商量一下，免得后来他们说闲话。用钱哩，在香荃的娘这里来拿，将来的账也同她清算好了。嫂嫂本来苦了一辈子，办热闹一点也好。成服之后，得好好给她另看一块地。爷爷、爸爸的坟地已经很窄，斑竹园也嫌远一点。虽说亡人以得土为安，但是老家的规矩也不可太错位子，年把工夫是该停放的。"

从此，老爷的鸦片烟又逐渐增加起来。因为怄气，因为要混日子，别无所事。广智小学堂本没有许多事办，他又不能上讲堂，去了，也只在房间里坐坐，同田老兄、吴金廷或别的先生们谈谈。孩子们他根本就不高兴，至如伍安生等类，更是他所瞧不起的，认为本根已坏，不足教育。既悼了亡，小学堂便不再去，每月认捐的二十两，也必等儿子问询几回才出。

郝又三丁了内艰，照规矩是该在家守孝。高等学堂准了他三个月丧假，不扣缺席。广智小学的事情，全交给了田老兄去主办。

成服那天，真热闹了。除了亲戚老友全来吊孝者外，还添了高等学堂一伙同学，广智小学堂一伙同事，与全堂六十几个小学生。大家上了香，领了孝巾，还一定要照老规矩吃了酒席才散。直至下午客散，无论何处，全是黑瓜子壳、痰迹、烟蒂布满了，七八个人扫了几点钟，直扫了两担渣滓，才略略见了一点眉目。

成服后好几天，郝家上下人的精力，才渐渐恢复，家里秩序，也才渐渐就绪，但又一堂和尚念起经来。郝达三父子本不要念经的，第一个是大小姐要念，甚至说："爹爹若是舍不得钱，我甘愿把金手镯卖了，来尽这点孝心。"柳家舅太太、叶姑太太、袁表太太甚至葛寰中的太太都极力怂恿说："亡人再说盛德，难免没一点罪过。又生过儿女，血光菩萨总是招过的，没钱做好事，不说了，既然有钱，总不该不花。"

姨太太新当了家，并希望将来扶正做太太，不能不收买小姐的心，遂不由老爷做主，便与三老爷商量着请和尚。三老爷于嫂嫂死后，也觉近年来对不住她的地方太多，仔细寻思，嫂嫂之死，自己

实在是个罪魁，也想借和尚的念经，来赎自己的愆尤。

但是念起经来，而顶受劳累的乃是郝又三。从绝早起经，就须起来梳洗，跟着主坛师磕头敬神，以后随时磕头，一直要到二更才罢。

灵帏里安了一张床，他是应该伴着棺材，一直到棺材入土，才能到房里去睡的。因为他胆小，就是自己的母丧，光是一个人伴着，也不免有点害怕，只好叫高贵把床铺搬来设在对面。灵帏并不严密，而堂屋门扉又是下去了的，又是北向，九月深秋，西风瑟瑟的天气，夜寒渐重，他是睡惯了有罩子的床铺，比不得高贵。所以在第七夜就招了寒，闹起一身痛来，然而仍要磕头。

香芸本要替代他的，因为是女儿身，没有这种资格，只好由他去挨，强强勉勉把经念了一半，他竟累倒了。

孝子病了，在灵帏里起居不方便，只好从权，谨依父命，依然移到自己卧室里去养病。而高贵便也把床铺撤了。

## 三

他的病由于劳顿太过，风寒侵袭，经王世仁诊治，吃了几服药，已经接近痊愈。那一天，是十月初间一个风和日暖、颇为难得的好天气，他半躺在自己房里的一张美人榻上，看大妹妹帮着少奶奶给华官洗澡，心官也在大木盆边泼着水玩耍。

自从母亲死后，大小姐的身体反而健康发福了，气性也反而温驯了，与嫂嫂又亲热起来，常常到嫂嫂房间里来谈天混时候，逢七哭灵时，也总与嫂嫂坐在一条板凳上哭，并且喜欢帮着嫂嫂做事。

叶文婉对她表姐本来很要好，自从做了姑嫂，关系更为密切之后，情感反而生疏了些。如今因为姨太太当了家，家庭组织重心转移，姑与嫂都略有了一点孤立之感，两人的利害既已一致，而大小姐又先来亲近她，自然而然便把以前的情谊恢复起来。

第一件，她使大小姐深为感动，认为她是知心人，笑着哭着几乎要将她搂在怀中，大喊其乖嫂嫂乖妹妹的，就是在五七里头，念经的和尚收了经坛，全家人作了一场热切的哀丧号哭之后，大小姐哭得太伤心，发了晕。姨太太叫老妈、丫头将她抬到房内，放在床上，看着人用姜汤灌下，便出去了。其余的人也有进来探视几次的，但在打了三更之后，犹然坐在床边上不肯走的，只有叶文婉一个人。

大小姐从薄棉被中伸手推了她一下道："嫂嫂，你还不过去吗？哥哥也在病中，你又有小娃娃，尽在这里做啥子？"

她抓住她的手，一面在手背上摸着，一面低低说道："姐姐，你只管安息，不要管我，我今夜陪你睡好了。你看，你伤心成了啥样子！眼皮红肿了不算，眼神都是诧的，你若不好生自己宽解，病了，就太可怜了！姐姐，现在这个家，你难道还没有看出来？妈这一死，就好比黄桶箍爆了，各人都在打各人的主意。爹的鸦片烟吃得越凶，你哥哥又毫不留心家事，有时向他说点过经过脉的话，他总是一百个不开腔。我倒不要紧，妇人家，上头有丈夫顶住，任凭后来咋个变化，难道还把我饿着了，冻着了，还待我出来撑持不成？混他十几二十年，儿子大了，我也就出了头。何况你哥哥也是有良心的，只管说同我不十分好，我们到底没有扯过筋，角过逆，依然是客客气气的。他又是老实人，我也不怕他变心。姐姐，算来只有你一个人的命苦！不说别的，你今年已是二十三岁了，妈死了，谁再当心你的终身大事？人一过二十五岁，就不行啦！大家说起来，总觉得姑娘老了，年轻有势力的少爷公子，谁肯说个老姑娘做原配？所以，我从妈死后，一想到你的事情，我心里真难过！……你该不怪我说得太直率了吧，姐姐？"

大小姐已掀开被盖；坐了起来，握住她一双手，呜呜咽咽地旋哭旋说："你是好人！……你是好人！……"

叶文婉也滚下泪来，抱着她的头，又在她耳边喊喊喳喳说了一会，两个人好像四年前偶一相聚似的，并头睡了下去。

　　从此，大小姐便常常同她嫂嫂在一起，帮她做事。她哥哥很为高兴，说妹妹又渐渐活泼起来了。

　　郝又三叫道："大妹妹，把心儿打两下，地板上全打湿了！"

　　大小姐也只是喊道："心儿莫烦了嘛！再烦，我当真要打你了！"

　　小孩子一点不听，把水泼得更凶，并向他父亲身上洒来。他父亲站起来要去打他，他早跑出了房门。

　　妈妈同大姑全说："小娃娃太没规矩了！这都是何奶妈不会教导！……当真去敲他两下！……"

　　郝又三正靸着鞋子要撵去时，春桃进来说："高二爷说，葛大老爷来了，说要会少爷，老爷吩咐少爷跟着就出去。"

　　"葛大老爷来了？……老爷没出去吗？"

　　"老爷已在客厅里，烟盘子也端出去了。听说叫骆师添菜，想必还留吃饭哩。"

　　郝又三一面换素服，换白布孝鞋，一面向大小姐说："葛世伯不比田伯行他们，只管是新人物，还是讲究这些臭格式的。我看，不晓得要到哪一年才能把这些腐败不堪的臭格式丢个干净！"

　　少奶奶接口说："这是老规矩呀！连这些都不要了，还成啥子体统？"

　　"你懂得啥？又要来插嘴！既是讲改革，讲维新，还要老规矩做啥？犹之乎既要破除迷信，还在……"

　　大小姐的眉毛骨登时就撑了起来道："还在？……还在啥子？……说嘛！咋个又不说了？……我明白，还在不安逸我喊和尚来念了几场经，把你当孝子的累坏了，累得害了这场大病！"

　　"我不是这个意思。我只打算说……像烧钱纸，像回煞这些迷信，是很可以不必要了。你别又朝自己身上揽起去同我闹误会。"郝又三赶快申辩。正套上了那件白布孝袍，由春喜踮起脚尖在帮忙。

　　香芸并不让步："莫要强辩！你向嫂嫂私下骂过好多回了，骂我倒新不旧，啥子二十世纪喽，还在讲究念经；骂爹爹到底是个守旧分子，腐败脑筋喽，还在信啥子阴阳五行。对得很！全家人就只你一个才新喃！"

叶文婉又接口说道："姐姐，人家原本新呀，你还不晓得，人家已经新得想当革命党了！"

"啊哟！真是草帽子底下看不出人才喃！如其当真的话……"

郝又三受不住两姑嫂的夹攻，只好打个哈哈，赶快跑出上房。刚进客厅门，就做出满脸哭相，朝着葛寰中磕下头去。口里哼着："成服那天，不敢当世伯和世伯母亲自动步上香。"这个头，是作为谢步而磕的。

葛寰中也连忙从炕床上手那面站起来，还了半礼道："太多礼了！"又走前几步，把他仔细看了看，"果然瘦多了！这回真亏了你，居丧之中，又一场病，也要你们年轻人才撑得住！我这一晌太忙了，没来看你。"

高贵端了一张矮脚白木方凳进来，上面还放了一块稻草垫。这是预备孝子在热孝期中，不得已而会见尊贵宾朋时坐的，名字叫苫。本来只该是一块草垫，官场中改良了，才加了一张矮脚白木凳。也因为南方人和四川人都不习惯盘膝坐在地上的缘故。至于按照古礼，双膝点地、屁股放在脚踵上的坐法，那更不行了。

葛寰中不禁连连点头道："只有我们诗礼世家，到底还考究这些！我常说，我们中国什么都可革新，都可学西洋，独这古圣先王所遗留的礼教，是我们中国的精神文明，也是我们中国之所以为中国的国粹，是万万改不得的。比如日本，服制只管改了，而跪拜之礼还是保存着没有废。……达三哥，你们这次丧事，办得还不错吧？那天，我实在太忙，上了香就退了，没能给你帮忙陪客。"

郝达三挥着手上纸捻道："不行啊！和先严、先慈的丧事比起来，就差远了！老三没有经过大阵仗，我的精神也不济，诸事都从简了。或者等将来开奠出殡时，办热闹些，庶几可免旁人议论。"

"依我看，成服那天，也就下得去了。本来礼随俗转，目前大

家都在从简，你一家从丰，还是免不了旁人的议论。总之，现在是新也新不得、旧也旧不得的时代，不管做什么，都困难。……其实哩，一身一家的事，倒还比较好办，何也？自己犹可做主。唯有公事，尤其是警察方面的事……咳！……"

郝达三微微笑道："你们警察局的事，依我看，就比其他各衙门的事好办得多。因为是新政之一，没有成法可循，自然就少了多少拘束。比如某些应兴应革的事情，倘若在各衙门办，那必定是等因奉此呀，等由准此呀，等情据此呀，不晓得要转上多少弯，比及右谕通知贴出，大约总要很久时候。你看，你们警察局几方便！只要想到某事该办，于是一张条令发下来，点到奉行，这样不拘成例的办法，还喊困难吗？"

"唉！你说的是周观察当总办时候的事。那时，确乎不错，啥都是新规模，并且省会地方保安责任，全由警察局担在肩膀上，权柄也大，所以事情办起来，硬是一抹不梗手，大家好不有精神。而今却变了，负地方保安责任的，已经不光是警察局，连成都、华阳两首县，都钻了出来了。华阳县钟仁兄到底还懂事，还说过：'省会地方情况，敝衙门早未过问，其实生疏得很，但凡这方面事，还是偏劳老兄，秉承总办大人，相机处理。设若需要兄弟参加意见时，通知一声，兄弟一定过局请教。'成都县王大老爷便不同啦，俨然就是一副会办面孔了。不唯要问事，还要做主，却又不屑于和我们这些有资格的老同寅商量，把个具有新规模的警察局，搞得来新也不新，旧也不旧。你想想，在这样局面底下办事，还说不困难吗？"

郝达三很觉诧异，把纸捻灰就地一弹道："怎么又变了样？……是几时变的？《成都日报》上并没看见有这项公事，街上也没有告示贴出来。"

"制度并没有更改，只由于江安事情发生，各方谣言蜂起，说是破坏分子都麇集到省城来了，怕出大事，赵护院才下了密札，叫一府两县会同省会警察局加强防范。这只算是临时委派的差事，而且又是下的密札，当然不出告示了。"

"刚才说的江安事情，又是怎么样的？我们也没听见过。"

"没听见过？咳！你的耳目也太闭塞了！老哥，莫怪我直言不讳，要是你能够把鸦片烟戒了，打起精神，常常出来走动下子，多上几回衙门，多坐几回官厅，或者多拿几百两银子出来把大花样捐够，弄一个差事到手，往来的同寅一多，别的不说，像这类机密公事，怎会有不晓得之理？我曾经同又三议论过你，说你宦情太淡，其实你就误在这个鸦片烟瘾上！"

郝又三几乎笑了出来，看见父亲的脸已通红，才强勉忍住，把头掉过去，瞅着后窗外面一株桂花树。听他父亲干笑了两声道："说得很对。我也晓得我的一生就误在这上头。……我现在已下了决心要戒。……以前，曾经戒到一天只吃几分了，又三他们是知道的。……就由于先室故后，一伤心……无以为慰，才又多吃了一二钱。现在决心戒！……只是江安的事情，可否谈一谈？"

"当然要奉告。不过这是机密公事，你们贤乔梓知道就是了。一则和目前省城的保安，毕竟有些关联，差不多的人，可以不谈。像黄澜生这位仁兄，嘴既不稳，又专爱打听这些有妨碍的事情，他问过我几回，我就没有告诉他。设若他来问到，不谈最好了……"

跟着，往怀里摸出一只日本造的卤漆纸烟盒来打开，自己取了一支，又将烟盒伸向郝又三道："抽一支吧！熟人跟前，用不着拘那些俗礼。"

等到纸烟哑燃，方慢条斯理讲起江安的事情。

江安事情，原来是这样：有一天下午，江安县衙门的二堂上，忽然来了一个头发披散、衣裳撕破的中年妇人，大喊有天大冤枉事情，要见县大老爷面诉。并声明说，她是刑房书办戴皮的野老婆。幸而县官还勤快，登时就在二堂上，青衣小帽地接收了那妇人的控诉。妇人说，戴皮同着他的家老婆的女儿，原就住在妇人的家里。平日彼此的感情已经不好，今天，不知为了什么，戴皮醉醺醺地回来，同着他的女儿，抱了很多柴草向屋里乱堆乱塞；同时还拿起清油罐子，向柴草上又洒又淋。她去阻拦，戴皮父女就打她，并说，到夜里还要放火；火起了，有人进城来发财，他戴皮明天发了大财，就赔偿她的新房子，又高又大，比旧房子好百倍。她说，那么，等我把铺盖枕头抱走了，你们再放火。戴皮不准，两父女又打她。她单身一人，打不过，只好来喊冤，恳求大老爷为她做主。本来是芝麻大一点小事。就因戴皮是个劣名素著的房书，烧房发财，也未免可怪。姑且签差拘来一问，不想两父女一到堂上跪下，因有妇人质证，不待动刑，便供出了一件大事。据供，有革命党头子泸州人杨兆蓉、隆昌县人黄金鳌在几个月前，就买通了他。叫他参加起事，事成之后，又做官，又发财。几天以前，那伙人又来了。有几十个人都住在城内客栈里，说是带有炸弹枪支，但是并未目睹。又说，定期今夜起事，叫戴皮专管放火。火起之后，便有他们勾结好了的盐巡队的几名哨官，自会率队进城。口称救火，其实是会同潜伏的匪人，乘机杀官劫城，竖旗造反。然后裹胁起驻在城内的巡防营，顺流开到泸州。泸州也有潜伏的革命党，还很多。这下事情成功，革命党就好打天下了。县官大惊，所幸还是个能员。登时就将巡防营的统领请来，商量好一些办法。那时，业已入夜。戴皮父女下了死牢，戴皮野老婆的房子，仍旧放火烧了起来。巡防营统领督率全营队伍，一面关闭城门，一面派员到大路上去短住盐巡队，安抚士兵，查拿那两名潜通匪人、图谋不轨的哨官。——后来据报，这两名哨官还是逃跑了。——县官哩，真有胆量！刚一放火，他就带起差役堂勇，亲身到城内客栈来清号。先问杨兆蓉、黄金鳌两名，没有，就按名搜查，吠！可不确实之至！好些安民布告，墨迹还未干哩！可惜的是，仅只拿到二十几人，刑讯之下，供认为革命党不讳的才六名。据供，另有两名头子，一叫赵璧，一叫程德藩，运炸弹，写布告，都是这两人搞的，但这两人偏偏跑脱了。江安县官把案子破获后，立即写禀，专人坐小船，乘夜送到泸州。泸州州官早就晓得杨兆蓉、黄金鳌这班匪头子，都是谋反叛逆的革命党人。又听说本地一名大袍哥佘英，曾经到过日本，加入过革命党，也时有乘机作乱的邪谋。得禀之后，一面电禀赵护院，请求批示遵办，一面具禀详报经过，并将口供录呈，一面就用计邀请佘英到衙门议事。不知因何走漏消息，佘英本已进了衙门，但又被他溜走了。江安县所获的六名革命党匪人，按照盗匪窃发例，用高笼站死，戴皮父女，处绞立决。这是赵护院法外施仁，所以都赏了全尸。"若照大清律例判起来，其实都该身首异处的。"

郝达三不禁大为感喟道："不图四川革党匪徒也猖獗到如此地步！看来，四川的地方官，真不像从前好做了！"

"你以为江安县的事情就意外了吗？殊不知比这更意外的还有哩，说出来，你不免又要惊叹了。"

"想来，也不过招兵买马，创官劫城而已。"

"且不忙猜测。我问你，今天是啥日子？"

"十月初八嘛！"

"明天呢？"

"这有啥子问头？明天是十月初九，是慈禧皇太后的圣诞。"

"好啰！好啰！皇太后圣诞这天，每年，是不是在五更时分，文官从制台起，武官从将军起，全城文武满汉官员都要朝衣朝冠，穿戴齐楚，到会府里去朝贺呢？"

"这何消说，年年都是这样在举办。只十年整寿，才大办一次皇会。"

"然而今年的会府，却异样了，有革命党要在那里丢炸弹，谋害全城的文武满汉官员哩！"

郝家父子全像机器人的弹簧触发了似的，从各人的座位上跳起来问道："真有此事吗！"虽然各人的心情并不一样。

葛寰中又取出一支纸烟来咂燃。向他父子轮流看了眼，微微笑道："奇怪吗？是不是比江安县的事情还意外些？"

郝达三先坐下了，问道："我真不明白这是怎么搞的！难道你们负保安重责的人，就听任匪徒们如此胡闹吗？"

"何必这样惊张哟！赵护院身当其冲的人，都不像你这样乱怪人。我不是已经说过，而今省城地方的保安，并不光是警察局在负责，还有宪委的一府两县？也就为了不能听任匪徒们胡闹，所以才把一个像样的地方，弄得九头鸟当家，首先是权限不明……"

"不忙发牢骚，请先谈谈明晨会府的事怎么办。"

"还不是要看王寅伯王大老爷面禀护院大人之后，由护院大人做主，要怎么办就怎么办。因为丢炸弹的说法，是王寅伯那方面派人调查出来的，据说有凭有证，和我们的调查就大有不同。"

"你们的调查是怎么样的？"

"我们的调查是，麇集在省城的革命党人，倒确实有一些，但不如谣言所传的那么多，那么凶。三百一十几家客栈里的客商，可以指为是革命党的，似乎只有十多个人。而这十多个人中间，又只有一个姓黎的叫黎青云，一个姓黄的叫黄露生，一个姓张的，忘记了他的名字了，这几个炮毛小伙子，倒确凿不移是革命党，而且是破坏分子……"

郝达三连忙插嘴说："既是如此，把这几个坏东西逮了，不就破了案吗？"

"哈哈！足见老哥阅历尚浅。现在办案子，最重要的就在有凭证。比如这几个人，也只因为他们时常在茶坊酒馆里口不择言，动辄骂朝廷，骂官吏。这在而今本不算是特别事情，你怎么可以光凭几句话就逮人呢？而且我们还要从他们身上理出一条线索，先搞清楚麇集在省城的暴徒，到底有多少？哪些是头子？哪些是随声附和的？又凭了江安县和泸州递呈的密禀同口供看来，革命党还着重在勾结队伍，勾结袍哥。省城的队伍就不少，袍哥哩，明的倒不多，姓黎姓黄的这些人，一定在这中间搞了些鬼把戏的，若是不理着线索，来一个一网打尽，光把这几个炮毛小伙子逮了，不是后患无穷吗？这一层，王寅伯倒比老哥高明得多！我之不满意他的，只在他太贪功了，有些事情，和我们商量着办，有何不可？然而他还是他那老一套，芝麻大点的事，都要颠起屁股去向护院请示。请示下来，又不告诉大家，东搞西搞，简直不晓得搞些啥名堂。我们调查出的事情，又要我们告诉他，有时不相信，还要非笑我们捏造居功。比如前几天，本同他说好了，我们只担任调查那些人和队伍的往来，看他们到过哪里，有没有像队伍上的人来会他们。据南二局的侦探禀报，确有三个人最近便常到客栈里找着那些人说话，鬼鬼祟祟，形迹非常可疑，跟踪调查，确又看见是从城守营出来的，一个姓吕，一个姓王，一个也姓张。然而告诉他后，你看他的样子哟，昂着头，马着脸，半天不则一声，比我们总办大人的架子还大！"

郝达三躺在烟盘旁边，看见葛寰中说得那么声情激越，想起他刚才不大客气的话，不由引动了一点小作报复的念头，便也笑了笑道："算了吧！看来，老弟的世故也不算深啰！你就没有想到，王寅伯现在加捐的是啥子功名呀，在任候补府遇缺就升候补道，二品顶戴，赏戴花翎，原本就有你们总办的官大，他为啥不摆架子呢？你口口声声称他大老爷，好像他还是知县班子，和你一样，那便是你的不对呀！"

两朋友都笑了起来。郝又三是小辈，仍然不敢笑。

不一会儿，又谈到炸弹上面。葛寰中说他始终不明白王寅伯是怎么调查出来那些人会有炸弹。他不敢打包本说他们没有，因为江安县就已查获了两颗。但他又不相信王寅伯的本事真个比他大。

郝又三回想到尤铁民在广智小学说的话，便说："或者当真没有炸弹。我仿佛听人说过，那东西搬运起来非常困难，受了潮湿会无效，稍为放重点会爆发，在四川也还没有人会制造。江安县查获的，到底是不是像吴樾在北京火车站丢的那种炸弹，还是可疑的事。"

葛寰中点点头说："不容易搬运，是真的，我在日本也听见

说过。若说四川没人能制造，那却不然。前几个月，我在院上会见文案康大老爷，告诉我一件事，说叙永厅来文禀报，该处在某一天正是晴天无云时候，忽闻远处山崩地裂似的一声大响；说是厉害极了，连衙门里的房子都震动了。但又只那一响，当然不是炸雷，也不是地震，除非是火药库爆发了，才能有那种阵仗。然而叙永中厅又没有火药库。派人出去一访查，城里没有事故，城外访查了几十里，好像那响声是从某一个乡场那面发生，却也查不出一点道理。其后问到叙永学堂一个教理化的日本人，说定然是什么极猛烈的爆炸物爆发了，所以才有火药库爆发的那种惊人强力。是什么爆炸物呢？那日本人说，定然是炸弹无疑。你想，叙永厅那个山僻地方，还有人能够在那里造炸弹，还说其他地方？不过在通都大邑里制造那种危险东西，到底不是容易事，一则耳目众多，容易发觉，二则稍不谨慎，就有死伤，在山僻地方尚可消灭踪迹，比如叙永厅那次爆发，不知死伤多少，就一直没有查出。因此，我对于王寅伯所调查出来的炸弹，就只好存疑了……"

客厅门上垂着的红呢夹板门帘微微一响，又有人在外面故意咳了一声。

原来是葛寰中的跟班何喜。

"进来！局上有什么事吗？"

何喜站在当地，垂着两手回说："总办大人已经从院上下来，吩咐请老爷赶快回局去，有要紧公事。"

葛寰中站了起来道："这顿便饭又打搅不成了。"

两个主人也一同站起道："怕就是为了明晨朝会府的事吧？"

何喜已经退到门边了，便道："是啦！听见跟总办大人的陈二爷说，会府是不朝了。"

四

十月初八夜二更以后，全城久已通夜不关闭、不上锁的街栅门，又由警察局临时知会街正，由街正督率打更匠，从当夜三更起，一律关闭上锁，除巡街的军警外，任何人都不准通过。凡挨近各大宪的衙门街道，还布满了巡防营和卫队、亲兵，甚至新式步枪上，都明晃晃地插上了刺刀。一直到制台衙门放了醒炮，差不多居民们都将起床，四城门也该开放时候，这种杀气腾腾的戒备才松了劲。

在茶铺里吃早茶，在湖广馆买小菜的人们，全都晓得昨夜戒了严，今晨五更没一个官员到会府去朝贺。大家互相问着："为了啥？"却没人能够说出到底"为了啥"。

田老兄在广智小学值宿，不曾去吃早茶，也不曾去买小菜。为了一件要与监督商量后才能办的小事，晌午时分，走到郝公馆，被郝又三邀进书房，问到他街上情形，他不禁诧异："没有什么不同，还不是和平常一样的！"

"你打从哪些街道走来？"

"从提督街、大十字，就是往常走的那些街道。"

"没有看见守街的队伍吗？"

他想了想才说："唔！确乎有点不同，你不问，我倒不留心。守街的队伍没有，站岗的警察却添了一名，腰上还佩了柄短鞘钢刀，这是为了啥？"

"为了啥？怕不就是尤铁民上半年回来说的？……"他把葛寰中昨天下午说的话，一字不遗地全告诉了田老兄后，又道："看来，革命党硬要在省城起事了！"

田老兄猛吃一惊，素无表情的眼睛也大大地睁了起来："好大胆子，几十个人就想在成都省城闹起事来！……军警林立的地方！……"

沉默了一下，他又恢复了故态道："但是事有可疑。我举个证据，张培爵这个人，你是晓得的。此人，虽然尤铁民不大恭维，但向来胆大妄为，凡事有他。前几天，我在粹记书庄碰见他，他说，就这两天里，便要出省了。说是接了哪个中学堂的聘。还问我，明

197

年毕业后，愿不愿也到他那个中学去教书。你想，假使革命党真要在省城起事，像他这样的人，怎么还会走开呢？"

郝又三却迟迟疑疑地说："难道葛世伯他们，还会造谣生事吗？何况他把人的姓名都调查清楚，而朝会府是何等大典，也公然违制不朝，若果不实，他们担得起这干系吗？"

田老兄又思索了一会道："也难说啦！老葛自从派赴日本几个月回来，已经变得不是原来样子。王寅伯哩，又是著名的王壳子，惯会遇事生风。一句话归总，两个人都是官迷，巴不得地方上有点风吹草动，搞开花了，好升官发财。说不定也有几个热心朋友，热过分了，就像尤铁民那样，把个革命志士的招牌挂在额脑上，生恐人家不晓得的样子。恰又遇合江安事故发生——江安事故，到底是真，是假？是土匪，是革命党？你我还是不清楚的。——他们就借题发挥起来。当然啰，要不说凶些，怎能把上司骇得着？将来又怎能显得出自己的能干？又怎能报得出自己的功劳？……是的，老葛的说法就对，三百多家客栈里的客商，形迹可疑的只有十多个人。这是由于王壳子争了宠，抽他底火的老实话。所以他才打主意一网打尽，而王壳子也才来一个在会府丢炸弹的诳报。你想嘛，连老葛都在生疑的事，哪能是真呢？而且十多个人，即使都是三头六臂的恶煞，即使有几颗炸弹，你再想想嘛，成都省城有好大，二十几万人口，又是军警林立的地方，闹得成啥子事？"

郝又三道："照你这样说法，这回事岂不完全虚假吗？"

"或者有几分真。只管说老葛他们在兴风作浪，到底总有一点微风。不然，这浪是兴不起来的。"

又沉默了一会，郝又三方说："看来，这十多个朋友都临到危险的境界了！"

"何消说呢？"

"我们好不好救他们一下？伯行，不管怎样，说起来，总是爱国男儿，总算是中国的元气！"

"救？怎样救法？"

"通个信给他们，叫他们各自逃跑了吧！"

"好轻巧的话，通信！请问你这信又怎么通法？"

"就写给黎青云，或者黄露生，或者那个姓张、姓吕、姓什么的，只需写给一个人，大概就可以了。"

"交到哪里呢？你晓得他们的住处吗？三百多家客栈，你能一家一家去清问吗？人生面不熟的，即使清问确有其人，人家能相信你是好心吗？还有一层，老葛他们既把那些人看上了，岂有不在他们身边安下一些坠子之理？作兴你写封匿名信去，又交到了。但是，你想一想……"

是呀！田老兄的话句句有道理。

"那么，只好眼看着他们束手待毙了！"郝又三很难过地望着田老兄。

"要靠我们援救，真是太难！太难！"

但他仍像在用心思似的，站起来走两步仍坐下去，最后用食指节在书案上敲了几下道："我们真可谓替古人担忧了，眼面前很显然的道理，为啥没有想到！"

"什么是显然的道理？"

"你想嘛，据你说，昨夜戒了严，今早又没朝会府，我之不晓得，由于御河边那一带太偏僻了。但是客栈所在，都是繁盛街道，何况老葛说有几个人还在城守营进出，难道他们不会知道吗？不会想到为了啥吗？不会想到与自身有关吗？王壳子这一做，恰好是打草惊蛇。那些仁兄，要是跑得脱的话，恐防早已跑了……"

他本来还要说："要是跑不脱的话，还是跑不脱，任凭你再援救，总是枉然！"因为看见郝又三眉头全放，大有欣然之色，才把后面几句反话咽了下去。

郝又三真果放了心。一天一天过去，仍然风平浪静。葛寰中没有再来，田老兄也没有再来。自己为了守孝，没有出门，父亲准备

戒烟，但戒烟之前要过几天饱瘾，理由充分，刘姨太太不好短他，因此，长日守着一盏烟灯，也没有出门。自从那年闹红灯教，打杂老龙逃走之后，已有厉禁，街上听的谣言，不准带进大门。官办的《成都日报》，只有《辕门抄》和告示，傅樵村办的《通俗报》，只有诗词灯谜和谐文，都足以消闲遣日，闭明塞聪。暑袜街郝公馆，简直变成了城市中的山林了！

月底那天，郝又三起来得早一点。把过早的冰糖蛋花吃后，忽然心血来潮，一个人踱到大厅上来散步，手头捏了一本《国粹学报》。正于此时，听见二门的侧门一响。先走入一个熟人，吴金廷，一顶青绒瓜皮帽拿在手上，天气已经冷了，却走得面红筋胀，满头是汗。跟在后面走入的，更是熟人，而且是时常挂在口头、睽违了才半年多的熟人，尤铁民。尤铁民？真是他！可是改了装了：蓝洋布长衫，青宁绸马褂，青布靴子，一望而知不是他自己的，才那样又长又大。顶稀奇的，头上青缎瓜皮帽下，长长地拖了一根发辫，脸上神气也是那样惊惶不安。

郝又三连忙迎了出去道："你们……"

吴金廷抢在他身边来，悄悄说道："不忙说啥子。田先生说，请大先生赶快把尤先生藏起来，说他姓王，田先生跟着就来。"

郝又三莫名其妙地将尤铁民望着。他便将他拉在屋角上，悄悄说道："我昨天才赶到成都，不想就在今天绝早事情失败了，好多人都被逮去了，我是到你这里来躲一躲。若你这里不方便，也不要紧，我到别处去也一样。"

他的嘴唇全白，说话时不住颤动。眼睛里一种惶惑不安，而又有点疑问、有点恳求的神气。两只拉住郝又三的手，又冷又潮湿。

郝又三毫不思索地说道："岂有此理！到家严书房来好了，客厅里倒不方便。"

吴金廷道："我就不进去了。问候了老太爷同姨太太后，我就回小学堂去了。大先生，你的病，像还没有十分脱体，得再好生将息一下。学堂里倒还风调雨顺，请放心好了。"

"你见了家严，怎么说尤先生的事呢？"

"尤先生的事，我一根笋就不清楚。只田先生再三叫我守秘密，叫我跟着轿子跑来，说尤先生不大认识公馆，又免得张大爷通传的麻烦。我见了老太爷，只说一个姓王的才从日本回来，特为来会你，不认识路，才请我领来。"

尤铁民向吴金廷一揖到地道："吴先生，你的情谊，我是铭诸五内了，嗣后定然要酬报的，今天太劳你的精神同脚步了！"

名为是老爷的书房，实际早已让归少爷了。隔壁一间，自从三老爷与贾姨奶奶移住大花园的学堂去后，也让给了少爷。从少奶奶身孕一大，少爷有时回来，便在这里歇宿，所以床铺帐被全是有的。

尤铁民到房里一看，觉得很是严密。后窗外竹树纷披，看不见一个人影，除了鸟语，也听不见一点人声。前面就是书房，湘妃色的棉布门帘一放下来，俨然另一世界。

他放了心，将瓜皮帽揭下，露出蒙在头上的发网，指给郝又三看道："这也是你们那位吴稽查在戏班上给我找来的，真费了他的心了！"

又叹了一声道："好危险！只差一颗米就遭抓去了！……想不到现在成都也公然这样戒备起来，简直不是半年前的样子！"

郝又三道："你们的事我早就晓得要失败的，却不知道你也回来了。如其昨天看见你，漏个消息，或者还可挽救。"

"不行啦，田伯行已约略向我说过。时间太晚了，已被他们搞到不能挽救的地步，幸而我昨天回来，落脚在长兴店。如其仍然落脚在青石桥永和店，当然同杨莘友、黄簏笙住在一起，那一定也着逮去了。我同余培初躲在掌柜娘房里时，亲耳听见那些差狗在喊，永和店的那两个已抓住了！"

"黄露生？"郝又三张大了眼睛问道，"当真有个黄露生？可见他们硬是弄清楚了的！"

"当然啰！不然的话，葛寰中怎能夸口说，安排把他们一网打尽呢？"

"当真会一网打尽吗？"

"我希望还没有。不过糟糕的是，放在余培初房间里的一口衣箱，据说，是一个武备学堂学生姓王的交与谢伟，谢伟前几天出省走了，才又交与余培初；其中有一本名册，被差狗们连箱子拿走，余培初和我的衣服行李也一并拿去；东西不要紧，就只那名册，要是搜出来了的话……"

"这么重要的东西，若先毁了，岂不干净些吗？"

"就是说喽！如其我昨夜到时就晓得，也叫他们拿出来毁了，偏偏到出事之后，余培初才告诉我。"

"你是从哪里回来的？怎么这样巧，一下就碰上了？"

"说来话长！我上半年在泸洲同谢伟、熊克武、佘竟成他们开会时，就商定了，在今年中秋前后，于泸洲、叙府、成都这三个地方同时并举，只要一处成事，我们在四川就算有了立足点。等我到上海去搞万国青年会——这是黄箎笙出的主意，大家都认为可行。——稍有眉目，又回到东京去报告孙先生时，他们不知为了啥，一直举棋不定，改期又改期，改到好些地方消息泄漏，冤冤枉枉牺牲了多少人。孙先生叫我赶紧回来，看一看有没有补救方法。半月前到了重庆，一打听，方知道成都方面，虽已聚集了不少人，也是还在犹豫状况中。我感到不妙，便连夜连晚赶来，昨夜才和余培初几个人谈了一会，本来定于今天通知各人，赶快收拾离省，不要坐等失败了的；却万万没料到省城官吏早已戒备，简直不像我上半年回来时所看见的样子。这班东西，公然也学会了！今天早晨，若不靠了余培初机警，我也几乎跑不脱。"

"真的，你又怎么跑脱的？"

"说起来，也是偶然。余培初在长兴店占了两间客房，一间在上官房，一间在后面接近掌柜的卧房。我到长兴店，被安置在上官房那间。昨夜谈得很夜深，便在后面那间，随便倒在余培初床上睡着了。不料天还没亮，余培初慌慌张张把我拉起来，朝掌柜卧房就跑。其时，业已人声鼎沸说：'逮人来了！'到处都是灯笼火把。掌柜出去了。掌柜娘连忙把我们塞在床上，一床大铺盖把我和余培初盖得严严密密，直到差狗们搜寻了一遍，把我们行李全拿走后，余培初才同我分了手。他乘夜跑了，说是到川北他一个朋友家去。我只好借了掌柜一身衣裳，拿白帕子把头一包，从后门溜出，无处可走，只好到你们广智小学。幸而田伯行在小学堂。他倒很热情，却虑到上半年我到过那里，怕小学生们认出我，不免反惹麻烦；才叫那位吴稽查去弄了一件头发网子，又另借了这身衣服，把我打扮起来，拿轿子朝你这里一送。当时，我神魂未定，只好由他摆布。现在想来，你府上怎能由你做主？我是革命党，是清朝的对头，你藏匿了我，一旦踩捕出来，你就与我同罪。以我一个人，连累到你府上，这怎么使得？等田伯行来了，商量调个地方，或者跑他娘的，倒妥当些。"

郝又三知道藏匿革命党的干系太大，心上也有点害怕。不过要把尤铁民推出去不管，那，无论如何，都办不到的。便道："你已经改了装，改了姓，我想就住在我家，断不会有危险。且等田伯行来商量妥了，我再设词告诉家严同家里的人。田伯行为啥不同你一道来呢？"

"他给长兴店老板还衣服去了，也好张扬说我已出了省。并且顺便打听一下消息，大约就要来的。……你有茶吗？给我一盏！我口里又干又苦！"

郝又三不好叫人倒茶，便亲自到房里来倒。

少奶奶还在后房收拾打扮，只香芸在房里，正看着陈奶妈扯开衣襟露出一只品碗大的饱奶，在喂华官的奶。便掉头问她哥哥："书房里的客是哪个？来得这么早？为啥不叫高贵泡茶，却自己来倒便茶？"

"是哪个说的书房里有客？这样嘴快！"

"春喜去提洗脸水看见的。到底是哪个，这样的亲密？"

"姓王的。"他不自然地笑了笑，跨出房门，才答应了这一句。

"要不要洗脸水？"仍是大小姐在问，"叫春喜打一盆出来，好吗？"

既然春喜已看见了，也就不再回避，他遂点头道："也好！"

田老兄已一径走入书房，也是满头的汗。一面绞手巾，一面说道："昨夜搜查的客栈多啰！我在长兴店一打听，才晓得东大街、走马街、青石桥、学道街十几二十家客栈，全都搜查了。到底逮了好多人，还不十分清楚。并且听说这次果然是成都、华阳两县差人，由华阳县捕厅率领，会同城守营的兵丁出的手。只有少数警察在栈房门口把守，维持秩序。所以市面上还清静，没有乱，好些街道竟自不晓得有这件事。"

尤铁民问道："你可晓得那些人抓去，关在哪里？"

"这倒没有去打听。想来，既是成都、华阳签差捉拿，那一定关在两县衙门，现在正在风头上，许多事还不好打听。不过看这情况，事情还没完结，像你这样嫌疑重大的人，不管怎样还是应该躲些时候。"

尤铁民蹙起眉头道："就是要同你商量哩。你看，趁着这时跑了的好，还是躲在成都的好？"

"这何用商量！你这时走，难道四城门和水陆两路没人盘查吗？走不得！躲在成都，本不能说十分平安。不过又三这里却好。不管他们怎么查访，也断乎不会查访到他们官宦人家来，何况又三这里，门无杂宾，稍为生疏一点的人，哪能随便闯入？他又居丧在家，有人陪你，起居一切也方便，只要你不走出他这书房，我敢担保绝对平安无事。又三，你看怎样，该不该这样办？"

郝又三慨然说道："本来用不着商量，只由于铁民太多心了！"

田老兄道："也得商量一下，倒不关乎他应不应该在你这里躲避，而在怎样对你老太爷措辞。这么大一个人住在家里，总不能说不叫主人知道的道理。"

他们商量定妥，就说王尚白君是苏星煌的至好，新由日本回来，要到川边去，路过成都，得耽搁一下；住客栈不方便，只好在这里借住几天。

郝又三又拿出十几元钱交与田老兄，叫为尤铁民去置备几件衣服和一些必需东西。

## 五

仍在她嫂嫂房里——她嫂嫂因为有点事情，带着两个小孩、两个奶妈回娘家去了，说是要住三四天才回来。——大小姐笑着问郝又三："这王尚白，怎么很像尤铁民呢？"

郝又三看着灯光里挂在壁上的那张三年前由日本寄给他的苏星煌、尤铁民、周宏道此外还有几个四川学生合照的八寸相片，也忍不住笑道："你觉得很像吗？你几时看见过王尚白？"

"他到妈妈灵前上香时，我同二妹不都在灵帷里吗？"

"二妹呢，她怎么说的？"

"她不大留心，只笑他的假帽根梳得那样毛，又不巴适。"

郝又三沉下脸来看了她两眼，又四面看了看，才凑过头去，悄悄说道："这是顶紧要、顶秘密的事，你千记不要向别的人说啦！不错，你的眼力一点不错，王尚白就是尤铁民的假姓名。"

"他为啥要改姓更名呢？"她是那样急于要晓得的神情。

"因为他是革命党。"

"他是革命党，这何待你说，我早就晓得的。可是为啥要做得这样鬼鬼祟祟，生怕人晓得的样子，一天到晚，躲在房里，就跟姑娘一样？"

"你这话才奇怪啦！革命党能够光明正大地出来谋反叛逆吗？要谋反叛逆，就得鬼鬼祟祟，何况这次成都事情失败，他也是有名在案的一个逃犯呢。"

他于是便把尤铁民的经过，尽情尽量告诉了她一番。在叙述

上，对于尤铁民，自不免有一种恭维的描摹，而这描摹遂自然而然
在大小姐的心情上激起了一种朦胧的崇拜、欣羡。

她不自觉地举眼把那壁上照片一看，自言自语地道："倒看不
出来，这样一个丑人，还是一个英雄！"

郝又三道："你觉得他丑吗？"

她笑道："还不丑吗？一张翘宝脸巴，眼睛落到岩里去了，又
瘦筋筋的。不过，一双眼睛却有神光。"

郝又三把大指拇一跷道："你们的眼力真厉害！一看之下，好
歹分明，我们就不行，相处了几年，从没有把人看清楚过。"

于是尤铁民的种种，就变成了他们两兄妹的谈资，一直谈到二
更。郝又三才说："他从下午睡起，这一觉可该睡够啦。我看看他
去，快要消夜了，该起来了吧？"

他站了起来，大小姐也跟着站起来。

他看了她一眼道："妹妹，你也打算去同他谈谈吗？"

她把头低了下去道："你的男朋友，又不是亲戚，我咋好
见得？"

"现在是一切维新时候，男女见面谈话，本不要紧。我记得，
他们出洋以前，不是约你进过合行社吗？爹爹本来肯的，就只妈妈
不肯。如今事隔快五年，男女界限，不像以前那么严密。以前，妇
女何曾有在街上走过，如今，大成人的女学生遍街跑；以前，除了唱
堂戏，妇女们得隔着竹帘看看，如今，悦来茶园、可园楼上便是女宾
座。风气已这样开通，还有啥子顾忌，并且是我陪着你去的。"

大小姐把鬓发一掠道："哥哥，我听你的话，是你叫我去见男
客的，后来有了闲话，我可不管。"

"我当然负责！……我想也不会有啥子闲话。"

他们遂一直向书房走来。听见姨太太正坐在烟榻旁边在同父亲
说话——自从太太死后，老爷的鸦片烟盘，已公然摆在姨太太的房
里。——香荃的笑声，则一阵一阵从另一间房里传出，晓得她正和

春桃、春英等在玩耍。

大小姐刚进书房，心里忽然觉得一紧，仿佛要看见一个不相识的什么怪物似的，不禁拿手把她哥哥的衣角一扯，正打算说什么。

大概像是听见了脚步声，尤铁民只穿着一件薄薄的棉紧身，猛然掀开门帘，从灯光中走出来道："是又三吗？我早起来了，正打算找你说一件事。"

郝又三道："不只我一个人，还有一位生人要来见见你，我给你介绍……"

尤铁民便退了进去，郝又三握着他妹妹手腕，一直将她牵到房里。

桌上一盏小保险洋灯点得很亮。尤铁民已把一件长夹衫抓来披在身上，连连扣着纽扣。

大小姐十分踡局地站在她哥哥身边。她哥哥却满脸是笑，向那张着大眼，神态惶惑的尤铁民说道："这是大舍妹！……她很钦佩你的，愿意同你见见。……我想，现在风气已不像从前闭塞，你又出过洋，彼此见见，可以的吧？"

尤铁民才摆出笑脸来道："可以，可以！有啥不可以？"赶紧向香芸深深鞠了一躬，又把右手伸出来，要同她拉手。

她早已通红了脸，此刻连耳根都红了，不自由地向后一退，手却伸不出来。

尤铁民忙将伸出的手向椅上一让道："请坐啦！……郝小姐，我们倒是久仰的，早就想请见，也曾向令兄说过。……又三，我们是说过的吧？我还仿佛记得是因为说《申报》的事，可是吗？"

郝又三点头道："刚才还说起这事，一晃就是五年，光阴真快啦！"

尤铁民定睛把香芸看着道："郝小姐自然在女子学堂读书的了。"

香芸低着头，只微微一笑。她哥哥代答道："没有，因为父母不肯，总觉得成人姑娘，不宜在街上走……"

"倒无足怪,老年人的思想,大半如此。不过,像郝小姐的聪明,埋没在家庭中,很是可惜。若是离开家庭,岂不又是一个赫赫有名的苏菲亚了吗?"他说完,还不住地叹息。

这是大小姐毕生没有听见过的恭维话,心上不由安慰起来,放大胆拿眼把尤铁民一看,觉得这个人确是有种不讨厌的神气。因为尤铁民的眼光又射了过来,只好把头低了下去。但心里很想再听听这类的话,偏她哥哥却与他谈到别的正经话上去了。

末后,她哥哥忽然问道:"你起初说要找我说一件要紧事,是啥子事?"

尤铁民看着他兄妹一笑,一时没有回答。

"舍妹在旁边,不便说吗?其实,不要紧,舍妹虽然不是苏菲亚第二,性情却是很豪侠的,不然,也不会钦佩你们,也不会敢于同你见面了。"

尤铁民忙道:"你会错了我的意思。像郝小姐这个人,聪明俊朗,哪里还会使人感觉不便。我还要说一句不客气的话,假使你兄妹两个易地而处,恐怕你令妹的成就,早已远过于你之现在了吧?"

香芸的脸又红了起来,却是口角上挂出了好些笑意,眼睛也格外活泼了。

她哥哥掉头看着她道:"尤先生的话对不对?"

香芸看着她哥哥道:"尤先生夸奖得太过,我拿哪一点赶得上你!"这是她进房间以来,第一次开口说话。

尤铁民便理着话头,带辩驳带恭维地同她谈了起来。谈到中国人重男轻女的不对;谈到张之洞劝妇女放脚之有卓见;谈到日本女学之何以勃兴;谈到妇女应该有的抱负:不依赖男子,改良家庭,帮助男子做有益的事,育养儿童做国民之母。

谈了好一会,香芸也居然敢于看着他,毫不红脸,毫不心跳,毫不着急地说了八九句简短话,而态度也渐渐自然起来,安舒起来。

郝又三依然要问他起初打算说的是一件什么事。

尤铁民道："起初因为在你府上躲了这几天，就只起居在这两间房子里，就只同你一个人在说话，也太不像路过成都，要在此玩耍几天的样子。老伯纵然不生疑心，底下人难免不要见怪，一下传说出去，于你府上就有不便了。所以，我想明天等田伯行来时，听他消息，不管他们的吉凶如何，我是打算出城走了。我一睡醒，就想到这上面……"

郝又三道："这你又多了心。我向家里人说的，是我太寂寞了，你远道回来，我特意留你畅谈几天，广广见闻，不是为你，全是为的我。就在今天下午，我向大舍妹还是这样说的，你不信，只管问她。"

香芸接着说道："是的，哥哥是这样说的。因为我说尤先生的相貌怎么会同王尚白一模一样，追问起来，哥哥才说了真话。"

尤铁民把手一拍，笑道："可见保守秘密真不是件容易的事啊！又三才守了几天秘密，就忍耐不住了，哈哈！"

他又连忙一转道："却也不怪你，因为郝小姐太聪明了。要是人人都像郝小姐，人世间哪里还有秘密。幸而像郝小姐这样的聪明人还不多，我倒不怕你再泄漏。"

郝又三笑道："你这张嘴真可以！大概是闹革命，到处演说，把嘴说滑了。"

他妹妹也抿着嘴一笑道："尤先生倒不要这样光凑合我，嫂嫂还是可以探得哥哥的秘密的。"

"当真，说到又三嫂，却该请见。今夜既见了郝小姐，明天定要拜见又三嫂。"

"嫂嫂回娘家去了，一时怕不得回来。"

外间有人进来了，郝又三赶快掀帘子出去，是高贵的声气，在请问就消夜吗。

香芸也站了起来，要走的样子。

尤铁民便道："明天再见吗？"不觉又把右手伸了过去。

香芸只好把手给他一握，忽觉通身微微一颤，一种奇怪的感

觉，一直从手指尖传到心里，连答话都说不出了，赶快低着头走了出去。

## 六

光绪三十三年十月二十九日半夜捉拿革命党人一件事，在成都一般人的生活中间，并没有引起什么波动。要说有点什么影响的话，那也只限于下东大街的长兴店、中东大街的鸿恩店、走马街的保和店、青石桥的永和店、学道街的源泰店和德升店这几家客栈。

据田老兄亲身的调查，据傅樵村到他有来往的官场地方的探询，方弄清楚了那一夜被逮去而确实有名可查的，一共是九个人。杨维、黄方果然是从永和店逮去的；从鸿恩店逮去的，叫张治祥；从保和店逮去的，一个叫王树槐，是武备学堂前几个月才毕业的武学生，一个只有十七八岁的青年小伙子，叫江竺；从源泰店逮去的，就是向来在茶坊酒店、旁若无人地高谈革命、任何人都可引为同志的黎庆余；从德升店逮去的，是一个陕西人江永成，曾经在警察局当过巡员。此外，还有一个叫张孝先，一个叫吕定芳，却不明白从哪家客栈逮去，据一班账房、幺师说，这两人还时常同一个叫王忠发的人，只是随时肯到各客栈来同那些人吃茶喝酒，有说有笑而已。

人是逮去了，各人的行李东西也拿走了，有的客房搜查了一下，据说，并未曾搜出什么手枪炸弹等凶器，甚至连跑江湖的人所必须携带的解手小刀都没有一把。一般的议论便说："都是些赤手空拳的斯文人，哪里像造反的，若说这就是革命党，那才活天冤枉哩！"

但在学界里却谣言蜂起了，一人传十，十人传百，都说："要逮人！要逮人！"平日额头上挂着志士招牌的那些人，当然有的请了病假，有的闷声不响，有的甚至逢人就声明："本人历来便是两耳不闻窗外事，一心只读圣贤书的好好先生！"可是不假而走的，到底不少，据说连通省师范、连叙属中学的学生，一总算起来，怕不有三四十人？学生们一走，先生们也不免着了慌，也有装病的，也有走的，好多学堂几乎都陷入半停顿的状况。这时，高等学堂总理胡雨岚，因为是翰林院编修，一个地位很高的人，又到日本和美国去考察过，在四川开办学堂，又是奉有特旨的；平日同四川总督不仅是平等来往，而且还受着总督的相当尊敬。他因此就出头说话了。他相信四川也有革命党，但他不相信四川的革命党就和广东、湖南两省的一样，也不相信就是孙文、黄兴的党徒。他说，对付四川的革命党最好的方法，只在于各地官吏实心奉行新政，政治一清明，民智一开通，革命党自就可以消灭于无形。他也相信这次在成都所逮的人中，或许也有所谓革命党，但他却怀疑未必便是首要，也未必便是其中的破坏分子，或什么暴徒。他认为多半是一些求治心切、不识大体的青年，"性情浮躁，罔识忌讳则有之；倘能加以陶熔教诲，说不定还是国家的人才哩！"因而他对于已经逮去的那些人，不主张按照大逆不道的罪名办理，对于谣言所传的有人打算把案情扩大，不但想借此要在学界中来多逮些人，借此把嚣张可恨的学界打击一下，借此把平日看不顺眼的人收拾几个，甚至还想借此机会多开保案，多升几个官，多记几次功，他更是大骂起来。他骂："这一些过场，都是王桢那个狗头搞出来的！他眼睛红了，他良心黑了，也想拿四川读书人的血来染红他的顶子吗？好吧！他有胆量，叫他只管搞！我却有本事先去质问赵季和。不然的话，我还可以呈请都察院代奏，参他狗头的官！叫他连一个知县前程尚保不牢靠！那时，大家扯破了脸，我拼着到北京跑一趟打京控，倒要看他狗头的脚肚子到底有好硬！"

他还把省城各学堂的监督和一班有科名、有声望的绅士——当然有年近八十的老翰林伍崧生在内。——邀约到高等学堂的竹园，商量如何抵制官场败类，如成都县知县王桢之流，"慎防他假公济私，摧残士气。"只管商量之下，没有结果。因为护理四川总督赵尔丰——就是表字赵季和的——曾在四川永宁道任上，以杀人之

多，得过"赵屠户"的歪号，大家都有点害怕他。到底由于胡编修的气概磅礴，肩头硬朗，大家迟疑了一会，才同意了他的第二议，即是不要害怕惊惶，必须先自镇定，使教习和学生相信不会株连，大家安心下来，继续教书，继续读书。可是也须告诫学生们，切不可再照以往那样胡说乱道；学堂以外的行为，更要加倍谨饬，什么同乡会啦，同学会啦，总以不参加的为上。至于课本、笔记，却要仔细检查一番，有什么不妥当的言词，必须先行消灭，说不定提学使方面，早晚会派人来调阅这些东西的。

至于胡编修所提的第一议，即是大家出名写一封公函给赵护院，请他对于目前这件案子，必须秉公办理，切不可偏听一二急功好利的僚属言语，多所株连。并告诉他，现在谣言繁兴，相惊市虎，尤其莘莘学子，不能安心求学，希望他明白晓谕，安定人心。大家认为赵护院现刻正在火头上，这样一封公函，岂不当头给他泼了一瓢冷水？他是大权在握的封疆大吏，怎能受得了？就中尤其是通省师范的徐先生更其不赞同，他说："不这样做，我们现在已经背了一身嫌疑。我学堂里的学生走得最多，我听说各大宪中已有人在说，我便是一个闹事的头子，我那学堂便是破坏分子的窝巢。倘若我现在在公函上列了名，只管我不领衔，也会惹起各大宪更严重的疑心，认为我做贼心虚，所以才鼓动起大家来倒打一钉耙。这一来，反更惹火烧身了。"他还连连摇头，几乎把一副钢丝近视眼镜也从那张瘦削脸颊上摇坠下来。

老翰林伍崧生更是一个谨小慎微的人——他在四十七年前，正当英法联军的兵船攻陷天津时，他曾赶快由翰林院上过一封折子，奏请回家终养父母，咸丰皇帝奕詝便同他开了个玩笑，亲笔朱批："伍肇龄是治世之忠臣，乱世之孝子，着他回去吧！"从此，他不但不敢再到北京求官做，甚至在成都充当了几十年的书院山长，连一个坐汛的把总，他也不敢冲着他说一句硬话的了。——当下也轻言细语说道："这公函倒委实要斟酌下子的好。赵季和办理这件案子，或轻或重，他身为封疆大员，自有他的权衡；我们当绅士的人，怎能因为谣言缘故，就横身起而干预？设或学生当中，果有一些反叛，难道该叫他不拿人吗？设或他要我们担个硬保，保证四川从此不再出事，保证全般学生没半个是不安本分的，雨岚，这就难了！何况赵季和为人，气性素来刚猛，但凡气性刚猛的人，要宜以柔克之，不然是会偾事的。"

胡编修仍然恭恭敬敬地问道："那么，依老前辈的高见，该怎么办呢？"

"依我吗，公函暂不忙写。听说这案子交到成都府发审局在办，你不如对直去找成都府高太尊，或者去找成、绵、龙、茂道贺观察，先向他们打听清楚赵季和的意旨所在。要是他意在从轻发落哩，那就不说了；否则，还是请托贺、高二位把你的意思委婉代达，使他自己转弯，好像恩惠全出于他自己，而并非由于我们的强求。你们想嘛，一省的总督，海外的天子，再说今非昔比，而犯颜相争，总可不必吧！"

胡雨岚在一人不可拗众的情势下，也觉得伍翰林毕竟比他自己有世故，因就决定采用了老前辈的说法。同时，打听到发审局坐办候补县黄德润，虽是赵尔丰赏识的能员，也能在赵尔丰跟前说话，因为是云南人，性情还慷爽，也讲过新学，懂得法政，在官场中算是一个比较淡泊的明白人。遂不惜降低身份，由府衙门一出来，便转到发审局亲来拜会黄德润，并且还着实同他谈了好一会。

与胡编修同时而起，也在作釜底抽薪的，又另有一个人。后来据田老兄等一班同学议论说，胡总理做的是大公无私，是公而忘私，是把个人利害置之度外，是令人佩服的一种侠义行为；那另一个人做的，便是纯粹为的私了。不过虽然为的私，也还起了一种好作用，大家倒也表示赞成；并认为那样做法，的确比他们胡总理似乎还要对些。原来被逮去的那个十八岁青年江竺，他的父亲是成都北门外一个开木厂的商人，平日由于生意和银钱关系，同官场本有来往，最近为了承办建造文明监狱的木材，和成、绵、龙、茂道贺纶夑更有了私人的亲密关系。儿子刚被逮去，父亲立刻就知道，也就立刻去找着贺道台，并找着平日有交情的一些道、府、州、县，无论怎么说法，非要个人情不可，非要把他儿子立刻释放不可。贺道台答应他想办法，别一些道、府、州、县，也答应他想办法，就连兴头十足、满想拿人血来染红自己顶子的王棪，也答应他想办法，并还拍着胸膛担保说，即令杀一千人，也决不会杀到令郎头上。可是当父亲的不敢相信这班油滑朋友的话，因想到按察使司衙门，这是专管诉讼事情地方，制台办杀人案子，说不定会要经过它；又想到其间有位专办刑名的师爷王俊廷，是全省有名的大幕，连制台都佩服的，倒是找他想个法子，或许还靠得住些。当父亲的因又找到也是朋友之一的王俊廷。

王师爷果然不像那班做官人，只是顺口答应而已，他的确就开动心思，和那位急得神魂不定的当父亲的木商研究起来："按照大清律例和此案，即使令郎没有口供，那也难逃一个绞监候；纵得大人们笔下超生，充军黑龙江，是免不了的；充军虽然比斩绞轻得多，然而不充军而只杖责枷号，岂不更好一些？但是，令郎娇生惯养的年轻人，杖责如何受得了，老兄商界巨擘，体面人家，子弟受了官刑，说起来也不好听；我想，最好是应该办到取保释放，你老兄出头具个严加管束、永不再犯、再犯同罪的甘结；老兄想想，这该可以吧？……既然可以，那么，就不只为救令郎一个人的性命，势必全案都要办松了方好。现在我尚未看见本案全卷，好在成都府高太尊已经有信给我，告了我一个梗概，说是叫黄德润大令明天来同我磋商。这是一个机缘，文明国的法政，黄大令是懂的，我们一定可以磋商出一条大事化小、小事化无的好办法。不过……唉！老兄，你是明白的，当今的事情，法不法倒在其次，要紧的还是人情。我听说，成都县王寅翁这回很得意，很想在这桩案子上搞个名堂；他又是赵护院颇为赏识的人，如其他真不放手的话，要把全案子办松，倒还得费些事；老兄设或能把门路走通，通得到赵护院那里，那便事半功倍了……"

由于这两股反对力量配合着一进行，不但使王棪得意不起来，并且也影响到了葛寰中。

黄澜生受了郝又三的请托，请他随时告诉点发审局消息。一天，便特来奉访，悄悄告诉郝又三父子说："葛寰翁近几天意兴很是索然，你们可晓得吗？……事情原来是这样的：张孝先、吕定芳两个人，并不是啥子革命党，葛寰翁以前全然弄错了。到昨天，贺老道、高太尊亲自到发审局来会审时，把张、吕二人叫到堂上同那七个人对质之下，才晓得两人都是王寅翁密禀赵护院派去做眼线的。葛寰翁事前连这个火门都没有摸着，无怪空自忙了两个月，煞果，还是让王寅翁夺了一个大彩。这还不算，七个逮去的人，其中有个叫江竺的，本来是个年轻小伙子，啥都不懂，葛寰翁偏偏认为是个有凭有据的首要，王寅翁好像也是这样在着想。却不想在会审时，贺老道一开口，才是这样在问：'看你这样年轻，哪里像个谋反叛逆的歹人！说不定是被人勾引的吧？只管据实供认，本道给你做主！'……你们觉得怪吗？本来也怪，平日问起案来，管你供得对供得不对，小板子一千，夹棍一副，总要整得鬼哭神嚎。这回，还是道、府会审，却异常文明起来，这在发审局倒还是罕见的事。我看王寅翁坐在高太尊旁边，秋风黑脸，好不高兴。直到对质之后，除了那个年轻小伙子好像果涉嫌疑，连张、吕两个眼线都指证不出他真正是闹革命的，其余六个人，全供认明白是革命党，真个勾结匪人，要在省会地方来闹事，贺老道说了几句重话，而后王寅翁的脸色，才稍稍好看了些……"

郝达三并不明白黄澜生是他儿子请来传递要紧消息的，一直认为像平常一样，彼此没有事，互相拜会，谈谈官场动静罢了。因此，于黄澜生述说之后，便海阔天空、发舒起他自以为是的伟见，毫不注意他儿子两次三番地仍想把话头引回到那天会审的情形上

去。弄得他儿子踢局不安，不等客走，就先溜出了客厅。

七

　　恰好田老兄也来了。也带来了和黄澜生所说的差不多同出一源的消息。据田老兄说，他有一个不常来往的老长亲，也是一个有名望的刑名师爷。最近因为年老多病，不能用心，才把许多馆地辞谢，在家颐养。但和官场是通气的，有什么大案，各大宪的幕友还常常要来向他请教。田老兄认定这次案子他必然能够预闻，所以才特特去找到他。

　　田老兄从他亲戚那里，因而更听到一桩极有关系的事：王桢不但被学界攻击，不但被官场非议，甚至从藩、臬两司起的汉人文官，从将军、都统起的满人武官，对于他所抄获去的名册，虽然认为不虚，可是都不赞成王桢最初向赵护院禀告的主意，即是按名捉拿，不让一个漏网。为什么呢？据说，细察名册所载，除一部分绅界、商界人士外，顶多的是学界，其次是军界。军界中的，有尚在武学堂里的武学生，有已在新军里任头目的军士，有派到巡防营任哨长、哨官的下级军官，人数那么多，方面那么宽，若果按名捉拿起来，不但牵涉太广，说不定反会引起不好的结果。一班办案有经验的老幕友——当然有王俊廷在内，也有田老兄的那位亲戚在内。——聚头研究之下，更发现了一种大可置疑地方，即是像这么重要的结盟谋反名册，理应有一个机密地方存放，怎能放在一口挑箱中间，而又摆在客栈的一间没人住的房里？还有，有了名册，就应该有印信，有旗帜，以及其他谋反叛逆，如像以前红灯教等起事时所应有的那些东西。为啥这次所抄获的，就只一本不大像样的名册，连什么谕帖、公文、信函等一切可以连带做证的东西，全没有呢？大家不好说是王桢或者其他什么人有意假造来加重案情，只好说难保不是破坏分子的坏主意：一方面好使官府上当，一方面也连累善良，如其真要按名捉拿的话，那一定会弄到人心惶惶，也会把好多人逼上梁山，岂不反而堕入了匪人的奸计？

据说，贺纶夔道台、高增爵知府，最同意这班老幕友的见解，不主张多所株连，只把案子限于逮去的那几个人身上究办。他两人的私意，原本还要办轻些的，因为黄德润曾经面禀过，文明国家对这种人，叫作政治犯，犯的罪，叫公罪，大抵都是关上几年，驱逐出境了事。我国法律本于专制政体，早为列强讥为野蛮，听说现在法制馆订定的新刑律，已经载有国事犯专条，便是采取各文明国法律精神。虽然新法律尚未颁布，可是我们已经有了预备立宪的上谕，官制也在改革中，"卑职的愚见，此案，可否不必按照谋反叛逆、十恶不赦的律例办理？张治祥等又都是有功名的书生，只因急于政治改良，以致不择手段，只管结盟倡议，到底还查不出作乱的确证。如能邀恩许以自新，该犯等定将感激图报。卑职愚见，伏恳两位大人钧裁！"但是赵护院首先不答应。他认为质证明白，犯人等并未经过刑讯，便已供认是实，这怎么还能宽纵？而今采纳舆论，不再多所追究，听那些不法之徒逃亡敛迹，已算网开三面了；若再听从黄令主张，岂不成为养痈遗患！什么文明法律，朝廷没有颁布，我们当臣子的，怎好逆揣？何况治蜀以严，我在永宁道任上是收过效的。你们再去商量吧！……

田老兄摇着头道："看来，事情就坏在张孝先、吕定芳这两个东西。要是不让这两个坏东西钻进来，你们的事情或不至于失败得这样凶。逮去的那六个人，因为无凭无证，也不会啥都供认了。……不过，还算侥幸，就由于我们胡总理出头反对，大家一附和，所谓一网打尽，断乎不会实现了；只那几个人的脑壳……嗯！……"

尤铁民接着长叹一声道："当然牺牲无疑！那倒用不着研究，只是太可惜了！成都的一点革命种子，算是连根铲除！"

郝又三劝道："莫要灰心。你们还是可以再来搞一回的，等时间长一点，大家不再注意了。"

"谈何容易！"尤铁民把那颗短发蓬蓬的头一摇道，"你们哪

里晓得，这回事情，由于很久以来众心所向一致，自然而然才搞了起来，一经波折，大家的见解就不同了。本就没有统率指挥的人，将来更不容易找人号召……"

大家只好默然。

尤铁民又忽然兴奋起来，说道："却也怪了！余培初他们明明告诉我，有千多颗子弹，由新兵营弄出来的，还由嘉定弄来了几颗大炸弹，说是都放在他们客栈里的，为啥又没搜着呢？"

田老兄道："也算侥幸之一，要是搜着了，大家就更不好说话啰。"

郝又三忙说："说到炸弹，我倒想起来了，正要问你，是不是今年在叙永那地方制造的？"

"不是。大约是在叙府造的。不过最初试造，倒在叙永。黄理君因为配药不慎，受了重伤，抬到重庆医治。我过重庆时，还去看过他，幸而只把头面伤了，破了相。……告诉你，造炸弹的地方，就在叙永兴隆场黄篾笙家里。炸药爆发时，据说，几乎把屋顶都冲垮了。幸而黄家院子大，又在场外几里远，不然，早着官府发觉了。"

"虽没有立刻发觉，但已引起官府的注意，晓得四川革命党人能够制造炸弹。所以这次王寅伯咬定他们要丢炸弹起事，官场中人才无不相信，只管没有把炸弹搜出，却不能不说他们这次失败，叙永的炸药爆发毕竟是个远因。自然，最大的原因，还是由于大家平日的言语行动太放肆了点，因而引出了奸细。于此，可见凡事稍一不慎，就会发生恶劣的影响，这回对于你们来说，未始不算是跌一次跤，长一次智，大家以后总应谨慎些的好！"

郝又三在朋友当中是最年轻，最无世故，最难发议论的人。因此，尤铁民好像感到了侮辱，满脸不自在地瞥了他一眼，慢慢说道："多谢你的盛意！多谢你的善言！但是，你不知道失败就是成功。例如这次的失败，你以为是意外吗？其实大家早已料到，早已有所准备，首先，他们就未曾公举一个人出来统率指挥，其次也未曾商量到起事之后，下一步怎么办。大家之所以明知无成而又要这样做者，一方面固然出于愤慨满奴之专制，决心与之偕亡，而一方面也只打算把已死的人心，借以振奋一下，说明白点，就是等于向同胞们敲一下警钟。他们的牺牲，本不足惜。所可惜的，就是犹豫不决，未曾早点下手，乘其不备，轰轰烈烈干他一场而后死。假使果能把赵尔丰等奴才炸毙几个，请想，现在不已传遍全国了吗？不已使千千万万的爱国男儿闻风兴起了吗？不已使那拉氏老妇、载湉小儿骇昏了头吗？所以要当革命党人，就非具有这种只问耕耘、不问收获的牺牲精神不可！所以革命党人的行为，就必须豪迈无前！所以革命党人的言谈，就必须锋芒毕露！革命党人是最瞧不起儒家的危行言逊的！"

田老兄晓得他在扯横筋，因为他气太盛了，不便和他争辩，只是笑笑了事。但是郝又三好容易才培养起的一点儿革命倾向，却被他这一番只问耕耘、不问收获，也就是只求牺牲、不求代价的伟论打了回去。

## 八

又过了几天，各方面消息传来，证明案子果然松了劲。大家已经知道王棪不但不像前一晌那么得意扬扬，还逢人申辩这回事情，他只是奉命行事，逮人是出于不得已。至于多所株连，想以人血来染红帽顶，简直连想都没有想过。并且亲自到胡雨岚家里去，请总理劝劝护院："适可而止，莫为已甚！"

郝达三去拜候了葛寰中回来，也说葛寰中很高兴王棪之劳而无功，訾议他把火色看差了。又说："办这种案子，本不容易，比如夺黄蜂窝，搞得不好，便会遭蜂子锥了手的。而今王大老爷吃了亏，我们也算学了回乖了！"看来，葛寰中的气也同样的馁了。

情势如此，躲在郝家的尤铁民，是尽可以走的了。然而他仍旧安居在郝家毫无走的意思，大约与郝香芸不无有点关系。

郝大小姐是那么聪明豪爽，正如她哥哥所称道。但还有两种德

行，为她哥哥所不知，而为她嫂嫂所深悉的，第一是爱用心思，第二是好胜。

因为爱用心思，所以思虑极多，又极细密，每逢一件事，她总比别的人多想得出几种理由；却也因此往往超过了靶子，反而把事实的真相搞错了。这在她嫂嫂说来，就谓之曰多心，又谓之曰弯弯心肠。在前本不如此，差不多自她生病以来，才是这样。

又因为好胜，便事事都想出人头地，便事事都要博得人家的称誉，只要有人恭维她，她心里一高兴，任凭牺牲什么，她都可以不顾而只图别人满意。这在她嫂嫂说来，就谓之曰爱戴高帽子。这倒是与生俱来的一种习性，不过愈到近来，才愈加强烈罢了。

她嫂嫂之与她处得很好，就由于在后来摸清了她这两种德行，善能迎合利用，使她忘记了自己。而尤铁民却本于他在日本常和女人接触的经验，无意之间，抓住她的短处，便也博得了她的欢心。

香芸和尤铁民会见后的第二天一天都不舒服。心里很想到书房去走走，又害怕别人说闲话。只好暂时找着香荃来排遣。香荃是那样无忧无虑地大声在说，大声在笑。到吃午饭时，她忽提说许久没有到大花园看三叔的小妹妹，问她姐姐愿不愿意去走一遭。若在平日，香芸是不肯去的，第一层，恨她三叔，她看清楚了母亲的死，大半由于生他的气。第二层，看不起贾姨奶奶，倒不是因她曾经是母亲的丫头，而是因她与高贵的鬼鬼祟祟，她常向哥哥嫂嫂批评贾姨奶奶太好贱了，生成的贱骨头，拔不上台盘的东西，虽然所生的那个小女娃倒非常之像三叔。

但此刻她却不拒绝她妹妹的提议。两个人便走出轿厅，从一道月宫门走进大花园。

所谓大花园，不过有不足半亩大，种了几株大树，几丛观音竹，掩映出来，觉得有好宽好大。一条鹅卵石铺的小径，几处牡丹花台。东边风火墙下，有三间房子，两个通间，一个单间，原是郝又三与香芸从胡老师读书的学堂，现在是三老爷的住室了。

房子外面一架朱藤，还是那样繁盛，一排四盆秋素，叶子也长得甚茂。贾姨奶奶正坐在通间里做什么，不等她们走拢，便连忙赶出来站在宽檐阶上，笑着招呼道："大小姐二小姐里面坐！恰巧三老爷刚刚出去了！"

香芸道："我们不进去，就在这阶檐上坐坐好了。小妹妹呢？"

贾姨奶奶很谦恭地站在大小姐所坐的竹椅旁边道："三老爷把她抱到街上去了。他天天都要抱去走一趟的。……大小姐近来倒更好了，脸上也着了些肉。怕有个多月，不到花园里来了吧？"

花园里真静，只观音竹丛中几个小麻雀在吵闹。

香荃向贾姨奶奶道："冬至节也快来了，你许我的扎花棉鞋，哪天有呢？"

"这几天还不行，等把三老爷的袜子做好了，就动手。"

香芸定睛看着对面道："这竹子更茂密了，恰恰把书房后窗遮住，站在这儿，简直看不清楚那面了。"

贾姨奶奶道："不是一样的，那面也看不见这里。可是在夜里，却看得见灯光。夜静时，连那个客人的咳嗽声、脚步声也听得见。"

香芸看了她一眼道："听得清楚吗？"

"夜静时才听得清楚。昨夜到很夜深了，我睡醒了一觉，还听见那客人趿着鞋子在房里走动，并且时时刻刻都在大声叹息。不晓得那客人是做啥的，好像心思重得很。听高二爷说他，住了几天，从未出过房门。只晓得姓王，是出过洋的。"

香荃笑道："当真出过洋的，那天到灵前上香，我同姐姐看见过他，一条假帽根，真笑人！爹爹同他见过一次，很夸奖他，说他学问很好哩！"

贾姨奶奶道："昨天晌午，我上来时，从书房窗根底下走过，他从窗上把头伸出来了一下。我瞥了他一眼，相貌长得并不好啦！咋个会出洋？"

香芸不高兴地说道："你这话才怪啰！出洋不出洋，咋个会说

到相貌的好不好？相貌好，唱小旦的相貌就好，可是他算啥子？贱东西！贱骨头！"

贾姨奶奶红着脸，只是笑。

高贵挟了一只花线牌子走了进来。本是笑容可掬的，一转过南天竹丛，看见两位小姐，登时就把笑容收敛了。规规矩矩把花线牌子捧与贾姨奶奶道："请姨奶奶把颜色选定了，再讲价，他要的是六个钱一分。"

贾姨奶奶笑嘻嘻地把东西接着，向二小姐说道："就是为了扎棉鞋上的花买的，我的花线早使光了。大小姐可要扎点啥子玩意儿？吩咐了，我一道做。"

香芸已经站了起来，便摇摇头道："我这么大了，还要耍玩意儿吗？二妹，我们走吧！"

两个人走出月宫门，正遇着尤铁民从二门侧的茅厕里出来，便赶紧走来打招呼。

香芸不好意思地，含糊应酬了一句。倒是香荃很时髦地向他鞠了一躬，并称了一声"王先生"，态度大方而又自然。

尤铁民问："这是令妹吗？"

"我行二，我叫香荃。我们是香字排行，姐姐叫香芸。"

"啊！我还不知道郝大小姐的芳名，也一直没有请教，可见我这头脑真粗疏！却也怪令兄介绍时一字不提。"

"哥哥给你们介绍过吗？"

尤铁民把香芸看着，不说什么。

香芸附着她耳朵叽喳了几句，她笑道："这有啥要紧？我们明年进了女学堂，还要天天在街上走，为啥子就见不得男子汉？我此刻不是已见过王先生了！……"

郝又三从侧门出来，便道："哦！是你们在说话。很好，很好，我来介绍，这是……"

"不要你介绍，我自己已通过名了。王先生正在怪你介绍姐姐时，连名字都不说，你真不行！"

尤铁民大笑道："香荃小姐的嘴真厉害！以后定是一位绝好的女雄辩家！又三，你这两位令妹，真了不得！个个都是女中英俊！"

香芸笑道："尤先生的葱花真洒得匀称！……"

香荃大张着两眼道："王先生嘛！咋个又叫起尤先生来了呢？"

三个人都说不出什么。郝又三笑了笑道："二妹就是这样嘴快，书房里去说吧！……"

二门的正门一开，进来了三乘小轿，轿帘都是放下来的。尤铁民、香芸、香荃正待往里面走时，郝又三已把头一乘小轿的轿帘揭开一看道："少奶奶就回来了！"

香芸迎上去道："嫂嫂为啥子就回来了？"

叶文婉躬身走出轿门，不及跨出轿竿，先就向香芸福了一福道："本打算多耍几天，偏偏华官病了，妈说恐怕是出麻子，还是回来请医生的好。大妹好嘛！妈跟大妹请安！"跨出轿竿，又招呼了香荃。尤铁民还站在旁边，郝又三遂作了介绍。尤铁民一躬鞠下，少奶奶还他一福，到底是当了妈妈的人，没一丝腼腆，比起香芸头夜在书房时就迥然不同，虽然她还小一岁。

两个奶妈也下了轿，华官是那样蒙头蔽面地包裹着，一家人旋说旋问，簇拥了进去。

尤铁民与香荃、叶文婉之见面是这样的。

## 九

香芸自此每次到书房来，不是拉着嫂嫂、妹妹，便是同着哥哥，或是带上大侄儿心官。一次生，二次熟，三次随便点，四次有说有笑，五次就无甚顾忌地谈起心来。最初看尤铁民，好像是个不大容易接近的、非凡的人，渐渐就觉得他性情还好，又会说话，渐渐更觉得他聪明伶俐，学问也好，见识又高，无论说什么，他都晓得，回答起人家的话来，又能委婉曲折，刚刚投合你的心意。哥哥

不用说了，对于尤铁民早就佩服得五体投地，口里提到他，不是豪杰，便是志士；就是嫂嫂那么个忠厚人，就是妹妹那么个不懂事的毛头女娃子，也都说尤铁民好。但是仔细体察来，尤铁民虽说对她们都好，不过对自己似乎总有点异样，也就因为有点异样，所以她才格外高兴和尤铁民见面，也才敢于有时独自一人到书房去同他对坐说话；从不提到他们这回失败事情，也从无意思问到他将来行动。

时间过得也快，一霎眼就差不多半个月。首先是学界中的人心已渐安定。赵尔丰虽没有明文颁布，但提学使方旭却有私人信函送致高等学堂总理胡雨岚，请他转告各学堂办事人安心办学，各教习安心教学，各学生安心求学。他的信固然没有"断不株连"一类的肯定话，不过言外之意是明白的；同时也揣想得到，这信必是赵尔丰授意写的。除此之外，在学界中还传遍了一件小事，也足证实官场态度，这是在杨维被逮去的不几天，忽然写了一封亲笔信，由两名成都县差人送与通省师范学堂一个教习林冰骨，要纹银二百两使用；并说即交去差带回。林冰骨也是留学日本的，也是同盟会会员，又和杨维有私交，杨维被逮去的头一天，还曾到学堂里去会过他。他是这样一个有重大嫌疑的人，当时拿着信，不由就愁着了。这二百两银子，到底该不该出呢？不出，对不住朋友，显然他们受了逼迫，才这样写信要钱；出哩，看来断不是一次二百两，二次四百两，可以了结，说不定以后回数更频繁，要的银子也必然更多。想来想去，拿不定主意，一头想起学道街志古堂书铺管事周永德和王棪有交情，和学界又极接近，在绅商学界中是个有名望的正派人。因来请教周永德，这事该怎么办。周永德思索了一会，方主张银子暂时不忙送去，待他亲去会见王棪，问清楚情形再说。他们最初以为王棪一定有许多恐吓话，还考虑到该如何如何去应付，不料王棪对周永德的答复，才是叫他转告林冰骨，千万不要送银子去。说他的衙规是不准差人需索的，说杨维也无须用钱，并带笑说，他对杨维很为优礼，现刻住在他小花厅里，吃的是上饭，和他吃的并非两样；末后说出他对这案子的看法是："当然是政治犯了！我正四面八方托人向护帅疏通，希望从轻发落。要是能够照西洋文明国那样办，当然很好，即使不然，也希望限于在逮去的这几个人身上办，不要牵扯宽了。不过……"他的同寅中间，却不见得能够像他那样又公正、又淡泊，出了力的，总希冀有点好处；所以要把案子办松，又不要开花，还得他多劳一点儿神哩！

当然，王棪说的话，谁也不相信是他由衷之言。但是从他语意上，到底看得出是绝不会株连到旁人身上去了。

因此，郝达三才真正放下了心……

郝达三之所以知道王尚白是尤铁民的化名，由于刘姨太太告诉。刘姨太太之晓得，由于她亲生女儿香荃告诉。

当香芸把王先生何以又叫尤先生的底里告诉香荃听时，先就再三嘱咐过她，千万不能对第二个人说；事后又经香荃指天画日、赌咒不向第二个人说。香芸同她哥哥、嫂嫂本不敢相信她赌的咒，大家猜想，这回事不同了，或者三五天工夫，她是可以不致泄漏吧？却万万没有料到，还没隔上三个钟头，她父亲便打发春桃把她哥哥叫去，追究起这件事来。

郝达三起初很生他儿子的气，认为他糊涂透顶，不明利害。

"……也不想想，我们是啥子人家？从你曾祖父起，三代为宦，不管官大官小，说到底总是大清朝的臣子。别人可以闹革命，我们是断乎不可以的！……你还要强辩吗？窝藏革命党，包庇革命党，就和革命党同样犯了罪；治起罪来，不但不能末减，因为你曾祖父祖父都做过命官，吃过俸禄，照道理说，还该罪加一等哩！……朋友，朋友，难道朋友就比自己的父母还亲？我不相信讲新学的，就连亲亲之谊也不顾了！你现在并没有分出去独立成家，怎能说出了事，不牵扯到父母、兄弟、姊妹？还有你的女人，你的儿子哩！真正是糊涂虫！为啥子连这等利害都不想想！……"

要不是大小姐赶来，不依道理地袒护着哥哥，痛痛排揎了父亲

一顿，照郝达三的脾气发作下去，真可演变到非把尤铁民立地撵走不可了。到底郝达三还是气哼哼地气了半夜。

就在当夜，由大小姐把姨太太请到嫂嫂房里，细细致致地把这事说了一番。最重要的是"你想嘛！若不是吴金廷受了田伯行的支使，把人家对直送到我们家来，难道是哥哥甘愿去把人家接来？既然来了，哥哥又怎好把人家朝门外推呢？再说，人家也是多么好的人！你问妹妹就晓得了。几天来，大家处得情情美美的，大约案子一松，人家也要走了，难道人家要在我们家住一辈子不成。只要我们自伙不吵不闹，连底下人都不会晓得，外人又怎会晓得？要说怕连累，这也只好怪田伯行，怪吴金廷。其实不连累也连累上了，就把人怪死，也不中用！与其拦中半腰来得罪人，不如大家商商量量卖一个好人情到底，说不定将来总有一点好报的……"

当然是香芸的话发生了效力。香荃看见父亲生气，因为失悔自己嘴快，也背地向娘说了许多话，证实姐姐所说句句是真，并又赌咒说，若果爹爹真不听劝，她便要碰死。

第二天，郝达三再把儿子叫去说话时，气已平了，还把尤铁民他们这回的事，从头至尾问了一番。问知尤铁民不过适逢其会地当天才到成都，当夜就碰着逮人，其实根本就不算本案犯人，他才认可了儿子的行为尚无大错。唯一怪他的，为什么不先禀告他而就自己做了主："这等事情，干系何等重大，你们年轻人，只凭着自己的感情，啥都不顾了。要是先来同我商量商量，或者更周到些，何至如此鬼祟，弄得大家悬心吊胆！……"

香芸说道："倒也说不上悬心吊胆。人家住在书房里，连二门都没出去过，除了我们这几个人，就连三叔和贾姨娘，也只晓得有个王先生，底下人更不用说。只要妹妹不再这样敞口标……"

"姐姐，我再也不向人说了！你不信，我赌咒。"

姨太太瞪了她一眼道："少胡说些，二女子！你那脾气再不改的话，我的命一定会送在你手上的！"

　　郝达三把手一挥道："别闹了，听我说吧！我所谓悬心吊胆，并不是指我们家里人而言。我最担心的，是葛寰中，他又在办案子，他又认得尤铁民，又早知道尤铁民是革命党，据你们说，尤铁民虽不是同案人犯，到底是有嫌疑的。现在案子没有松劲，设或被葛寰中晓得，即令碍着我的情面，不好亲自上门要人，但他是很可以告诉王寅伯，叫成都县签差来的。那时，你们咋个搞呢？"

　　果如妈妈在时所说："老姜的确比新姜辣些！"看来，父亲虑的甚是。

　　大家商量一会，只有一个办法，就是交代看门头张老汉，不管有什么人来拜会老爷，一概挡驾，就说老爷病了。要是葛大老爷一定要进来的话，就请葛大老爷对直到上房来，不要朝客厅和书房里让。来会少爷的客，除了田先生不用通传外，任何人都只能请在大厅上等着，叫高贵拿名片进来禀清了，再凭少爷定夺会不会。

　　门禁加严之后，郝达三又向儿女们慎重嘱咐：既然说的是王尚白，那么，即令私下谈话，也须加倍留心，千万不能再提说他本来姓名。"你们看，这回要不是大小姐偶尔失言，二女子又怎能多嘴呢？古人说的驷不及舌，又说，一言兴邦，一言丧邦，实在可以做你们的座右铭的！二女子还应该格外留心！"

　　只管如此，郝达三到底添了一桩心事。直到杨维写信向林冰骨要银子，由周永德口头传出王棪的态度之后，郝达三知道这事，才算一块石头落地。

　　当其他烟瘾过饱，拿着一本闲书躺在烟盘旁边浏览时，脑里一闪，不由想到王寅伯为啥会把杨维安置在小花厅里，请他吃自己一样的上饭？莫非他们是亲戚吗？当然不是啰！"是亲戚，便不会逮他了。不是哩，这样优待，却又为了啥？"王寅伯是个官迷。有人说，他只要能够升官，连老子他都可以出卖。葛寰中说过，他们局子里有一个由警察学堂出身，最近已经由佐杂班子搞到即用知县的路广钟，不就是这样的人吗？而且杨维又是谋反叛逆的犯人，又从

他手上逮去，脑壳能否保牢，尚在未定之天。然则，王寅伯要这样优待他者，"唔！这中间一定有道理，对他、王寅伯，一定有啥子好处的！……"

及至从儿子口中问知杨维是日本留学生，是在日本加入革命党，并且见过孙文。说起来，在逮去的几个人当中，算是最有资格的一个人。若果要按律严办，挨头刀的应该是他了。但他偏受着王寅伯的优待，则何也？"莫非王寅伯在烧冷灶吗？……一定是！一定是！王寅伯只管是官迷，却也是个聪明人，他必然看见了一些什么朕兆的了。……唔！……唔！……"

他朦朦胧胧地感到尤铁民之躲到他家，对于他，未始不算是塞翁失马。何况尤铁民的资格，据说，比杨维还高。王寅伯既能烧杨维的冷灶，尤铁民现躲在他家，他又为啥"乐得河水不洗船"呢？

因此，他才决定要翻转来，把这个几乎被他撵走的革命党、破坏分子、目无王法的匪徒尤铁民，也好好地抟一抟。先向他大小姐表示说："不管怎样，尤铁民总之是你哥哥的老朋友，又和你嫂嫂、你两姊妹都常时在见面，也算是我们通家之好，只管我们对得住他，救了他一时的灾难，到底没有正正经经请他吃顿饭，我也没有陪过他，敬过他一杯淡酒，这于道理上，似乎有点说不过去。你替我想想，好不好把正兴园厨子找来，成成器器地做一桌上等鱼翅席，补请他一顿，以尽我做主人的一点敬意？……你想，到这时候才补请，他该不会疑心我有啥子用意吧？……如其真会引起客人疑心，这倒是一把粉搽到后颈窝上去了，那就不用补请也罢！"

香芸是非常赞成她父亲正正经经地请尤铁民一次的。但与她哥哥、嫂嫂一说，叶文婉先就笑着把嘴角一撇道："与其这时候补请人家吃鱼翅席，倒不如那个时候莫发脾气，也不怕着人家听见了怄气！"

郝又三道："你又要来打岔！也不想想，我们在后间房里说话，几重棉布门帘遮得那么严密，气都透不赢。况且这两天，铁民还是那样心平气和的，一点不像听见了什么的样子。……我只怀疑爹爹为什么会有此一举？……依我说，其实可以不必，只要爹爹能够抽一点空，多和铁民谈谈，倒还亲切得多。"

香芸不以他说的话为然。她说："爹爹是那样的派头，怎能和人家谈得拢，莫要把人家得罪了，倒是让他们少见几面的好。爹爹打算正正经经地请人家吃一顿，自然有他的用意，或者因为骂过人家一场，现在在磨盘上睡醒了，想不过，借此补一下过，也未可知。不然，爹爹是多么讲究礼法的人，怎能在妈妈的百期尚没有满时，就包席请客？"

叶文婉笑着说道："年多来爹爹都没有正经包席请过客了，倒是稀奇事。只不晓得这次请尤先生，到底有没有外客？要是没有外客，我看，这一席就不容易坐满。"

郝又三和香芸倒不把她的话认为笑谈，两个人议论了一会，找不出一个较好办法。要是不请陪客，算来只有一主一客——郝又三不好把自己算入，这有两种习惯不许可：一是尚在热孝期中的孝子，断不准许宴会；一是父子不同席，老子陪客，儿子更只能在一旁服侍的。——一主一客吃一桌上等鱼翅全席，的确不大像样。要是请陪客哩，因为坐首席的是尤铁民，算来只有田老兄一人作陪才合适，而其他五个人，便难于物色了。两兄妹只好来向父亲请教。

殊不知父亲早有安排，一番话说出，竟使两兄妹佩服得了不起，想不到父亲怎会开通到这步田地。

父亲首先的安排是，不另外请一个陪客。他儿女的顾虑，他已想到，除了人不合式外，他还更深一层虑到在丧服期间请客，到底是惊世骇俗之举，即使大家不说闲话，而讲礼的人定然会道谢不来，请了等于虚请。

父亲其次的安排是，全家人都作陪，不分尊卑男女。既然尤铁民是维新人物，而又是通家之好，除了刘姨太太，都日常相处熟了，同桌吃一顿饭，有何不便？又有何不可？只有一点要和儿女们

商量的，就是郝尊三同贾姨奶奶，要不要请过来？

大小姐连连摇头认为不好，说："贾姨娘是揍不上台盘的，叫她来伺候女客，倒还下得去，叫她陪男客，又是人生面不熟的，莫把她拘束死了。况且还带一个小妹妹，又没人接手，多不方便！"

大少爷也摇头说："贾姨娘倒在其次。只是三叔啥都不懂的人，但又喜欢说话。不但气味不相投，说不定还会惹一些麻烦出来。起码，他可以把尤铁民的情形，拿到茶铺里去当新闻讲。若果他在桌上，我们都只好闷声不响地只顾吃喝了。"

刘姨太太也不赞成。但又顾虑到三老爷是顶爱吃好菜的，要是知道全家人都上了席陪客，独不招呼他和贾姨奶奶，他岂不又要借事生风吗？要安顿他，除非先向他说好了，再叫厨子格外做两三样精致好菜，加三斤好酒，给他送过去。

老爷大为称许道："很好，就这样办吧！……不过，这么一来，连二女子算上，仅只五个主人，一个客；别致倒别致，然而六个人吃一桌全鱼翅席，到底太冤枉了，徒然好死了底下人。而且既是一种家宴形式，我想，把席摆在客厅里面，也未免不称；摆在倒座厅里哩，你们妈妈的灵柩又停在前面堂屋内，心里总觉难安。只有六个人，不摆大八仙桌，仅用一张中等圆桌，不分首次座，那么，摆在书房内，倒绰有余裕，大家更可脱略些，你们以为怎样？"

大家都说好，也只刘姨太太说了一句："不怕客人多心，嫌我们太不恭了吗？"

大少爷说："不会的，铁民本就是个撇脱人，先再向他说清楚，断不会多心。"

老爷又说："人少桌面小，那就不能用全席面。不如再别致一点，简直就叫厨子做成便饭样子，把一些装门面的围碟、瓜杏手碟、中点、席点、冷荤盘子、座菜、火锅等完全蠲免了吧！……"

姨太太笑道："都免了，吃啥呢？"

"有吃的！一大古子清汤鱼翅做主菜，前面配四色小炒，后面配六个大碗，末后再一古子好汤，配几种家常小菜下饭。你们估量一下，吃得饱吃不饱？"

当然吃得饱。

"不嫌菲薄吗？"

当然不菲薄。

"若再添一样堂片烧填鸭、两盘千层饼，可以容八个人吃了。菜的样数不多，价钱出够，叫厨子专心专意做出来，我相信一定比杂七杂八的全席面还要好，还得吃，说不定这又成为一种款式，将来还会传开哩！"

真是别致，真是新款式，甚至上菜、斟酒，在书房内外服侍的，也只派定春桃、春英、春喜三个小丫头。就中只一点还略存礼教古风，那便是只在客人面前设了双牙筷，老爷面前一双包银乌木筷，其余都是白竹筷。

主人不拘礼，客人更是兴致勃勃。

郝达三入座之后，首先举杯道："尤世兄稀客，兄弟又因多病慵懒，难得奉陪；儿女辈不甚懂事，平日招待不周；早就想薄设一席，请罪压惊的……"

酬酢如仪后，他又道："……既已破俗，便请畅饮几杯。这是先室藏的允丰正仿绍酒，还可以。可惜我不能饮，你们都是吃酒的，代我各敬两杯吧。"

尤铁民本就健谈，主人再一迎合，趁着酒兴，他更议论风生起来。

先是谈天说地，接着讲古论今，最后谈到本身，他更加指手画脚。一双落到岩框里的眼睛越发光芒四射。啊！真不愧一个顶天立地的男儿！他有满腔热血，他有照人肝胆，他有浑身本事，要是能够得意的话，他将统率貔貅十万，与清朝政府决一死战，把爱新觉罗氏撵到长白山老家；而后东联日本，北战俄罗斯，西征英吉利，南伐法兰西，收回中国失地，统一全亚，承继成吉思汗伟业，做一

个东方拿破仑。谈到高兴地方，还不禁把桌子拍得啵啵地响。清汤鱼翅之后，到底吃到几样菜，菜味如何，全然不在意下了。

郝达三只好叹服，不住把右手大指拇跷起道："好的，好的！英雄，英雄！……只是世兄具此大志，今已年过三旬，似乎应该有个内助才好吧？"

桌上又啵啵的两响，尤铁民慨然叹道："匈奴未灭，何以家为！"

有意无意地把香芸瞟了一眼，见她桃花泛颊、秋水盈眶的模样，他就举起酒杯一仰而尽，咂咂嘴唇说道："拿破仑也自有他的约瑟芬在呀！"

香荃说道："拿破仑我倒晓得，约瑟芬呢？"

郝又三道："就记不得啦，我不是也跟你讲过，他头一个皇后，就是约瑟芬——是一个寡妇，他和她很有爱情。"

"也是一个美人！"尤铁民接着说，"大抵英雄必遇美人，美人也必配英雄，拿破仑有他的约瑟芬，楚霸王有他的虞姬，这确是天经地义，无间中外古今，都没有例外的！"

大家就如此无拘无束、有说有笑，菜是好菜，吃得多，酒是陈酒，也喝得不少。

散席了，老爷要烧鸦片烟，先行告退，带着姨太太和香荃回往上房。郝又三、叶文婉因为华官的麻子刚免，烧热尚未退尽，不放心，也走了。只香芸一人未走，因为要让底下人撤桌凳，扫地板，只好不避嫌疑，随同尤铁民暂时避到内间卧房，一直到二更过了好久，还听见两个人在卧房里大说小讲。

十

好几天来，香芸差不多起床洗漱之后，必要着意地梳头，着意地打扮。在丧服中，尽管不作兴搽很浓的香粉，搽很酽的胭脂，也不作兴搽红嘴唇，但她总爱向嫂嫂说，脸色橘青，太难看，淡淡傅点南粉遮丑，是可以吧！

一双放大的脚，更注意了。天天要洗，天天要换新漂白洋纱的豆角袜子。吃亏以前太爱好，已把骨头缠断，现在脚趾虽然放伸，而脚背骨总是拱得不能骤然一下放平。母亲死后，催着吴嫂赶做出的三双素面鞋，全换交了。

丧服中更不好戴花，连素色刮绒花也该在百期后才能戴。不过在小手巾上稍为洒点花露水，倒也不妨事。

吃完早饭，就唤着香荃同到书房里来，成日都在书房里学日本文。

因为郝又三与尤铁民商量，下学年要送两位妹妹去进淑行女子学堂。大妹妹进中学班，二妹妹进小学班。女子学堂有位日本女教习在教要紧功课，虽然有翻译，但学点日本语文，上讲堂到底方便得多。尤铁民不就是顶好一位教日本语文的先生吗？郝达三同姨太太都甚以为然，两位小姐更无话说。

在前两天，香荃还起劲，读得很热闹。后来，讨厌尽读字母，便时时跑出来，找春桃等玩去了，找心官玩去了。

唯有大小姐极专心，不为了吃饭，不为了别的事，是不离开书房一步的。有时有人走去，总见她拿着一支笔在纸上写，先生坐在她身边，很热心地捉着她的手在教写。

丫头、老妈子自不免要诧异，自不免有些不好听的话。一天，着大小姐风闻得了，便向着吴嫂发起脾气骂道："你们都不是些好东西！死不开通！男先生教女学生，有啥稀奇？我自小不就跟胡老师读过书的吗？以后进了学堂，男先生更多哩！还有比王先生年轻得多的！如今世道，男女在一块，算得啥？以后，男女还要正大光明地打朋友，讲来往哩！你默倒都像你们下等人，一辈子见不得男的，一见了，就啥子怪事都做得出来？告诉你，小姐们没那样不要脸！不要身份！你们若再怪想怪说，看我告了老爷，处不处置你们？"

得亏她这一骂，以后就再没有人敢蹑脚蹑手去到门帘边偷看他

们，到窗根底下偷听他们，他们竟自在多了。

一直过了冬至，假使不是田老兄频频来报信，而消息也越来越好，使人再无法拖延的话，尤铁民大概一定要把大小姐的日文教卒了业，才走的了。

田老兄起初来报的是，案子不特松了大劲，而且已趋于结束。他的亲戚告诉他，那个特别受了贺道台照应的江竺，已由赵护院首肯，认为嫌疑尚轻，准予保释。至丁张治祥因为是文生功名，黄方因为捐有盐大使职衔，江永成因为当过警察局巡员，赵护院认为这些人都应该按照大逆不道罪名，处以极刑的。后来不晓得由于什么人的劝解，他才忽又发了善心，答应贺道台他们，一律从宽发落，不杀人了；只是吩咐凡在逃和各地有名在案的首要，都须从严缉获究办。听说通缉公事业已发到各府州县去了。

"……舍亲说，发审局黄德润坐办已奉了高太尊的面谕，正在改供；把六个人的罪名，全部推在几个在逃的人犯身上。六个人的口供，只是不合受其诱惑，误入迷途而已。"

尤铁民问道："受了谁的诱惑呢？"

"舍亲年纪太大，已不大记得那些人名，好像有个叫余切的，据说，这次事情全是他的主谋。"

"简直是打胡乱说！余切就是余培初，他哪有资格说得上主谋？"

郝又三道："或者因为放名册的箱子是从他住的那间房里搜去，执掌名册的，当然就是主谋人物了。"

尤铁民点了点头道："也有道理……被通缉的，除了余切外，到底还有哪些人？"

"舍亲说，有十几二十个，就是记不得那些人的姓名。"

郝又三拿嘴向尤铁民一努道："该没有他吧？"

"我也问过舍亲，有没有姓尤的？他这个姓，还不常见，只要经过眼睛，容易记得。舍亲说，没有姓尤的。并且说，所通缉的人，除了各地注名在案者外，其余多是从名册上勾出来的。铁民今年才回四川，时间不久，各地方案卷上当然不会有名字，只看名册上有没有。"

尤铁民思索了一会，料定名册上不会有他的名字：他既不是在四川才加入同盟会，虽然上半年回来在泸州开过一次会，但会见的只是少数几个在日本见过面的熟人；既没有和大伙的同盟会员碰过头，更没有和同盟会以外的志士们接谈过。这名册上的人名，想来只是限于在四川做革命运动的同盟会员和其他志士们的。

田老兄遂慨然说道："那么，你还怕个啥？尽可以大摇大摆走你的阳关大道了！……"

尤铁民不作声，好像还在考虑什么。

郝又三道："莫催他，让他多住几天，等把精神完全恢复后再走不迟。"

尤铁民摇摇头道："倒不为此。……我想，伯行所说的，还是他令亲的传闻，这六个人的命运，到底如何归结，我总须得一个确实消息，也才好回到日本去作报销。……就拿私人人情说，缉五——这是张治祥的号。——莘友都是在日本的熟人，我和他们的交情，不下于和谢伟——名字叫谢奉琦。——熊锦帆——熊克武的号。——篯笙——你们晓得的，就是黄方的号。——虽是上半年在泸州才认识的新交，因为气性相投，也不能算作泛泛朋友，要是得不到他们一个确实归结，到底是心悬悬的。所以我打算……"

田老兄短住他的话道："也对！……大约也多待不到几天了。我再效劳几趟脚步，必然有个水落石出的。"

果然，才过五天工夫，田老兄就兴匆匆地跑来，大声说道："铁民，这下你总可放心走了！……"

原来他已设法把贺纶夔、高增爵、王棪、钟寿康——就是上次负责会审的四个正印官。——会衔的禀稿，从他老长亲那里抄录了一份，准备拿与尤铁民带走。据他说，是贺道台托按察司衙门那位有名刑幕王俊廷主的稿，他的老长亲和黄德润加以斟酌，把所有革命、造乱、谋反、叛逆等字眼全都删去，使其与改过的口供相符；

即便以减轻六个人的罪名，将来通饬下去，也免地方官吏在办理革命窃发案件时，作为市惠的借口。

尤铁民、郝又三连忙把那张稿纸展开看了一遍。果如田老兄日前所说，一切罪名，不唯全部卸在余切身上，还把革命这件事说得稀松寡淡，说余切是"倡为改革政治之说，并有结盟敛钱之事"。至于量刑方面，也果因"张治祥以文生游庠，留学日本，黎庆余亦曾入川南师范，江永成前曾供职警察，黄方捐有职衔，乃不力图上进，共勉纯良，辄敢妄听余切破坏改革邪谋，竟与联盟结拜，情殊不法！"因此，才"拟请将张治祥文生，黄方职衔，并予斥革，与黎庆余、江永成一并监禁待质。俟余切获日，再行质明究办。倘不能弋获，即永远监禁示惩，遇赦不准邀恩！"杨维、王树槐二人，由于"仅闻其事，未入其盟"，但是"情节虽然较轻，亦应一并监候待质，俟十年后正犯无获，再行查看禀办！"

郝又三叹道："判得还是不轻哩！四个人永远监禁，两个人十年监禁，万一余切又逮到了呢？"

尤铁民道："足保首领，已经算是他们的宽典了。至于跑了的人，他们是没法逮得到的。这一来，到底可以放下心了。"

"那么，你安排几时走呢？……"

没有朝后拖延的理由了，尤铁民想了一下，忽愤然作色道："说走就走！今天还早，尚可赶五十里到龙泉驿。伯行，托你先走一步，到东门大桥代为雇一乘短程轿子，等我一到，就好坐了走，免得有人注意……"

郝又三还要挽留说："太骤了！也得等我们饯个行呀！"

尤铁民坚决不肯，以为这太世俗了。并再三嘱咐不要声张出去，让大家晓得了，打麻烦。他们革命党人行事，就在豪爽，说来就来，说走就走的。

但田老兄刚刚出了大厅，郝大小姐偏就揭开门帘，冲了进来。满脸凄惶地道："你就要走了吗？……"

尤铁民不由苦笑了声说："莫非你在窗子外面听见了？……唉！我就是怕你晓得！……"

香芸抓住尤铁民一双手，咽哽得说不出话来，简直忘记了她哥哥还站在旁边。

郝又三反而劝她道："妹妹，也太重感情了！朋友相处，哪里有聚而不散的？何况铁民是有志之士，所做的又是救国大业，我们对他，正该加以鼓舞，如何能这样惜别，别人看见了，岂不要说我们的不对？"

大小姐更咽哽起来道："哥哥，你哪里晓得？……"

尤铁民强笑着道："大小姐的确太多感了！总之，我们后会有期，又不是永别，何必这样流眼抹泪！又三，你把大令妹劝进去，我好略微收拾一下，去找田老兄。"

郝又三果然半推半挽地把大小姐拉了进去。大小姐是那么样地不肯就走，出了房门，还回头把尤铁民看了一眼，好像许多没说出口的话，都由这一顾盼中传了出来。尤铁民也是那么样点着他那深能会意的头。

郝又三把大小姐安顿在自己房里，同她嫂嫂劝了一会，才出到书房来，高贵说："王先生已经走了。"

果然，刚才尤铁民收拾好的一个包袱，和床上一床线毯，已经不见。书案上压了一个信封，写着"又三兄亲拆至要"，打开，是一张郝家常用的八行信笺，潦潦草草地写着："在府厚扰月余，承以家人待我，感篆五中！今去矣！所以未亲向尊甫前叩辞，及面谢吾兄嫂者，诚以香芸世妹之一哭，恐多留一刻，更致伤感！留笺代面，当能谅我！"但是香芸到底哭了两天，一家人只好说她发了痴，却因为她性情不大好，没有人敢非议她什么。

一个新年，她虽不哭，却老是没有精神，和她母亲死之前差不多。所不同的，就只肯到她哥嫂房里来起坐，就只身体较丰腴了些，不像那时那么瘦。

十一

年假过后，两姊妹安排去进淑行学堂。事前，由郝又三先去会了两次监督陆绎之，报了名，把投考的功课略微预备了一下，很容易地一个居然进了中学班，一个居然进了小学班。因为离家远着点，不便读通学，两姊妹都住在学堂里，也只星期六日才回家来宿一夜。

就这时候，郝又三竟自和伍大嫂发生了关系。

这是在年假前尤铁民走了不多久的一天，郝又三满了百期，正剃了头。吴金廷又和平常一样，从轿厅上就满脸是笑地走了进来道："大先生没有出门吗？"

郝又三拿着洗脸巾，很随便地让他宽坐。他说："等我进去见了老太爷同姨太太再来，你今天剃头？哦！原来老太太的百期满了，不念经吗？"

"念经本来是鬼事，家严并不相信。上回念经，全是大舍妹闹的把戏，这次幸而她没有再闹。"

"那么，只供饭了！我来得恰好，没有送钱纸，磕个素头就是了！"

"更不敢当！饭是昨天就供了。本来昨天满的百期，家严说昨天日子不好，不宜剃头，所以今天才剃。"

"哈哈，老太爷到底相信这些。……你好久没有出门了吧？既满了小服，该出去玩玩，我陪你到第一楼去吃碗茶，散淡散淡。"

"第一楼！……在哪里？"

"在劝业场前场门对着，才开张的。很不错，比同春茶楼还好，要算成都第一家茶铺了。……你去穿衣服，我看老太爷同姨太太去了。"

郝又三也觉欣然。遂到自己房里去，穿上那件新做的、专门为丧期之用的月白洋布棉袍，和一件也是为了丧服才新做的毛青土布对襟小袖马褂。香芸正坐在那张铺有狼皮褥子的美人榻上，同叶文婉在谈讲着什么；大腿上放了本算学书，膝头上摆了块她哥哥用过的石板，右手指还拈着一段石笔，一望而知是在预备投考女子学堂的功课。

她昂头问道："有客来了吗？"

"没有。只是上街走走。……下了这么多天的阴雨，今天才算晴正了，恰又剃了头发，好爽快！"

叶文婉已将一顶绽有白帽结的元青布瓜皮小帽递到他手上。同时问道："一个人上街吗，还有谁？"

"吴金廷约到总府街去吃碗茶。"

"吴金廷！又是吴金廷！"大小姐不由冷冷一笑道，"我看，吴金廷简直成了你的好朋友了，不如改口喊姨老表还亲热些！"

"你的成见未免太深了，"郝又三倒老实笑了起来，"其实，姨表不姨表那有啥子关系？我之对于他，只在于他还能干。小学堂里一切杂事，全靠他一个人，这，你是没有看见过，不用说。上半年斑竹园那件事，不就办得很好吗？连老太爷都在称赞哩，你总晓得吧？"

"自然喽！要是不能干，又怎么巴结得上呢？又怎能理着姨表妹的一条路子，就粘上了老太爷和大先生呢？又怎能来往得这样亲密呢？铁民就议论过爹爹和你。他说，你们都太好了，一点儿世故没有，爹爹是老好人，你是公子哥儿。他又说，像你们两爷子，要是遇着一个有心胸的厉害人，真可以一碗水把你们吞下肚去，变了屎屙出来，你们还摸不着火门哩。他虽然没有指名说哪一个人，我相信，这位姨老表就早已把你们两爷子都吞下肚里去了！"

香芸自己也不由笑了起来。

叶文婉打趣说："罢哟！大小姐，我看你也差不多吧！"

"莫这样说。比如像吴金廷这个人，随便他好大本事，他能蒙得住我的眼睛吗？"

她哥哥说道:"莫夸硬口!要是你能够同他相处三天,就像同铁民相处那样,怕你还不是又投合上了!"

他又补了一句:"还不是爱而不知其恶了!"

香芸眉头一竖,似乎要生气了,却又回眸一笑道:"话没有说好,道理哩,倒是对的。不管啥子人,相处久了,终有一点投合的地方。"

郝又三看着叫文婉一笑,少奶奶却将头车了开去。

春喜进来说:"吴先生在堂屋门口等!"

姨太太站在门槛内,正唧唧哝哝同吴金廷说什么,看见他走来,声气便放高了道:"你去跟妈说,后天我一定回来!"

"说得到的,请进去了!"

两个人走到街心,太阳射在身上,虽在隆冬,却有春意。两边铺子依然是蓝洋布布幛从檐口上直垂下来,布幛上绽着三四尺大的白布号字,大多是成都当时有名的招牌书家陈滥龙的手笔。陈滥龙是一个放荡不羁的穷秀才,字写得并不见佳,但是能写大字;不拿架子;而润笔也便宜,只要有四两大曲酒,就写到六尺见方的字,每一字也只要九七扣制钱二百文。并且极爽快,一招呼就来,来了就吃酒,吃了就写,写了就走。

街并不很宽,来往轿子又多。两边檐阶,全被柜台侵占了直逼到街边。又怕着雨飘进柜台里面,复在屋檐上接出一块木板。久而久之,木板改成了瓦桷,铺上瓦片,于是柜台又向外移出一二尺。如此循环下去,到周善培开办警察时,街面已窄得不可再窄。两边铺户因为房契上明明写着街心为界,自然更理直气壮,生恐不能把一条较宽的街面,挤成一条仅许三人并行的巷子,如科甲巷一样,尚努力地在向外侵略。

郝又三一路让着轿子,很不耐烦道:"我记得当小孩时候,街道多宽!如今被这些没公德心的人侵占得真不成话!警察局啥子事都在干涉,为啥不把街道弄宽点,大家也好走些?"

吴金廷道："我从前在纱帽街宏泰昌做学徒时，就晓得官沟是在我们铺子的堂屋里。老掌柜说过，他那一丈多深的铺子屋基，全因火烧了三次，侵到官沟界外来的。可见以前的街，实在很宽，警察局只需把官沟一清理，就行啦！"

一路说着，走到总府街，行人更众了。到了第一楼，果见地势很好，漆得也辉煌，倒不觉得是由一家公馆的外厅和大门改造出来的。引起郝又三注意的，并不是这些，而是铺子门外悬了一块黑吊牌，用白粉写着：本楼发明蒸馏水泡茶。

吴金廷道："他这里生意之好，就得力这蒸馏水泡茶。"

郝又三模模糊糊记得理化教习史密斯在讲堂上讲过，蒸馏水是顶干净的水。但水之好吃，并不在干净的水，而在所含的矿质之不同。王翻译还加以解释道："泉水好吃，就因为含的矿质多，所以水的比重也才大些。又说成都的水，含的碳质多，所以不好吃。"

他相信王翻译的话，遂笑道："这未免新得过度了，蒸馏水如何能吃？"

"大家都说，蒸馏水比薛涛井的水还好些哩！"

他们进了门，楼梯旁边，就是瓮子锅烧开水之处，果然摆了一只小小的蒸馏器在那里，看来，比高等学堂理化室里的东西还小。

郝又三笑道："这就骗人了！如此小的一个蒸馏器，能供给一个茶铺之用吗？"

楼上临窗摆了三张大餐桌，铺着白布，设着花瓶杯盘，也和同春茶楼的特别座一样。他们在当中桌上对面坐下，凭栏一望，眼界确比同春好。堂倌来问："泡龙井吗？"

郝又三问道："你们的开水，果真是蒸馏水吗？"

堂倌笑着不说什么。

"告诉你，去向掌柜说，果真是蒸馏水泡茶，我们再不来照顾你们的了。"

吴金廷给了茶钱，才要说什么，忽见楼口上又上来了两个人。

他连忙把脸掉开，过了好半会儿，他方拿眼向那两人坐处一望，忽摆出一脸的笑，半抬身子，打着招呼道："才来吗？……这里拿茶钱去！"捏了一手的钱，连连向堂倌高挥着。

郝又三回头看去。靠壁一张方桌上，坐着那两人，一个是高高大大很粗鲁的少年，穿了身黄呢军服，黑油油的大脸上沁着汗气。另一个也像走热了，把一件绯色旧绸棉袍的高领翻了下去，领口大大敞开，露出雪白的一段颈了；一条油松辫子，很熨帖地贴在项脖上；年纪很轻，眉眼很秀媚，很活动，两颊白嫩，正由于走热了，晕出一派娇红。就是这年轻人，正笑着在和吴金廷打招呼，也是那样在向堂倌吩咐："那桌的茶钱这里拿去！"

堂倌则打着惯熟的调子高喊道："两边都道谢了！"

郝又三悄悄问吴金廷："这娃儿是谁？好像一个唱小旦的。我似乎看见过，却想不起来。"

"虽不是小旦，也近于那种人。姓王，在伍大嫂对面独院里住。"

郝又三笑了笑道："伍大嫂有这样一个邻居，怕不要学宋玉的东邻之女了吗？"

"伍大嫂倒还不是那种贪嘴的人！可这娃儿也有点毛病，很像个女娃子，见了女人有时脸都羞红了。倒是常在他家里走动的一个武学生，对伍大嫂确起了一种坏意思。"

"是不是同他一道的那个粗人？"

"不是，是王家的亲戚，听说也姓吴。虽然是外县人，比这粗人却斯文多了！"

郝又三默然了半会儿，方道："伍大嫂呢？也是有意思的了！"

"那倒不然，你莫把伍大嫂看作了逢人配。她要是不喜欢的人，就是王孙公子，她也未必动念。如其她喜欢你这个人，她却有本事等你一年半载，她这个人就是这么情长！……比如你……她因为感激你，常常说你是个热情人，倒安心要同你打个相好。只可惜头一回就着遭瘟的警察打岔了！……自从搬了家后，随时都望你去走动，向我说了好多次，我看你过于谨慎，不好说得。知道的，自然晓得我在为好；不知道的，还要说我有意勾引你，有意教坏你，有意跟伍大嫂拉皮条。……那次该是她在劝业会亲口约你的，我该没有添言搭语啦？她回去时，多高兴，晓得你爱干净，特为把房子扫了又扫，床上全换了新的；做了好菜，打了好酒，专心专意痴等了你一整天。也是你们姻缘未到，你又有了客。后来是接二连三的事情，更没有时候提说，恰恰她又病了。你晓得的，若不是你那十六块钱，她能那样快就复了原吗？你想想，你这么对她好，她又怎能不更思念你，不说别的……"

他越听越觉好听，不由满脸是笑。心里忽然想到尤铁民有天说过的话：曾经与多数男子交接过的女人，才能自主爱人，而这爱也才真实可靠。看起来，吴金廷的话倒不见得虚假。

"……光是听见你病了，她多着急，又不能来看你。到处求神许愿，保佑你快快好起来……"

吴金廷说不下去了。他感到露出了马脚，这番话应该在前一个月说方对。

幸而听话的人业已心花怒放，业已把从前起的一点儿决心丢入东洋大海，不但察不出他语无伦次，随口乱编，反而飞红着脸皮说道："你说得太好了，我同她不过见了几面，连一句恩爱话都没有说过，她就这样关心起我来了吗？"

吴金廷连忙马起面孔正正经经地道："你不信吗？我们此刻就到她那里去，你亲自去问她！"

"怎么使得？我正在热孝中，旁人晓得了，才糟哩！"

"只是坐谈下子，有啥来头？难道你在丧期中，连朋友都不来往了？伍大嫂同我们不过是朋友罢咧！何况你已经满了百期，又剃了头的！"

郝又三仍旧腼腼腆腆地问道："当真不要紧吗？"

# 第五部分　运动会

## 一

　　一个初出茅庐的郝又三怎经得阅人有素的伍大嫂的抟弄，仅仅三四次的交易，年假尚未曾过完，郝又三已经把什么都忘怀了。维新、革命、国家、人民，这些念头，当然挤不进脑子里，就是那些每天必定要摩挲的，从上海寄来，或是由傅樵村的华洋书报流通处、樊孔周的二酉山房两处买来的什么日报啦、杂志啦、新书啦、禁书啦，也一股脑儿任它闲放在书架上，甚至连封皮都没有撕去。而书案上摆的，却是一些《疑云集》《疑雨集》《二三家宫词》《龚定庵杂诗》《南唐二主词》《漱玉词》《断肠词》，以及《西清散记》这类书籍。自己不但吟哦得、讽诵得沉酣入迷，而且还学着写出些自以为很艳丽的东西。唯一烦恼的，就是除了自己欣赏外，竟不能拿与第二人看。伍大嫂倒可以看，而且绝大部分便是咏的她，可惜她两眼墨黑，啥也不懂。

　　他的这一茎诗苗，就由于缺乏水土滋培，等到光绪皇帝载湉同他母亲慈禧皇太后那拉氏相继病死的时节，也便随着当时所称谓的国丧而萎死了。

　　光绪皇帝载湉虽死，还有他的胞侄、三岁的宣统皇帝溥仪入继大统，而郝又三的诗苗一萎，便更无复苏之望。这原因，就由于国与家的俗务纷至沓来，很像飞沙走石的罡风，从他心头吹过时，已把他的什么情怀啦，绮思啦，扫荡了个干净。

　　国之俗务最大的，是全国士绅趁溥仪的生父载沣身充摄政王之际，大家起来请愿立宪，结果是允许先在各省成立咨议局。家之俗务，除了母亲灵柩出葬在东门外塔子山新买的一片坟地外，顶大的，是父亲居然在无意之间，以郫县的粮绅资格，被选为四川省破天荒的咨议局议员。

说起来郝达三在郫县的田产并不多，也不是在他手上买的，他也从没有去过郫县，虽然由成都西门出去才五十里之遥。但他到底吃过郫县的米粮；廒册上到底载有他的堂名——世德堂；川汉铁路公司在郫县新成立的租股局股东名册上，除堂名外，还特别标上他的大名郝天爵，到底算是注名在案、有底有实的一位绅士；何况又是一员官，又在成都省城办过学堂，说起声望和资格，那就比一班土生土长在郫县的粮户们高明得多。因此郫县知县一奉到上峰札子，叫选送咨议局议员，虽不免有许多足不出户的秀才廪生，想到衙门里来走动，看能选到自己头上否；只是知县听师爷讲来，咨议局虽然不是一道正经衙门，但议员的身份却很高，能够与三大宪平起平坐，开起议来，三大宪说不定还要亲自到咨议局参与。如此一个清高的地位，焉能让一个平常本地人爬上去，给自己做父母官的丢脸？并且本地人大抵对于父母官，又都不怀好感，平日被官势压着，自然不敢说什么，设或抬起头来，那就很难说了；这，不但丢脸，且于自己前程，尚有不利哩。因此，才由师爷献计，最好是在省城游宦的寄籍人中，择一个性情和平、不甚管照本地事情的外行来充任。在议员方面，安居省城，坐领月薪，多一个官衔写在公馆条子上，何乐而不为？在知县方面，又可省去许多麻烦与顾虑，岂不两来有益？因此，郝达三才由那师爷物色了出来。——据说，还是由葛寰中代为搞干的。

那时葛寰中也因为著有劳绩，被委署理涪州知州。由知县过班知州虽然只算半阶，去知府尚欠半阶，到底算升了官；而且涪州只管是个单州，却是下川东一个肥缺，搞得好，一年下来就有过班知府的本钱。这在官场中看起来，是何等荣幸的事？加以他又帮了忙，郝达三安得不要应酬他？先已专门包席请他吃了一顿饭，顺便请教了他一些当议员的法门。他告诉他八字真言是：随众进退，少

管闲事。到葛寰中要走的前几天，除照例敬送程仪二百元外，又叫郝又三于有天夜里，代自己去送个行。

郝又三被引入花厅去时，葛寰中正穿着便衣陪一个少年在说话。彼此见了，方知是在劝业会里追逐过大妹妹，在伍大嫂独院门前碰见过几次，而从未请教过尊姓大名的吴鸿。

吴鸿虽然一身军装，但举止间仍不免有点踦局。在伍大嫂独院门前碰见时，是那样的横豪样子：眼睛睁着，眉毛竖着，仿佛见了什么仇人似的，弄得郝又三很感不安。而此刻经葛寰中介绍之后，又非常谦恭起来，万分不敢僭坐在郝又三的上手。

葛寰中笑道："又三不要同他客气，炕上坐好了。他是我一个瓜葛亲戚，家事说不上。前年来省谋事，我叫他去进将弁学堂。卒了业，我又荐他在巡警教练所里当教练。人还老诚，将来你出来做事时，还要望你提携哩！"他已把那年劝业会上的事忘怀了。

虽然是葛寰中一句应酬话，但郝又三的人格在吴鸿心上，却立刻长大得同他仰若泰山的葛表叔一样。再静听他与葛表叔的说话，好像都是自己平日所不知道的，尤其是许多听不懂的名词。自己也想插嘴说几句，但实在加入不去，只好不胜钦佩地呆坐在旁边。

郝又三并不注意他，只全神贯注地在和葛寰中谈论庆亲王奕劻陈奏宪法大纲的事情。

葛寰中道："宪法倒是要的。日本之所以维新成功，之所以化弱为强，之所以战胜我国和强俄，不是别的，就是由于有了一部宪法。不过这道理知道的人太少，尤其是那班守旧党、顽固派，蒙蔽着慈禧太后，以为一有了宪法，君主便没有了大权，真是糊涂之至！……现在好了，摄政王当了国，励精图治，光说各省开办咨议局，这就是宪政先河；如其由宪法大纲更进一步，成成器器地颁布一部宪法，老侄台……嘿，嘿！……你看，我们还是不是东亚病夫？我敢说，不出一年，定能像日本一样，转为富强的了！"

"看来，这宪法的订定不大容易吧？它既然有这样重大的关系。"

"要说难哩，当然很难，因为我们自古以来，就没有这宗法宝。但是仔细研究起来，却也不难。你想，我们现在举办的一切新政，比如咨议局，比如地方自治，比如审判厅，比如文明监狱，乃至学堂、邮政、铁路、电报，又哪一桩是我们中国的国粹？又哪一桩不是从外国学来的？这些新政都学到了，难道订定一部宪法，还有学不到的道理？说不定庆亲王所奏的大纲，就是那年五大臣出洋考察回来订定的底稿……唔！多半是的。"

"那么，据世伯看，这部宪法是啥样性质的宪法？"

"啥样性质？"葛寰中好像不大明白。

郝又三连忙说道："我意思说，是君主立宪吗？还是民主立宪？"

葛寰中打了一个哈哈道："你这话未免蛇足了！我们还是一个专制国家，怎么说到民主上面去？依我想，不但无二无疑是君主立宪，而且还一定本着日本宪法写的。老侄台，这道理你总晓得吧？"

郝又三也体会到当时一班讲维新人的想法。就他本人，也常是这样在着想："学日本是最划算的，设若把日本的一切，拿到中国来翻个版，我们岂不也就是东亚强国了？……"

他遂连连点头说："一定是！一定是！现在颁布的地方自治章程，就是如此。但是世伯看，设若我们有了宪法，革命党人赞成不赞成？"

葛寰中又是一个哈哈道："依你看呢？"

"依我看，"郝又三遂不由想到尤铁民，想到《民报》，想到《民报》上那篇《天讨》文章，想到《民报》同梁启超的《新民丛报》的笔战，但他不敢明白说出，只好迟迟疑疑地说："……怕不会赞成吧？……"

"这何待言哩！你想，他们成天叫喊的是啥？是平等，是自由，是流血，是排满！一伙破坏分子，生怕天下太平！老实说，在专制政体、政治没有改良时代，这样闹闹，倒还说得去。我不是说过，当其我在日本时，他们在上野公园精养轩开演说会，我也曾参

加，觉得他们说的，倒还有道理。不过后来仔细一研究，才恍然他们别有怀抱，只是想把中国变成法兰西罢咧。法兰西是民主立宪国家，是信奉天主教的国家，虽然也是列强之一，可是同德意志、英吉利、意大利、西班牙、比利时这些君主立宪国家比起来，那就逊色多了。况且国情也不同。若要我们效法法兰西，首先就得丢掉我国孔孟之教，改奉天主教，其次就要丢掉我国的三纲五常，改遵平等、自由之说，这岂不可笑？然而那班破坏分子却不这样想，只想的是革命、排满。如今颁布了君主立宪宪法，国家只管从黑暗专制转到光明富强，可是大清朝还是大清朝，爱新觉罗当然成为中国万世一系的皇帝，你想，那些沉迷于法兰西民主政体的破坏分子，怎能甘心呢？"

葛寰中除了在上司面前，他说起话来，当然另是一个样儿，对于其他的人，尤其在发挥议论时，向来就是这样理直气壮得不容人回口，这是郝又三深知之的。并且他此刻也绝不想顶驳他。他觉得葛寰中说的，也有理由，有些还是他平日想不到的。

于是就由革命党又谈到上回在各客栈捉拿那六个人的事情。

葛寰中不禁笑了起来道："又三，说到这上头，我真要佩服上宪的明察了。那时我还颇颇不平，以为我们在警界的人到底有点劳绩，为什么在逮人时，连我都不派。后来又只看见王寅伯得意扬扬，随时在上督院，随时在护院的签押房跑，我那时真正灰心。哪里晓得上宪之所以这样做，才是有用意的啊。别的不说，你看，王寅伯枉自挨了那场骂，连明保都没有得一个，煞果，也只调署富顺县缺，作为酬庸。其实，不出那场大力，还不是可以调济吗！发审局坐办黄德润是卫护那六个人的，并且骂过王寅伯，现在也补了江安县实缺。我这次调升涪州，明说是在警察总局著有劳绩，其实我明白，所谓劳绩，也只是指的那回事。你看上宪这样的处置，岂不高明之极，既足以遏止僚属的侥幸好事，却也嘉奖了僚属的弭乱持正，而且这中间还很有分寸哩。"

"到底是啥子奥妙呢，要这样欲前且却的？"

"这有什么难懂？上宪的意思，首先，是不要彰明较著地闹到京里知道该管地方也有了革命党人起事；其次，革命党人不比土匪，大抵都是上等阶级的人，同地方绅士多多少少都有一些渊源，顶好的办法，是拿着就黑办，当成土匪办，设若要卖人情，那就只好光打炸雷，可别下雨。上回由于我们不懂妙窍，几乎弄得劳而无功，后来看见周观察的手腕，我才领会到上宪的用意，果然比我们当属员的高明。"

郝又三晓得他所说的周观察，必然就是他的老上司周孝怀。当然要问是什么手腕。

原来周善培有个学生，叫谢愚守，是富顺县人。那年三月，周善培由警察局总办调为商务局总办时，谢愚守被委为文案。谢是同盟会会员，据事后调查，革命党图谋在成都起事时，他确实主过谋。不过破案之前，他又确实因为母丧回了富顺，破案之后，他又确实回到局上。及至名册搜出，不但查得有他的姓名，并据眼线张孝先、吕定芳二人密报，他比余切的权柄还大，好像他才是头子。因此，在破案后不几天，王寅伯探确他已回到局上，便来邀约葛寰中同去商务局要人。葛寰中那时正在生王寅伯的气，不肯去，借口说周大人脾气不好，怕吃碰，其实也是真话。王寅伯那时正在风头上，当然以为周观察纵然风利，也断不敢包庇一个叛逆，葛寰中仅只由于老上司关系，不便同去罢了。殊不知到局上见了周善培一详谈，周善培先就跳了起来道："坏了！坏了！你既然晓得他是革命头子，为啥你要纵容他，不立刻来捉拿，却让他逃跑？"据说，谢愚守果然回局，但昨天就不曾见他吃饭，说不定闻风而逃了。周善培立即命人到文案房去探看，果无踪影，又亲身偕同王寅伯去搜查，衣箱中间虽搜得一些凭据，可是犯人确系昨天就逃走了。周善培很是生气，生一班底下人的气，为何谢文案无故离局不回，他们也不禀报一句；也生王寅伯的气，为何不趁他由富顺才回来时，便

签差逮捕，而迟延到犯人逃走了，方来放马后炮。王寅伯反而受了一顿训。

"……你可晓得谢愚守是怎么逃跑的？"

"照世伯说来，莫非……"

"用不着明说啦！也是事后那班底下人告诉我，我才明白。据说，谢愚守在逃跑前，还曾招了一场骂。不过这场骂也骂得有趣，我不能不告诉你，你听啦！'哦！你干些什么事？那么，怎么办？自行出首呢？逃跑呢？仔细去想一下！'哈哈！这才是聪明人不做糊涂事，公私两面，面面周到！"

郝又三也笑了起来。

又有客来了，郝又三起身告辞，吴鸿同他一道走了出来。

吴鸿一到街上，就连连向他道歉："郝先生，平日我不认得你，不免有得罪地方，哪一天空了，定到府上来请罪！"

"不要客气，一回生，二回熟，以前彼此都认不得，说不上得罪的话，既认得了，以后总有互相帮忙的地方。此刻到哪里去？"

"回到舍母舅家去，就是住在伍家对门独院里的。郝先生今夜不到伍家去吗？"

说到伍大嫂，郝又三脸上总觉有点不好意思，迟疑了一会，方道："今天舍间有点事，不能去。"

"伍大嫂这个人性子真烈！前两次不晓得是郝先生的相好，在门口碰着，不免多看两眼，就把她性子惹发了，挨了一顿毽骂。郝先生见着，务望替兄弟疏通一下。"

已经快到东大街口，郝又三道："我同伍大嫂倒没啥子关系，因为她一个儿子在我办的一个小学堂里读书，家事又不好，我和她不过是朋友，偶然有些来往罢了，说不上啥子相好。一则伍家也是正派人，她丈夫现正在巡防营里当着哨官，你不信，可以打听的。"

吴鸿不再说什么，要分手时才道："明天是星期日，郝先生一定在府，我明天定来拜访！"

## 二

吴鸿居然到郝家来拜访了郝又三，一次二次，居然同郝又三说得很投合，居然使郝又三一点不讨厌他，居然参与了郝又三的秘密，同到伍大嫂家来，同吴金廷认了家门，并将王念玉引到伍家同他二人见面。

伍大嫂家一个月要用好几两银子，现在又加上吴鸿、王念玉的来往，也要使一些钱。王念玉同他非常要好，他也喜欢他，偶尔又得买些东西，背着伍大嫂送他。父亲所给的月费自然不够，以前每月认捐给小学堂的款子，只好中断了。

广智小学堂之得以成立，虽然是田老兄的努力，但也得亏郝达三父子的资本。出钱办学堂，本是一时高兴，若只出一次钱，在出钱者视同做好事一样，倒没有什么。唯有月月出钱，虽不算太多，无非几次小应酬的费用，但到拿出手时，心里总有点不甚高兴。时日稍久，还不免要发生一种疑问：出了钱，到底为的什么？这钱，出得值不值得？说是值得，又在哪些地方？自然已经研讨不出了，加以学堂事情，总不免有麻烦之处。学生犯了事，要受处罚，监学来商量，觉得太难用心，不来商量，又觉得过于专断。学生来要求豁免处罚时，答应了，监学同教习先生们，要议论有损威信，将来不好管理；不答应，又不胜学生之啼哭纠缠。还不必说姨太太时常在耳朵边诉说吴金廷说的，田老兄之如何专擅，如何在学堂里摆监督架子，如何银钱不清楚，伙食包得如何坏，大厨房的柴炭整筐整筐地朝他家里挑。郝达三遂深感得多一事不如少一事，与其出钱买麻烦，倒不如不买的好。因此，在第二学年以后，他月间的捐款，就常常要拖欠了。

先前，犹幸郝又三尚在起劲，到月捐不接济时，他总设法在催。后来，他也渐渐生了一种厌倦心情，一心一意只顾得如何同伍大嫂欢聚。因为伍平已有信寄回，说他已有升到哨官的希望，说他

已存了些钱在雅州，打算把家眷搬去。伍大嫂原本不打算走的，但是别了上十年的丈夫，又怎能舍得不去？与吴金廷、郝又三商量了几度，吴金廷是怂恿她走的，他说："你们夫妇，到底该百年偕老。我们哩，到底是露水姻缘。你同我们玩耍一辈子，终不能够出头，如今你丈夫既做了官，你已是太太了，咋个不应该去享享福？你以前不跟他去，可以说因为他的事情还不很好。如今，他的事情好了，人又到了中年，你不去，不但说不出道理，也恐怕他在外面胡闹，弄些坏女人在身边，你苦够了，别人去捡便宜，那才不值哩！"

最后几句话，打动了伍大嫂的心。加以伍太婆急于想见见儿子，朝朝暮暮都在伍大嫂耳边絮聒着要走！要走！而独不赞成伍大嫂走的，自然要算是郝又三。

郝又三只管娶了妻，只管当了两个孩子的父亲，但是，实在与伍大嫂交好以来，才算尝着了男女的情趣。平日又有吴金廷打着边帮鼓，彼此相处得更是只有欢乐。虽明明知道伍大嫂比自己长几岁，虽明明看出伍大嫂的姿容已超越少妇的韶华，眼角上已牵了鱼尾，额头上已起了皱纹，两颊上的酒窝只剩了点余痕，而讨厌的雀斑几乎连脂粉都掩不住了，然而心里对她，总是说不出的爱好，成日相对，总不能把眼睛离开她，总想能如何与她多处一些时候。

但是伍大嫂只答应他多住一两月，好好生生陪他下子。而去信对丈夫的措辞，则说，她从没有出过远门，又有老年人一路，不方便得很，要他亲自回来接，不然，就派人回来接，此其一。儿子已十多岁了，据大家说，还聪明，还能读书，如今世道，只有学堂才是后来出身地方，问他到底对儿子打啥子主意？总不能把儿子耽误了，此其二。

既然与心爱的人只有短时间的相处，郝又三连高等学堂的功课尚且随便起来，对于办小学，更是没甚兴趣，何况现在还有个王念玉帮着在分他的心。

因此广智小学的基础就不能不动摇了。

这时，办小学的风气恰又过去了，许多小学都关了门，俾士麦的格言，似乎已不在众人心上，而教小学的先生们也都教起中学来了。

田老兄已经毕了业，并且已经就了一个中学堂的聘，每月有四十两银子的月薪，比起十几元钱一月当小学教习而兼监学，自然算是身登青云。既已爬上了青云，而这做垫脚石的广智小学，何必还要维持？假使不是一班学生须得好好安插，他田大用田伯行真不愿意再来与郝达三会面的了。

说到学生安插，郝达三很淡漠地说："学生们吗，叫他们各自回家好了！我们花钱办学堂，又不要他们出半个学钱，如今学堂办不起了，我们已经花了许多钱，难道还要我们花钱去安顿他们？这真不合算已极！"

田老兄道："不是这样说法，现在学堂，不比以前的私馆。我们许了别人卒业年限，将学生招来，如今半途而废，我们是负有责任的，怎能随便叫人回去？我们必须设法把这伙学生移送到别的学堂，我们才算尽了责任，不然，是要招学生家属们的质问，而我们也难以辩答的。"

郝达三捧着水烟袋，沉吟着道："我们不要的学生，别个学堂肯要吗？"

"咋个不肯要？只需我们把收来的伙食费，贴一多半送给别人，再帮助一些学费，别人是现成讲堂，现成教习，人数加多，更觉得热闹，又不多费他们啥子事，为啥不肯要呢？"

"我是外行，"郝达三摇着头道，"凡事请你去办了就是。"

"办是好办，现在成都县立小学，就正没有许多学生，只要办件公事去一交涉，不会不答应的；就只应该帮助的这几十元钱学费，老先生却要拿出来。"

"钱，钱，钱，总之是钱！办学堂要钱，不办了还是要钱！有啥说头？再花几十元，总可以没有事了！"

广智小学堂结束了，大家都感觉到一种轻松。吴金廷则由郝达三的力量，荐到中江县一个卡子上当师爷去了。他和伍大嫂告别时是那么样地兴头，伍大嫂不留恋他，他也不留恋伍大嫂。

就这时候，四川全省学堂运动会，又将在高等学堂门前的大操场里——俗称为南校场的——开办了。

三

大运动会是四川教育会主办的，参加运动的除了省城中等以上学堂外，远至自流井、重庆等处公私立的学堂，都有整队学生开上省来参加。

省城各学堂，从开堂以来，就准备起了。但也只是把体操时间，加到每天二小时，除了普通体操，还加了器械操、兵式操。

高等学堂是全省最高的学堂，在办事人的心里想来，高等学堂，也应该在运动会中居于第一位，才足以显示资格。于是便由总理牌告全堂学生，除了真正患有重病者外，一概不准请操假。并由总理备文在制台衙门营务处，请领废枪三百支，以便学生兵操。

办事人越认真，学生越苦，而顶苦的自然要数郝又三了。

吴金廷既走，伍大嫂更其专心专意同他好起来，安生又到成都县小学住堂去了，身边毫无妨碍的人。虽然王念玉常常过来陪伴他们，而两个人对他，不唯不讨厌，反而觉得多一个人更有趣，伍大嫂毫不客气地把他当成小兄弟，常常摸他的脸，说他比姑娘的脸还嫩。郝又三则简直把他当成了外宠，三个人常在一块儿吃喝说笑。

偏偏要开办运动会，算来连预备日子在内，要耽搁他二十多天。而伍平已有回信，说他决计请假回省来，亲自接取家眷，行期至迟便在这二十天内。欢乐的日子如此不多，却不准请操假，只能在上午上别的功课时，请两点钟假，赶到伍家，握住她的手，匆匆谈几句曾经说过多少次的话，或搂抱一下，又匆匆赶回来。而夜里，则除了星期六的例假，得以外宿外，也一直不准请假外宿。

他虽然怨恨欲死，仍不能不随着同学按时下操。

普通操已乏味了，而兵操尤可恨。废枪领来了，是奇重无比的九子枪，并且还牢牢地填了满枪管的铁砂。大概营务处的人过于小心，生气学生们太聪明灵巧，会将废枪修理出来造反，所以才费了大力，把枪管给塞了。他们却未想到，纵然有枪而无子弹，又何能造得起反来？

枪是那么重，教兵操的教习，平常很为学生们看不起而直呼之为"丘八"的，现在因为运动会之故，忽然重要起来，一开始就教学生托枪开步跑。不到三天，郝又三同好些学生的肩头都着枪身打肿打破，而两臂更其酸软得绞不起洗脸巾，提不起笔。

学生们说："我们并不想当兵，又不想到运动会中抓第一，为啥子要这样苦我们？"教习则说："既是兵操，就该有军国民的资格。鄙人留学东京，对于兵操，向有研究，托枪开步跑，是兵操中最要紧的科目，要是学精了，啥子军国民都抵不住的。"

一星期之后，兵操竟自大大进步，托枪开步跑时，大家一口气居然可以跑上半里，而枪筒也居然不在肩头上跳动。郝又三自己觉得身体强多了，他向伍大嫂把手臂伸直道："你捏捏看，肌肉多硬！恐怕你丈夫的身体，也不过如此吧？"

伍大嫂笑眯了两眼道："身体再好，总是粗里粗气的，有啥好头。我爱的并不在身体好，却要斯文秀气，会说话，会温存人。"

"那么，二天运动会里，我又不该去竞跑了。"

"你又该啦！因为你又太秀气了，若果你能够武辣一点，我更喜欢。"

伍大嫂要他武辣一点，他本来不愿意去充竞跑选手的，一回学堂，竟自到教习跟前，自行陈报他愿意去竞跑。

教习把他看了又看道："论身体，你怎么得行？不过你腿骬还长，鼻孔还大，你试在操场里跑一个圈子我看。"

才跑了半圈，眼睛就花了，许多同学都拍着手道："鼓劲

呀！……鼓劲呀，小郝！……"

教习拍着他尚在耸动不已的肩头道："还行，还行，虽然气不长，腿子还快。你能从今天起，每天多吃几个生鸡蛋，多跑几个圈子，前五名有希望。"

郝又三充了竞跑选手，不但同学们诧异，如此一个喜静的人，何以此次会这样起劲？就连他家里的人，也在议论他，都说到运动会开会这天，要去看他跑。

南校场里已将男女看台、官宪看台，张灯结彩地搭了起来。顺着城墙斜坡这面的天桥、平台、假城、浪桥、木马、杠架等等器具，也修理好了，沙坑也挖松了。

各学堂已经停课，从早到晚，已有一队队的学生，开到操场里来操演了。高等学堂隔壁的教育会里，也天天在开会，邀约着各学堂主脑办事人，商讨竞赛的科目及组织。会长徐先生虽然是教学出身，也曾到日本考察过，自以为是个很维新的人，但对于体育，到底外行，而来同他商讨的一班先生们，也不见得比他更内行，并且这在成都，又是伊古以来的创举，无可依傍，只好由大家心头，随便想了些科目杂凑起来。

到开会前两天，秩序单子幸而议定了。教育会长恭送了一份给四川总督赵尔巽——就是护理总督，调任川、滇边务督办大臣赵尔丰的胞兄。——回来时，很得意地向会里人说："赵制台身任一省总督，却没一点儿官场习气。号房把名帖一传进去，立刻就请，请到大花厅中。亲自让我炕上坐，亲自送茶，开口徐先生，闭口徐先生，谦逊得很。看了单子，只是说赞成赞成。还说开会那天，定要亲来观光。并送了几百元钱，叫买成东西，作为各学堂的奖励品。如此休休有容的大员，全中国多有几个，国家也就有望了。"

秩序单子，教育会长虽没有亲自送一张给郝又三，但学堂里已把它油印出来，郝又三到底取得了一张。竞赛科目，除了兵式操，柔软操，哑铃操，一种整队的操演外，还有木马比赛，杠架比赛。

至于竞跑项下，则有算术竞跑，英文竞跑，障碍竞跑，高栏竞跑，一百米竞跑，五百米竞跑，一千米竞跑。

郝又三的意思，所有的竞跑，他都想参加，都想得到前三名。他来同体操教习商量，看可不可以办到。

体操教习说："岂有办不到之理！以前的飞毛腿，日行五百里，奔马不及，但是要成年累月地练习才行。练习时，腿上绑着铁瓦。从一匹加到十匹，要是绑上十匹铁瓦，尚能跑得同平常人一样，一下子把铁瓦取了，跑起来，真会像飞的一般，任凭何人都追赶不上了。只是目前已来不及，最好，你多吃生鸡蛋补一补，少跑几项，留着精力，专跑五百米同一千米。临跑时，不要着急，并须预备一张湿手巾衔在嘴里，胸脯打开，眼睛对直看在前头，只要你不晕倒，是可以跑胜的。现在趁着操场里白线已经画出，再加劲练习一天，明天却不要跑了，要好好休息一下，多吃生鸡蛋补一补。"

第二天，全学堂都紧张起来。办事人不知从哪里借来了四名号手、两名鼓手，由体操教习领着，在内操场走了几周，教学生们怎么样来踏拍子。他自己也不晓得在哪里借了一身黄呢军服来穿起，袖口上镶了三道边，裤管外侧也镶了一道边，还佩了一柄崭新的指挥刀，样子很威武。

一班竞跑选手，在开会那天，是得了特许，不必排队出去。于是，郝又三便睡得晏晏地才起来，并遵守体操教习之嘱，空肚子就吃了五个生鸡蛋。

吃了饭后，大家都吵吵闹闹准备起来。郝又三把香芸特为他编织的一件黄色绒线紧身，穿在白洋布小汗衣上，觉得轻暖异常。把发辫盘起，戴了顶他老婆给他用一爿白布一爿蓝布特制的运动帽——照着体操教习出的样子做的。——刚把发辫紧紧地束住。下面单裤腿上，缚了条青布绑腿，是伍大嫂比着他的腿做的，还用白线刺了一枝梅花在上面。脚上是一双布底布面操鞋，是他自己向鞋铺定做的，已穿过几次，很是合脚。

大家还在耽搁，他已披着夹衫出来了。

天气也很好，已经晴了两天，大家都很忧虑今天要阴雨。成都的气候，每每如此，晴了几天，必要阴雨几天，暮春尤其是多雨之季。然而今天却很好，虽然有些白云，却很薄，日影时能从中间筛射下来。

运动场里已是号鼓喧天，旗帜飞扬。赴会的学生队伍，正一队一队开来。秩序单上虽没有规定，而大家却不约而同，一进会场，必先绕场走一遭，然后到指定的地方排着队等候开会。

学生队伍很整齐，走起正步来，一起一落，居然没有乱。不过从女看台跟前走过时，很少有人不掉过头去，向一班女宾，尤其是向一大群系有玫瑰紫色绸裙的淑行、毓秀两个女子学堂的女学生，行个有力的注目礼的。

女宾入口处，有警察把守，但凡衣履和气概稍为不像上等人家的妇女，便不准进去。郝又三远远望见姨太太，贾姨奶奶，他的少奶奶，他的丈母，全进去了。人太多，挤不上前去打招呼，而进场的人还源源不绝地在来。

男女看台并不很大，幸而城墙斜坡，恰好就像罗马斗兽场的看台一样，那里以及城墙上，因就容了不少的人。并且有许多人还喜欢到那里去，这由于城墙上临时设了不少做小生意的摊子，从卖茶汤、锅块一直到卖白斩鸡、烧酒的全有，而看台上，除非有了熟人，才能得一杯淡茶喝。

郝又三配有选手标记，是可以随便游行的。他从会场正门入去，先就绕到女看台前，看见香芸、香荃正同姨太太诸人坐在一处，他远远打了招呼，把夹衫解开，露出他那身运动装束。大家只是笑着点头，香荃站到台口边来，大声向他说道："嫂嫂说的，叫你跑慢点，不要摔了筋斗，把脑壳跌破啦！"

连在旁边听的人都笑了起来。郝又三红着脸走了开去，远远看见城墙土坡上若干妇女当中，似乎有伍大嫂同着她的婆婆伍太婆在内。他正想翻过竹栏，到土坡上去看看，忽然看见田老兄同着几个人走了过来。

"又三，我已看见竞跑名单，想不到你也在内。"田老兄那么亲切地拍着他的膀膊道，"士三日不见，当刮目而视，吾子有焉！"

"你到学堂里看见的吗？"

"非也！刘士志先生几个人办了个临时编辑部，我在那里帮忙誊写，看见的。"

"你是诧异我参加竞跑的了？"

"也不很诧异，现在是讲究尚武精神的时候，你二十几岁的人，能够振作起来，一洗积弱陋习，正是朋辈所热心赞成。我告诉你一个新闻：苏星煌已从日本回来，到了重庆，说是要筹办一个啥子报，不日就要来成都了。这是傅樵村向我说的。"

郝又三欣然笑着道："星煌回来，好极了！只是傅樵村如何晓得？"

"说是朱云石写信告诉他的，并且说星煌还为他办的《广益丛报》作了一篇很精湛的文章，专门讨论川汉铁路宜先修重庆到成都一段。"

"你那里有《广益丛报》？哪一天借给我看看。"

"可以，可以！……要开会了吧？正台上已挤满了人。赵制台怕已来了。我要办事去了。明天在同春吃茶，好不好？"

正面看台上果然很多人，一眼望去，立刻可以分辨出来谁是官——官是穿着袍褂，戴着大帽的。——谁是绅——绅士与学界中一班先生，则是光着头，仅在长袍子上套了件马褂；讲究的穿一双靴子，不讲究的连靴子都不穿。——以及站在台口下面的亲兵卫队。

果然开会了，只见一个骑自行车的人沿着跑道，一面走，一面向栏杆外面的学生队伍大喊："预备！……预备！……担任兵式操的预备！……"

霎时间，军乐齐奏，一道写着"四川大运动会"字样的白旗，

一直升到中央一根旗竿顶上，随风展了开来。而机器局特为大会制的大气球，也从场中放在空中。

兵式操举行了，同时又来了两伙队伍。一伙全是小孩子，前面一道旗子，写着"幼孩工厂"。一伙则是稍长大汉，全副武装，前面一道旗子，写着"巡警教练所"。

巡警教练所的队伍，也参加了兵式操，操得那么齐整，那么有精神，好几个学堂的兵式操全赶不上，就是自以为可得第一名的高等学堂的兵式操，也比得太不成模样。学生们自己的议论是如此："我们本是文学堂的学生，兵式操并非我们的专长，我们也不曾天天操练；哪能像巡警教练所那样，本是以兵式操为主要课程，他们操得好，是他们的本等。"

但在一班办学的人的心里，则以为运动会本是我们学界比赛优劣的大事，如何能让一个官办的巡警教练所羼将进来。何况巡警并非学生，学生是何等的高尚，学界是何等的尊严，巡警乃官吏的走卒，与皂隶舆抬相去一间的东西，如何能与学生比并？

而一班教体操的更其不平，他们说："这才岂有此理！我们劳神费力教学生操练，我们只能在自伙子当中来比长短，怎么会钻出一伙巡警来扫我们的面子？要是容他们比赛下去，我们学生一定会失败到得零分的！"

这时，幼孩工厂的哑铃操也动了手。也操得那么有精神，而又整齐。更因为是小孩子，连当队长的，连喊口令的，全是小孩子，这更引起场内场外的新奇赞美。因此，他们每一个整齐动作，都引起了一片极其热烈的拍掌声。

一场表演之后，便有几个身穿五色衣服的杂役，摇着铃，拿着编辑部油印出的新闻与评定的甲乙纸，沿跑道向众人散发。

在第三张新闻上，便有这样的言语，说运动会中，实不应该叫幼孩与巡警来参加。因为两者都与学界无关，而且有玷。于是乎学生中间，就渐渐起了不平。

到一百米竞跑开始时，幼孩工厂的队伍，竟自整着队出了会场。据油印新闻的报告，则是劝业道周善培——是由商务局改的。是由一个临时差事改为一个实缺道台。——已向众人声明，幼孩工厂之来参加，只算是客串，并非与学界竞赛，想在运动会中得点什么成绩。既然引起误会，他已饬令全队开回，以求大家的原谅。

郝又三只注意看竞跑的人去了。就大部分的学生与观众，也正起劲地在看那一伙穿着各色衣服的选手，在跑道中争先飞跑。沿跑道栏杆外驻扎着的各学堂学生，更各各睁大眼睛，只要看见同学的跑前了一寸，便拍掌欢呼："鼓劲呀！……鼓劲呀！……"

杂役已来通知，五百米竞跑预赛集合。几个同学遂偕同郝又三一齐来到出发处，那里的人很多，还有几个外科医生。

教体操的教习也来了，接了郝又三的夹衫，又亲自打了两个生鸡蛋给他吃，又鼓励了他几句。

预赛一共八十名，分为八组。郝又三派在第二组，同跑人的身体高矮都差不多，除了一个是高等学堂的同学，其余有铁道学堂的学生，有藏文学堂的学生，有通省师范学堂的学生，有附属中学堂的学生。看来都很瘦弱，岁数都在二十二三岁上下。

第一组列了队，哨子一响，飞跑了。

唱到第二组的名，郝又三在四名。预备哨已吹了，他才想起没有带湿手巾，已来不及了，照样把左脚跨出半步，蓄着势只等第二次的哨子响。

似乎经过了好久，哨子才响了。他跑出去，恰在第三名上。刚刚小半圈，觉得栏杆外伍大嫂的声音，尖利地喊着："鼓劲呀！……"他不由斜过眼睛一瞥，果然是她。

就这一瞥，他已落后了两名，赶快向前一冲，在转弯时，又加快了几步，便抢到第二。女看台上也起了一阵拍掌声，他不敢再看，晓得是他妹妹们在鼓舞他。他很想再冲前一步，把那个铁道学生赶过，无如那学生的腿骭真快，跑到大半圈，依然在他前头一步

之遥。

到终点只差四五丈了，高等学堂的同学一齐拍起掌来，大喊："小郝胜了！……小郝胜了！……"

他也很诧异何以竟跑在顶前头，居然跑得了第一。

几个同学与体操教习一齐笑着奔来，架住他两膀，缓缓走着道："你跑得不错！……那个姓张的，便吃亏分了心……差不远了，偏偏回头一看……你只一冲，就上前了四步。……记着！……决赛只有八名，就是预赛每组的第一名。……你只不要分心……打开胸脯，眼睛专看着前头！……你此刻得在毡子上去躺一躺！"

他很想转出栏杆去同伍大嫂说几句话，可是注意他的人太多，刚走不远，就听见人人在指着他说："那不是跑第一名的郝又三吗？"

五百米预赛完毕，高等学堂学生跑得了两个第一。那一个同学，在郝又三看来，是不大行的。教体操的教习也来向他说："我看八个第一里头，弱的不少，有四个跑到终点，都几乎晕倒了。看来，你到底行些。记着我的话！决赛第一名，一定是你了！还想不想吃一个生鸡蛋？"

此刻会场中忽然一片声闹起来。睡在毡子上的郝又三急忙跳起，只见正面看台上一班官员都站了起来，颇颇有些惊惶样子。

闹声更大了，约莫辨得出的，只是东也在喊打，西也在喊打，而一堆堆的学生，有空手跳过去的，有提着废枪跑过来的，情形很紊乱。

一班办事人异常着急。赵制台已带着好些穿公服的官员，从看台上步行下来。他的湖南卫队也全把刺刀上在枪尖上，一个个横眉劣眼地把在远处乱得有如出巢蜂子般的学生看着。

教育会会长徐先生，一头大汗，急走在赵制台跟前，一躬到地之后，才逼着声气说道："大人放心，不妨事，是巡警教练所的巡警用刺刀戳伤了三个学生，不妨事的！已经派人把学生们安顿下了，不妨事的！"

赵尔巽是那么深沉不可测地一笑道："该没有破坏分子从中作祟吧？"

四

事情的起因，因为运动会本是学界办的，并未邀请学界以外的团体来参加，不想开会之时，忽然来了一伙幼孩工厂的幼孩同巡警教练所的巡警。在学界方面，是彻头彻尾反对此事的，反对的根本原因，则是看不起这两种人，认为不配和学界的人站在一条线上。

教育会长被舆论挟持住了，不能不向各主管官员交涉，请饬令这两伙人即时退出。劝业道周善培深知大家的意思，登时就答应了，在幼孩工厂乘人操表演之后，便叫带队的即刻将队伍开走，这一股潮头算是这样平静下去。巡警方面哩，因为巡警道不在场，而巡警教练所提调路广钟又偏偏是一个只晓得巴结上司、欺压善良、由警察学堂出身、在梓潼宫当巡官时便曾与高等学堂学生发生过冲突的人，这时正又仗恃着赵制台曾称赞过他是能员，一听见徐会长的请求，心头业已不自在了，昂着头说道："甚吗？难道巡警的资格不够吗？难道学界便是老上司吗？说老实话，瞧得起你们学界，我们才来助威！不然的话，请还不来哩！"及至看见幼孩们规规矩矩地开走了，更其愤然说道："周观察那么风利的人，如何没一点宗旨，别人叫他让，他就让，太丢我们官场的面子了！不让！我的巡警，不像幼孩，我的官员没有观察大，我这个人却还有点骨气，也不像周观察那么软弱，不让！断乎不让！看学界的人，把我压制得了压制不了！"

但是徐会长对于一班不平的学界中的朋友，则力说路提调业经答应把巡警撤退。于是油印新闻一出，大家都相信"我们的会长真能办事！"

器械操的比赛开始了，各学堂的选手走到杠架跟前，依然有巡

警教练所的选手在那里；平台跟前和木马跟前，都如此，于是各学堂的选手就吵了起来道："咋个仍是叫我们同巡警们比赛吗？……莫把我们资格耍矮了！……不比赛了！不比赛了！"一个跑步，便各自散了。

巡警们莫名其妙地着扫了这样一个大面子，自然也愤恨起来。一班队长教官们吵吵闹闹地说道："学界难道就有天高吗？说老子们不配！老子们奉令来给你们撑面子，就这样跟老子们下不去？那不行！老子们非同他们娃儿伙争一争不可！"于是障碍竞跑开始的第三组，竟有一个巡警估着加入了，并且到最后一个障碍，钻麻布口袋时，一个自流井王氏私立树人学堂的学生已经抢上前，钻进口袋了，那不得口袋而钻的巡警，好像早已蓄意，便握起拳头，抓住那学生的脚，隔麻布就是几拳。挨打的没有作声，看挨打的却叫唤起来。

这一下，全场学生都轰然了，尤其是一班中学生。好几个成都府中学堂的学生，登时就愤愤然拥到巡警教练所驻扎的地方去吵闹。不知怎么一下，两方便冲突起来，巡警们的上有刺刀的枪尖一举，有三个学生便倒将下去，其余的回头便跑，一路大喊：巡警杀人喽！巡警杀人喽！

风潮便是这样起来的。有兵式操的学堂的学生们都把用不得的废枪抓到手上，多数都吵闹着要去同巡警们拼一拼。

办事人都疯狂地奔来，在四周短住，嘶声喊着："不要妄动！不要妄动！我们已有办法，和平解决！"

学生们大喊："和平解决吗？我们要惩办凶手！……要惩办路广钟！……要赔偿人命！"

"办得到！全办得到！……大家安静点！继续运动！徐先生已办交涉去了！"

既流了血，徐会长办的交涉方生了效，而路提调也才气平下来，下令叫巡警撤退，自己也才带着卫兵，坐着拱竿大轿，飘然而去。

　　赵制台相信事情太小，并相信确实没有破坏分子在其中作祟，便也不忙不慌，回到看台上，看学生们继续运动。

　　继续运动毕竟不甚起劲。首先是女看台上的女宾们，因为逼近巡警教练所的驻扎地，经那么一闹，又看见了人血，在巡警开走之前，就把全个看台腾空了。就是在城墙土坡上的观众，生怕还要闹事，生怕波及自己，便也一哄散去了一大半。学生们受了如此其大的一场激刺，心里都不快活，继续运动，实在算是出诸强勉。

　　郝又三更其不得意。他不得意，并不因为这场流血风潮，而是因为流血使替他鼓劲的人们都走了。所以他在五百米决赛时，竟自跑得懒懒的，让七个人都上了前，他不跑了，回头跳出栏杆，在休息处把夹衫抓起向学堂里就走。

　　许多同学都赶来问他：为何这样做？他只摇着头不开口。几个年长的看着他背影叹道："小郝到底是性情中人，他怎么受得了这种激刺？遭受这种激刺而不动心者，其唯凉血动物乎？"

　　郝又三洗了澡，换了衣服，因为学堂牌告自本日起有三天的休息，又因为有两天没同伍大嫂说过话了。他便走出学堂，步行到文庙西街口，唤了乘轿子，一直坐到南打金街来。是时，运动场里正开始了一千米的最后竞跑，那位教体操的教习还在找他哩。

　　轿子在门口落下，他给了轿钱。忽见王念玉从里面走出来，看着他道："运动会就散了吗？"他摇摇头，要向二门里走。王念玉拉住他道："伍大嫂的丈夫刚回来了，你不要去抵相！"

　　"啥话！……你莫诓我！她先前不是在看运动会吗？"

　　"我为啥要诓你？看运动会，是我陪着她两婆媳两母子去的，坐在城墙的茶汤担子上，看见你走来走去，她还招呼了你几声，你没有听见。后来，我们便走下城墙，正碰着你赛跑；她高兴得连连拍手，说你真跑得快。后来，闹起事来，她害怕了，我们才回来的。刚进门，还没把茶喝完，她的丈夫就回来了。黑腾腾，横胖胖，满脸大麻子又粗又壮的一个人。此刻正在他们堂屋里大声武气

地说话，你不信，你进去，看你打得赢他不？"他并且笑了笑，意思是断定他必打不赢他的。

郝又三觉得通身都软了，把王念玉一只又小又细的手握住道："我咋个办呢？"

"现在恐怕没办法，别了几年的夫妇，才见面，正是火辣辣的。我在门缝里，看见那麻子一见了他老婆，眼睛里好像冒出了火。她也笑得合不拢嘴。儿子同老娘子才走开，两口子在堂屋里就抱在一块了，那样子真难看！恐怕你还没有吃过那样的甜头呢。"

他跟着把他向大门外拉走道："待在这里太没有意思！我替你想，耐烦等几天，等他们热过了，我趁空把她约过来，你在我房间里会会她，倒还对。"

他又笑着在他耳边低声说道："只准会会面，规规矩矩地谈一番话，却不准乱来，我的床是干净的，我妈听见了也不会答应你们。"

郝又三蹙着眉头，把脚一顿道："还同我说笑话哩！……我们此刻到哪儿去呢？"

"你回你的府上，我有朋友在悦来旅馆等我，我还要陪他去看可园的戏。"

郝又三回到自己家里，叶姑太太已回去，正是一家人吃午饭时候。大家看见他，都很高兴。香芸也因次日是星期，回来了，一看见他，都笑问道："跑了几个第一呀？"

"几个第一？决赛时我没有跑。遇着那种事情，谁还有兴会去竞跑。"

姨太太说："真骇人呀！我还没留心，大小姐哎哟一声，我掉头一看，便见雪亮的刀尖上全是血，我当时心都颤了。"

香荃道："我还不是骇着了！那三个学生抬走时，血还在滴。"

少奶奶也接嘴道："亏你还敢去看！我想那三个学生痛也痛死了！"香芸很生气地说："真是野蛮！我当时没有炸弹，要是有，我一定向那伙人打去了！他们那样蛮横，不晓得仗恃的啥子？"

郝又三道："少奶奶，我今天累了，你叫吴嫂给我烫壶酒来，好不好？"

老爷踱了进来，坐下了，大家才依次入座。看见儿子面前摆了一只酒杯，便道："吃点酒也好。听说你跑了一个第一。其实哩，这种剧烈运动，却不应该我们去干。况你的筋骨已在变老的时节，设或跌着哪里，那便是一生的残疾了。"

儿子连忙应了几个是，才道："所以后来的决赛，便不曾参加。爹听见说会场里流血的事件不曾？"

"姨太太她们已经说过。起因是怎么样的？"

他把儿子的话听完后，沉吟着道："若果曲在官界，咨议局里倒可提议。我自从当了议员，还没提过议案，你今夜可替我拟个稿子，等我明天找人商量。"

香芸大为赞成道："首先巡警伤人，这是有凭有据的。学生即使输理，总之他们是空手来质问，并且要不是巡警先动粗，学生也不来质问了。哥哥，你就这样做。"

她父亲笑道："大小姐见事如此其明，你也拟一篇，好不好？"

"爹又说笑话了！我又不懂法律，又不懂公事，咋个行呢？"

"我还不是一窍不通。谁敢菲薄我不配当议员呢？如今的事，哪能那样考校，只要能自圆其说，就是好的。你没见许多议员，狗屁不通的话还说不清楚哩！"

酒还没吃完，高贵拿着一张新式的白洋纸小名片进来说："有人会少爷，看会不会？"

春英把名片接过来，放在桌上。郝达三已吃完了饭，便取来一看，上面印了"吴鸿"两个小字。不禁笑道："从前说的二指大一张名片，现在这话却应了。只是不用红纸而用白纸，未免使人觉得不大吉利。"

大小姐道："许多事都是口招风，比如现在日本卖的清快丸，大家便说是清朝快完了。听说警察局出有告示，不许叫清快丸，须

得叫清凉丸。但是招牌上不仍是清快丸吗？何苦做这些铺盖里挤眼睛的事？要哩，就不许卖；要哩，就叫日本人把药名改过。"

她妹妹道："洋人的事，他们敢惹吗？"

高贵咳嗽了一声，郝又三才警觉了道："吴鸿就是巡警教练所里当教练的，他来会我，有啥子事情吗？"

大小姐道："管他的，问问他看。"

郝又三来到客厅，吴鸿正背剪着手，在浏览壁上挂的顾印愚新近才由湖北给父亲写寄来的一张单条，便转身招呼了，问道："顾印愚可就是顾子远？葛表叔花厅里那副顾子远的对子，很像你这条子上的字。"

郝又三笑道："大不同，大不同！顾子远是几十年前到四川来的江南名士，顾印愚是现在在湖北做官的四川人，两家的字也迥不相同。"

"还有一个啥子何子贞的字，到处裱褙铺里都有他的东西。我看倒是学顾子远的样子。"

"哈哈！你老兄不精于此道，我们谈别的事好了。我想你老兄此刻枉顾，或者有啥子事情吧？"

"不错，"他点了点头道，"我是特为来通知你，这几天不忙到学堂去。"

郝又三从高贵手上，把茶碗接过，送到他的跟前，照规矩把碗盖揭开看了茶，方道："为啥子呢？"

"还不是为今天的事？路提调回去，很生气，听说已禀报了贺大人。贺大人也大发雷霆，听说已下了严令，叫南区警察，一律武装，从明天起，见一个学生，就打一个学生，打死勿论，就说是革命党……""未必然吧？"郝又三不相信地道，"官场纵然再浑再横，总还不致有此吧？"

"唔！难说！单讲我们所里，大家都是气哼哼的，说你们学界太蔑视巡警的人格了。大家都在摩拳擦掌，只等路提调今夜答应了，他们明天就要找你们算账。你要晓得，巡警们都是一伙不好惹的精壮小伙子，差不多跟我们邛、蒲、大一带的刀刀客一样，要是发了毛，连父母都不认的。今天幸而是制台大人在那里压住了台，不然，定打滥了，大家都是好刀好枪的，又有子弹，几千学生算得啥！"

郝又三仍是那样温和地道："你说得太过火了。巡警再凶恶，总还是有人管束着在，路广钟再不讲理，赵制台也绝不会让他们如此乱来。诬学生为革命党，倒是官场长技，不过几千学生，不必尽是革命党，打起官话来，总不会叫人相信。何况今天闹事时，几千学生都在场，若果都是革命党，只怕赵制台早已吃了炸弹了。学生在今天吃了这么大的亏，着你们巡警戳伤三个人，尚且不曾借机会闹事，岂有明天散开了，赤手空拳的，会变为革命党的道理？"

"现在的世道，咋能说道理！就像今天的事，你们学界为啥子要排斥巡警呢？巡警已好好让了步，你们还逼着来质问，凶声恶气的样子，还要抢我们的枪！……"

"胡说！"跟着红呢夹板门帘一启，香荃横着眼睛走了进来道，"姓吴的，你少胡说！……"

郝又三忙站起来喊道："二妹！没有你的事，你跑出来做啥？"

"我同姐姐在窗子外头，听得不爱听了！这姓吴的，真不是他妈的一个好东西！……"

"二妹！你还要乱说呀？"

大小姐也在窗子外面开了口了："哥哥，你不要光说二妹。我们亲眼看见巡警无故杀人，怎么要卷着舌头，说学生先抢枪呢？巡警是啥子东西？差狗儿罢咧！就敢这样无法无天吗？我们不是没见过世面的，省城也不比乡坝里头，乡约保正骇不着人！哥哥，亏你同他辩论，真可惜话了！"

郝又三为难极了。吴鸿起初很是惶恐，继而却忸怩地笑道："这一定是大小姐了。……大小姐骂得对！……我今天并没有到所里去……是听来的话。……我来报告一声，是我的好心。……我本

来没啥见识……请大家指教！……指教！……"

郝又三连连打拱道："舍妹们的脾气太躁了！这样得罪老兄，真真该死！"

"倒不！……只是今天不好请见大小姐……改日定要请教的……"

五

就因为运动会中流血的事，学堂几乎闹到罢课。

在官场方面，虽没有像吴鸿说的那等凶横，但是驻在高等学堂左侧梓潼宫内的警察，确曾与学生起过冲突，学生把警察打了一顿，警察捉去了两个学生。其后几经交涉，学生放了，警察暂时撤离。但自总督赵尔巽起，直至路广钟止，却认定那天的事，曲在学界，以为学界不该无礼拒绝巡警参加，而学生也不该去凶扑巡警。

在学界，则理直气壮，以为巡警首先挑衅，是凶手，学生是有理的，是受屈的。并且现摆着三个受伤的学生，已取有外国医生负责任的伤单。追求祸根，端在路广钟一人，当教育会长向他要求撤退巡警时，他何故不答应？又当巡警在会场中当众打人时，他又何故不约束？这显有纵警行凶的情事了！

教育会当夜开会之时，一个个都说得慷慨激昂，就中以附属中学堂监督刘士志更为激烈，他问会长："你到底有没有担当？有哩，你就去见赵制台，要求他惩办凶警，要求他揭参路广钟。若没有，我们就单独去见他。我虽然只是一个举人，但我并不怯畏。我们学界不能让龌龊的官场这样蹂躏！若这回事情退让了，我们学界还有脸吗？"

众人都拍掌赞成他的说法，并且桌椅乱动，都站了起来，大有立时立刻一拥到南院去大骂赵尔巽一场之势。

会长骇极了，忙摇着两手道："诸君少安毋躁！有意见只管发表！兄弟既身任会长，岂有不想办法把这事办好的？总之，诸君不要太激烈！这事交给兄弟，兄弟一定照诸君的意思去办！"

过了几天，又是星期六了。

郝又三在这几天中，一直不与闻这件事，他专心一意只等王念玉来通知他。每天他总要到学堂外稽查去探询几次：有人来会他没有？有信寄他没有？都没有。

他未尝不想亲自到南打金街去走一趟，只是不敢冒险，怕王念玉不在家——那孩子差不多终日都在外面陪朋友耍去了。——怕碰见伍平，更怕同时碰见伍大嫂。

一直到星期六下午出来，他实在耐不住了，仗着胆子，走到南打金街。还未走拢，一个孩子声音在他背后喊道："郝先生，你到我们家去吗？爹爹回来了，妈妈同我们都要走了。"

他捉住伍安生的小手，高兴已极，问道："你爹爹此刻在家吗？"

"随时都在家里，只到劝业场去转了一回。前天带着我同妈妈到悦来茶园看了一回戏。妈妈一个人坐在楼上看，我同爹爹坐的正座。戏歇了台，我们转到慈惠堂戏园后门接妈妈时，碰见吴先生也在那里……"

"哪个吴先生？可是你干爹回来了？"

孩子摇摇头道："不是的，是那个年轻的吴鸿。他同爹爹谈得很好，爹爹约他到雅州做事，他答应后天同我们一道走。"

"你们后天走？"郝又三吃惊似的这样问了句。

他们已进了大门，郝又三忽又迟疑起来道："我不进去了，你爹爹在家，我怎好去呢？"

孩子不放他道："不要紧的，吴先生昨天不是在我们家耍了一天？还同爹爹、妈妈打了一天的纸牌哩！"

独院门是虚掩着的，孩子一推门，便大声喊道："郝先生来了，妈妈！"

站在堂屋门外檐阶上，正抱着水烟袋的，是一个满脸大麻子，

黑而壮实，看去约有四十几岁的男子，不消说，是伍平了。

郝又三通红着脸，不晓得该怎样与伍平打招呼时，伍大嫂已飞一般从房间里奔了出来，满脸是笑道："大少爷吗？真是稀客呀！我默倒在走之前看不见你了，今天真不晓得咋个想起的，你走了来！……没见过吗？这是我的当家人，从雅州回来好几天了。你看，我们七八年没见面，才回来时，我几乎认不得他了，哈哈！……这是郝家大少爷，是安娃子的先生。安娃子读书，全亏了他的干爷同大少爷管教，又不要费用。我们着警察催着搬家时，要不是大少爷义气答应，每月借房钱给我们，又借押金给我们，我们已不晓得成了啥子样子了！大少爷真是我们的恩人！前一晌还肯到我们这里来摆龙门阵，不晓得这几天为啥子不来？……"

伍平很和气地同他作了揖，让到堂屋坐下，跟着他女人说的话，不住向他道劳，道谢。

伍太婆出来，也是那样地把他恭维得简直是个大义士，大侠客。并说起那天在运动会见他跑得多好："我眼睛不行，简直看不清楚，听王哥儿同媳妇在说，那不是大少爷吗？穿的黄衣裳。安娃子就那么样喊，大概大少爷没有听见。一会儿，就见大少爷跑起来了，真快！媳妇赶跑下来看，我是走不动，听安娃子说大少爷跑了头名。只听见哎哎叭叭巴掌拍得真响！……"

于是又谈到流血的事。

郝又三在这和蔼无伦的空气中，心里渐渐安舒了。一面说话，一面窥察伍平，似乎对他女人的行为，又像明白，又像不明白。但是对他女人始终是那样殷殷勤勤，低声下气。虽然模样粗鲁，性情似乎还温柔。问着他在外面情形，他是那样坦白地说道："十年以来，我是受了些苦。初初当兵时，更苦。因为我虽是穷人出身，平日并没有做过啥子粗事，一天到黑，都是懒懒散散的，我女人那时时常骂我，时常同我吵闹，叫我找事做。说老实话，人一懒惯了，任凭啥子事都不想做了。幸亏有点气力，脚劲也还好，操起来，跑起来，还赶得上人。半年之后，才慢慢搞惯了。后来跟着赵大人打彝人，那就三天三夜说不完。饿来时，一两天捞不着一碗稀饭，渴到喝马尿的时候都有。赵大人又是那样严厉，下令打一个地方，哪怕一百人死来只剩十个，也不准退，退了就没一个得活。彝人又那样凶，登山越岭，同猴子一样，叉子枪打得又准，夜里劫营，更是他们的长技。并且同他们打起来，只有把他们打死，要想擒一个活的，千难万难。我的险也犯够了，幸而托天之福，只带了几次小伤。直到升了哨长，才好了点。也只是好一点，钱却没有，所以真不能多带点钱回来养家。得亏各位朋友，帮了大忙，母妻儿子，不但不饿死，比起我走的时节，还好多了。这咋个不使我又不好意思，又感激大家呢？"

伍平的话说得那么恳挚，郝又三看伍大嫂定睛盯着她的丈夫，眼睛红红的，无形中流露出一种无限的怜惜。他心里不由叹了一声："夫妇到底是夫妇！"

说到行期，果然是定在后天，轿夫已包定了。说到安生的安顿，伍平说："娃儿得亏大少爷的教训，竟自读了那么多书，还懂得许多别的东西。我想就这样放下，果然可惜。要叫他去进文学堂，像我们这种人家的娃儿，难道还读得出个把举人、进士不成？我们是武的，还是叫娃儿去学武吧！我同我女人商量了一会，恰前天遇着一个吴先生，正是武学堂出身的。我也晓得将来粮子上的事，要想干得出头，总要武学堂出身的人才行。我们第三营里新接事的黄管带，就是吴先生的同学，虽然有脚肚子，到底因为是武学堂出身，一下就得了管带，怎像我们，打了泡十年仗，还一时爬不上去哩。不过，娃儿太小了点，吴先生说，只好叫他明后年上省来考陆军小学堂。吴先生说，那学堂更有出息，两年卒业，升到陕西陆军中学堂，毕业后，升到京师陆军大学堂，出来就是新兵标统，照旧官阶说，就是都司了。像我们当兵的，一十八步慢慢升起来谈何容易！皮都不晓得要磨脱几层！像这样，真就好了。只是有一点，

我们把娃儿带走了，省城里又无亲无故，他明后年上省来，不晓得该托啥子人照料才好。我女人也想不出来，他干爹又不在省。”

这是一个很好的机会，可以把两方系在一块，将来留个见面来往的地步。郝又三安肯让这机会失去，因就贡献出他的家，叫安生上了省，只管落脚在他家里，将来报名，投考，说人情，乃至星期出来需要照管，种种全交给他。

伍大嫂大为喜欢，不由拍了他一下，冲口而出道：“你真是有良心的，对得住人！……”

伍平则站起来，不让他拉住，恭恭敬敬跪下去，给他磕了个头道：“大少爷，感激的话，我不会说，磕个头见见我的心。娃儿将来有了出息总会报答你的。”

伍太婆要留他吃午饭，他觉得留在这里，心里难过。便站起来，看着伍大嫂道：“祝你们一路平安！我后天不来送你们了！你们要走的人，事情很多，我也有我的事。从此一别，不知哪年再会了！”他动情得说不下去。

伍大嫂竟哭了起来，不顾一切地抓住他膀膊道：“你放心！只要你不忘记我！……”

伍太婆也不住地抹着眼泪道：“伍平说过，若是他朝西藏里调，他一定送我们回来。大少爷，一年半载再见面，也说不定啦！”

伍平搓着手道：“妇人家真淘气！动辄就哭！就像对门王师奶奶，儿子跟朋友跑滩，到自流井去了，说得好好的，一个月就回来。走的时节，也那样哭啦哭的舍不得！”

六

郝又三正叫人买了两斤牛油烛，两斤大头菜，一大木匣淡香斋有名的点心渣食、撒其马，两纸盒桂林轩有名的安息香，预备给伍平送去时，吴鸿来了，进门便说道：“又三先生，你可晓得伍家全家人都要走了？”

"我晓得你也要同他们一道走的。"

"那，你今天去过他们那里了。我一时却不走，前天在他们那里，说起黄昌邦新近当了管带，我动了一个念头，打算到他那里去找件事情做做。嗣后一想，他能钻路子当管带，我们一样的人，我难道就钻不到一个管带来当？今天我已写了封信寄给葛表叔去了，一面又找我们学堂里的周提调，请他替我在赵大臣那里吹嘘吹嘘。我刚才走他那里去来，他已答应了我。只要有点动静，我就好把教练所的事辞掉。好在这里的事也不长久，路提调已着撤了差，你是晓得的。"

"怎么？……路广钟着撤了差？你听见哪个说的？"

"昨天的事。新提调谢大老爷已定了明天接差。又三先生，你们学界真行！制台大人都有点怕你们！出事那天，我们所里的确闹得有劲，仗恃着路提调的势力，我回去时，听见个个都在说要打学生，要咋个咋个地把学生整到注！我倒信以为真，赶紧跑来给你报信，不料才听的是一面之词，着令妹们教训了一顿！……啊！令妹们该回来了？何不请出来见见，让我好好生生地赔个礼？"

"还没有回来哩！她们学堂里星期六下午要作国文。"他把壁上的挂钟一看，快三点半了，便道，"也快了，再一刻钟……"

客厅门帘一启，田老兄哈哈笑着进来道："好朋友回来了，快过来欢迎！"

在田老兄身后进来的，原来是苏星煌。

一件崭新的雪青纺绸长衫，大小宽窄很是合宜。脚上一双极亮的黑皮鞋。头上一顶软边台草帽，进门把帽子揭下，露出分梳得光亮如油的短发。

额头仍是那么平，鼻梁仍是那么塌，鼻胆仍是那么宽而大，嘴唇仍是那么厚，脸蛋子仍是那么圆，皮肤颜色仍是那么红，所不同的只是以前的钢丝眼镜，换了一副最新式的金边托立克蓝片眼镜，这都在郝又三一瞥之下，看明白了的。

郝又三一天的愁思，都抛到爪哇国去了，一跳而起，刚要作揖，已被苏星煌两手把手腕抓住道："别来整整七年，还要行这个腐败礼吗？你比田伯行更退化了！"

高贵送茶进来，因听说是苏三少爷，便走过来打个招呼，请了个安。

苏星煌哈哈笑道："天不变，道亦不变，中国的旧礼教也终不会变的！如此而讲新政，无怪闹了十几二十年，还是以前的面目。我自从在上海登岸以来，就生了这种感慨。看来毕竟夔门以外还要文明点，一进夔门，简直如温旧梦了！"

郝又三笑道："你的议论风采以及举动，还不是与走的时节一样，又何尝变来呢？"

田老兄看见了吴鸿，便走过去拱着手请教贵姓，两个人都很熟练地"不敢不敢""尊章是哪两个字""草字是哪两个字"闹了半会儿。

苏星煌则告诉郝又三，他之回来，是蒲伯英写信约他，准备明年京师资政院开时，搞干一个议员。目前则因咨议局许多事伯英不甚了了，他是专门研究政法的，特来给伯英帮个忙。办报的事，是朱云石约起，他没有多大的意思。顶多，等他们的报办起后，给他们写几篇论说就是了。

田老兄猛然叫喊起来道："若真如此，倒可稍慰人心！我想，这必然是刘士志先生的大功。"

他走过来把郝又三肩头一拍道："又三，你听见说路广钟撤差了？"

不等人应声，他又接着说道："我说，这必然是刘先生的功劳！上前天，我们的徐大会长着赵制台几句有斤两的厉害话，说得退了下来，赌咒发愿不敢再见老赵。他说，会长不当也可以，要叫他再办这件事，却不能了。府中学堂的林监督，更胆小得没办法。大家就想算了吧，让学生吃点亏也是好的。这下，把刘先生的火炮性点燃了，拍着桌子先把徐大会长臭骂了一顿，然后拉起他的智多星杨沧白商量了一会。两个矮子便跑到南院上，同老赵争执了一番。听说，他们走后，老赵向他总文案说，两个矮子真厉害，学界中有这等胆大嘴利的人，倒得留点神了。这话，是昨天就传遍了。刚才吴先生说路广钟是昨天撤的差，那必然是刘先生的话发生了效力。你说，是不是呢？"

苏星煌道："你们的心胸太不广了，这件小小的事，也值得逢人便讲。听说咨议局里，居然有把此事列入议案者，这真可谓少所见，多所怪……"

郝又三笑着把右手向他一捏道："请你莫发议论！这议案，正是家父提出的。"

"哦！老伯任了议员了！这倒是可贺的。不过……"

大厅上走进了两乘小轿，一个女子的声气在说："高贵，给他们添一碗茶钱。我们是从叶姑太太那里回来的，轿钱已经给了！"

吴鸿站了起来，向郝又三道："像是令妹们回来了？"

郝又三走到客厅门口笑道："请进来会一位稀客。还有位要赔礼的客等着在。"

是香荃的声气道："我不进来，我还有别的事哩！姐姐把书包交给我，你进去好了！"

香芸果然大大方方跨进门来。一眼认得是苏星煌，不由脸就红了，露出点忸怩样子。

吴鸿抢着便是一揖道："那天下午的话，实在说错了，本来……"

苏星煌也走了过来道："不必又三介绍，我想一定是香芸女士了，我是又三的老朋友苏星煌！"说着，便把右手长长伸了过来。

很像与尤铁民初次晤面的光景，两手接触时的一种感觉也有点仿佛。她不觉有点迷蒙了，娇红着两颊，定睛把苏星煌看着，几乎听不懂他说的什么。

苏星煌说着七年前郝又三在合行社述说香芸辨出《沪报》上拼版的道理，他那时就非常佩服大小姐的聪明，曾向郝又三提说，邀请她也加入社中，共同研究。不想那时风气太闭塞了，男女见面，似乎很不应该。他掉头向田老兄道："你那时也在场，不图七年之后，才会见了。可见人生离合，真有定数！"

田老兄笑道："说来也怪！你同铁民二人，浪迹四方的人，反而与郝大小姐先把晤了。我与又三交往这么多年，月月见面，又同学，又同事，并且随时来他府上，却还没有同大小姐见过面。一直到今日此刻，才算识荆了。要说道理，真说不过去！"

香芸如出梦境，见大家都站着在，便道："请坐下说吧！……苏先生在省外，可曾看见过铁民？他现在到底在哪里？"

"他自从在四川失败，就没回到日本，也没和我通过信，因为他与我的政见不合。在我，仍旧把他当作老朋友在看待，并无丝毫成见介怀。本来，政见不合，并无伤于私交，如像英、美各国，就亲如父子兄弟，也有各在一党的，断没有因此而视如仇雠。只是铁民的性情太古怪，心胸也太狭隘，把我们一班政见不合的老朋友，却当成了仇人，当面眼红，背后批评得更厉害……"

郝又三道："他向着我们，却没有骂过你，也只是说与他的见解不同罢咧。"

香芸同时又在问："他到底在哪里？苏先生总该晓得。"

"他未向着你们骂我，一定是你们没有同他论政……听说他现在在南洋，只不晓得在南洋何处。他们革命党，始终是行踪无定，并且也很隐秘的。"

吴鸿坐在旁边椅子上，定睛将大小姐看着。因为相距不远，看得更真切些。脸上肌肤是那样细嫩，嫩到看不出纹理，因为女学堂里不作兴搽脂抹粉，更看得出她那天然的淡白而微带轻红的颜色。又因为是没有开过脸的，鬓边颊上，隐隐约约有一些鹅绒相似的毛。头上乌黑的头发，仍打了条大辫子，而当额却是一道拱刘海，正掩在浓黑而弯的眉毛上。眼睛那么大，眼尾那么尖，眼珠那么黑白分明，那么灵活，那么有光彩。鼻子是棱棱的，嘴是小小的，口辅微微有点凹，下颏微微有点突。身材不高，也不大，却很丰满。一双文明脚，半大不小，端端正正。他看得很清楚，无一处不体面，无一处不比伍大嫂好看得多。并且伍大嫂再说风流，总有点荡，有点野，而大小姐则是如此地秀气，如此地蕴藉。单看她说话的态度，一点也不忸怩，一点也没有伍大嫂的做作，向人说话时，眼睛是那么清明专挚，而又微含笑意。

他越是这样看，越想同大小姐说几句话，但是总插不上嘴去。他们说得那样热闹，而姓苏的，更其旁若无人地在高谈阔论，更其把大小姐全副精神都勾住了。

她时而弯着眉毛，眯着眼睛，张着鲜红的嘴唇，露出一排白亮而小的齿尖，向着那姓苏的微笑着。又移动眼睛，偶尔把那姓田的看一看，把她哥哥看一看，却从未掉过头来看他。——他坐在她的斜对面的。

有时听见什么不高兴的话，她的嘴便闭严了，口辅越朝里面凹进去，两颊上的酒窝儿露了出来。眉头微微向上蹙起，把眉心挤出一些好看的皱纹。眼睛瞪着，眼神澄澄的，好像带了酒的一般。两只又白又细的手，把一条手巾绞得同绳子一样。丰神又是那样妩媚动人。

他只专心看大小姐去了，他们高谈阔论些什么，他一直没有听见。大小姐有时也说几句，还是不知道她说的什么，他耳朵里只传进了一片清脆的响声，觉得比琵琶月琴弹得还好听些而已。

高贵进来，众人的话头断了，他方醒觉了，听见高贵正向郝又三说："老爷吩咐少爷，就留苏三少爷同田先生在这里吃午饭，厨房里已预备下了，吃饭时，老爷再来奉陪。"

苏星煌笑道："既然老伯招待，我就不走了。本来伯英也请我的，歇会儿请你管家拿我名片去道谢就是了。"

三个客只留了两个，吴鸿自然不好再坐下去，强勉站起来道："我走了！"

田老兄也站起来，点了个头。

郝又三并不挽留，起身送了出来，一路说："行期定后，通知一声，好来送行。"

姓苏的只抬了抬屁股。

大小姐纹风不动，只掉头看了他一眼，淡漠得使他什么妄想都没有了。

他埋头急走了半条街，方长叹了一声，自言自语道："我要是做到标统统制，或者还有一点想头……"

七

吴鸿在伍大嫂他们走的那早晨，绝早就向所里请了事假，托朋友代教着操，他便赶到距南门城二里多路的武侯祠来。

太阳在蒙雾中红得同鲜血一样，显示出它今天有把行人晒到不能忍受的威力。田里正是快要插秧时候，隔不上几块水田，便看得见穿着极为褴褛的精壮农夫，两条黑黄而粗糙的腿，陷在很深的烂泥里，右手掌着犁耙，左手牵着牛绳，吆喝着跟前的灰色大水牛，努力耙那已经犁了起来的油黑色肥沃的水田。

催耕鸟在树林里"快黄快割"地唤着。武侯祠丛林里，更有许多黄莺，已经啼到"桃子半边红"了。

站在祠门口，向南一望。半里路外，是劝业道周善培新近开办的农事试验场。里面有整齐的农舍，有整齐的树秧，有整齐的菜畦，有新式的暖室，有最近才由外洋花了大钱运回，以备研究改良羊种的美利奴羊的漂亮羊圈，还有稀奇古怪、不知何名、不知何用的外国植物。

接着试验场，是市街的背面，无一家的泥壁不是七穿八孔的，无一家房屋的瓦片不是零落破碎的，无一家的后门外不是污泥淖成，摆着若干破烂不中用的家具，而所养的猪，则在其间游来游去，用它那粗而短的嘴筒到处拱着泥土，寻找可吃的东西；檐口边，则总有一竹竿五颜六色的破衣服，高高地撑在晨曦中。

向西则是锯齿般的雉堞，隐约于半里之外竹树影里。向东则是绵长弯曲的大路，长伸在一望无涯的田野当中。

这路，是他两年前走过两天的程途，于好多处的农庄房舍，还仿佛记得。他不禁想到故乡，故乡是那样地寂寥，那样地无趣，但是故乡却没有引人烦恼的事物，更没有把人害得不能安睡的女人。

武侯祠大门外有两间草房，也卖茶，也卖草鞋，也卖豆腐干与烧酒。

他只泡了一碗茶，坐在临大路一张桌子的上方，正对着从试验场旁边伸过来的尘土积有几寸厚的大路。

路上行人以及驮东西的牛马，是那样多，走长路载有行李的轿子，也渐渐有来的了。

他看清楚了，中间有一乘二人轿子，轿帘是搭起的，露出一个孩子的头。孩子后面，正是他特来相送的伍大嫂。

他遂站了起来，走到路边等着。轿子相距四丈远时，伍安生已喊了起来："吴先生！那不是吴先生？"

伍大嫂也把头伸在孩子肩头上笑着道："你还来送我们。真太承情了！"

轿子刚落下来，伍太婆与伍平的轿子也到了，都落在路边。伍平笑着，连连打拱道："吴哥，太多礼了！"

大家在一张桌上坐下，都泡了茶。在城外，男女是可以同坐吃茶，并没有人诧异。

伍大嫂因为上长路，已把髻头改梳成一个紧揪揪的圆纂耸在脑后，露出肥大的两耳，露出窄而带尖的额脑，也没有搽脂粉，脸色也白，却白得有点带青。

吴鸿因为前天曾仔细看过郝香芸，此刻对于伍大嫂，更加注

意了。

　　她的眼睛，到底不错，也还尖长，也还黑白分明，也还转动得滴溜溜的，也还能够笑，能够愁，能够怒；而且睫毛更长些更浓些，而且眉毛更细些更弯些，也活动，它能够跟着说话时的态度，自自然然地分合高下，眉梢骨只管有点高吊。大概她最能引人，使人一见会永久不能忘记，使人与之相处较久，会油油然不忍舍去的，她这眉眼上的功夫顶有关系了。大概她比郝香芸较好之处，也在此，虽然已是三十岁以上的中年妇人。

　　她这几天更瘦了些，鼻子更尖了，两颊更凹了进去，两边颧骨显得更大、下颏显得更突，这已不能与郝香芸比并了。尤其不能比而刻画出她的年龄，以及她境遇之恶劣的，除了眼角上的粗鱼尾，除了额脑上的细皱纹，还有那粗糙的肌肤，还有那蔓延不已的雀斑。声音也不那么清脆。

　　毕竟是省城里长大的人，态度到底不同，顾盼也还大方。

　　吴鸿把他送行的点心取了出来，伍大嫂一定不肯放，他说："已经买来了，难道叫我带回去自己吃吗？"估着给她放在轿子的坐凳下。

　　他们还在谈话，轿夫却催起来了说："挑子已走了好久！太阳这么大了！赶几里路再歇气吧！"

　　他遂向伍平道："我总之是要来的，如其你们那里有啥子好机缘，通个信给我。"

　　伍大嫂则再三托她向郝又三道谢。并说她在雅州等吴鸿，望他能够早点去。

　　三乘轿子走到转弯处，不见了，吴鸿才把眼光移到蔚蓝的天上，说道："这个有意思的女人也走了！"

　　他进城后，本想去找郝又三。继而一想，没味没味。郝又三同自己原本气味不投，只管谦和，而神情总摆出一种有身份的模样。尤其是他两个妹子，对自己太不好了。小的个不懂事，还可原谅，大的个就岂有此理，眼睛里只瞧着有身份的人，见了姓苏的，就那样失神落智。"哼！啥子官家小姐，就了不起了！我吴鸿要是家务好点，爷老子也做过官，还不是留了洋了，还不是得人凑合了。论品貌，就比姓苏的强，只不过现在还没有得时，还在落难，他妈的就睬都不睬我！其实，她又好体面啦？像她那样的女人，成都省也多得很！等我姓吴的得了势，有了钱，你看，要不使她眼红得像我现在一样，失悔不该不睬我，我连吴字都不姓了！……"

他闷闷地乱走了一会，似乎走到一个熟悉地方，注意一看，方认出是南打金街十三号。

"啊！又走到这里来了！管他的，进去看看，要是玉表弟回来，也可解解闷。那娃儿才真正是个美人哩，可惜我不像黄昌邦！"

先看一看左边独院，门已着房主落了锁。想来，新佃户总有好几个月才能招着的。

推开右边独院的门，王中立正同他老婆在堂屋里吃饭。

两个人欢然招呼他道："没吃饭吧？来，来，来！添一双筷子！"

依然是干炒黄豆芽，韭菜炒豆腐干，豌豆汤，他舅母说："太没有菜了，你等一等，我去炒盘蛋来。"

他自然要阻挡，而女主人却非炒不可。

等炒蛋时，他问舅舅，念玉表弟回来了不曾？

王中立叹了一口气道："这娃儿，简直着你舅母害杀了！姑息养奸，这句古话，真有道理。论你表弟，聪聪俊俊，原可以读书学好的。我本不望他如何有出息，只求将来当个师爷也算是上等人。偏偏不学好，偏偏爱同一班坏朋友鬼混。如今世道，还有啥子好人？像那样的娃儿，不越闹越下流，我才不肯信哩！可是你舅母反而得意，以为儿子常常同朋友在外头，就给祖宗争了光似的，不唯不说不管，还称赞他有出息，还勒住我不许开口。我有时实在看不过了，稍稍说两句，她就放起泼来，泼到你头痛，并且一泼就是几天，把我王家的祖宗都着她骂完了。我已是望六之年的人了，哪有

许多精神同她闹！只好让她！只好连儿子都不管了！让他去丧德！去漂流浪荡！这回说是跟朋友到自流井耍去了，自流井是啥子好地方？朋友又是啥子好朋友？其间的文章，就不必说了。唉！这都是家运使然啦！……"

王奶奶端了一盘黄澄澄的炒嫩鸡蛋出来，大家又盛了饭。

王中立话头一转道："现在新名词叫社会，社会大概就指的世道吧？也就坏得不堪！我们就说成都，像你父亲以前挑着担子来省做生意的时候，那是何等好法！门门生意都兴旺，大家都能安生。街上热闹时真热闹！清静时真清静！洋货铺子，只有两家。也不讲穿，也不讲吃。做身衣裳，穿到补了又补，也没有人笑你。男的出门做事，女的总是躲在家里，大家也晓得过日子，也晓得省俭。像我以前教书，一年连三节节礼在内不过七十吊钱，现在之有几个吃饭钱，通是那时积攒下来的。但我们那时过得也并不苦，还不是吃茶看戏，打纸牌，过年时听听洋琴，听听评书？大家会着，总是作揖请安，极有规矩。也信菩萨……"

他的老婆一口接了过去道："不是啊！就拿我来说，当我二十几三十岁时，多爱烧香拜佛的，每月总要到城外去烧几次香。那时还无儿女，不能不求菩萨保佑。可是菩萨也灵，拜了两年佛，果然就生了玉儿。那时，信菩萨的实在多，再不像现在大家都在喊啥子不要迷信。菩萨也背了时，和尚也背了时，庙产提了，庙子办了学堂，不说学生们，就多少好人家的人，连香都不烧了。可是菩萨也不灵了，也不降些瘟疫给这些人！"

王中立已吃完了饭，一面抽水烟，一面拿指甲刮着牙齿，接着说道："变多了！变得不成世界了！第一，就是人人都奢华起来，穿要穿好的，吃要吃好的。周秃子把劝业场一开，洋货生意就盖过了一切，如今的成都人，几乎没有一个不用洋货的。聚丰园一开，菜哩，有贵到几元钱一样，酒要吃啥子绍酒；还有听都没有听过的大餐，吃得稀奇古怪，听说牛肉羊肉，生的就切来吃了，还说这才卫生。悦来戏院一开，更不成话，看戏也要叫人出钱，听说正座五角，副座三角。我倒不去，要看哩，我不会在各会馆去看神戏吗？并且男女不分的……"

吴鸿道："那是分开的，女的在楼上。"

"就说分开，总之，男的看得见女的，女的也看得见男的。我听见说过，男的敬女的点心、叫幼丁送信，女的叫老妈送手巾、慈惠堂女宾入口处站班、约地方会面，这成啥子名堂？加以女子也兴进学堂读书，古人说，女子无才便是德，如今却讲究女教。教啥子？教些怪事！一有了女学生，可逗疯了多少男子！劝业场茅房里换裤带的也有了，两姊妹同嫁一个人的也有了，怪事还多哩！总之，学堂一开，女的自然坏了，讲究的是没廉耻！男的哩，也不必说，'四书''五经'圣贤之书不读，却读些毫不中用的洋文，读好了，做啥子？做洋奴吗？一伙学生，别的且不忙说，先就学到没规矩，见了人，只是把腰肝哈一哈，甚至有拉手的。拉手也算礼吗？男女见面，不是也要拉手啦？那才好哩！一个年轻女子，着男子拉着一双手，那才好哩！并且管你啥子人，一见面就是先生，无上无下，都是先生。你看，将来还一定要闹到剃头先生，修脚先生，小旦先生，皂班先生，讨口子先生，大人老爷是不称呼的了。朝廷制度，也不成他妈个名堂！今天兴一个新花样，明天又来一个，名字也是稀奇古怪的，办些啥子事，更不晓得。比如说，咨议局就奇怪，又不像衙门，又不像公所，议员们似乎比官还歪，听说制台大人还会被他们喊去问话，问得不好，骂一顿。以前的制台么，海外天子，谁惹得起？如今也不行了。真怪！就像这回运动会，一班学生鬼闹一场合，赵制台还规规矩矩地去看。出了事，由制台办理好咧，就有委屈，打禀帖告状好了，哪能由几个举贡生员在花厅上同制台赌吵的道理？如今官也背了时！受洋人的气，受教民的气，还要受学界的气，受议员的气。听说啥子审判厅问案，原告被告全是站着说话。唉！国家的运气！连官都不好做了！一句话说

完：世道大变！我想，这才起头哩，好看的戏文，怕还在后头吧？"

他还在叹息，他老婆已把碗洗好了出来，大声喝道："胡说八道些啥子！肚子撑饱了，不去教书，看东家砸了你饭碗，只好回来当乌龟！"

他赶快收拾着走了。

吴鸿闷坐在堂屋里，寻思："世道要是不变，我只好回家当一辈庄稼老完事！就我一个人的出身设想，世道倒是大变了的好，我或者有这么样的一天，使人眼红，使人伤心哩！"